医述
重症监护室里的故事

王筝扬 **审** 殳儆 **著**

人民卫生出版社

ICU 医生

是我的身份、立场和视角

是我的执念、焦灼和骄傲

谨以本书献给敬畏生命的人们

精彩书评选摘（以推荐时间先后为序）

这是生与死的故事。

医生写自己的故事，不同于职业小说家，靠戏剧冲突、悬念设置来吸引读者，本书来源于医疗一线，充满真实的张力，反映了真实的矛盾冲突，不走套路，令人猜不中结尾。上篇的《蒙面天使》以 2009 年重症甲型流感抢救的真实案例为素材，加以文学艺术加工而成，是国内翔实反映重症流感抢救的作品。叟儆用细腻的笔，记录、呈现了重症监护室医生，又叫 ICU 医生——"险滩中的领航者"，这个与死神较量的职业之荣光、悲壮和选择。而正是这种"真实医学的力量"最终打动了读者——过去两年内，"医学界"微信公众号发布叟儆 20 多篇原创文章（均收录于本书下篇），几乎篇篇叫好又叫座。如果说《医述：重症监护室里的故事》是一部纪录片，那么恰如作者所说，这更是献给那些"敬畏生命的人们"的一首生命之歌。我们郑重向读者推荐此书，这是我们媒体人的使命与责任。

医学界传媒总编辑　张凌

一群无所畏惧的"蒙面天使"，在一个神秘的空间里，每天为生死边缘的陌生人抵挡死神的镰刀。没有人知道你流过的汗水和泪水，也没有人抚慰你流血的伤口。只要一息尚存，绝不轻言放弃，因为你总是迷恋妙手回春的那一刻。虽然看不见你的面容，但你眼睛里充满了慈悲的光芒。

《人民日报》高级记者　白剑峰

法医抚慰逝者，医生照顾生者，这两种职业的真实价值，都难以为人所真正了解——他们在幽暗狭隘的空间中，耗尽自己生命的精华，来换取他人生命的尊严或是延续他人的生命。如果没有亲历者讲述，这些人、这些事，不知要沉睡多久，也许永远无人知晓吧。

畅销书作者　法医秦明

　　殳儆主任的《医述：重症监护室里的故事》这部作品，是急危重症领域重要的医学文学作品。当前，医务工作者一方面忙于救治病人，一方面忙于科研晋升，已经精疲力竭，所以，鲜有医务工作者，能利用自己业余时间从事医学人文写作，且一坚持就是数十年。为表达我对本书的尊重，我在这里原文抄录作者的告白："医学是一门不确定的学问和可能性的艺术，医生在努力传递温暖和关怀，虽然他们自身也有这样那样的不完美……"这个"不完美"，也许是在阐述人非圣贤，但更多的是在阐述医务工作者在经过一夜、一周、一月甚至一年与病魔抗争后，患者仍然离我们远去时，这种写真、写实、写情、写感仍不能完全倾述的情怀。

　　殳儆主任这部作品即将在人民卫生出版社出版，与广大读者见面。对读者的意义在于，它以表现重症监护室——这一"神秘空间"中的故事为主题，一方面让非医疗人员了解"蒙面天使"这一特殊角色，读懂疾病，懂得医生；另一方面产生强烈的镜面效应，折射出医务工作者在从事神圣职业时用一颗赤诚的心敬畏每一个生命的过程。感谢本书作者愿意与广大医务工作者分享她的宝贵经验。作为重症医学从业者，迫不及待地把本书推荐给所有从事急诊危重症医学领域的医务工作者和大众读者，我相信大家在阅读本书时，会和我一样感同身受。

浙江省人民医院重症监护室主任　孙仁华

　　曾几何时，西方医学尚处于非常初级的阶段。

　　那时，对于病患的康复而言，医生的真正作用极为有限。1892 年出版的《英国医学杂志》中，班克斯医生如此评价画家路克·菲尔德斯的名画《医生》："菲尔德斯向世人展示了典型的医生形象，这也是我们希望向世人展示的形象——一个诚实的人，一名绅士，尽其所能为患者缓解病痛。满满一屋子书籍也无法达到这幅画的效果。这幅画温暖了人们的心，使得他们对医生这个职业充满了信任和爱。"

　　随着现代医学的进步，不知从何时开始，新技术、新疗法逐渐成为了医学专家的代名词。

　　于是乎，在各种学术会议上，医学专家们沉溺于向同侪介绍新技术、新疗法的乐趣，以及由此而生的优越感。

于是乎，年轻医生们也以终能掌握新技术而欢呼雀跃，仿佛成为医学专家的大门就此向自己打开。

于是乎，一个个鲜活的生命，幻化成化验单上枯燥无趣的数字、显示屏中黑白相间的影像、操作台上形状各异的导管，以及药品柜中五颜六色的药片。

然而，唯独没有了温暖……

爻做医生的小故事，或许不会让我们掌握新技术和新疗法，但能够让我们在如山的冰冷的机器设备之间，感到温暖……

无论作为医生，抑或作为病患，我们都需要这种温暖……

北京协和医院内科重症监护室主任　杜斌

这一系列故事，坦露了 ICU 医生真实的忙碌生活与心路历程。作为同行，深有共鸣。当面对病情瞬息万变难以预期之时；当面对患者绝望恐怖苦苦求生之时；当面对家属执拗苛责无法沟通之时，ICU 医生除了要在医学上把握时机，灵活果断处理病情之外，还要有分寸地把握情感与理智的边界，尊重生命的尊严与价值，更要理解世人对医学的不理解乃至曲解。无需"高大上"的赞美之词，这一个个真切的普通医生的日常片段，其实才是医学人文中职业精神的真实写照，优秀教材，值得每一位医者，每一位敬畏生命的人一读。

美国南加利福尼亚大学医学院 PCCM 专科临床医学教授　乔人立

医学人文是医学技术与生俱来的姐妹，一个关注人的心理需求，一个关注人的生理特征，两者交织。医学的目标就是竭尽所能来维护健康、治愈伤痛，倡导人道，促进人类的身、心之完全康复。所以，医学人文精神既不高不可攀，更不虚无缥缈。《医述：重症监护室里的故事》这本书的作者，叙述的是身边日常故事，但小中见大，视角独到，文笔清新，读来倍感亲切温暖，令人感动，又促人思考，发人深省。让读者在重拾内心深处的"柔软与美好"的同时，能激发内心深处的价值认同感和行为反思，这种润物无声的医学教育方式，有时比推行行为规范更有成效。这也是我阅读本书后的感想，故很乐意把这本好书向所有毕业后医学教育同行和成长中的住院医生们推荐、分享，希望大家都能认真读一读，相信会收取开卷有益之效。

中国医师协会副会长　齐学进

离开体制真的并不可怕，可怕的是无论身处何地都不知道自己要什么，不去思考，不去行动，才最可怕。好医生 = 好技术 + 同理心。关爱患者，因为我们有一天也会成为患者，用心，给患者争取最好的结果。

张强医生集团董事长　张强

医生不仅要学会“看病”，还要会“看病人”。《医述：重症监护室里的故事》里的罗震中是一个有着个人英雄主义色彩的医生，她又是中国千千万万个医生的缩影。在当下的社会里，我们需要罗震中这样的医生，弥合缺失的信任，修复割裂的伤痕。

北京天坛医院教授　缪中荣

白描式的医疗“大剧”，真实的一线，真实的心路历程，唯有医生才能够写出的真实“剧本”，但又是大多数医生们难以道出的真实“内幕”。在故事里，我看到一位“执剑”救人的医生和她的团队；故事外，我看到的是一位下笔如有神勇气概的青年俊才。感谢罗震中，让千千万万医生看到自己的价值；让千千万万的大众，看到生之可贵，看到死神的模样，看到生死之间人性的卑微与伟大。

无锡市人民医院副院长　第十三届全国人大代表　陈静瑜

纪实非虚构，生死一瞬间；重症监护病室，天使亦蒙面。读这样的文字，如亲身经历了一场生与死的考验。冷峻的笔触，专业的态度，职业的情怀，作者为我们打开了一扇神秘的门，由此我们了解这不所知的一切，更加感怀于医生的敬业和伟大。

一级作家、杭州市作家协会副主席，中国作协委员　孙昌建

除了余华，殳儆是第二个让我有亲切感的作者。《医述：重症监护室里的故事》是一部纪实小说，占了一半篇幅的上篇《蒙面天使》是一个独立的故事，在阅读这个惊心动魄的故事时，我满脑子闪现的都是二战诺曼底登陆时，一小股部队历经千难万险建立滩头阵地，打开战场缺口从而赢得战争胜利的场景。在这个意义上，我倒更愿意称它为战争小说——一部反映医务人员与突如其来的重症传染性疾病进行战争的小说。下篇共五个章节，记述的是作者个人的、与同事的、与患者和家属之间的日常故事和感悟，展示了医

生酸甜苦辣的心路历程，以及病患和家属在危重疾病面前跌宕起伏的心绪变化。下篇的每个故事让人感同身受，阅读时不断激起共鸣，这些优秀的短篇已然成为向大众读者传递医务人员情怀的桥梁。

浙江省肿瘤医院院长助理　**朱利明**

　　清丽的文笔，细腻的表达，似曾相识的场景与心境，娓娓道来中，似乎让我产生了某种久违的回响。读完全书末尾的一篇《两生花》，我合上封底，坐在书桌旁，平和而充实。

　　在我看来，殳儆老师更像是一个人性的观察者，隐藏在医者的外表下，看似平铺直叙，却记录下所有的跌宕起伏与暗潮汹涌，窥见了所有人内心深处的情感渴望。

上海瑞金医院麻醉科　**吕卓辰**

　　看《医述：重症监护室里的故事》的时候，是在医院的病床上看的，伴随着消毒水的味道，起先是躺着的，然后是坐起来，神经绷紧，沉浸其中，跟着书中的情节波澜起伏，翻到最后，不忍看完。抬头看着眼前走过忙忙碌碌的医生和护士，我恍惚着，其中是否有方宇、有鹏、有老许？

　　从不在公号上推货，然而这次完全被殳儆的个人魅力所折服。读完此书，沉寂已久的心突然被照亮，心生敞亮，不自觉得也想着努力和突破。

　　这不仅仅是讲 ICU 故事的书，更有着一个人如何对待职业，对待别人以及自己的思考。

　　曾读《流感下的北京中年》读到泪流涕下，而这本书也许给你带来希望和光明。生命可贵，你我珍惜。

嘉兴"阅读女郎"读书会负责人　**想想**

　　若在图书馆归档，《医述：重症监护室里的故事》可以放在"职场小说"那一列：以医疗行业事件和医患人物为背景，讲述人生。

　　职业与职业之间，因信息不对称，而鸿沟巨大。阅读《医述》一书，有的人能了解 ICU 的具体工作内容和流程；有的人能满足猎奇心，体会别样人生；还有的人能从中励志、寻到安慰。

　　合上封底，我终于懂了当年亲人离世，ICU 医生说出那句"没有消息，就是好消息"后，为何也会深吸一口气。那一刻，他（她）的压力丝毫不亚于我。

故事满足我对人和世界的唏嘘，从而更珍惜现世的安稳，懂得悦纳自己。给我两点一线的死循环式生活，送了点安慰剂。

"叙事"理论的创立者沃尔特·费舍尔说过，一个精心讲述、具有叙事理性的故事，比专家们用准确事实所做的证言，更有说服力。所有的知识、科学、情感、经验、态度、价值观……，都能通过故事，让听者内化于心，外化于行。

谢谢殳儆。文字是心的投射。常年看惯生死，你的心还是那么柔软。

医学界传媒副总编　徐李艳

这是我这么多年看到的一部来自临床一线医生写的最优秀作品之一。《医述：重症监护室里的故事》内容真实专业，又不失小说的情节、悬念和冲突的设置，这也正是我们医疗领域的人员所期待的作品。

重症监护室这道神秘厚重的门之后，浓缩了各种生死瞬间和人性冷暖，这里面的故事永远说不完。这道门之后各种复杂繁琐的治疗细节我不想在这里冗述。我只想说，在这本书里，体现了真实的中国监护室医生的现状。每读一篇，我的心就有种被刺痛的感觉，会不由自主想起我的那些还在监护室一线的同事们，我心疼他们，各种心疼，总想能帮他们做点什么。前几天，帮重症监护室拍合影，临走时，我看见监护室的宫晓艳护士长的桌子上放着《医述》，我对她说："我还欠殳儆一篇读后感，从来没有读一本著作让我有欠债的感觉，这大概也是第一次。"

浙江省邵逸夫医院宣传处　周素琴

序

"生、老、病、死"是每个人人生的必经阶段。新生命的诞生总是令人瞩目；而生命的疾痛和终结，却难以为外人所知。

在战争年代，伤痛是人生的梦魇；在和平年代，疾痛是生命的梦魇。战士在战场流血牺牲，医生在战场的付出和危险却很难被人看到。走进重症监护室（简称 ICU），我们看到的是监护仪器上显示的数值和图像，看不到的是潜伏在生命航道里处处存在的险滩，看不到医生和护士如何在这生命的险滩率队领航。

《医述：重症监护室里的故事》是由生命险滩的亲历者讲述的生命故事。从故事里我们可以看到，ICU 医生是生命的"摆渡人"，把能够留下的病人，尽其所能渡回这个温暖的人间；把必定走向死亡的衰老生命，用尊严、舒适和体面的方式渡向生命的彼岸。

我希望更多医疗行业以外的读者读到这本书，从他人的生命故事中看到人生的另一个维度，了解人生的暗夜。从罗震中医生身上去了解、去理解医务人员那种具有代表性的专注和审慎的工作态度，那种忘却自我的献身精神，看到他们在执着地践行着职业的使命，坚守着内心的纯净和温暖，在医学的道路上坚定不移地播撒良善，守护健康；从他们身上去了解到医学的局限性和医生在风云莫测的疾病变幻面前做出医疗决策时所承受的巨大压力；从他们的平凡、重复和有风险的工作去认识，医生既是健康守护者，又是普通人，他（她）们也有自己的家庭生活，有自己的儿女亲情，有自己的情绪、个性，甚至性格上的缺点，医生也需要"信任"，怀有"希望"，渴望"关爱"。

希望更多医生看到这本书，在充满仁爱的医疗叙事中，体会医学人文的润物细无声的传承和传播。

现代临床医学之父威廉·奥斯勒认为："行医是一种艺术，而非交易，是一种使命，而非行业。"医学从来不是单纯的技术，伴随它的是对患者的照护。医疗，不应该只是机器、药物、护理、治疗、流程、规定，缺少了理解和关怀，缺少了温暖的人情味，再先进的技术也会贬值，医生无法达到接近完美的那个目标。

本书是一个资深的 ICU 医生执笔写下的真实的医疗叙事，内涵中真实的动机，主角罗震中医生并没有说，我来帮她说："让医学成为完整的、追求完美的实践科学，成为有深度、有人性的实践科学。"

中国医师协会会长

张恒居

前言

我是一个ICU医生，在重症医学这个专业摸爬滚打了整整20年。我一直想用一句话来形容ICU医生，把它送给我们这个历史不久、肩负重任、不被理解的艰苦专业。送给伤痕累累仍然在医路上执着前行的伙伴们。

选择重症医学这个专业，需要默默无闻地吃苦。当一个严重多发伤抢救成功的时候，让我们来说说功劳：脑部手术是脑外科做的；脊柱手术是骨科做的；介入止血是介入科做的……多学科会诊的时候，多个专科的大主任各抒己见，各有所长，每个相关专业都有独特的亮点，那么ICU医生在做什么有技术难度的事情呢？

选择重症医学这个专业，也意味着危险：危险来自于未知的疾病，郁结的情绪，长时间高强度的工作。瞪着疲倦的眼睛，时刻盯住监护仪的数据，不经意间，窗外已经从漆黑的子夜到晨曦初露。在复杂不确定的条件下，顶着重重压力，评估每一个"刚刚好"的刹那。忍受自身的和外界的所有情绪反应，哪怕是误解。屏息凝神争取最好的结局。

重症医学的与众不同之处又体现在哪里呢？

我一直没能想出合适的词汇。直到今天，这样几个字像是闪电一般划破我的脑海——险滩中的领航者。

驶入险滩中的生命之船，面对着无数暗流和险滩，撞上任何一个礁石，都有沉没的危险。湍急的水流，是疾病自身所具备的特征和规律，人类在它面前非常渺小，还不具备逆流而上的神力。

ICU医生是整体控制的领航者：看清每一处风险，评估每一个均衡，认清航向，整合精英团队的力量，将驶入险滩的生命之船引回正确的航道，争取再次扬帆。

救活濒危的患者；维护医院高难度外科手术的安全；在脏器捐献的过程中，让生命得以传递；目送必然离去的生命，让他感觉到人间最后的关怀和温暖——这是 ICU 医生的职责和使命。

我一直倡导的思想核心：生命是一个奇迹，治疗要不断地往前。人是一个整体，团队是一个整体。每一只从险境中转危为安的生命小舟，都在印证 ICU 医生的价值。

生与死的边缘，思想、逻辑、人文精神的要求，远远高于繁复的操作和数据。敢于处理危重疑难，才能体现我们的价值。于精湛的技术而言，体现温暖的关怀是医学的终极目标。

ICU 医生，是险滩中的领航者。

记录文字是绵延 20 年的持久习惯，一开始是个人漫无目的的自我纾解和释放，在度过医生职业生涯的"萌芽期"和"青春期"后，开始成长为一个成熟的 ICU 医生，担负起科室负责人的重任，担负市公共卫生事件的抢救职责，成长的艰辛和痛楚特别尖锐，所以记录的文字就越来越多。

自从我开始踏入医路，医患关系就一直是个热点。看到那些针锋相对的话题，火药味十足的新闻，还有我自身的经历，深深感觉，医生是个封闭的不被了解的群体。

常人能体验到手术室外来回踱步的焦虑，看不到手术台上的汗如雨下。

常人能体验到被告知病情后的思潮混乱，不知道医生面对不确定病情的艰难决策。

常人能体验到重症监护室门口焦灼不安到天明的疲乏和伤心，无法知道紧闭的大门后医生盯着监护仪，高强度彻夜工作的压力。

因为不了解，所以有误解、有偏见、有无法化解的情绪郁结于胸。

于是我把自己这一段 ICU 医生的成长和体验全部写成故事，那是医生在泥泞中走过的一个又一个脚印。上篇取材于 2009 年抢救重症甲流患者时的经历，下篇取材于日常工作面对的一个个病例。

我以真实的感受，告诉医疗圈以外的朋友们：医学是一门不确定的学问和可能性的艺术，医生在努力传递温暖和关怀，虽然他们自身也有这样那样的不完美。

医生都在过着大同小异的生活，有着大同小异的烦恼。这是某个"时间段"医生视角下的真实人生，既然疾病是每一个人无法绕过的经历和劫难，或许你愿意知道，在劫难中曾经帮助你，和未来可能帮助你的医生，是怎么想的。

夊傲

2018 年 2 月

目录

上篇

第一章
蒙面天使

2018 年初，新一轮流感病毒不期而来，死亡的病例，让"白肺""奥司他韦"这些重症医学专业里的词汇为普通人所知，让我的思绪，飘回到 10 年前……

那是 2009 年，中国南方一个城市，我和我的伙伴们，在远离市区的烈性传染病重症监护隔离病区里，准备接收第一位甲型流感（H_1N_1）病人，故事就从这里开始……

1. 孤军

我是 ICU 医生罗震中。冬天早晨开车去城南路"那个地方"，那个简易房子还没有正式的名字。

我的开车技术不好，空间距离感不好，眼睛余光看着两边的隔离护栏都有点怕，车子无可救药地会走 S 路，开在两道的中间。好在那是一条出城的路，车流并不繁忙。路过斜西街的时候，时间还早，著名的斜西街烧卖店门口还没有排起队来，于是顺路打包了三盒烧卖——我要去的那个地方连早饭都买不到。

从城南路，穿过环城路，二环以外下一个坡，就是那幢简易的平房。

矮矮的一层，蓝色的屋顶，像工地上供工人临时居住的宿舍，躲在城南卫生院后面的围墙里，极不起眼。西面靠着运河的河湾和城外的一大片荒地。大门开在围墙后面，既无门牌，也无标识。若不是刻意去找，这个房子隐蔽在周围的环境中，会让人以为是工厂的库房。

"哇，你来了。救兵啊！"方宇开了铁门，到门口来欢迎我。他穿着监护室的蓝色刷手服，监护室的蓝色工作拖鞋，裹着白色的棉大衣。呼啸的西北风里，一呼一吸间都是白色的水汽，在这个破旧的简易房子门前，看上去怪里怪气的。

"吃的来了。"他饿死鬼般从我手里接过热气腾腾的烧卖，头发乱翘，胡子茬发青，一副值了班没有梳洗的鬼样子。我们俩混在一起当医生好多年了，累得兵荒马乱的时候，什么丑样子都见过，早就没有男女之分。

方宇打开饭盒，夹起烧卖就往嘴里扔，空气里立刻弥漫起肉香混合南湖香醋的味道。房间里的空调温度不高，他拎起冰冷的矿泉水就灌下去，看来热水都没地方去弄。

空房间里只有一个破旧的桌子，他坐在办公室唯一的一个凳子上，一个监控中央屏孤零零地竖在中间，屏幕上有一格监控图像，显示了病房里唯一一个病人的影像。

"你看，就这些，没有什么可以交班。用无创，体温已经下来了。"方宇用一次性筷子指指图像对我说。

"条件高吗？"我环顾一下这间简陋到让人惊讶的办公室，墙面灰扑扑，天花板上是泛黄的大片陈旧水渍，窗台上有窗栏铁锈流下来的赭红色水渍，墙角的插头令人不放心地露着半截电线。

"不算高，拿下来也不是很气急。"方宇忙着填肚子，"搞定这样一个病人，对你来说，是分分钟的事情。问题是，这里什么也没有，明天接你班的人是谁也不知道，一篇糊涂账。"

"这是病历。"方宇指指桌面上，一个大铁夹子夹着的几页纸，"我已经尽力了。"

医院的班车这时候吭哧吭哧地停到了小路上。司机小刘拎着两个袋子下车，站在门外，并不走进来："接一下，有什么要带回去？"小刘和方宇打招呼，把手里的东西交给他。

"带我回去。"方宇赶紧说，"我这个样子，昨天下午跳上救护车就接病人到这里，自己衣服都在医院里，你不带我，我可怎么回去啊！"方宇身上是监护室的蓝色刷手服，又单薄又显眼，这样子到城南路上去打车，像个怪物，冻都得冻死。

"明天，估计还是我来接你的班。今天你得搞定值班室。昨晚我裹着棉大衣睡光板床。"他指指身上的棉大衣，"今天若不搞定，你就只有光板床了。"方宇裹紧白色的棉大衣，急急忙忙跳上医院的班车，回去了。

片刻间，还没有搞清楚状况，我就一个人站在这个病房办公室里，接收这个未来被称为"烈性传染病定点病房"的简易房子了。

医院准备这个病房的动静，已经有些时日。我和方宇是 ICU 的高年资医生，一向医院只要有什么风吹草动，需要抽调"医疗应急抢救小组"，我们就一定是临床医疗组的成员，台风、地震、运动会、重大庆典，都是。

1 个多月前，成立 H_1N_1 的应急抢救小组，我们也理所当然地在名单里——名字已经参加进去了，人仍然天天在医院的重症监护室查房、谈话、跑急会诊。

偶尔听到金华、杭州传来的消息，知道其他地区已经开始收治重症甲流病人。没有想到的是，就在昨天，忽然领导决议，这个病房开张了，由方宇去接了第一个确诊的重症病人，到这里来住院。

"哎呀，你来啦。"老许呱啦着松脆的大嗓门，略有沙哑地叫我。她刚从隔离区脱了装备出来。老许是呼吸科的护士长，医院派来负责这个定点病区的，年纪比我大一截，是所有护士长中比较年长有经验的。

她正在费力地拧氧气瓶上方的一个阀门，我帮她转了一下，阻力太大，死死的。我顺手拿起一把大起子，用杠杆原理，把阀门转松了。"啊哦，来了援兵了。"老许说，"看着换氧气瓶啊！等下就轮到你了。"她把一个比她高的满瓶氧气慢慢地斜靠着转过来，换上去。

我吐吐舌头，看着触目惊心的 10 个氧气瓶，就知道不好对付。铁门口的氧气站，是我这样"娇贵惯了的"医生从来没有对付过的，医院里用的是设备带，一插就可以了。中心供氧用惯了，再看氧气瓶就有点心虚。

"过来先做苦力。"老许带我进走廊东面的生活区域。这个地方弥漫着一股久无人烟的气味，混合着消毒药水冲鼻的刺激。似乎到处都有关不紧的窗缝，呜呜地漏着风，听上去怪荒凉的。

这个房子我来过一次，那是 2003 年非典的时候，建造的目的和速度都和传说中的小汤山一模一样。一片圈定的空地，过三天之后，已经魔术般地竖起一幢平房，再三天，我们来的时候，房子已经刷白，装修好。更夸张的是门前的小路水泥未干，道旁的树都已经种好。

那一年，终究也没有收 SARS 病人，这个病房就一直空置在那里，围墙一拦，铁门一锁，在城外的风吹雨淋中，慢慢变成一个新的旧房子。周围约略知道来历的人，慑于 SARS 的影响力，都不敢随便进去。

这个当作微型小汤山的病区，就是按照烈性传染病房的防控要求来建的，缓冲区在办公室和隔离区之间，由一扇扇玻璃门隔开，西边是收治病人的隔离病房。这么规则复杂，结构特殊的建筑，全市只有这一处。

"啥也没有，就开张了。"我看了一眼空空如也的治疗室、机器库房和药房，感叹一声。"我先带你熟悉功能区，规矩有点复杂。把你调过来，就是叫你逢山开路，遇水搭桥的呗！"老许一边示范穿隔离衣，一边对我说，"今天的药都刚从医院运来，你得帮我列清单，要东西。"

我学着她的样子穿隔离衣，戴口罩，戴手套。这些规范，近两个星期以来，医院里教了又教，培训了又培训，自然是熟悉的。

"我得到的指令是，可能马上会收上呼吸机的病人，不止一个。"老许皱皱眉头，她的消息也不太灵光，前方如火如荼的会议与这片房子距离遥远。

病人是一个年轻人，上着无创呼吸机，呼吸还算平稳。我用听诊器听了一下，又看了一眼无创呼吸机的参数。这样的病人，对 ICU 专业的医生来说，不太重。

无创呼吸机好比是支持呼吸的一根拐杖，而我们 ICU 医生治疗的大多是气管插管的病人，就好比是用轮椅的，因此，撑拐杖的在 ICU 医生眼里真不算什么。

环顾一下房间，也就这个第一间病房约略像个病房的样子，有床边监护仪，床头柜给占了一大半，接线板很明显地吊在墙角落里。

"还好。"我对老许说，"插管箱备着没有，看这个样子，应该不用。"我拿起床头的 CT 片看了一眼。"在走廊上的抢救车里，应急要用的那点东西，昨天第一个备好的。"老许指给我看停在房门外的抢救车。

病人醒着，但是很淡漠，无奈地看看全副武装的我和护士长，不说话。他的呼吸并不太窘迫，可能是服下的抗病毒药奥司他韦已经见效了。被困在这样一个限制自由的病房里，由一群面目不清的人在身边日夜治疗，对一个清醒的病人来说，恐怕不会是很愉快的经历。

"现在需要习惯，没有护工哈。"老许看我是在查房的样子，顺手把墙边的接线板绕好，对我说。

我退到走廊里看了一眼。6 间朝南的病房，其余 5 间都空着。孤零零的一张铁床放在房间的中间，连床垫都没有。只有全新的空调，很醒目地挂在墙上，明显是刚刚装上去的，地上的碎屑都还没有清理干净。

走廊的尽头，西门由铁链子锁着，一台很显眼的床边拍片机停在靠西的位置上，也不知道它已经在那里待了多久。朝北的 6 间病房都关着门，里面似乎堆了很多东西。

"我们需要先准备一间病房，免得临时收病人了，东西都找不到，对吧？"这个荒凉空荡得出奇的病房显然需要自己来规划，我对老许说。

"呼吸机今天会再运一个过来，要些什么特殊药品，你筹划一下，给我拉个清单。"老许和我合力把一个床头柜从库房里搬出来，放在第二间病房的床边。库房里有堆得山一样高的床垫，用塑料布蒙着。

"护士长，这个治疗你和我对一下。"今天刚来接班的护士双双从治疗室伸出头来叫老许。双双手里一瓶盐水，一页治疗单，她身后的"治疗室"空荡荡的，只有一张旧桌子。

"大家都习惯一下啊。我先给你们订饭，昨天少订了一份中饭，就有人没得吃了。"老许拿出电话，给食堂订餐。

我们的医院，大本营远在 3 公里外，每天 3 次的固定班车，附近没有人烟，是货真价实的荒郊野外。

"喂，你和护士长需要加快进度。"叶深打来电话。他离开重症监护室，去当医院的医务科长才几个月，就遇到了甲流这么大的公共卫生事件，最近一直忙得不可开交。

"已经又有病人了吗？"我从墙角捞起一张瓦楞纸板，开始列清单。办公室里空空如也，写病历的纸张都还没有运到，只好先用用这些废弃的纸板。

"妇保医院有一个孕妇，高热，马上要做呼吸道的病毒检验，现在已经有点气急，看上去有点像的。"叶深说，他也是市级专家组的成员，还需要负责市内各大医院的一部分会诊。

我们市一医院辖下有本市的传染病中心，甲流这样的公共卫生事件，必然是由我们医院组建队伍的。昨天听说的决议是：能够转运的重症甲流病人，全部向这个病区集中。

"做完检验确诊，至少也得到前半夜，我们有半天时间准备。等你这里的消息就是了。"我看看空荡荡的病区，空房子、空柜子、空仓库。这样从无到有的准备，其实半天的时间很紧张。

我列好一张清单递给护士长："老板娘，你打电话叫班车带来。"老许看看我列的东西，赞一声："震中，你是个管理科的天才。"

门外的小路上，医院的大车小车一辆接一辆过来了。司机、工人从车上帮忙卸货。门口的小型工程队也来了一车，在病区的围墙内安装铁围栏，充当另外一道隔离界限。电焊烧得气味灼人。

整圈的围栏还没有装起来，门口醒目的牌子就先竖立起来了：烈性传染病区，禁止进入。这样，总算有了一点破土动工，成为病区的样子了。

"震中。"老许在门口叫我。我伸头看一看，见护士长正在和搬运的工人交涉，连忙跑出去。

"你告诉师傅，传染没有到这么远的，隔离区外面要给我们抬进去，不然我们怎么抬得动这么多东西。"老许有点气呼呼的。原来是工人师傅忌讳传染病房，不愿意进病区的大门。

"看，我们在办公室都不需要戴口罩。"我对两个离隔离区还老远就戴上蓝色口罩的工人师傅说。自己先推着个巨大的纸板箱进去。我并没有戴口罩，这样里里外外的搬运重东西，戴着口罩会闷死。况且，这里离隔离区远着呢。

"帮我们放进清洁区，其他我们自己搞定。"我指挥工人师傅。他们将信将疑地看了我一会儿，也就偃旗息鼓，嘟嘟囔囔地开始动手了。

"隔离区怎么搬进去呢？"老许看着一大堆东西，继续不满。

我把需要搬进隔离区的东西排排队，一小堆一小堆地放在缓冲区的门口，对老许说："就这样子，每次进出大家都不要空手，双双在里面，有空的时候，往里搬几件，化整为零。"

双双在里面护理那个戴着无创呼吸机的病人，工作量并不大，已经把一天的输液和治疗完成了大半，正好发挥蚂蚁搬家的功能。她一手拎一个黄袋，一边向隔离区深处走，一边叫着："重倒是不重，就是这口罩快要闷死我了。"

"双双，先分堆放着，把重要的治疗药品先理出来。"穿隔离衣太麻烦，里面有双双一个就够了，我就没有再进隔离区，在缓冲区外面当搬运工。

两只从不干重活的手，只是搬了几趟东西，就开始痛了。我连忙停下，用护手霜涂好，戴一双乳胶手套。

"震中，你真是一个管理科的天才。"老许继续赞我，转眼看着我娇贵的一双手，讪笑道："只是这两只手，就不像干活的人。"

医院的电工、设备科，又到了一大队人。这个病区没有完全完工过，很多地方的电线都拖在外面，插口的面板都没有装。走廊的日光灯都还没有装。电工师傅攀高爬低，开始动工。

设备科的工程师过来安装监控探头。专职管理呼吸机的工程师拿了一盒子接口，来看这氧气站和设备带，和医院运来的呼吸机接口是不是匹配。鸡毛蒜皮，千头万绪的事情，同时在动工中。

外面院子里是电焊的一闪一闪，里面是冲击钻的粗轧声音，和乒乒乓乓搬家具、搬重物的声音。运货带来的泡沫、纸箱堆得小山一样。景象繁荣得像一个工地。

天色慢慢转暗，冬天的 4 点多，风比正午凉得多。大车小车一辆辆回去，院子里慢慢沉寂下来。

被人声惊吓后沉寂了半晌的鸟，在荒草间"哇，哇"地高叫，嗓音粗轧，起承转合，像在聊天。

"好累，好累。"护士长的嘹亮嗓门在走廊里响了一天，要东，要西，现在比早上沙哑了很多。一屁股坐在休息室的床上发愣。

"你可以回去了。"我说。上前半夜的护士是 ICU 的燕子。双双戴了一天的口罩，小脸上留了印子，红红的一个圈，看上去很好玩。她和老许一样筋疲力尽地拖着步子，去开电瓶车。"搬运工累死了，我要回去睡觉。"双双把脑袋埋进毛茸茸的帽子里，双眼红红的，小姑娘确实是累了。

"嗨，第二个病人马上从妇保医院过来，你这里怎么样？"夜色像幕布逐渐降临，人声渐寂，离开不甚繁华的环城路还有段距离，周围一片寂静，显得病房无创呼吸机的滴滴声格外突出。

叶深的电话来了。这段时间他坐卧不宁，8点多了还在妇保医院医疗讨论，这会儿应该是呼吸道病毒监测出结果了，果然是阳性的。他在那边调度转运。

"现在上着无创呼吸机吗？"我到隔离区里看了一下病房的位置。柴工这家伙干活真够呛，探头装好了1病房和4病房，中间两间还没有搞定，墙面上吊着线，地上一地碎屑。梯子都在2病房架着，看样子明天还得继续。我只好先用4病房。

房间空荡荡的，铁床上铺了床垫，床头有旧的床头柜。准备起来应该不算费事。燕子打开房间里的空调，预热起来。

"有可能需要，有点气急，CT上正在快速进展。如果还有无创呼吸机的话先备着。"叶深说得模棱两可，听这意思不算太重。

机器库房里只有一台德尔格呼吸机了，孤零零像熊一样蹲在那里。白天老许已经把管道全部装好。我和燕子一起把它拖过来，放到床边，接好电源气源。

德尔格不是无创呼吸机。现在已经晚上8点了，这个时间打电话，叫医院专车送无创呼吸机来，估计得要大动干戈，把司机、护士长、工程师全部从家里叫出来。不过对于我来说，德尔格用作无创机也没有什么难度，模式上选好就可以，这机器的同步性能非常好，临时用作无创机有点大材小用了。等明天再想办法换。

我和燕子一起铺被子，铺床，连监护仪。入夜之后，附近除了西北风的呼啸声外，只有住在荒郊野外林子里的大鸟偶尔"哇，哇，哇"长啸几声，有时带着回音。没有人声，没有车声。

"我去开西门。"我拿了一大串钥匙到走廊的西头，去开隔离区收治病人通道的铁门。

这个简易房子的外形虽然像个工棚，内里的格式却是按照烈性传染病的隔离要求建造的，西门是病人入口。西门的围墙外，紧靠着运河的河湾，大片平缓的水域隔开了附近的道路和房屋。

当初，选址的时候，听说专家们也对周围的环境都谨慎地考虑过，此处人烟稀少，运转起来不容易引起居民的恐慌。

我把病房的走廊的灯全部开起来，可能是病房经过的风霜不少，即使开了灯，看上去还是昏暗得很。铁锈的西门在收住第一个病人的时候开过，尽管这样，我"哐啷哐啷"打开链子的时候，长久不用的铁门还是掉下很多锈蚀的碎屑。

救护车到路口就关了警报声，无声地穿过小路，停在西侧的尽头的病人通道口。我和燕子穿好全套隔离装备，到车上去看新来的病人。那是一个年轻的孕妇，肚子并不很大，看上去也就 5 个月大小，穿着红色睡衣，脸上戴着淡绿色的储氧面罩。她坐在椅子上，可见病情并不太严重。

"你能走吗？"燕子问她，本来我们是准备好来抬担架的。她点点头，自己站起来，在我们的搀扶下慢慢下车，走进病房里。我和燕子一左一右扶着她，手里还拎着小氧气瓶、转运监护仪等一大堆装备。

叶深的车停在小路东面生活区的门口。按规矩，没有穿隔离装备的他，得从洁净通道的东门进来。

她坐到床上，燕子马上给她接好氧气，我发现，在短暂的活动后，她喘得很厉害，胸廓剧烈起伏着，额头有细小的汗珠冒出来。

燕子立刻给她夹上氧饱和度指夹，90% 的数字跳出来。勉强及格。

短短几步路的体力消耗，已经让她受不了了。

"很累？闷不闷？"我问她。这是一个脸庞白皙的女生，圆圆的苹果脸还带着一点婴儿肥。我把床摇成 45 度，让她靠起来，这样略隆起的肚子对呼吸的影响会比较小。

她点点头，额头触手滚烫，体温不低。

我把德尔格呼吸机开起来。她看了一眼，略有点紧张地问："这是什么？"

"戴一下，试试看，会好过一点。"无创面罩轻轻合在她的脸上。德尔格呼吸机到底是德国人产的高档呼吸机，当无创呼吸机用，同步性也非常好。她略微惊诧了一下，感觉了一下，没有太大的不舒服，几个呼吸的起伏之后，胸廓急剧的起伏略微缓和。她的神情也放松下来，任由我和燕子合力七手八脚给她固定好无创面罩。

监护仪的显示数字上，经皮氧饱和度上升到 98%。她的呼吸慢了下来，像跑步结束以后慢慢缓和过来的样子。我问她："有没有觉得好受一点？"

她点点头，放松地靠下来，自己把枕头垫垫舒适，窝在床上。

"今天的奥司他韦刚转运之前已经吃过，估计体温下来会出很多汗，给她多喝点水。晚上就不输液了。"用听诊器听了一下肺部的情况，我告诉燕子。她在出汗，我的手套上湿了一片。戴着乳胶手套查体很不方便，触觉变得不灵敏。

径直脱了隔离装备去办公室，病人的病历和 CT 片子都由叶深开车带来。

"这是病历和刚才市专家组的讨论记录，你看一下。"叶深环顾一下空空的办公室。

一桌、二椅、一个破柜子，都是上了年头的办公家具，边边角角上淡蓝色的漆早就磨掉，露出光滑的木头本色。

地上搁着电热水壶。大铁夹子夹着几张手写的病历纸挂在墙上，那是1床的病历。他拿起桌上另一个夹子，把手里的新病人病历夹上。房间里的空调是新装的，在低低的嗡响中工作着。

中央监控屏可以看见新病人朱慧（化名）在病房里的状况，燕子在她身边接心电监护，跟她说着什么。监控屏上只能看到黑白图像，没有声音显示。

"还行吗？"叶深问我。

处理这类不太重的病人对我来说轻而易举，我知道，他想知道的不是这个。他是在问这个病房里工作的流畅度，也在问我是不是适应。

"好多体力活！物资匮乏。"这个病房前一阵子曾经收过几个轻症的疑似病人，那时候整理过一下，目前的条件还远未到可以收治危重病人的程度，得好好调度。

我翻看着他带来的化验资料："你呢？"我问他。话已出口，才发现自己的嗓音十分干涩。

已经有一阵子不在一起混，兄弟们早上查房的时候发现少了一个他，心里始终空落落的，好像缺了点重要的东西。

"忙忙碌碌，电话打的快着火了，也不知道在忙什么。"他淡淡苦笑。他这人向来不喜抱怨，也就是在这里，在寂静的、没有旁人的病房里，才会这样说，才会流露自己的无奈和厌倦。

他本是天资和勤奋兼备的人，是很出色的医生，万般无奈地放下自己喜欢的专业，去做行政，这种不可言说的无奈，是心头的一个伤。

"早点回去吧，这里有我在，没事的。"我回头看他。他一脸疲惫，没有半分欢愉之色。眼下这一阵子是非常时期，医院里很多人都没有上班下班之分，只要有会诊就得开工干活，和军队似的。他负责总体调度，更加没有消停的时候。

"有事打我电话。"他点点头。这是他往常的习惯，太习惯太熟悉的话，让我听着觉得心头一酸。以前，如果有疑难的病人，临走前他也会这样说。无数次无数次，他在半夜冒着风雨赶来，绝不抱怨，绝不耽搁，绝不推脱。

仿佛是一句许诺：有事随时找我，任何时候，麻烦由我来应付。若不是这百分百兑现的许诺在过去的十年里为我挡掉了太多的麻烦，我的依赖感也不会这么重。唉！

带着大钥匙串送他出东门，看见新病人的几个家属不知所措地守在东门口，在冷风里焦急地瑟缩着踱步。

"医生，拜托你。"年长的男人是病人的爸爸。浓重的烟味，阴郁的脸色，褐色的围巾挡着冰冷的风，焦虑从他周身的每一个细节透出，却仍然非常有礼。

"我是罗医生。"我看了一眼，发现没有可以谈话的地方，按规定，家属必须在距离东门几米外的围栏外等候，只是今天的围栏还没有来得及装好大门，只能姑且在东门外站着简单说两句。

冷是真冷，11月底的气温，我穿着监护室的刷手服从温暖的空调里出来，忍不住打了个激灵。

"家里人的电话已经登记在本子上，晚上手机请一直开机，有事情我会打电话来。"我简单地择要告知了一下。

如果像病房里收新病人一样告知病情，我会冻死在门口，估计转出妇保医院的时候，医生们也已经详细说明过了。在等待呼吸道病原监测的那几个小时里，妇保医院医生对家属的一轮一轮宣教、告知、再告知是我可以想象得到的。而市级专家组在那边协调讨论都已经两个小时。

"如果晚上一切正常，我明早会给你们电话，需要送早饭的话，早晨再过来。"室外的低温透过单薄的刷手服沁入肌理。我摸出口袋里的小纸条，写下病区的电话，递给病人的爸爸。"这是病房电话，有可能会不接，隔离区里的医生护士会有很多操作，没人接不用急，等20分钟再打。"我仔细地关照。一个不能打通的电话会让家属恐惧，而护士不可能随时接听电话。

"好的，明早我们会过来，医生，拜托你。"从家属站的那个位置看过去，其实看不到西头病房那边的隔离区，可他们却还是依依不舍地望着隔离区内透出的灯光昏暗地落在门前的荒地上。

我锁上东门，回到温暖的病区里。恍惚中，想到当年看过的 SARS 的资料。在小汤山，危重的病人就是这样被送进隔离区的。如果病情越来越重，终至不能回头，限于烈性传染病的防控原则，就永不能再见亲人。烈性传染病的残酷，我之前只在电影里看到过。而如今，我不得不去想，这样的场景，我会去面对吗？一颗见惯生死的坚硬的心，不禁寒战了一下。

温差太大，我在 25 摄氏度的办公室里狂打喷嚏。这次准备启动病区、抽调人员的时候，医院给我们打过流感疫苗。

我心里知道得清清楚楚，这不是 H_1N_1 的疫苗，这个病毒才开始泛滥，没有可能这么快生产出疫苗来，这是不需要查证就知道的事实。

可能是 H_3 的流感疫苗。从几个月前起，流感这两个字已经成为非常触痛神经的字眼，在遥远的南方，流感流行以后，流感疫苗的抢手程度令人惊讶，医院里只有抽调前线的队员才有配额注射。就连八角茴香的身价都已经翻了快 10 倍。

按我以往不拘小节的个性，会拒绝注射，满不在乎地让给旁人。但是这次 ICU 抽的人最多，名单里以我的年资最高。我打不打就具有了一点象征性。为了遮掉一点锋芒和棱角，我什么也没说，打掉算数。

旁人就没有这么多计较，特殊的配额针剂，当然是好东西。设备科的工程师们还颇为羡慕："我们也要进病房的，我能不能也打一针？"

"口罩戴结实点得了，医院一共才配给 30 针，急诊、呼吸科的医生都还没有轮到呢。"负责打针的护士长不耐烦地说。

急诊科、发热门诊、呼吸科，每天都在接诊大量的发热感冒病人。

本省重症流感死亡病人已经在新闻中有报道。药店里，质量略好一点的口罩已经脱销；有清凉泻火功能的中成药全部炙手可热。食醋熏蒸这种消毒手段在各个学校里用得很普遍，搞得连本地南湖香醋都涨价了。

夜色把这个封闭的病房和世界隔绝开来，只剩下我们四个人。

我，燕子，两个病人。

两个上无创呼吸机的病人，对于我这样高年资的 ICU 专科医生来说，工作量并不大。片刻就搞定了病历和医嘱。

我很警觉地检查了一遍仅有 10 个氧气瓶的氧气站，在这个条件简陋的封闭病房，我们用手机铃声来提醒自己检查氧气消耗量。

又到隔离区内找了一遍抢救车、气管插管箱等抢救用品。稳定的情况下，我们两个值班足矣，工作压力并不大。但是我十多年的经验告诉我，这个病房最大的问题是没有能快速调动的援兵。

一旦需要抢救病人，两双手是远远不够的。

医院的 ICU 内重病人如果需要抢救，护士医生都会自动补位，过来三四个人帮忙抽药，心肺复苏，按压人工皮囊。

几个有经验的医生护士可以立刻同时开动，院内的呼叫系统还可以在 5 分钟内叫总值班到场协作，一起帮忙。人多手多，自然成功率就高。

但是在这里，一旦危机来临，只有我们两个人。医院远在 3 公里外，援兵至少要 20 分钟才能到场。

而且，穿上了整套隔离装备，就感觉人的灵活性明显下降，戴了 N95 口罩和防护镜，想要气管插管，就不是这么容易了。触觉都不灵敏了，何况这眼镜片，太容易起雾。

我不缺技能，不缺经验，但是缺帮手。眼下，这个深夜，也只能未雨绸缪，先策划一下，在心里演练一下，怎么样才能最快。

我到两间病房里看了一下。一病房的病人已经睡着了，戴了几天无创呼吸机的他已经很习惯，自己懂得把面罩卸下来咳咳痰，喝口水。白天我每隔几个小时就看他一下，每次都觉得他情绪很淡漠。肺部的情况其实好得很快，可能再过一两天就无须再戴无创呼吸机了。

新来的朱慧（化名）明显累了，呼吸平缓下来，监护仪上显示的指标也不错。这奥司他韦治疗 H_1N_1 病毒的确是高效，第一剂才吃了几个小时，汗出了很多，睡衣有点潮腻，体温应该是降下来了。她蒙蒙眬眬没有完全睡着，看见我在床边，伸手拉住我的衣服。

"不用紧张，我们都在。"我摸了摸她的圆脸。一个女生，半夜隔离在单独的房间里，和我这样裹着严严实实白色防护服的面目不清的人单独相处，她也是害怕的吧。

"睡觉吧。要不要帮你关灯？"我问她，她的脸上紧紧罩着无创面罩，说不出话来，无力地摇摇头。我知道她是怕的。陈旧的病房，陌生的机器，防护服包裹着的医生，还带着铁锈的窗栏、围墙——这是最像牢房的病房。

燕子正在走廊的一个小桌子上记录监护单。她也是紧张的，隔离区的中央监护仪没有装好，床边生命体征的监护参数在隔离区以外的办公室看不见，只能凭借监控探头来观察病人在病房内的状态。燕子不敢离开隔离区一步，唯恐病人万一有什么状态，来不及发现。

毕竟办公室里可以看到影像，却没有报警的笛声。如果病人窒息，晚半分钟发现和反应，可能就是一条性命。所以夜班的工作量虽然不算大，可燕子甚至连脱下隔离服去办公室喝水都没去过。

"你去睡觉吧，有事我叫你。"燕子对我说，"已经很晚了。过两个小时就得干早上的活，这里阿姨都没有，病人用的生活保障要早点做。"

"氧气瓶需要 6 点的时候更换，我手机设了闹钟，你不用管。"我离开前看了一下二级氧压表。两个无创呼吸机在连续消耗氧气，平日里，这都是无须操心的事，医院有专门的设备和人员管理中心供氧，但是在这个孤岛上必须要有警觉性。我和燕子都在自觉地适应着。

铁门前的小路只有不到 50 米长，从东头的斜坡，一直到西头的小河岸。旁边围墙内外都是大片荒地，望不到一个建筑物。有灰黑色的大鸟，在晨曦中"哇，哇，哇"叫得极其响亮，更显得附近十分冷寂。

2. 主帅

手碰到氧气瓶，冰冷冰冷的。我开了铁门，在小路上折返跑。咚咚咚的脚步声在晨曦中非常孤寂。王家卫的电影里说：人身体里的水分是一定的，流了汗就不会再流泪。这个像简易牢房一样的病房，我们不知道要待多久。

这阵子，情绪欠佳，我经常跑步，趁着跑步排除体内的不良情绪，吸入清冽的空气，也能想明白自己要做些什么。

跑了一会儿，身体的热量渐渐透出来，也觉得可以容忍冰冷的氧气瓶了。我回氧气间去更换冰冷的氧气瓶。这是个体力活，A 组氧气旋转阀门，更换成 B 组。转下 5 个空瓶，换上 5 个满瓶。阀门已经有点铁锈，咯吱咯吱的，5 个阀门中倒有 3 个转不开，只好用大扳手帮一下忙。

每个氧气瓶都比我高，沉重，冰冷。15 度斜靠在身上转过来的时候需要点技巧。换完氧气，爬上凳子看一下高处的一级氧压表，在到办公室的走廊外看一下高处的二级氧压表。

在使用中心供氧和设备带的医院里待了十多年，向来用氧气只是朝插孔里一插，从没有这样原始地使用过氧气瓶。就像一个用惯了管道煤气的人，突然要引火生煤炉，相当于倒退 20 年回去，这生疏和不习惯，需要好好消化一下。

情绪低落，性子也沉静了很多，决不抱怨，只是闷头做事，话也懒怠说。在这孤岛一样的地方，只有靠自己做妥一切。两次换下来，也就习惯了，没有什么是不能够习惯的。我叹一口气，并非只有大丈夫能伸能缩，没有退路的时候，谁都能伸能缩。

"这么早就过来了。"看到晨曦中，病人的家属在围栏外踱步，他们回家才几个小时，我出去打招呼。"这是给她的早饭，医生麻烦你带给她，她还好吗？"朱慧的爸爸把捂得好好的一袋子东西递给我。

"暂时没有什么变化。"我说得很谨慎。有时候好与不好也只有一线之隔，不能简单地用"还好"这样语意含混的话来安慰家属。

"其实你们不必这样。"我看着他压抑着焦虑和担忧的脸，花白的胡子茬，明显缺乏睡眠的憔悴的眼睛。

"罗医生，宝贝女儿在这里，我也知道等着没有用，看也看不见，但是在家里床上怎么睡得着呢？待在这里，即使是坐在车里，也感觉离她近一点，有时候我还能睡着一会儿。"老先生温和地说。车停在不远处的停车场，一家人都在，也许只是回家做了顿给病人的早饭。

"你忙吧。"老先生温文有礼，仍然是望着病房的方向，在围栏外慢慢踱步。

办公室的简陋程度比 24 小时前已经好一点了。破旧巨大的文件柜也是我和老许两个人从小路上合力搬进来的。病历用的各种纸张、文件、标签都整理了出来。

工具箱是重要的东西，鲜黄的箱子搁在文件柜顶上颇为醒目，免得找不到。中央监控屏占据了一个桌子。等 5 个病房的监控探头都装好了，每个病床都会有探头对着。在屏幕的分格图像上，现在亮着两格，汪良（化名）和朱慧两个用着无创呼吸机的病人，可以看到。

这样，即使不时时在病房里盯着，也能大致知道病人的状态。监控探头的质量还可以，勉强可以看清床边监护仪的图像和数字。

燕子脱了隔离衣出来，坐在桌前对着监控屏，一边写交班一边说："我肯定还有什么事忘了做，这个地方和医院里太不一样了，一下子要做什么都搞不清楚。"她眼角的余光一直盯着监控屏。

　　隔离区和办公室相聚有一段距离，进去还要更换全套隔离装备，所以燕子离开病房就非常警觉，生怕病人有状况。

　　我正在用笔手工开化验单，这化验单是医院几年之前用剩下来的，停用很久了，自从信息系统上线以后，医院办公都已经习惯了电脑打印。

　　"你忘了抽血没有。班车马上要来了。"我看了一下手机上的时间。

　　"啊。几点了几点了？"燕子在墙上习惯性地找钟，但是墙上当然什么都没有，终于在监控屏的左下角看见了小小的时间显示，6：30。

　　"抗凝管，黄袋，一次性针筒，这是你要抽的血。"就知道她一时适应不了这个还没有建立秩序的旧房子，我指给她东西放置的位置，把开好的化验单给她。

　　一边在插在门口把手上的瓦楞纸片上写："闹钟3个，挂钟3个。"

　　搬来的箱子多，瓦楞纸片到处都是，给我顺手用来记事。纸片上已经写好几条，想到了缺什么，马上就记下来，需要让老许去医院调过来。每个房间的门口的把手上都有我插的瓦楞纸板。

　　病房里的垃圾袋一个一个撤出来，一袋袋放到污物通道尽头的门前，等待运送污物的车来。烈性传染病的隔离区还没有工人愿意来，加了薪水也没有。一大早，体力活干了一大堆。连给病人洗脸用的热水也是我们用隔离区里的电热水壶一壶一壶烧出来的。

　　"哇噻，晚上收病人了，收得还算顺利吗？"老许的电瓶车停在门口，一进门看到监控屏上又多了一个病人，马上问我。她的面孔在西北风里冻得通红。脱手套和围巾的时候就在张望隔离区里的情况。

　　昨晚收病人的时候没有叫她，她有点意外，毕竟整个病区的结构和收治规范只有她最知道。我才刚刚到岗一天，她没想到我自己开始折腾收重病人了。再说这么快又收第二个重病人，也没有做好心理准备。

　　"不算太顺利，今天需要充实我们的药房，不然马上弹尽粮绝。"我在门口贴着药房招牌的空房间门口说。

房间里有两个巨大的旧柜子，稀稀拉拉几盒药。地上放着两个一次性泡沫箱子，里面堆着小小一堆大输液。

"还有治疗室，深静脉穿刺包、胸腔穿刺包、输血的东西、导尿、胃管，你要准备的东西太多了，昨天勉强将就，收了个不太重的。如果今天又收，这里需要大大备货。"我踢了一脚泡沫箱子，发出空荡的"咚"的一声。

生活用品再匮乏也可以将就，抢救用品必须得马上到位。这个空房子需要快速充实，至少备得像一个病区的样子。哪怕没有化验室，没有药师，没有放射科医生，没有二线值班。我把手一摊："老许，你的老板最好快点到位，需要搞定的东西太多，徒手不能救重病人。"

"你等等，我记一下你要的东西，都是 ICU 日常用的……"老许是呼吸科护士长，对 ICU 日常抢救常备的药品和物品有点生疏。

我指了指门把手上插的瓦楞纸板："这是我记下来，急需要运来的东西。你慢慢统计吧。"

今天接我班的人还没有来，昨天晚上忘了问叶深，后续派了什么人过来上班。唉！管不了那么多。可能还是方宇吧。

"你说的对哟，我也催过了，医院到现在还没有委派负责人。只有我这个老板娘硬顶着。"老许无奈地说。她换好工作衣，往空空如也的机器仓库看一眼。机器，药品，日用办公用品，消耗性材料，消毒用品，隔离服……什么都缺。

"只有我和方宇两个人定了，其他抽谁来，你知道吗？"我问老许，对我来说，这是当务之急，今天早上没有人接班，我就下不了班。

燕子在门口，把几个黄袋送上医院过来的班车，这是早晨抽的血标本。司机把从医院带来的东西交给燕子。

这个时间定时过来的医院班车，是这个病房的补给线。

我看看拎着黄袋放上班车的燕子。"护士现在只来了 5 个，支吾过今天都很勉强了。"我提醒老许，毕竟两个病人都是用无创呼吸机的，在医院的呼吸科病房，这样的病人医嘱一定是一级护理，病危，需要的护理量不小。尤其是现在，连生活照顾的阿姨都没有，所有事情都靠医生护士动手。

"今天勉强过去，能不能抽来人，等下我去跟护理部要。"老许叹一口气。这个病区会收多少病人还是个未知数。需要多少医生护士这件事，从上到下都没有规划。谁也没有料到这么快就进入收治重病人状态了。

"你来负责这个病区行不行呢？没人当家也不行啊！"老许看我撕了一角硬纸板，在统计需用药品的目录和数量。

"你们老大叶深是好，但是你看他忙得这个样子，哪有工夫待在这里管病人呢？"老许从我进这家医院就认识我，知根知底。

"当我和方宇两个人的家呀。把一个破房子改造成一个 ICU，收一堆重病人，这是当鲁滨逊的节奏么？"我不置可否地说。这里虽然破旧，可却是媒体和行政部门关注的前线，三天两头会上电视，叫谁负责病房管理，院长自然会调度。一般来说，谁负责这个病房，就等于院长在对外宣布，这是我们医院治疗这个方面最强的技术骨干。

"病人收起来顺畅吗？"乔院长和护理部主任一起从东门进来。他们是跟着医院的班车过来查看病房的准备的。

"马马虎虎，需要好好适应一下。"我继续统计药品。这两个柜子里的药品大多数是为上次疑似的那几个轻症病人准备的，都是些口服药，和这次收的重病人的需求大相径庭。危重病人需要的针剂种类繁多，还有随时抢救所需要准备的药物，林林总总都要开出目录来，从医院运来。

"现在有一个重症的产妇正在妇保医院手术，准备手术以后用救护车转运过来。"乔院长看了看空荡荡的办公室和药房，面色凝重地跟我说。

病人收得太快了，手术后的病人一定是气管插管的，到这里来上呼吸机，这是要装备监护室的节奏了。我朝他看一眼："没有呼吸机了，人员怎么计划的？这里上班容易水土不服。"我看看他，心里想："这样的空房子就当监护室一样收气管插管的病人，准备工作也太紧张了点。"

"马上就会送呼吸机来，已经在路上了。这个病人后半夜已经确认阳性了。冯大主任已经在调人过来，需要你来培训一下。"乔院长一边说，一边看我手脚不停地把一块不规则形状的硬纸板前前后后都写满了字，交给老许："这是药品目录，大概 3 天的用量。"

"震中在这里帮我负责一下吧！监护室的东西需要她筹备。"老许愣头愣脑地对乔院长提要求。监护室的消耗品，与药房和普通病房不同，即使是后勤保障，老许也需要专业的指点。

"震中适应得怎么样？"乔院长看我又在角落里捡了张硬纸板，开始写备用的无菌包目录。熟不拘礼，我自管自干活，并没有认真搭理他。

"她很厉害，这大小姐螺丝刀、起子、扳手都用得很溜，劳技课的学霸模式。"老许对我使用工具箱里各种工具的能耐十分佩服。其实 ICU里多的就是机器，拆装一下滤网什么的，看看就看会了。

她跟着我核对目录，医院的车过来需要调度，一次最好还是统计得齐全一点。错过了一班车，下一班要半天以后才有。

"上午这里需要开个小的行政会议，市专家组也要讨论一下朱慧的病情。"乔院长对老许的提议不置可否，这不是他答应就可以定的，前线指挥官是个重要人选。责任重大，那种压力也不是谁都能受得了的。

我回头看看他，程序上怎么做都是常规，但是这个空房子还在草莽初创阶段，马上要再收更重的病人，千头万绪要理清楚，最需要的是马上加派医生过来，马上培训。没有援兵过来，谁来干活呢？

这时候，另一队行政领导开车过来，那是护理部、院感科、医务科，还有几个院长副院长。他们到会议室开会。老许过去旁听。

我的救兵方宇也来了，我自去隔离区和方宇交班，查房。大家各自有关注的重心。医生的心是很简单的，先解决医疗需求，安全收了重病人再说。

"已经收第二个了。"方宇在中央监控屏幕前看看。

"德尔格打无创了，有点重的啊！"专职的 ICU 医生一眼间就可以判断危重程度，换工作衣的一会儿工夫，他已经判断得八九不离十了。

"有一个监测阳性的病人，现在正在妇保医院剖宫产，今天会送过来。"我马上把乔院长告诉我的消息转给方宇。不管援兵来不来，这个病人需要他来接。

两个人更换了隔离服，进病房去交接班和查房。我已经忙了一天一夜，像一部能源耗尽的汽车，随时熄火。我们两个实际体验过值班的 ICU 医生都已经明白，这个地方的困难都在晚上。

虽然在白天，这个破房子看上去约略有点卫生院病房的样子，但是晚上，全部需要凭借值班医生的个人能力，把所有危机渡过去。正常行政的上班时间只有 8 个小时，剩下的 16 个小时我们孤立无援，夜幕降临的时刻，才真正是危机四伏。

"好吗？"我问用着无创面罩呼吸机的朱慧。吃了第一顿奥司他韦以后，她的体温迅速降了下来，出了一身大汗，额头的细小绒毛都被汗湿了，软软地耷拉在脸颊周围。熟睡了一会，看得出来，戴着无创呼吸机能让她感觉舒服一点。能够安静入睡，说明大体上她没有缺氧的胸闷感觉。

她点点头，无创呼吸机的压力颇高，她的体力很差，只能点头示意。她认出了全副武装的我，紧抓住我的手。

"没有问题，体温已经下来了，肺里的炎症需要一点时间，顺利的话大概是一个星期左右。"我尽量和缓地对她说。我们 ICU 医生习惯于和不能讲话的病人交流，就像唱独角戏。她需要知道在这里会发生什么，会待多少时间，心里有个底，对消除恐惧情绪有帮助。

我听了听她两侧的肺部啰音。她身上的睡衣已经被汗浸湿了。在我操作的过程中，她仍然没有放开我，紧紧抓着我的手。可能我的体温，能让她感觉安全。

"可以拿下面罩来吃东西，你想要什么，就告诉护士。"我一边关照朱慧，一边把CT片指给方宇看，这是昨天下午转进病区前在医院做的。为了做这个CT，专家组一定也踌躇过，这可是一个怀孕5个月的孕妇啊。

CT片上，两下肺很多个渗出病灶，有几个已经连成一片。这是病灶在快速进展的特征。融成一片的病灶可能会出现"白肺"。

"你看要不要拍一下床边片。"方宇调了一下呼吸机参数问我，"我觉得心电图也需要查一下。"

"美红，你等一下帮她换一换睡衣，出了好多汗。"我对护理班的美红说。

我知道方宇说的是什么意思，这个病房里不可能出去做CT，因为城南医院根本就没有CT机，即使有，一个被定义为"烈性传染病"的病人要去检查也千难万难，需要多重隔离和消毒流程。

床边的X线机就放在走廊的尽头，是SARS的时候采购的，放了5年。这是我们惟一可以评估病人肺部的辅助设备，需要试试看。

要做这件事情的工程量不小，需要从医院调放射科医生过来，拍了片，拿到墙外城南卫生院的放射科去洗出来。

这次的抽调没有包括放射科医生，临时来拍片的放射科医生也没有受过在烈性传染病房拍片的训练，穿脱隔离装备，CR片用两层黄袋包裹的防护措施，和城南卫生院的联系，都需要理理顺畅。搞定这张床边片，可能会需要几个小时的准备时间。

相对来说，心电图还是容易的，做心电图是内科医生的入门级功课。操作和读片对我们来说都没有问题，只是机器需要向医院申请调度。

我们俩隔着防护眼镜大眼瞪小眼了片刻，平时在监护室，我既是他的上级医生，也是无话不谈的弟兄，他习惯和我商量。可是现在，我们有点像沦陷在敌军阵地里的两个孤军，两个人都有点不知所措。

"要是肯定要的，就是工程量很大啊！"我说。

"等一下我去问问乔院长，医院是什么计划。这些叫老许搞定，实在勉为其难了。"护士长是做后勤指挥的，搞定保障物资已经要从早忙到晚，没有消停的时间。医疗问题还要她解决，真的是为难了。

"我反正有事问你，你怎么办？"方宇老实不客气地把难题给我，我是副主任医师，他是主治医师，医疗层级的搭建就是个样子，我得解决麻烦的问题。

我瞪他一眼。口罩捂得严严实实，只有眼神还可以当作攻击性武器。

我走到走廊尽头，去看那个停放在那里已经很久的 X 线机，庞大的钢铁身躯上已经有斑驳的锈迹。我不想谈论到医疗筹建上的困难，免得大家的信心受到打击。

"我怎么办？医院不是让叶深带队负责这里的事吗？"我讪笑。现在这样的特殊时期，医务科长忙得不可开交，他无论如何也不可能两头兼顾。发热门诊、呼吸科、传染科已经屡屡告急。

院长可能会委派其他年长的主任，比如呼吸科、感染科的，过来负责这里的病房，我们都是抽调过来值班的医生，都还太年轻，关键是没有病区管理的经验。

这个拍片机看上去也没有几个参数，操作起来可能不会比换氧气瓶难多少。我绕到它的后面，握住把手用力推了一下："它看上去像一个巨型的傻瓜照相机。等一下我们可以自学成才一下。"

方宇恨铁不成钢地白我一眼。

我找块硬纸板歪歪扭扭地记录："解决拍片问题，要心电图机。"戴着乳胶手套，圆珠笔写在凹凸不平的瓦楞纸板上，字写得像鬼画符。这是给老板娘的单子。

"马上收第三个病人了，气管插管的。我们需要准备病房。"我对看着我的方宇和美红说。他们都是 ICU 抽来的人，习惯听我调派。做这些实际的事情，底气充足，喉咙都可以响一点。

"晕！第三个呼吸机还没有运到，就要收第三个病人。那怎么准备？"方宇看看空空如也的机器库房。空房间里地上摆着一个纸板箱，只有一套消毒好的呼吸机管道。德尔格已经给朱慧用了。

2 病房和其他几间空病房一样，只有铁床和床头柜，还好床垫已经有了。

"你们两个先准备床和监护仪，有什么先用什么，希望我们的德尔格正在路上。我们得有信心，呼吸机没到，病人不会先送过来。"我无奈地说，已经很困，连续忙了不止一天一夜。想躺到床上去歇一会儿，医生都习惯疲劳战加疲劳战，但是看这架势，主要的问题是：不知道该怎么筹划未来。

"震中，震中。"老许的大嗓门在门外叫我。隔离区外行政会议已经结束，人都走了。剩下乔院长、冯主任和老许在办公室里等我。

办公室里，三个人一起站在中央监控的屏幕前。看我跑出来，很郑重地一齐对着我。

"刚会议讨论过，这里由你负责。"乔院长对我说。两只眼睛锋利地注视着我的脸。看着我的反应。

我们俩对视片刻。我面无表情地答应："好。"并不惶恐，也没有半点要推却的意思。理所当然的淡定，好像等待这句话已经很久。目光一点都不闪避，望望乔院长，又望望皱着眉头的冯主任。

三个人看着我没有半点波动起伏的淡定表情，有点意外。

"人员下午到位，你直接和冯大主任联系。"乔院长看我的反应干脆，没有半点惊讶、疑惑、激动、担心。

"呼吸机，设备科正在运来途中。护理人员已经在全院抽调。病房准备好了，你打我电话，另一个重病人已经手术结束，病房准备好就送过来。"领导顺理成章地把今天的计划给我。仍然在关注着我的反应。

"好。"我面无表情地答应。

心里并非完全没有准备，我是 ICU 年资最高的医生，比呼吸科、感染科主任更懂得怎么筹建一个收治危重病人的病房。ICU 本身是一个新兴的专科，历史不长，除我之外，医院里其他的 ICU 医生都还是主治医师。在没有人可以抽调的时候，医院做出这样的选择也在情理之中。

他仔细看看我毫不退缩的态度，点点头。

"需要协助和调度打医务科电话。有事需要商量就打我电话。"乔院长和冯大主任好像有很多话想说，又说不出口，最终只给我留下了这样一句话。

"好。"我淡定干脆地说。把手里记了一堆的瓦楞纸板交给老许，那是一遍查房下来，需要从医院调度的物资。眼光转向冯主任，大内科主任岁数比我大了一辈，向来不喜欢我张扬任性的脾气，正一脸严肃地盯着我，像是有很多忠告要说出口的样子。

看见我的态度，他似乎有点意外，终于什么都没有说。

3. 意外

一帮人开车离开，方宇乜斜地打量我一下："领导把这么重要的任务交给你，连客气话都不说，酷毙了。"他学我毫无表情的冷淡样子。

"我应该表决心吗？写军令状？应该让人家趁机教训我？"我白他一眼，反唇相讥。我这人最讨厌被人语重心长地教训，送一堆似通非通的道理给你。

方宇颔首："好。"他是在学我淡定干脆的回答。这个人完全是我的死党，没到火烧眉毛的险地，他就忍不住事事对我冷嘲热讽一番。

"震中，现在你是老板，快开工吧。"老许满脸笑容，我知道让我负责是她的提议，目标达成，也移走了她压在心头的一块大石头——前线需要一个十项全能型选手来领军，后勤保障才能顺畅地运行。"若曦一样的嫩脸，偏要扮四爷一样的酷。"她笑着，顺手捏我的脸。

"出来个人，快来接呼吸机。"铁门外面是设备科的两个工程师。德尔格呼吸机正从班车上卸下来，两个工程师当壮劳力使用，正在惊险万状地卸货。熊一样的呼吸机分量不轻，精密的电子元件也经不起震动，两个人大呼小叫，快要喊救命了。

"柴工，需要你把隔离区病房里的监控探头马上装上，病房今天要收第三个病人了，你得快点完工。"我看见柴工老实不客气地派任务。

我向来是 ICU 的大管家，一向习惯和工程师打交道，他们工科生，只管机器不懂医疗，不会知道火烧眉毛到什么程度了，需要他们赶工非死命催不可。

柴工刚把呼吸机稳稳放到地面，就听到这么大一件任务，不由倒吸口冷气："我要到隔离区里面去装？那已经收病人了，我会不会传染上呢？"工科生都知道在新浪上看新闻，几个月前南半球①的重症甲流死亡率，世卫组织对最终死亡率的预测，都足够吓着他了。

"会的，我们会算你是一个烈士。"我尽量平稳地把呼吸机推过凹凸不平的路面，推进隔离区去。更衣，换隔离装备，我一样一样做给这个工科生看，让他照样穿戴齐全。

"哇！闷死我了。"柴工戴上 N95 口罩，学我的样子夹笼鼻夹，吸一口气。一口气可以把口罩吸扁才算是戴合格，才可以防护病毒，但是这样

---

① 2009 年的甲流是全球性传播，南半球的冬天早，所以先开始。

呼吸会明显受阻，非常气闷。总算是医院里的工程师，还有一点专业素养，一次就操作成功了。

"戴上手套我还怎么干活；还要穿鞋套，爬梯子不要摔死我？！"这工科生啰哩啰嗦，让人头疼。

"里面已经收病人了，不按防控标准进隔离区，你传染上了都不能算你烈士。"我半是警告半是调侃地告诉他。不看他的脸，我都知道，他在 N95 口罩的保护下无声地骂我。我凶恶地狞笑一声。

监控探头需要对准每个床位，这样在办公室的中央监控屏上，可以一目了然看到病人的状态。新运到的德尔格呼吸机马上装起来，插上氧气和电源，开机自检。第二间病房的床迅速地准备好了，有了呼吸机和监护仪，总算约略有点像能收重病人的样子。

"你，先把这一间装好，马上动手！"我手指定在走廊上东看西看的柴工方位，"等一下重病人一收进来，你就不能再进来了。"

柴工受惊过度，一听马上要收病人，探头过来的确看见病房开了呼吸机，准备得像要马上收病人的样子，立刻攀高爬低，开始动工了。一边干着活儿，一边忍不住还是要唠叨："这叫什么事，已经要接新娘子，新房还没有装修好！"墙粉很不结实，稀里哗啦掉下来一大堆碎屑。

班车又运来了几大纸板箱的药品，包括大输液、无菌包和器械。这些都是立刻要拆箱的，收病人的时候保不住会立即用到。今天的物资运来速度明显加快。场地周围的施工速度也在加快。

班车师傅把东西卸在门前，立即返回送下一批物质，就像母鸡在门口下了一堆蛋。这一大堆东西，比我人还高，靠我和老许蚂蚁搬家一样抬进门，连拖带推，送到隔离区门口，再由方宇和美红两个，穿着全套隔离服蚂蚁搬家一样往治疗室和仓库里拖。

这真是让人筋疲力尽的体力活。算算看过去的 36 个小时里，才睡了

4个小时。未来的半天里，还需要收新病人，搞定那个巨大的傻瓜照相机……一大堆活。想到工作量，我不由得倒吸一口冷气。

躺在值班室的床上，两条腿已经不是自己的。脑子就像电池耗尽的电脑，眈着了片刻。仿佛独自一人徒步在密林中跋涉了很久，迷失方向，走散了同伴，惊惶，疲惫，无助，迷茫。逼隘的丛林，像怪兽一样，越深入，越迷茫失措。身边只剩下自己粗重的呼吸和惊慌压抑的哭泣。

方宇收病人，我打电话联系拍片。这个钢铁的傻瓜相机灰扑扑地停在那里，像满身铁锈隐藏在谷仓里的变形金刚，不知还能不能用，需要有人来摆弄一下。

医院本部离我们3公里远，放射科主任自己开车过来看。"哦，这个，应该可以用。"放射科王主任足比我高一个头，身高体壮，嘎吱一把拉开拍片机的长臂，把机器推到一病房门口。轮子一路滑过去，发出"嘎吱嘎吱"粗轧的铁锈摩擦的声音。

"我去联系一下城南卫生院的放射科，需要拿过去洗片子。"王主任不急于拍，先到围墙外紧挨着的城南卫生院去联系洗片子。

心电图机跟着班车也运到了，导联线纠结成一堆，给班车司机披头散发地搁在门口一个空纸箱上。我顺手抱进来交给方宇。

唧唧喳喳从班车上下来几个人，那是医院派来值班的人，我们的援军到了。我伸头一看，来的是呼吸科的庄国栋，神经科的黄奕，都是年纪和我相仿的医生。娟和金妍，是在ICU待了3年左右的护士。现在正是医院工作最繁忙的时间段，能把这样的"壮劳力"都抽出来，医院的各个科室恐怕都已经叫苦不迭。

"哇！"娟一看门口的氧气站就做晕厥状，"看样子这个需要自己换唉！"

"搬不动。"庄国栋上前抱了一把氧气筒，方法完全不对，鲁智深倒拔垂杨柳的那个抱法自然是搬不动的，一个氧气瓶好几十斤重呢！

"看上去有点怕的，氧气筒会响。"黄奕听到氧气管路中轻微的嘶嘶声，心里有点发毛。我第一次看到这锈迹斑斑的氧气瓶也心里发毛，好像一颗拆了引信随时会引爆的炸弹。

"上班第一课，换氧气瓶。"我说，刚好换氧气的时间到了，闹钟"叮叮叮叮"一阵响。

"看好了，这样搬。"我示范给他们看。阀门从 B 组换到 A 组，B 组的 5 个空瓶换下，重新换上 5 个满瓶。氧气瓶以 15 度的倾角靠着自己慢慢转过去。换好的满瓶串联，检查一级氧压表，检查二级氧压表。开闹钟，警示下一次换氧气的时间。

我已经换过两次，动作还算熟练，一边讲解着，一边还能驾轻就熟给他们做示范。几个人马上动手，开始尝试转氧气瓶。

"啊！"金妍移动的氧气瓶没有控制好 15 度的倾角，重重地要压下来了，她站了一个马步，柔弱的腰像弓一样一挺，用力抵住。发出一阵怪叫。

"好好学啊，必须过第一课，不然晚上这里只有值班的两个人，没有帮手的。"我叮嘱每个人。

"啊！""咦？"惨叫声此起彼伏。

我幸灾乐祸地看着几个人手忙脚乱地搬动氧气瓶。他们个个和我一样，都是习惯了一插即用的管道氧气和设备带，习惯了医院里的环境，从来没有亲手搬动过一瓶氧气。

我们就像一群养尊处优惯了的美国少爷兵，一下给空投到了热带季雨林荒无人烟的前线阵地。从繁华大都市到了前线，严酷的环境直接考验单兵作战的能力。

我知道他们只是略微有点不适应而已，我自己就是一个最养尊处优惯了的少爷兵，中国第一代独生子女，四体不勤，五谷不分，从来不干体力活。但当职责在身，没得选择的时候，也自然会用从来没有爆发出来的坚韧和骄傲抵御所有的麻烦。

"黄奕，你得值今晚的班。"转眼间我已经盘算好，黄奕在 ICU 轮转的时间最长，对这些机器不太陌生。马上进入工作状态对她来说障碍最小。我和方宇已经连轴转了两天，体力状态实在需要缓一缓。援兵如果不来的话，今天又得让方宇上 24 小时的班。

"我感觉像空投下来的伞兵，马上扛起枪就要打仗了。"每个人都这么说。黄奕乐呵呵地爬上梯子去看几个氧气压力表。"你在这里挂个流程说明，我会自学成才。"黄奕建议。白皙的手掌上沾了一手铁锈和墙灰。这也是个厉害的，转眼就用管理科的要求来对付我了。

"我们单兵作战能力强，才给空投的。"庄国栋说。我们这些给空投的单兵，都差不多年纪。工作 10 多年，30 岁出头，是医院里的"少壮派"，体力经验都在医生的黄金时段上。

我拿起角落的一块瓦楞纸板，在上面写更换氧气的流程：换阀门，卸空瓶……最后是开闹钟。"各位一定不要忘记开闹钟，我们人都在里面，办公室还有一个闹钟，干起活来会忘记的。以前谁都没有这个习惯对吧？！"我继续提醒每个人。

"哇噻，这感觉穿越到 80 年代了。"一拨人对空荡荡的办公室感叹。这里看起来的确很像 80 年代的一个边远地区卫生院。"药库。"庄国栋一边念着，一边对空房间里的两个旧木柜看了几眼。

"对了！用药的时候，自己写好医嘱，自己过来抓两瓶，自己去对、配、挂上去，就是这样。"我说，"抓药的时代。"我指给他们看病房里在用的几个关键用药的位置，其实不指也没有关系，药品总共只有两个柜子。

到更衣区换隔离装备，我带他们进隔离区的更衣室。一帮人在被列入备战名单的时候，都和我一样，已经在医院培训过穿脱隔离衣的顺序，但是仍然需要再实际训练一下。

"片子就只能这样了，这里的 CR 片子不如医院里的，将就着看看。"放射科王主任折腾了好半天终于搞定了一张床边片。瞟一眼就知道，黑乎乎的，条件设定有点问题，拍片质量颇为糟糕，这多半也是不适应穿越回 80 年代的缘故。

"一张片子搞了我一下午，下次你们叫片子的时候，要一起拍，别今天一张，明天一张的。"王主任看看西斜的太阳，感叹了一声。

"要拍急诊片怎么办呢？"我赶紧问。这里收的全是用呼吸机的病人，保不定需要急诊床边片。

"那你自己想办法，自己拍，我们放射科的人住在这附近的，赶过来至少也得 20 分钟。"王主任犹豫一下答复我。

我立刻给了他老大白眼，说得好容易，我们中谁也没有受过拍片的训练。但要他解决困难也真的不大可能。要放射科派专人在这里盯防，也太浪费人力了。

"要想象一下没有拍片机的时候你们是怎么当医生的。"王主任趁机教训了我一下，顺便把体验时间又往前推了 10 年，这是穿越到 70 年代去当医生了。

震惊过度，新到的少爷兵们都不再惊叫。他们已经意识到，在这里，什么都要靠自己发挥聪明才智，吐吐舌头，很快就进入状态，黄奕换好整套隔离装备跟我进隔离区，拿了整串钥匙，老许带她去熟悉收病人的通道，捋清流程。

"你来看一下病人。"方宇叫我。忙忙碌碌分头维护整体的顺利运行，到现在我还没有来得及看一眼新收治的病人。

那是一个很年轻的产妇，剖宫产手术后，麻醉之后呼吸机的条件就很高，需要很高浓度的氧气支持。她是眼下全市最严重的甲流病人。

我看了一下刚才王主任给她拍的床边片，又看了一下呼吸机参数。心里已经大致知道危重的程度了。压住肺水肿的关键性参数，PEEP①已经升到 15 厘米水柱。这个压力像电梯升到顶楼一样，已经没有多少可以腾挪的余地了。

"这个很重，估计病程短不了。"我看一下方宇。

"我感觉，这个压力，让 ICU 医生以外的其他专科医生来看，是太困难了。"方宇直接说出他的担心。呼吸机是专科性很强的操作，当前的这个条件，这个病情，就好比是专业驾驶员在驾驶战斗机执行任务。让粗粗入门的业余选手驾驶，那是太困难了。

可是专业驾驶员只有我们两个人，只有两个彻底理解 PEEP 的 ICU 医生了。

"你估计一下，这个没有 10 天，不可能好转撤机。这 10 天要是我们两个人交替，会趴下，会挂掉，而且新病人会不断进来，这还只是一个开头。"我想了一下排班的难度。

连续的高强度工作状态，加上见缝插针的体力活，在运转了 36 个小时后，我已经感觉两腿酸痛，累得不行了，看见凳子就想摊下来。

"让医院继续抽 ICU 的人，已经不可能了，你怎么把这个 10 天对付过去呢？"方宇摊开手问我。

"不就是开飞机吗？起飞和降落我们两个来，其他时间自动巡航，然后教几个应急技能。"我说，"在以前，我们还是很菜很菜的菜鸟的时代，不也是要值夜班的吗？"

方宇自然听得懂我说的意思。调整技术参数的事情完全由我们两个来把控，其他时间尽量不调参数，维持稳定的"自动巡航"状态。对于一个病程至少 10 天以上的病人来说，也未为不可。

———————

① 呼气末正压。

"那你是决定要业余选手开飞机喽。"方宇点点头，觉得可以接受，但是心里仍然七上八下。

"放心，我觉得没有问题，而且，我也不想我们俩还没开战就阵亡在前线。"我胸有成竹地说。手里拿着迷你的小血气机，准备教给黄奕操作方法。我指指这个小得趣怪的迷你血气机说："ICU 医生，已经从拖拉机开到法拉利，什么都得用，业余选手搞个自动巡航，是必需的。"

"你是老大，你说了算。"方宇点头，他也很疲惫。谁都没有料到，收危重病人的节奏会这么快，病房设备人员都没有完全到位，病人已经源源不断而来。

"震中，接一下东西。"老许把几个纸箱从铁门口连拖带拽挪到隔离区的门口。今天的药品到货速度还算快，只是没有劳动力。

我和方宇在里面接应，立刻开始搬东西。几个新加入的成员，黄奕、庄国栋立刻动手开始帮忙。娟和燕子在值班室里架床，铺被子，正式开始安营扎寨。

"你得留出余地，知道吗？万一用无创呼吸机的病人需要气管插管，你得坚持到我过来。"我叮嘱黄奕。

她从车上下来才个把小时，就迅速进入值班状态，正在方宇的连比带划下，快速学习呼吸机入门。人的适应力都是很强悍的，这妞也和我一样，是娇生惯养的大小姐一枚，搓搓娇嫩的手掌，片刻之间已经开始习惯物资缺乏、劳力缺乏的前线，她在病房里边当医生，边干体力活。嘻嘻哈哈，理所当然。

早就知道，我们这帮少爷兵只是略微不适应，不需要军令状，也不需要誓言。职责在身的时候，人人都会有难以置信的小宇宙爆发出来。

清晨的城南路车流不繁忙，路过五芳斋买了一兜蛋黄粽当早饭，又顺路捎上在公交车站上等车的娟。汽车后备厢里带着两箱方便面、两箱牛奶、两箱矿泉水、巧克力夹心饼干、蛋黄派、米饼、糙米卷、可乐，大包小包，好像一个小卖部。

病房在环城路外，附近都没有店面，非得粮草先行不可。我是个最不肯吃苦的人，体力消耗这么大，已经很辛苦了，更不能在嘴巴上亏待自己。

这两天体力活干得多，搬搬抬抬，饿得眼冒金星，连喝的热水都要自己记得烧。好在班车定时从食堂送盒饭来，总之，顾得上的时候一定得补上物资，不能亏待了自己和小伙伴们。

又是搬氧气瓶，又是搬箱子，两只手干得受不了，于是另带两大罐强生润肤油。老许看见我往值班室里搬了若干东西，不由感叹一声："少爷兵干活，装备还是洋补给。"

我掏出口袋里的欧舒丹玫瑰护手霜给她看："本少爷的私人配备还要升级。"另一只口袋里掏出正版的瑞士小军刀一把，"看，鸟枪换炮了，要什么有什么，螺丝刀随身带。"

在这里干活，随时会需要割绳子、拆包装、松螺丝、切胶带。非常需要随身工具。老许口袋里也随时插着剪刀。

"唉……"老许叹口气，表示无语。

"这些补给，我就自己出了，免生是非。但是这么辛苦，要我亏待自己，亏待兄弟们，却也不行。"我一边换衣服，一边跟老许说。

"开工吧，今天需要等专家组的会诊意见，搞定库房的所有备用药，而且你需要去搞定麻醉药品，有了危重病人，非用那个镇静镇痛不可。"我跟老许商量一天要做的主要事情。

援兵已经到了，我可以一天查3次房，其他的时间由他们看着日常的医疗工作，我和老许快把病区完善得像那么回事了。

我看看空荡的"药库"、机器仓库、"化验室"，向正在换隔离衣的方宇做个鬼脸。

他戴上口罩，扣好上方的密封带，吸一口气。口罩给吸扁了少许。我冲他比了个大拇指，这样算是戴合格了。这个 N95 口罩连续戴几个小时，是会闷死人的。但是呼吸道就是这样才能防住 95% 的气溶胶。

一起进隔离区去查房，例行一天里医生必须要做的功课。

朱慧的体温已经下来，脱下无创呼吸机，呼吸仍然有 30 次。家里一早给她送了好些吃的来，黄色保暖瓶捂着热的新鲜豆浆。半透明的微波炉饭盒里装着皮蛋瘦肉粥。看这些精心准备的食物，就知道她是家人的心肝宝贝。

进口的奥司他韦，现在见都见不到，用的全是国产仿制药。其实效果倒也非常好，几乎是立刻见效，一天之内体温就降到正常，呼吸也随之平稳，难怪它能成为重要的"战略物资"。

看朱慧的样子，气管插管的风险已经明显降低，估计可以顺利过关。

"这个蜜柚，剥也剥不开，等下叫她家里拿水果刀来。"娟一边给朱慧做气道湿化，一边指着桌上的蜜柚说。

我用指甲开个缝，两个大拇指插进中间的空隙，十指用力一分，蜜柚整个土崩瓦解。

"九阴白骨爪，徒手剥蜜柚，要什么水果刀。"我向朱慧笑一笑。美食之道，我最是内行。即使戴着一层手套，也不影响我的技艺。

她戴着面罩，"切"地笑出来。这是个可爱的女生。当恐惧的感觉慢慢褪去，她对未来有了信心，也不会再无助地拽住我。

刚来的病人杨晓丽（化名）体温也下来了，呼吸机的条件决定了她现在半点都不能动，气管插管里吸出来的都是淡粉红色的血性痰。这个样子，和其他病毒引起的重症肺炎一样，没有十天半月，呼吸机休想撤得下来。

"昨天，抗菌药我用了莫西沙星^①，你觉得呢？"方宇问我。病毒性肺炎用抗菌药纯属预防，没有必要用得很高档。若她不是气管插管的病人，不用也没有太大关系。

"我觉得肯定是够了，只是等一下的医疗讨论，不知道会什么结论。"

我很无奈地看看他。我们俩在 ICU 已经是资深医生，太熟悉这种套路了，一旦病人是 VIP，总会有"加强抗感染"的论调会逼着你去用"最好的药"。

发出声音来的大专家只要职称、职位比你高，你就挡不住他的"指导"。任何反对的声音都会被扣上治疗不积极的帽子。

病人是全市重点关注的重症甲流病人，只要有一个人发出用"最好的药"的提议，基本就成定局，广谱抗菌药就像原子弹一样用下去，打根本不存在的细菌感染。

"你会反对吗？"方宇问我。

"反对有效吗？"我问他。两个人异口同声叹一口气。胳膊拧不过大腿，即使我担着这个职责，也只是一个 35 岁的副主任医师，人微言轻，前途未卜。

"混到哪里是哪里。"我摊摊手。

"震中。"老许在隔离区的门外叫我。她在尽量避免进入隔离区，更换隔离装备，后勤保障是很繁复的工程，不断需要和医院的各个部门打交道，她得尽可能提高自己的工作效率。收病人的速度这么快，保障的压力很大。老许就一直待在办公区，把隔离区内的病人交给双双管护理。

---

① 对于预防性应用抗菌药，后来有了更加严苛的条件，不提倡使用，但彼时彼刻，这已经是尽力降低抗菌药级别的最好选择。

"医疗讨论组过来了，记者在东门，你接待一下。"老许叫我。她拿着一堆单子正在核对刚运到的药品。手指着单子，眼睛看着物资，唯恐搞错，是腾不出手来帮我了。

医院的班车带来几位大主任。这是新收的病人循常规需要一次医疗讨论。我向他们逐个打个招呼。

"各位先看病历和片子，我去接待一下记者。"来的都是自己医院的医生，熟不拘礼，也没有地方可以坐，就让他们在办公室先看病历资料。

我径直跑去东门接待记者，日报的、晚报的、电台的、新闻综合频道、小新说事，这几天川流不息地出现在东门的围栏大门口。有时候，只是对着病区门口拍几个镜头，大多数需要我来对病区做个简单的说明。门口的保安早已经见怪不怪了。

"现在病人诊断已经没有问题，预防感染，需不需要覆盖更全一点呢？"冯主任看着钢笔手写的医嘱问我。

电脑医嘱不可能用到离医院本部这么远的地方来，短时间内工作状态什么都回到人工模式。手工的医嘱单上，是我力透纸背的大字。有人说，写字力道大的人，脾气也大，这在我身上是完全不容置疑的。

"体温已经下来，炎症指标也没有表现细菌感染的迹象，我们昨天用了莫西沙星，预防性使用，也应该够了。"用尽力气，态度尽量谦和地回答。我不习惯这样对冯大主任说话，但是为了他能够有力地支持我，勉力而为地温柔。

对于这样的 VIP 病人，最难最难的就是把她当成最普通的病人来客观评价。

"莫西沙星可以覆盖的面已经包括不典型病原体，肺里浓度也高，有变化再加强吧。"叶深马上支持我的意见，他太熟悉我的判断，而他的支持意见对最后的决策很重要。不过他的职称还是副主任医师，即使现在是医务科长，也只是一票而已。

他站在我前面，感觉上，他还是像以前一样护着我，自己扛着所有的麻烦，把我护在背后。

"省内集中的几个危重症病历，Z 教授会诊的建议都是特治星加莫西沙星。考虑更全的覆盖面，我觉得可以参照，我们也不能让人家说不积极，毕竟每天的报表都要报上去汇总的。"传染科主任说。

每个地区都处在差不多的阶段，信息交流频繁得很，有感染科大教授的建议，顾虑也是人之常情。

"你们看呢？"冯大主任望一望几个站在中央监控屏前的主任。每个人表情各异，我扫一眼过去就知道，能明确支持我的没有了。"沉默的大多数"，就是这样，你们说什么就什么好了。

"那么就参照省里 Z 教授给出的会诊意见。"冯大主任总结性发言。转过头来看看我。他太熟悉我桀骜的性子了，就算没有当场理论起来，也会提出反对意见。他已经做好准备等着我了。

叶深站在我身边。虽然背对着我，但是他的手在背后做了一个阻止我的动作。

我平静点头，什么也没有说，表示同意。

我的平静令冯主任略感意外："那么就这样了！"好像一个前锋抢圆了准备大力射门，却一脚踢了个空。他很不放心地看看我。

我埋头手写医疗专家组的讨论记录。

"好，那么每天的报表汇总到院感科，上午 8 点之前报上来。"冯主任离开前关照。

叶深在最后一个，等旁人鱼贯出了铁门，他回过头，对我说："稳一点，关键是没有差错，嗯？"

我点点头："我明白的。"

他手头，可不止这一摊事，医院内的防控、会诊、人员调度都需要他去操心。他才新上任，自己都在扑腾中，哪哪都是别扭。但是，他还是习惯性地护着我。

叶深对我说："网线今天下午就可以开通，会尽快叫人搞定。"

临走，我俩凄惨地互望一眼，各自焦头烂额，两尊泥菩萨各过各的河。

"罗医生。"朱慧的爸爸叫住我，"朱慧，她好吗？"朱慧的妈妈要急切得多，一把拉住我的袖子。

"她的体温下来了，今天上午用了两个小时无创呼吸机，有一点喘。胃口还不错。"我简单地告诉他们。这个病房的围栏在慢慢修缮完整，他们只能在东门的围栏外，看到病房的窗，窗上有栅栏，玻璃是磨砂的，完全看不到病房里的状况。

他们一直在围栏外等着，有时在车里，有时待在风不大的阳光下，朝围栏里望着，其实只能看到进进出出在病房外工作的工程师和后勤人员。

"她，不要紧吗？要多长时间脱离危险。"朱慧的妈妈问，"她可以吃什么，可以把手机给她带进去吗？罗医生，你让她不要害怕。"母亲心乱如麻，所有的念想都系在孩子身上。

"她仍然有插管的风险，比刚来的时候略小一点，看什么时候可以把无创呼吸机完全停下来。早上要求吃猕猴桃，等一下给她带来交给护士。手机可以给她，让她发发短信。有护士在陪着。"我尽量平静地对他们说。

这一阵，病区里太多的问题要马上处理掉，我疏忽了和家属的交流，只是进进出出的时候零碎交流，这是远远不够的。我心里盘算了一下，每天上午 10 点进行一次例行的谈话，还是有必要。

"杨晓丽（化名）呢？我老婆怎么样了？"惶恐的、急切的，杨晓丽老公的情绪更加难耐。

"刚刚是市里专家组的医疗会诊，肺水肿需要很长时间才可能缓解，不是一两天的事，只能走一步看一步。"我尽可能和缓地说，"最近的一个星期时间一定是病危状态，随时有危险的，可以告诉你的好消息是，用了奥司他韦以后体温已经退了下来。"多年和家属打交道的经验，我已经深谙谈话之道，症状要说得严重，但也要给人家一点希望。

"罗医生，你去忙吧，有状况随时通知我们。"朱慧的爸爸明显成为几个家属群中的首脑，很控制地对我说。他拉住杨晓丽的丈夫，稳定他的急切情绪。要不然，小伙子还会拉住我问个没完。

我感激地看他一眼，难得有在最急切的时刻还能控制情绪、不失礼节的人。

搓搓冰冷的手，顺便从门口搬了个纸箱进去，掂了掂，不算太重，又顺便拎了个袋子。病区的门口现在像一个卸货中心，从医院过来的车子不断把柜子、箱子、设备、药品，大箱小箱卸货在门前的水泥路上。病区门口有"烈性传染病区"的牌子，过来干活的工人只肯把重物卸到门口，连门口的铁门都不愿意进。

我和老许，还有值班的医生、护士、工程师，每个人进出一趟，必然要扛点重物进去，就靠这种蚂蚁搬家的人力，一点一点把门口卸下的货慢慢归类放到病房和治疗区去。

门口的家属看到我们艰难的工作状态，知道病房内的人力非常有限。

慑于"烈性传染病"的心理压力，除了前线抽调的医生护士以外，没有人愿意做里面的体力活。一切全靠我们自己。

"哎呀，今天没饭吃了。"燕子对着班车送来的盒饭在叹气。

"不是有吗？狮子头和大排都可以啊。"老许看着剩下的两个盒饭不解地问。食堂送来的饭盒是按人头点的，两荤两素，也算过得去了。只是大冬天从医院送过来，看相有点糟糕。

"燕子是回族。"我想起来了。

"那就吃方便面吧。"燕子叹口气，脸上给口罩扣得留下一圈红印子，"唉，我快给闷死了。"她咕噜咕噜灌了一大杯水下去。在隔离区上护理班的护士，进出都需要更换全套隔离装备，上班的时间轻易不出来，不喝水，也尽量不上厕所。一出来人人直奔厕所。

"罗震中，血浆已经配好了，你们病区怎么送？"我的电话开始纠结各种各样的问题。对于孤悬城外的一个烈性传染病房，医院本来运行很顺畅的物流、输送，都不知道怎么办了。我的电话成为114问询台，需要解决实际的麻烦。

"罗震中，疾控的采样瓶需要到急诊室去拿，你们病房叫谁来取？"

"罗震中，麻醉药品不能备这么多，你那个地方谁是药师，我直接跟他说。"

"没有药师，没有保险箱，没有工人送药。"我的手机滚烫，时时刻刻都有电话打过来，估计不到下班就"气绝身亡"。

"罗震中，妇保医院的妇科主任马上乘救护车过来检查产妇的妇科情况，你教一下怎么穿隔离装备。"

"震中，生活区的水龙头坏了。"

"震中，接线板不够用，两脚插孔太多，机器全是三脚插口。"

"震中，食堂少送了一份病人餐，现在食堂已经下班了，怎么办？"

要当这个离医院本部3公里的孤立病区的大管家，可不是什么好玩的事，种种不顺畅必须用自己的肩膀承受下来。偶尔在隔离区修个水龙头什么的，权当好玩。

"罗震中，你抗生素就按讨论的方案开了？"这回不依不饶的是方宇。他翻开医嘱单问我："用特治星加莫西沙星打甲流？"

我俩相处多年，都最最讨厌滥用抗生素的作风。在他想来，我一定会和往常一样，当场提出不同意的意见，尽量去争取按监测指标来简化用药。

"没看见那是讨论的结果吗，大专家意见，我人微言轻。"我向他摊摊手，"叶深支持我了，不过给否了。Z教授的意见，代表省级感染专家。"我老实直白地告诉他。其实早上查房，我们也料到了会是这样的结果。

"你就没有负隅顽抗一下。"方宇何尝不明白，人家个个比我们职位职称高，可能我连说话的余地都没有。

我翻开治疗单上的皮试记录，示意他看一眼。

他瞄了一眼，脸上的表情立刻松了下来，切地笑了一声，变成满不在乎的死党脸："呃！过敏。"他了然地笑了一下："过敏得好！"

连续几天，杨晓丽的病情进入僵持状态，不进也不退。这是很耗耐力的一种状态，我的全副精神都用来死盯着这个最重的病人。

据医院传来的消息是：本市已经有了三个气管插管的病人，一个急诊死亡，一个是有多种基础病的老年人，已经快顶不住。有治好的危重症病人，才能给医务人员建立信心，所以这个病人是重中之重。

"震中，你这里要顶住。"乔院长经常会在下午4点钟过来看看病区的状态。他负责的事务颇为繁杂，心头压着大石，脸上的表情也像石头一样严肃。

"好。"我简单地说。医生的心是很简单的，把病人救活，不管是不是VIP，是不是传染病，是不是媒体的焦点。

"今早的报表怎么回事？"乔院长问我。

"网线故障，报不上来，又在交接新病人，所以晚了。"我不假思索地回答。脑子里在想的，是插管箱里8.0号的插管有没有备着。体格太大的病人，用常规型号的插管容易出问题。

"上报及时一定要，院感科说催了两次，值班医生不理他。"乔院长问我。

忽然，我意识到自己被人告状了，暂时放下脑子里的所有念头。"只有3个人在，新病人刚在接收，评估是不是要插管，没有人手去拨弄这个不灵光的网线。"我简单说明了一下。瞄一眼跟在院长后面的人，院感科长难得一起跟来，原来是兴师问罪来着。

坐惯办公室的行政人员不大可能想得到，这里的状态经常就是每一双手都在干活，腾不出空来写日常上报的材料。

而对于院感科主任而言，重要的就是每天8点钟，他要的那张上报材料。

"明天上报要及时。"院感科主任对着我，仰着脸吩咐道。

"好。"我的回答简单有力，不动声色。我是见惯开膛破肚、血肉横飞的女医生，又是出了名的"话题女王"，自然不是个省事的。

多年的ICU磨砺，早就练就我刀锋一样的目光，只消跟对方一对视，不出一个回合，轻松占据上风。

"妇保医院今天又有高热的产妇在做监测，你这里下一个床位准备好了吗？"乔院长问，一副对"暗潮汹涌"了然于胸的样子，幸灾乐祸地瞄一眼院感科主任。他已经假装着检查医疗垃圾处置，避了开去。

"今天又运了一个不知道什么牌子的无创呼吸机来，4个呼吸机4个牌子。"我摊摊手，"也只能有什么用什么，我用起来无所谓，培训护士会麻烦一些。"我依然不动声色，沉着应对。

"市里呼吸机的快速采购已经定了，买的是840和迈柯唯。无创机全是伟康公司的，你等着接收。"乔院长说，也仿佛什么都没有发生过。

"新病人还在过来，晚间的插管风险很大。"我指指中央监控屏对乔院长说。奥司他韦的效果的确不错，服下第一顿药物后，病人的体温会马上控制，紧接着，呼吸情况也不再恶化，但是肺水肿会持续一段时间。如果晚上病情恶化，需要气管插管，就不是值班的医护人员能搞定了。

"麻醉科和你都至少要20分钟才能赶到，你需要让值班医生对病情的判断留有余地。"乔院长的想法和我一模一样。医院的人员已经很紧张，继续抽调有很大困难。

"怕就怕不能等的紧急状况。"我正视他，医疗不是解数学题，没有惟一正确的方法，也不会完全按预测的状态走，危重病人身上，突发的并发症很多。

我们默契地对视一眼："人力不可为，那也没有办法。"他也是 ICU 医生，形势可以容忍的时候，他也和叶深一样护着我。

病人一天天增加，除了日常的查房和向家属告知病情以外。安装设备，统计药品，教血气，学拍片，拖地板，修水龙头，改装插座，换氧气瓶，翻被套，换垃圾袋，见记者，接待领导……我像是个被抽得飞转的陀螺，整个白天没有消停的时候。

迷你的"小汤山"里，白天 5 个人，晚上 2 个人。少爷兵们一个个并不喊艰苦，像是住腻了条件优越的家里，偶尔到郊外露营一样，每天乐呵呵的。

缓冲区里的 N95 口罩，不能每次进出都更换，一排挂在钉子上，每个人都在自己的口罩上画个记号以示区别。方宇在自己的口罩上画个猪鼻子，双双就是一个兔子耳朵，美红给我画个大花猫的胡子。老许有时候看见这帮超龄儿童自娱自乐，也会加入进来。

写完病历站起身到病房拖一圈地板，看完病人，顺便换掉隔离区的垃圾袋。

处理垃圾是个技术活，生活垃圾、医用垃圾、排泄物、利器，都是从烈性传染病房出来的，分类，消毒，装黄袋，走特殊通道，定时运送……主治医生们个个都自己动手搞定。

孤军镇守关隘的生活，就这样快节奏地开始，快节奏地适应。

每天晚上 10 点钟，我会打个电话到隔离区里的电话机上，让值班护士把病人的情况报给我听。

　　液体出入量，血气分析，胃肠功能……凌晨 6 点半，天色还乌黑，我就开车去病房，赶在医院班车到之前，看一下病房还有什么需要送往医院的标本和消耗品。

　　门前的小路成为我的跑道。忙完早晨的一阵子，我就在小路上跑折返，一边跑一边想当天要做的事，要运的货品，备齐的设备。

　　眼睛十分干涩。一个多星期的 N95 口罩戴下来，脸上过敏得不可开交。鼻梁上扣着口罩的位置有一个消不掉的红印，脸颊上的蜕皮连成一片，脱下口罩往休息区去吃饭的时候，痒的抓耳挠腮。

　　"哇！什么东西香成这个样子，你买了羊肉？"我伸头看看老许。空气弥漫着一股腥膻的香味。从医院食堂送到的饭盒，已经半冷，青菜蔫黄，看相很糟糕。我向来挑剔饮食，口味刁钻，一天天忍过来，已经很难耐。

　　老许从微波炉里拿出一个饭盒："昨天从禾兴路经过的时候，在阿六饭店买的桐乡拆骨羊肉。今天燕子上白班，如果又没饭吃的话，方便面里加点羊肉，看上去也像顿中饭。"老许把饭盒揭开，膻哄哄的羊肉香味顿时像怪兽的爪子一样，伸进每个人的鼻孔，引诱出食欲来。

　　"啊！太感动了。"刚要去拿饭盒的燕子夸张地拥抱了一下老许，"为了羊肉，我今天非吃方便面不可。"燕子从方便面盒子里拿了一包，果真泡起来。

　　"我不吃肉，我就喝点汤。"方宇动作飞快，从老许的饭盒里倒了点浓稠的汤汁出来，拌在饭里，顺手捎带小小一块烧得红亮酥软的羊肉。

　　"我也不吃肉，喝点汤就可以了。"我和方宇一样也倒了点汤出来，拌在饭里，顺手牵了一块羊肉。红亮的酱油汤和拌着葱花的红烧羊肉，拌在半冷的白饭里，看上去有胃口多了。

　　"不许动，这是老许给我吃的。"燕子咕咚一声，把剩下的羊肉和汤统统倒进泡方便面的大碗里。

"滴……"忽然从隔离区远远传来一阵机器尖锐的报警声。和日常听到的呼吸机警报音乐不同，这是尖利连续的啸叫，节奏和音频格外刺耳。

我扔下饭碗，像炮弹一样向隔离区冲去。方宇几乎和我同时弹射出去，这是呼吸机的电源警报，是呼吸机的高级别报警，意思是：不好了，马上到我这里来检查，没电了。

报警的声音隔了几重门，闷闷的，并不响，但是 ICU 医生久经训练的条件反射起了决定作用，我和方宇一前一后飞跑进隔离区的门。老许和燕子没有我们这样灵敏的条件反射，不明所以地看着我们救火一样扔下正在吃的饭，飞奔而去。

我飞快地戴上 N95 口罩，窜进了 2 病房。这个级别的呼吸机报警不容半分钟耽搁。半分钟，10 次呼吸，如果呼吸机停止送气，已经够一个病人憋到缺氧致死了。

中午在隔离区留守的双双在床边已经接好了氧气，准备用呼吸皮囊给杨晓丽人工通气了。这机灵的四川妞训练有素，反应极快。

还好，呼吸机主机的电池还在工作，呼吸机仍然能送气，只是空气压缩泵断电停机了，空氧混合暂停。高调的警报声震耳欲聋，监护仪、微泵、设备的各种报警声音在此起彼伏响成一锅粥。

我伸手制止双双用呼吸皮囊。快速巡视了一遍床头附近电路的问题。已经够小心，呼吸机的冷凝水并没有湿到电路，床头的电线都被双双小心地收起来了。临时接的长插线板，都好好地固定在床头上，并没有短路的线索。

这时，扫地的保洁员一脸迷茫地从隔离区最后一间病房跑过来，这阿姨也被呼吸机的报警声吓得有点昏，用手虚捂着耳朵。

"是不是电热水壶的关系？"阿姨说，"刚插了一下就断电了。"阿姨听到满病房此起彼伏的尖啸声，估计自己可能是闯祸了，十分紧张。

"拔掉了吗？"我问阿姨。"拔了。还敢不拔？"阿姨指给我看给她拿到走廊里的电热水壶。这是给病人烧的生活用水。

我赶紧跑到隔离区门口的电箱旁边，检查了一下触电保护装置，果然有几个跳了，推上电闸。马上听到呼吸机的压缩泵像长叹了一口气一般，"嗡"地一声开始启动工作了。呼吸机的尖锐报警声马上熄灭。

只是几分钟，却让我紧张得心脏狂跳，"砰砰砰"听上去要跳出胸腔来。还好，有惊无险，呼吸机的主机还有电池储备。

随着供电的恢复，报警声先后停止了。我和方宇赶紧又在前后几间病房全部检查巡视一遍。

杨晓丽没事。另外两个病人就更不要紧了，他们的肺水肿较轻，可以间断脱开无创呼吸机，对氧的要求比杨晓丽低很多，所以几分钟的断电对他们的安全完全没有影响。

我只是安慰了几句朱慧——报警声太响了，把她吓了一跳："没事，只是电路跳闸，你感觉还好吗？""我没有问题。"她摇着头推开面罩，面色红润，呼吸完全没有受到影响。

"隔壁病人没事吧？"她是个好心的女生。

老许和燕子这时才全副武装完，进了病区。"什么问题？"老许问我，话音未落，转眼看到我，立刻凶悍地瞪起眼睛指着我："你，马上去全部清洗一遍。"

我两手高举做投降状，像一个被枪指着的战俘。我犯规了！刚才冲进来的时候，只戴了 N95 口罩。隔离衣、帽子、鞋套、手套、眼罩都没有按规矩穿戴，身上是淡蓝色的刷手服。

我心知这是呼吸道传染病，最危险的接触在哪里，呼吸道的防护是最重要的，用 N95 口罩罩住口鼻，就算赢得了大部分的安全，其他接触方式对流感来说，只要时间不长，问题并不是太大。

不过对于常规操作，这样的简单防护的确是犯规了，必须按规定去洗消一下。"你们再检查一遍，里面警报已经消除了，微泵、雾化器、监护都检查一下"，我关照所有在隔离区内的工作人员，自己不再动手接触病房内的环境。

"老板娘，请医院的电工来检查一下电路。"我像被俘士兵一样高举双手，被老许押去洗澡间。

穿戴全套隔离装备，需要几分钟时间。然而，一旦发生危险状况，那几分钟对于危重病人来说可能就是至关重要的几分钟，性命攸关的几分钟。

我心里想：还好，甲流不是 SARS，流感病毒和冠状病毒不是一回事，不然，我这样做是足够挂掉几遍了。尽管此次冲进病房的胜算较大，但是作为高年资的医生如果不遵守工作规范，落在护士们眼里，就太不利于团队做好严格的防控工作了。让保洁阿姨看见了定然更加糟糕。

屋漏偏逢连阴雨，也许是由于连续的疲劳，加上意外的高度紧张，刚吃下去的饭滞留在胃里翻腾，几下子就翻了出来，呕吐不停。腥膻的羊肉汤从胃里一过，吐得气味熏人。

老许气不打一处来，我使劲低着头，不敢看她的脸，平日里叱咤风云的"四爷"一样的彪悍女大夫，瞬间被打回原型。这管家婆大有要把我当成医疗废弃物扔进黄袋，抛出去焚烧处理的样子，赶紧逃进浴室彻底洗消。

"我需要这栋房子的电路图。"洗消完的我一边用电吹风吹干头发，一边给叶深打电话。

"我们的运气不会每一次都这么好。我不可能寸步不离待在隔离区，必须要有后备电路。"我向叶深报告刚才的跳闸。必须想办法解决这件事。病人的生命靠机器维持着，高 PEEP 的病人，用手工皮囊来短时间维持都可能会缺氧而死，电路短时间不能恢复的话，几个用呼吸机的病人都会出现恶果。呼吸机的储备电池最多用半个小时。试想如果刚才的状况发生在夜深人静，只有值班医生的晚上，乌漆墨黑，找不到应急灯，黑暗中不知道电闸的位置，会是什么境况！这个问题如果解决不好，是会出人命的！

"好，我下午会叫班车给你们带过来。"叶深干脆地答应，其实我知道这并不容易，这栋 5 年前仓促造起来的简易房子，图纸谁说得清在哪个犄角旮旯里。

"我当年看这个房子造起来，只用了一个星期时间，不可能有多结实的。"叶深说。他在 5 年前负责过 SARS 的备战，这个房子就是那一年造的，号称"微型小汤山"。但当年这里并没有收过 SARS 病人，5 年间一直空置着，风吹雨淋，还被大雪压塌过房顶。里面的线路能有多牢靠呢？

"各个县的重病人还在不停叫会诊，压力一时不会小，你自己抽空也得休息，知道吗？"他缓和了口气，像往常一样管教我，听得我心口一酸。

由惯于依赖他、娇纵任性的我来看管这复杂多变、压力重重的战场，时刻需要收敛脾气，顾全大局，是很让他悬心的吧！

他太熟知我的弱点，如果是他在这里担着责任，我只需要看好病人，场面会让人放心得多。他那么能干，什么都能顾得周全。

我赶忙掐断电话——有什么好想？！叫天天不应的时候，少爷兵也只得把责任扛在自己肩头，能走多远算多远。

"老板娘，我要 10 米长的长接线板 20 个，你得尽快帮我从医院运来。"我尽力平复着胃里冒上来的一阵阵不适，向老许要东西。

"你最好乖乖缓一会儿。我们已经在里面全部检查了一遍，现在放射科过来拍片。电路老化，让人不放心得很。"老许还在检查。

"20 个接线板，两个应急灯，一定要下一班车运到，不然晚上不容易过。"我沿着电闸周围电线的分布，里里外外跑了一遍，查看电线的基本走向，态度很不消停地坚持。

"好吧，我马上去调。"老许投降。

我深知如何步步紧逼，用执拗的态度去迫人服从，这是 ICU 医生多年练就的功夫，大多数时候，我们都能达成目的，解决问题，在这方面，老许完全不是我的对手。

我非常担心晚上的用电安全。等到入夜，这个地方封闭，缺乏援军，是完全独立的孤岛，一旦停电，事关人命。"滴……"隔离区再次报警声大作。

我一边胡乱绑起头发，一边快速跑进办公室。监控镜头可以看见，床边 X 线机在杨晓丽的房间里，正摆好了位置准备拍片。病房里老许、双双、方宇一阵忙乱，放射科医生正手忙脚乱地拔插头。

看这样子，是拍片机插了一下电源，又导致跳闸了。短暂的跳闸不会影响呼吸机送气，几个病人的监护参数都稳定，他们都在床边，我就没有再次冲进隔离区。

我在办公室里看了一下。办公区的中央监控、中央监护都没有黑屏，电脑也在工作，这说明办公室和病房不是同一个电路来源。生活区的空调也没有断电。整个走廊以隔离区的门为界，东面半侧都没有受到影响。

我看着电线的走向，心里盘算了一下，安装后备电路去保障最危重病人的电路安全，是一定可行的。

我将连续两次跳闸的危险状况，上报给乔院长。

"我马上报上去，想办法解决。"乔院长忧心忡忡。重症监护病房是医院里结构最复杂的楼层，如今要用这个简易房子来充数，真是勉为其难。

电力局的维修车来得非常神速。在阳光明媚的下午，它和医院的班车一起到来。这是全市新闻重点的传染病危重病人定点收治病区，市里领导非常重视，一个电话，抢修车马上来。黄色的小卡车驾着长梯子，一队维修人员在围墙内外检查电线电闸。

"电力局的抢修车来了吗？"乔院长的电话紧跟着来了，断电的事情让他也很紧张。ICU 是靠电支撑的生命线，它的断电和普通病房比，完全不是一回事。

"已经在修了。"我如实报告。

"哈！"我往外看了一眼，心里想：这个绝对是小题大做，用炮弹打苍蝇！里面电路的跳闸，不同于整个病区跳闸，电力局检修从外界传输过来的电线，是肯定不会检查出问题来的。中学物理的高材生不至于连这点都想不明白。

但我没有说话。抢修工作人员也是接受了层层的严令而来的，何况，有备无患，查查也是好的，无非是动静大了点。

他们查他们的，我筹划清楚，干我自己的。

医院的重症监护室有后备的不间断电源，地下室有备用小型发电机，这是每个 ICU 必要的安全保障。即使医院的线路整个停电，监护室自带的不间断电源也可以维持半个小时左右的用电，在半个小时内，只要启动医院自己的小型发电机，整个重要部门的重点供电是绝对不会出问题的。

这个地方短时间内不可能建成这么大的基础工程，必须要靠我自己想出解决方案来。

图纸送来了。我摊开电路图，仔细看整个电路的铺排。电路的串联和并联，我在中学时就已经学得很好，即使隔了 20 多年，读起图来也没有什么阻碍，三下两下就看懂了。

"你要干啥？"老许看我煞有介事在研究电路图，伸头过来看看密密麻麻的线条。

"总闸在这里，东面生活区和西面隔离区是两个来源，隔离区里，靠南边的病房和朝北的库房又是两个来源。所以我们可以有两路备用电。"我指给她看。

"我看不懂，高材生。"老许听我讲着，眯着眼睛仔细看了看线条繁复的房屋电路图纸，满脸懵懂。

我用圆珠笔在草稿纸上画了个简易图形，病房，朝北的库房，东面的生活区三路线，总闸在隔离区门口。问老许："明白了吗？所以我们要做的就是：用长接线板，从东面生活区引一个备用电源，从朝北库房引另一个电源。然后规定阿姨只能在北库房用电热水壶，拍片的电源不能用病房设备带，必须插第二路备用电。总闸和病房各一个应急电源。把病房内的各个插头尽可能汇总……"我在草稿纸上迅速标注了接线板需要放的位置。

"不明白。"老许看得眼花缭乱，"高材生，你去接，我帮你。"

"大医生，电路学得不错。"医院派来检修电路的钱师傅在我身边看我画草图，忍不住说。

"最要盯牢的是拍片机，拍的瞬间电流很大，插在病房设备带的时候，最容易出问题。"老钱指了一下设备带。这个按普通传染病房设计的设备带完全没有考虑到 ICU 危重病人有这么多的电路要求，可以负载的电流太小，插口太少。

"还有这电路老化，说实在，房子 5 年前造得非常急，又 5 年没有用过，设备带里的电线如果出了问题，等我从医院里跑来检查，肯定来不及。"老钱是老师傅了，提的建议一听就知道管用，不花哨。

"那怎么办？让医院调电工师傅值班？"我朝他摊摊手，医院的电工师我只认识两个，想来不可能让人盯在这里值班。

"你物理学得不错，这个电工笔留给你吧，知道怎么用吗？"钱师傅从工具箱里翻出一支旧的电工笔给我。

"这个 20 年前高中物理课学过，没有问题。"我老实不客气地接过来，放在口袋里。

"这个工具箱放在办公室，你需要什么自己拿。"钱师傅把一个小工具箱放在办公室里，掀开来给我看，里面都是各式各样的螺丝刀、起子、榔头。

"你到底会不会用啊？"老许不放心地问我。

"切。"我懒得理她，拎了一个接线板进隔离区，准备开工把备用电路立刻搞定。连续跳闸太不让人放心了，我要做的，是在老钱的帮助下把备用电路全部连接好，权且充当一个临时电工。

老钱不知道哪些是重要的线路，哪些设备有后备电池，我和他一边商量，一边连隔离区的电路。

要让病人活下去，必须完成所有这些或鸡毛蒜皮，或匪夷所思的任务，把 20 年前物理课、劳技课上学的所有本事都用出来。像鲁滨逊一样，用最简单有效的方法维护好每一个细节，不管这个任务看上去该不该由医生来负责。

忙到夜色降临，隔离区里的备用电路全部搞定。亏得我戴了乳胶手套，即使这样，绕电线，固定插座，干完这些手工活，两只手的皮肤还是被磨得又干又痛。

我把电路应急方案用特大字体打印出来，贴在办公室里，拿出口袋里的欧舒丹玫瑰护手霜来犒劳自己的两只劳苦功高的手。

老许拿着我的手看看，干净清透的指甲，细腻的皮肤一个老茧都没有，又把她自己的手拿过来比了一下，她的手骨节粗大，皮肤粗糙得多，连续用手套、手消毒液，已经有好多地方蜕皮开裂，和我的手形成鲜明对比。

老许叹道："千金小姐，这手长得就不像能做事的样子。"

我还没有心思和她说笑，夜幕即将降临，希望我设计的备用电路方案经得起夜晚的考验："要交接班了，这个电路应急方案晚上接班的人需要先学一下，每个人都要能找到备用电源的插口，知道电闸的位置。"

正在扎头发、穿戴整齐、准备接班的双双听到，干脆地回答："好的，保证每个上班的人都教会。"

老许惊讶地看我："你在 ICU 也是这样的吗？像军训一样"。

我和双双一起点头："我派活给她们干，她们会一项一项搞妥当，然后我去验收一下。"向来就是这么干的，ICU 的护士都习惯于向我看齐，等我号令。

老许点点头："ICU 的护士最多，好几十个兵，你当惯了家长，难怪养成了这么嚣张的派头，和我们科那几个医生不是一个套路。"

4. 肺复张

以前，叶深会把所有事情搞得妥妥帖帖，我只要看好病人，带领好兄弟们，查好医嘱，教好护士小妞们就可以了。我们俩分工合作，攻守有度。

"喂！人在哪里？"东门的生活区门口，熟悉的声音响起来。是鹏鹏，这家伙下了班忍不住好奇心，过来探班。

"好人啊！"一股冲鼻的香味和他一起从门外进来。方宇夸张地叫了一声。出去拥抱一下鹏鹏，只有自己弟兄才会这么体恤。

鹏鹏把袋子里的油炸臭豆腐干放到桌上，上面的红红辣椒酱和着臭豆腐的香味，一下子就在值班室里散发开来。"育子弄①刚排了好长的队买的！"鹏鹏把一次性筷子递给我们。

几双筷子一齐伸了下去，我和方宇夹到同一块臭豆腐，两个人互不相让，两边同时一扯，一分为二，恶狠狠地塞进嘴里。

"罗老师，你这个人，有极端矛盾的行事风格和人格。"我的徒弟老气横秋地批评我。

吃完臭豆腐，我和方宇又回到了病房。

"杨晓丽的状态好得很快，你有没有觉得？"我问方宇。一边把呼吸机的参数再次调低，这两天内参数降得很快，调下来后，氧合却能维持得

---

① 育子弄是嘉兴本地的一个街名，几个著名小吃摊子在这附近。

很好。虽然胸片上的病灶吸收并不明显，仍然是白茫茫的两个下肺。

"感觉脱机也快了。"方宇点头，"拔管以后也不知道我们能不能就此结束，这破房子当 ICU 用真心惊胆战，我估计杨晓丽已经是我们可以扛到的极限了。以前我们看过几个用 15 的 PEEP 打下来的病人！"我们都给这停电吓得不轻。这么高的 PEEP，一旦呼吸机不能启动，病人就完了。

这个星期过得颇不容易，每个值班医生都很谨慎，我们两个 ICU 医生更加操心。他的休息日也经常在病房里度过，事无巨细地照看病人的各个细节。以免我兼顾不到的时候，病情会出纰漏。

出来执行这个任务已经十来天，偶尔浏览一下网页信息，我就知道很快结束是不可能的。省内国内的甲流形势都在吃紧，病人大多是青壮年和孕产妇，都是家庭的顶梁柱。

可以想象得到，现在，全国的 ICU 医生都是苦命的难兄难弟，各个隔离病房里，ICU 医生成为减少死亡率的主力队员，都在抵抗病毒的压力。

"别多想了，想也没有用，你先打算一个月，我觉得一个月可以搞定，已经很好很好了。"我给他一个让他有点失望的预估时间。我何尝不想早点结束，这种状态下，脑子像拧紧了发条，每个细节都要照看到。

"三天内铁定拔管。"我对杨晓丽很有信心，"有这一个垫底，后面的压力会轻一点"。

"我们是给空投在敌军阵地里的空降兵，见招拆招，混到哪里算哪里，随时可能阵亡。"停电跳闸这回事对方宇的惊吓不小。

"闭嘴吧，弱小心灵禁不起你再给我泼点冷水。"我马上制止他的牢骚，往他的隔离衣上踹了一脚。两个孤军，自怜自伤起来，是没底的。

"准备下一间病房吧。"手脚还是不要停下来的好，忙碌起来，就没有功夫释放不良情绪了。

没有时间出去，很多消息都由循惯例来巡视的乔院长带给我们。形势非常吃紧，呼吸科、感染科、ICU 几个市专家组成员每天都在县医院和各家市级医院会诊。

市妇保医院的影响力不只本市，其他地区的高危产妇也在纷纷往妇保医院转送，陆续有孕产妇检出 H_1N_1 阳性。我们医院是全市最大的医院，传染病中心，一定得承担这个地区内最重的病人。最重的病人，一定会到这里来。

第三间病房的准备，格外匆忙。

杨晓丽的房间这一阵子是我们保卫的重点，清晨，叶深从医院打来的电话说，马上要转来的产妇，病情比杨晓丽还要重。

"你这里快准备好，急诊插管的时候血性痰狂喷，现在稳一下就要转到你那里，转运呼吸机支持已经有点不够。"叶深在急诊室可以看到病人的状况，他说得这么严重，实际的状况一定是非常糟糕了。

我们的转运呼吸机性能不错，可以用到 15 厘米水柱的 PEEP，用到纯氧，杨晓丽就是用它安全从妇保医院转来的。叶深向来淡定，言语中很少流露这样的担心。

我马上招呼老许进来整理整个房间的设备。

呼吸机的加急采购正在进行中，两个先运到的刚刚拆箱装配完。准备在床边的这个迈柯唯 -S 的呼吸机我以前并没有用过。这倒也没有什么关系，万变不离其宗，用呼吸机就像开车，老手自然是手动挡、自动挡都无所谓，什么牌子的都可以上手。

让我比较担心的还是墙上的整个电路，越重的病人需要的插头越多，墙上的三个插头，让我用两个长接线板扩充成了 12 个。但是插上呼吸机、监护仪、加热器、输液泵和几个微泵以后，已经占得满满的。

里面的电线会不会过度负载，再度断电，真的是谁也说不准。为了安全，从对面病房的另一个线路上拉了一个备用电源过来。

老许把仪器后方的电线收起来，免得呼吸机的冷凝水浸到电路，又跳闸。三个病人在用呼吸机，此时跳闸可真的要命了。

"氧气，你觉得可以支撑吗？"老许忧心忡忡地问我。

"电路是问题，氧气是问题，皮囊也是问题，一旦呼吸机暂停，皮囊上没有 PEEP 阀，肺水压不住，会马上出问题。"我担心的问题比老许更多。那天的跳闸也不完全是坏事，至少让我明显地感觉到，在这个地方一定要未雨绸缪，把什么危险状况都预先想到。

我望着房顶墙角泛黄的陈旧水渍，不知道是哪一年渗的水，这个被大雪压塌过的破房子不是医院的重症监护病房，墙壁里面用的电线，管路是什么货色只能用了才知道，没有那么多后备的设置，一切都要靠我去预先设想好。

"你需要准备什么东西，现在还来得及。"老许双手不停，测试房间内的负压吸引器。

"单瓶氧气，需要备在走廊上，氧气阀门上连接呼吸机的接口让设备科连好。让 ICU 把皮球的 PEEP 阀全部找出来，立刻送过来，一共只有两个。"我拿出口袋里的瑞士军刀，把设备带面板上松下来的螺丝拧紧。

老许拿出笔，在随手找到的硬纸板上记我要的东西："等一下，等一下，皮球的 PEEP 阀；氧气瓶连迈柯唯呼吸机的接口……"老许是呼吸科护士长，对 ICU 设备用的异形武器所知甚少，立刻打电话让 ICU 护士长去找。

我站在门口，看了一下房间内的设置："唉！也只能先这样了。先收了病人再说吧！"

把抢救车推到走廊上。穿刺用的消毒包、穿刺针，全部从治疗室的柜子里搬出来，放到病房里备着。还觉不放心。高度缺氧的病人经过勉强的转运，怕送到的时候就要抢救。

"血气机和中央监护正在装机，需要你签收和检验一下。"老许和方宇在准备开隔离区最西端收治病人的大门，设备科的柴工在窗口对我说。

"方宇，你收病人，我先接收新机器。"我冲着方宇招呼。以他的能耐，足够接收最危重的病人。

心底不禁凄凉地自叹，我只是想好好做一个医生，单纯，容易满足，没有太多烦心事。不用顾着这边，顾着那边，有重病人，冲上去就好了。但是眼下，我需要去做一个整体工程的维护。管着团队，管着每一个细节，必须激励所有人的士气，不得抱怨。我已经替代了叶深原来的位置。

门前的小路两边堆着新送到的、还没有拆封的机器。纸板箱、小推车、装箱的泡沫，这些障碍物都清理开了，让出救护车可以进来的通路。

设备科和院感科的人正在门前卸货和拆箱。场地上好多人在忙碌。

我到门口氧气站检查了一下一级氧压表和二级氧压表。氧气筒早晨换过，马上就要两个大呼吸机、两个无创呼吸机同时使用了，氧气的供应始终需要靠人力盯着，大家都还不习惯，这是个问题。一旦隔离区抢救繁忙，错过了更换氧气的时间，会有10分钟的氧气中断，这会成为一个巨大的隐患。

办公室里，血气机和中央监护站正在安装，公司的工程师即使在隔离区外还是戴着蓝色的外科口罩，可见不是医疗行业的人，对传染病这件事，心里还是非常忌惮的。

医院的救护车从小路上开过，大家都停下手里的活。安装中央监护的工程师刚把屏幕全部装好，接收完信号，正拿了文件叫我签收。

看见三病房新接收病人的监护参数，我本能地去看监控屏幕。方宇和双双正在床边忙碌，中心静脉已经穿好，摊开的操作物品还没有收拾，方宇在呼吸机屏幕前调整参数。老许和双双一路小跑着进进出出，状况有点忙乱。

中央监护仪屏幕上显示了一阵干扰波形，最后跳出的数值，心率120

次 / 分，氧饱和度 78%。我看了一眼，皱起了眉头，马上签完名字，就向隔离区跑。

"罗震中，方宇叫你快进来。"双双戴着口罩的脑袋伸出隔离区的门，对我大声喊。果然不出所料，送到就得抢救。

迅速穿好隔离装备，进三病房。这个体型胖大的产妇状况糟糕，气管插管里的血性痰随着送气上上下下。整个封闭式吸痰的管道内全是粉红色的血性痰。

两道微泵已经在镇静，但是呼吸还是很快，很窘迫。血压低到危险的边缘，方宇在调整呼吸机。"已经纯氧，肺水压不住。"他给我看呼吸机面板，"多少 PEEP 是你可以接受的？15？18？"语气像个战斗机驾驶员。

呼吸机的 PEEP 已经调整到 15，这是一个很高的数值，多年来，这么多的病人，总共只有不超过 5 个用到这么高的 PEEP。呼吸机对氧合的支撑已经快接近顶峰了。

"肌松状态肺复张一下？"方宇征询我的意见，语气紧绷绷的。平时抬杠的时候话多得要命，现在惜字如金。

"血压有点危险，先抽升压药，维护好了再复张。"一眼间，我已经知道这个病人处于极限状态，离崩溃只有一线距离了，如果肺水压不住，生命危在旦夕。

病人刚收来，就要靠肺复张这样的非常规手段维持性命，方宇需要征询我的意见，也需要借助我的勇气。

"管他呢，放手一搏，复不成也已尽力。"我和方宇对视一眼，达成默契。ICU 医生的心志比常人刚强，但是用 45 的压力压 45 秒钟，过程中也许会气胸[1]，也许循环会崩溃，随时有可能死亡，对治疗的医生来说，

---

[1] 肺泡破裂导致胸腔内大量积气，肺会瞬间被压缩，本病属于急症，严重者可危及生命。

是巨大的精神压力。技术反而是其次的问题。

双双腋下夹着一个微泵，手里拿着两管药，一袋液体，从治疗室里出来，下巴还夹着两包延长管。为了减少在病房和治疗室之间的来回跑动，双双恨不得变成千手观音。临时的 ICU 病房，抢救起来远不及平时熟悉的环境顺手。

病房实在是太局促了。同时使用的 3 个微泵根本没有地方放，只好用骨牌凳先临时将就着。床头一片凌乱。

"维库溴铵（万可松）。"我对双双下口头医嘱。

方宇把呼吸机调成了 45 厘米水柱的稳定压力。双双并不明白我们两个人在做什么，瞪着大眼睛看我们两个人屏气凝神，极度紧张地僵持着，看着时钟在读秒。

"10，9，8，7，6，5，换参数，3，2，1，换！"

45 秒钟，紧张得汗流浃背。方宇立刻去看气管插管内的血性痰。我拿起听筒听两侧呼吸音，略有进步。

"多少 PEEP 是你可以接受的最高值？"方宇问我。他心里没有底，也知道我同样没有底。这件事没有先例。肺水渗出的程度超过了任何一个以往治疗过的病人，没有既往的经验可以参照。我们没有，别人也没有，这根本就是一个前人没有认识的疾病，我们在走的是一条没有前人走过的路。

"18。"心底的犹豫一闪而过，语气坚决稳定。我没有用过这么高的PEEP，不表示不能用，先决策。过去，在做关键性的决策时，我俩都会习惯性地看向叶深，征询他的意见，听他的号令，眼下必须习惯由我来决策。

"18，新起点，新高度。"说起来像一句广告词，他调节呼吸机的手却紧绷着，手套内已经全是汗水。薄薄的一层汗液在乳胶和皮肤间滑动，看得见手上的汗毛，眼镜片上都是蒸汽。

　　一次肺复张后，气管插管内的血性痰少一点了，纯氧下，经皮氧饱和度的数值显示在 90% 的危险地带上。加无可加，呼吸机上增加病人的氧合已经没有更有效的办法。我们紧盯着监护仪的数值，像在做最后的抵抗。

　　双双不明白我俩在做什么，不过她也没有停下来。她用一袋液体和延长管，在床头的输液架上做了个连通器，连接了深静脉，这样就可以测量中心静脉压力。这种简易装置已经多年不用，难为她做的这么快捷。更难得的是，无需关照，她就自己想办法动手做了。

　　病房里用的监护仪是临时抽调的，没有有创压力的监测功能，这四川小姐应对得沉着冷静，绝不抱怨，不容小觑。我赞许地瞟她一眼。

　　"不要急，肺水平衡需要时间，死盯着也没有用，你去开医嘱，我来用新的血气机做血气。"我尽力平静了语气对方宇说。ICU 医生最痛苦的时刻，就是持久战，酸痛的眼睛瞪着监护仪，片刻不能离开。

　　两个人组队的好处是：压力太大的时候可以相互消解，可以相互劝一句，不要急。

　　"喔，闷死我了。我去开医嘱。"方宇的口罩已经印得鼻梁上有一道红印，"你得把这根气管插管固定得像长在上面的一样。"方宇对双双说，"万一滑出来，她一定没有命等再插回去。"

　　"明白。"双双清脆的嗓门在压抑紧张的房间里，像跳跃的音符。

　　氧分压只有区区 55mmHg，我用新到的机器做好了血气分析。已经是呼吸机可以支持的顶峰，已经是病人的身体可以耐受缺氧的极限。就像悬崖边即将滑落坠向深渊的人，被我们用尽所有的力气死死拽着，情况哪怕再坏一丝，我们都无力回天了。

　　即使是此时，病人要看，机器也要学，不能顾此失彼。这个荒郊野外的病区不会有化验室，万事都得靠自己动手。新机器比那迷你的手持式血气机已经好了很多了。

办公室里，一堆人站在中央监护前看着病人的参数。我们在里面忙的时候，没注意乔院长、冯大主任、叶深，还有呼吸科的两位主任都过来了。

"稳得住吗？"乔院长问我。我把手里的血气分析单子给他看，一边坦白地回答："不知道。"

我的确不知道，即使病人的心跳就在这一刻停止也不奇怪。这是人类能够承受的缺氧的极限，是肺泡可以耐受的高压的极限。

"和家属交流过了没有？"冯大主任问我。

我向窗外看了一下，围栏外，杨晓丽和朱慧的几个亲属都在，还新来了几个没有见过的年轻人，可能是新病人的家属，不断有人踮着脚向这边的窗子望着。

"还没有空。做了肺复张才刚刚有点压住。"我摇头。病情重，需要的医疗工作会成倍成倍增加，治疗一个这样的重病人的工作强度，比十个上无创呼吸机的病人还大。根本没有工夫去完成例行的医疗告知。

"还有没有别的方法？"多年临床二线的院感科主任问我。

"刚在做肺复张，我需要时间。"我敷衍着说。

"到会议室讨论一下方案。"乔院长示意全体到会议室。以这个病人的状态，即使维持过今天都有困难，程序上，需要医疗专家组给出无可挑剔的方案。

我望了一眼监护仪还没说话。

"快进来一下。"双双伸头出来喊，我和方宇一起跳起来，往隔离区跑。

让方宇先跑进去，我略想了一下，停下来对乔院长说："你们讨论完了，告诉我结论，我需要盯住这一阵子。"命悬一线的时候，可以用的办法已经全部用上，但是ICU医生总还是想再拉病人一把，留住一刻是一刻。这种迫切的愿望已经根植在我的基因上。生死关头，我必须在床边指挥抢救，无法坐在办公室里心平气和地讨论。

"好。"乔院长干脆地回答。

医生需要做的是冲锋陷阵，管理团队需要做的是提出完善的解决方案，这是职责的不同，一眼之间，我与他达成默契：把我的所有时间和精力，押在赢面上，去争取最后一线生机，由他们来考虑输了怎么办，做最后的准备。

"今晚很难过去了。"方宇又做完了一次肺复张，呼吸机已经没有什么余地了，能支持的潜力就这么多。两个人都很紧张，我们都是见惯生死的资深医生，每年送走很多很多病人，心志远比常人坚硬，但一个年轻孕妇的死亡，谁都不愿意看见。

这是新闻焦点的事件，如果她无法维持，不单要面对悲痛欲绝的家属，还要面对新闻压力，面对不明所以的抨击，其他病人家属的信任动摇……面对完所有的压力，我们仍然要把现在的病区继续维持下去，继续把该做的事全部完成。多么坎坷的前路！我设想了一下需要面对的场面。

"今晚我住在这里盯着。明天是你值班，我可以缓一口气。如果连续两天下来，她还活着，那就有希望。后面的事后面再说。"我不容置疑地说。

"我也在这里。"方宇担心近在眼前的关口。病人的缺氧太厉害了，肺水肿也已经突破我们认知的极限，也许是孕妇的特殊生理改变，她肺泡里大量的炎症渗出像溃堤的洪水，粉红色的痰液喷得整个呼吸机管道全是。

"我们俩的精力不能耗在一起，一定要有时间缓冲和休息。太疲劳我会崩溃。万一今晚她过不去，我得处理所有的麻烦，明天你还得看着其他所有病人，不能出纰漏。"我坚决地说。傍晚的天空，西斜的太阳十分无力，门前的荒草丛中，大鸟哇哇地叫着，声音非常凄厉。

场地上卸货装机的工人、工程师，都已经一批批跟车回医院。小路冷寂下来，夕阳西下的时候，这个地方孤寂冷僻，没有人烟，没有援军，只凭自己的个人能力坚持，整个漫漫黑夜，别人在温暖的被窝里酣睡，镇守关隘的孤军却要抵抗前所未有的进攻。

肌松，上白蛋白，利尿，使尽浑身解数让肺水减少，新来的病人冯莉（化名）的状态终于慢慢稳定住。氧浓度在80%左右的危险水平，无法再下调，PEEP更在触目惊心的18，不能再动了。病人完全镇静，肌松，我们把所有的生命活动减到最低，把消耗降到最低，希望她能在这个危险水平稳住。

我筋疲力尽地出了隔离区。天色已经转暗。暮色四垂中，危险的夜晚马上要来临了。

"医疗专家组建议的方案在这里。"刚在这里讨论的行政团队只剩下冯大主任。他已经等了很久。

他拿着一页潦草记录的手稿给我："这是给你的建议，最终的方案，由你决定。"冯大主任说着，看了看我疲劳紧张、给口罩勒出红印的脸。很明显，刚才他一直看着监控屏幕，看着我们忙忙碌碌地折腾。

这个病区他很少来，各个县市的会诊申请已经忙得他团团转，我这里是战区的中心，而他的日常工作是确诊病人和明确哪些要转过来，那是战区外围的事情。

我和他的工作，已经很久没有交集。

"你有权利让医院请专家组会诊，也有权利自己定方案。"我诧异地看了看他，忍住了问为什么的冲动。这是一个完全有利于我的决定。

他作为医疗专家组的大组长，说出这句话，就等于是在宣布，我完全掌握前线指挥权，不需要顾忌旁人怎么想，医院专家组完全以我的决定为最终方案。我有完全的自主权。

我点点头，送他出去。"你要顾全大局。"他对我说。工作几十年的老主任，最知道我的性子，向来他都对我的任性张扬皱眉头，不怎么爱理会我。

说完，他径自去开他那辆摇摇晃晃的破夏利。而我已经腾不出脑细胞去想他的话是什么意思。

何必去想，我要做的事太多了，尽力握紧所有的有利条件，能维持住一刻是一刻。不能维持，也要尽可能不出纰漏。"尽人事知天命"不是这么容易做到的。

天完全黑了。这个难耐的黑夜将要持续 12 个小时，没有班车，没有后援，没有帮手。方宇的车和老许的车开走后，围栏的铁索已经锁上。病区的东门和西门铁门锁死，整个病区封闭，暮色四垂，病房又成了一个与世隔绝的孤岛。

在这个隔离的小世界里，剩下的只有几个人，唯有手机信号和外界保持着联系。我们必须凭借自己的能力度过这漫漫长夜。

"罗医生，隔壁的病人是不是很重很重。"朱慧戴着面罩，惊慌却在她的眼中一览无余。她的体温、呼吸都已经到了安全范围，不需要太担心了。但走廊和墙壁的隔音效果并不好，三病房紧挨着她的房间。白天抢救的动静，她可以听个八九不离十。

"是，很重，比你来的那天还要重。"我语气平静，很直白地回答她。我和方宇、双双紧张的对话，跑进跑出抢救的声音，都会影响到她，与其让她懵懂地担惊受怕，不如坦白地告诉她。

"你不用看我，我已经很好了，你去看她，一定不要让她死掉。"朱慧的脸有一点浮肿，她蜷缩在床上，若有所思地对我说。最近两天，她都不再需要无创呼吸机帮忙，体温也稳定在 37℃ 左右，体力恢复得很快。咳嗽也并不厉害。奥司他韦一下子就阻断了危险的肺水肿过程。流感的表现像退潮一样在她身上迅速退去，快完全消失了。

"好的。我会留住她。"我拍了拍她的肩，故作轻松地安慰她。她习惯性地凝视着我防护镜后面的眼睛。

杨晓丽的状态很好，呼吸机条件又缓慢地降了一点，氧合维持在理想的95%上下。镇静剂已经有点耐受，有时候，她会睁开眼睛，平静地看着房顶。

焦灼的等待阶段已经有一个多星期，就像一艘航船，穿越无边无际的大洋，现在已经看得见地平线，尽管目测航程还有段距离，但快要靠岸的感觉已经一分一秒地明显起来。

我把走廊上的骨牌凳拖进冯莉的房间，一屁股坐倒在床边。两条腿酸得跟灌了铅一样，刚才在氧气间换氧气瓶的时候，几乎扶不住比我高的氧气瓶。脑筋转动十分缓慢，我知道今晚自己已经想不了太复杂的问题。

拿出口袋里的笔记本瞄了一眼。龙飞凤舞的字记着PEEP阀、长接线板、麻醉药品总量等明天要去落实的事情。各种杂事像乱麻一般纠结在一起，我的脑细胞已经不足以去捋清它们。

把笔记本塞回口袋，我开始看记得密密麻麻的监护单，核对当天的液体出入量。这是ICU医生每天的功课，越是病人严重，越是管得精确。到头来，病人的维持最依赖的就是ICU医生床边仔细地调整各项指标平衡。

夜班护士金妍看看我疲惫不堪的眼睛说："你去睡一会儿，有事再叫你。现在几个都还绷得住，忙里也要偷闲。其他床位的事情你让朱医生处理。"

我又调低了一下氧浓度。并不是病情在好转，80%的氧浓度不安全，只是迫不得已的权宜之计，长久维持对肺泡有永久的伤害作用，长时间的高氧浓度本身就像毒药一样有害。所谓刀无两面光，就是如此。

好不容易降到70%了，PEEP在18的位置上，让人心惊胆战。气管插管内不再有血性泡沫痰喷出来，床边放着颇为壮观的5个微泵。我们靠着镇静镇痛、肌松、升压多种药物联合，顽强地维持着她摇摇欲坠的氧合。

下午拍的胸片挂在床边，两肺白茫茫的，没有正常的肺组织。我拿起数码相机，拍了几张呼吸机波形的照片，这是我当 ICU 医生这十多年来承受的最高的压力。

"要是这样都能救得活，我就是半仙。"我对金妍说。我们俩把微泵、延长管一路一路理清楚，把抢救状态下凌乱不堪的床单位归置齐整，把墙上的、地上的插头一个一个整理清楚。

电线、仪器和生命支持管路实在太多了，这个房间完全没有准备过要治疗这么重的病人，即使在医院设备健全、流程合理的 ICU 病房，冯莉这种严重程度的病人都很难维持，何况是在这个陈旧简陋的病房。

我环视四周，额头冒虚汗地想，也不知道会不会需要把 CRRT 机（连续血液透析机）搬到这里来。生命支持设备在这里能不能安全使用，完全取决于我的个人能力。就像一场严酷的考试，考我在这十多年 ICU 医生生涯中对自己专业的理解程度和实践能力，而评价的标准，是病人的生命。

更加严酷的现实是：即使我没有出一点错，也未必能赢得她的生命。造物弄人，在起跑线上，医生就已落在下风。

重症甲流的病人越来越多，医院抽调过来值班的护士也在增多，金妍这帮小护士也在努力适应：按照我定时的闹钟去检查氧压表；带着大串钥匙从东头锁到西头；自己动手做各种各样的化验；适应没有工人、没有化验室、没有帮手，独立去做各种各样以前没有做过的事。

"你本来就是半仙。"金妍十分捧我的场，她在 ICU 已经 3 年多，我们自己科室的小护士都对我非常捧场。

口袋里的电话响了，是泡泡小姐，8 点钟，她的睡觉时间到了，例行要求外婆给我打个电话。"妈妈，你在干什么呢？我昨天在电视上看到你了。"清脆软糯的童音，口齿伶俐，让我紧张的心犹如春风吹过的感觉。

"我在上夜班，我在看重症甲流的病人，你知道吗？"我一本正经地对她说，仿佛可以看见她伶俐的小嘴巴唧唧喳喳的样子。但事实上，我已经半个多月没有回去看过她了。和方宇一样，自己的安全我是不大担心的，但是那毕竟是烈性呼吸道传染病，离孩子越远越好。

"我知道，就是 H_1N_1 重症流感。"5 岁的小丫头把甲流的学名说得朗朗上口，让人忍俊不禁。

"对啊，所以我暂时不能回来陪你。"我当她是一个大人，认真地对她说。于我而言，这童音是世界上最好听的声音。

"那你要把她们都看住了，不要看丢了哦！"泡泡似懂非懂，但是非常认真地说。

"遵命，泡泡小姐，我一定不把她们看丢了。"我隔着口罩对着窗外乌黑的天空，无声地微笑。

我的睡眠非常轻浅，像一个习惯看护婴儿的母亲。半夜 12 点，护士交接班的时候，我跌跌撞撞从床上爬起来看了一次。

经过了十几个小时的利尿、肺复张、高压力、镇静镇痛。监护的数值比来的时候好看了一点。PEEP 是半点不敢去动的，氧饱和度升到了92%。一直平衡在那个不高的水准上，气管插管内的水性分泌物不再出来了。这样已经很好，离死亡的悬崖远了一寸。

不计代价地用白蛋白和呋塞米（速尿）利了尿，两边的呼吸音比白天那呼噜呼噜的可怕音调好了一点点。可能这是能站稳的极限了。

还能更高吗？我没有试过，也没有看见文献上有过。闪着荧光的监护线条和呼吸机波形好像是刻在了我的视网膜上，即使躺在床上闭着眼睛，也深刻地从眼前滑过。每一次短暂的醒来，我都会到中央监护上去看一下状态。

5. 初捷

我不知道自己是醒着，还是睡着，但无论何时，我都像带刀护卫一样，死守在悬崖，用尽每一分力气拉住即将坠落的她。

早晨的手机闹钟又响了，我跌跌撞撞披头散发爬起来换氧气。昨天算过，这个时间需要看氧压表，新增加的一个高氧浓度的大呼吸机会消耗更多的氧气，不能用完了才更换。果然，氧气的消耗量像预计的一样，增加了很多。

在冰冷的冬天的清晨，15度角转动着比我更高的冰冷的氧气瓶，手扶在冰凉得有些凛冽的瓶身上，冻得发抖。看一眼监护屏幕，美红在病房里计算出入量，朱慧、杨晓丽，几个病人都在安静睡着，只有冯莉的房间灯火通明。

开了铁门，在门前的小路上折返跑，呼出白色的水汽，吸入冰冷清冽的空气。咚咚咚的脚步在寂静的早晨非常响亮，吐纳之间理清头绪，想明白新的一天要做的事情。小时候练长距离游泳时就是这样，均匀的呼吸之间，刚毅和韧性会自然而然攀缘到身体的每一处。

班车按时停在铁门前的小路上，紧接着方宇的车也开进来。他来得比平时早，牵肠挂肚是医生的职业病。整个夜晚，我在这里折腾，他在宿舍里想必也不好过。

我的样子并不像被疲劳折腾了一天一夜。几十个折返跑以后，血液循环加速，清冽的寒风中，头脑清醒，身体敏捷柔韧。

"看样子还好。"他带了粢米饭和豆浆给我。我向来口味刁钻，喜欢换着法地找好吃的。念着上班辛苦，这时候亏他记得投我所好一下，平时绝没这个待遇。

"勉强稳在65%的氧浓度，18的PEEP。不能再动了。"我捧着温暖的粢米饭，指给他看昨晚的监护数据，"没有再肺复张，体温也没再上来，是好现象。不过呼吸机只要断开一下，氧合就要很久很久才上得来。"

"看这样子，需要再从医院调 ICU 医生过来吗？"方宇担心地问我。人员能力是大问题，这么危险困难的病人，随时会出状况，其实是需要由 ICU 专科医生来严防死守，每次值班的风险都很大。但是医院只有 7 个 ICU 医生，我俩调出后，又正值年末最繁忙的时间段，科室里忙得不可开交。

"暂时就这样，已经没有人可以调！"我看见窗外，汤医生的车停在小路尽头。医院抽调的 6 个医生里，我最大，其他都是工作 10 年左右、与我年纪相仿的"壮劳力"，分别来自呼吸科、神经科、心内科、传染科。

"我们今天要给杨晓丽（化名）拔管。"我咬着饭团对方宇说。他正从班车送来的一大堆物品中把昨天送检的化验单找了出来，一张一张翻看。

"我明白你的意思，呼吸机条件也是差不多了。"他和我一起混了 6 年，心意相通。冯莉命悬一线，随时有可能死亡，谁都对她的生存没有信心。但现在杨晓丽的情况顺风顺水，能成功拔管，就是一个小小的胜利，这对所有人的士气，是极大的鼓舞。

"早一天拔，继发感染的风险会小一点，无创呼吸机也可以后备一下。"方宇指着昨天杨晓丽的血常规给我看，白细胞、CRP 都有点高，气管插管到这个时间，随时可能来个高热重新加重。

继发细菌感染的风险是提早拔管的强烈理由。

我点点头："我就是这个意思，我们等一下就准备，如果拔管以后她的状态很好，到下午填报日报表的时候，就把这个讯息发出去。"往常，对于这样的 VIP 病人，拔除气管插管都是非常求稳，这一次，我要选在这个特定的时间点上——比预计提前一天。

我们两个人戴好口罩，一起进了隔离区。冯莉床头的微泵已经整理过了，但是仍然像叠罗汉一样叠了4道。在大剂量的镇静镇痛肌松药物维持下，她成为一具完全陷入沉寂的躯壳，屋里只有呼吸机沉重的送气声，监护仪上的数值始终在及格线上徘徊。危殆，但暂时稳定。

杨晓丽已经醒了，睁眼看着天花板。从清早起，我就把镇静剂完全停掉，两个小时下来，她也该完全清醒了。

"好吗？"我凑过去，看着她的脸问她。迷茫中，这样醒过来，看见一张张戴着口罩的脸，人人穿着防护服，不知道她心里是什么感觉。

她点点头，伸手抓住了我，握在手里的是我戴着乳胶手套的手，此时的她，心里一定是恐惧的吧！她昏睡过去的时候，是进妇保医院手术室做剖宫产手术，距离现在已经一个多星期，她的记忆还停留在那个时刻。自己是如何来到这样一个陌生的环境的，她完全不知道。

"我们现在要把你嘴巴里的管子拔出来，你就可以讲话了，知道吗？"我隔着防护眼镜，看着她的眼睛说。

她没有松手，仍然用力抓着我。可能在她眼中，我戴着N95口罩的脸就像一个怪物。

我的两手需要腾出来干活，就让她抓着我的衣服。可能抓到温暖的、带着体温的衣服可以让她感觉安心。

我和双双给她拆辅料，松胶带，七手八脚地迅速吸痰，清理口鼻腔。"拔！"我放了气囊，示意双双拔出气管插管。

随着管子的撤出，杨晓丽大声咳嗽起来。这是一个多星期来，她第一次发出声音。

"哇！"双双把面罩给她套上，"我们看好了一个唉！"

这位四川妹子欢呼着，看起来很受鼓舞。杨晓丽呼吸均匀，咳嗽有力。二十多岁的人康复能力是不容小觑的。她恢复得比我们预计的还要好，准备在旁边的无创呼吸机看样子已经没有用武之地。

我用听筒听了一下两侧的呼吸音，看了一眼方宇。全副武装下，两个人相互看不到表情，但那一眼间，安慰、鼓舞、欣慰的笑意已经溢出。

双双大受鼓舞的样子，就是我们希望看到的。一个一直在死亡边缘徘徊的产妇，现在在艰难跋涉了一个多星期之后，重回人间。

在隔离区内工作的团队成员会受到鼓舞，我们整个医院的保障团队，整个处于备战状态的卫生系统，也会感觉到正面的力量。这是第一个活下来的气管插管的危重病人。这样的捷报，是此时被流感的阴郁笼罩的市民最需要的。

"你长得很漂亮唉！"双双把她的床摇起来，让她半靠在床上，赞赏地盯着她的脸。她的面孔非常清秀，的确是个很漂亮的女生。插着管子的时候，我们都没有发现。每个插着气管插管的人看上去都差不多，死气沉沉。

她带着有点疑惑的表情，看看我们，又看看窗外，仍然抓着我的衣服。

"小妞真无可救药，什么时候都想着漂亮。"方宇摇摇头，表示不理解双双。他关上呼吸机，看着监护仪上 98% 的经皮氧饱和度，觉得很满意。对方宇来说，这个 98% 比什么都漂亮。

"呼吸机的管道，等一天再拆，明天这时候没事，就一定没事了。"我嘱咐双双。传染病防控的要求严格，拆下来的呼吸机管路清洗消毒的成本不小。

"我觉得她不会再用了。"双双很有信心地回答。

"你陪她聊聊天，告诉她怎么回事。"对于这类刚停镇静剂的病人，记忆缺失了很长一段，就像硬关机的电脑，重启以后，需要空间时间定位一下。

"今天是 12 月 3 日，你知道吗？已经睡了 10 天了，这里是甲流定点病房……"双双用给小朋友讲故事的语气对迷惑迷糊中的杨晓丽说。她在这方面可是老手了。病人需要知道发生了什么，人有了心理准备，就不会觉得太恐惧。搞清了状况的她，就已经不再紧紧盯着我们戴口罩的脸，不再死抓着我的衣服不放了。

"刚拔了杨晓丽的管子，顺利。"我在走廊上给乔院长打电话。胸腔里长长地出一口气，仰天闭上眼睛，感受马拉松运动员到达终点后的那种短暂的垮塌般的满足感。片刻也是好的。

"好，太好了！"乔院长的声音很兴奋，和双双刚才在拔管的时候一模一样。这么多天的胶着状态，在众人灼灼地注视下，一步一步往前捱，太需要有点让人兴奋的消息了。

"到下午，我们把这个讯息公布一下，提振一下士气。"乔院长说。

孤军在这里镇守重镇，我已经有一阵子没有到医院去，猜也猜得到，在各大医院的急诊室、发热门诊、呼吸科，现在是多么紧张的场景。

"另一个怎么样？"乔院长继续问。那个可不是跑马拉松的感觉，那是徒手在科罗拉多的悬崖上攀援，每一刻都可能坠落。

"勉强支撑，能多一刻，是一刻。"我直截了当地说出我的判断。呼吸机上的功夫，已经发挥到百分之一百。要凭这样的压力维持到病程结束，是一个 impossible mission，是前所未见的挑战，是徒手攀登从未到达过的处女峰。

"对，能多一刻，是一刻。"乔院长叹了口气，不同寻常的呼吸机参数，突破了以往认知的极限，评估过的医生已经不少，没有人认为她能创造奇迹。死亡在不远处窥视着她，就像盘旋在头顶的兀鹰，随时可能降落，这是马上要应对的最大的危机。医生敬畏自然，不觉得"人定胜天"。

"到明天，有两个病人的呼吸道监测已经两次阴性，达到解除隔离的标准了，我希望解除隔离以后，他们可以离开我这里。"我绕开冯莉的病情，继续胸有成竹地提要求。

"好的，医院里讨论一下，动作做大一点，让大家看到好转的病人痊愈离开了，气管插管的病人脱离危险了。"乔院长和我都在判断全局，我在火线上，他在阵地后方，但我们的判断和决策一模一样。

"你做得很聪明。"昨天医疗讨论的时候，我没有提起过拔管的事，乔院长已经完全理解了我的用意："这个点，选的非常好。"他颔首。最危重的病人之一可以脱离危险，对他来说，也是放下了若干压力。

以前的我哪里会顾虑这么多，只要评估呼吸机，评估血气，纯粹地判断临床指标就可以了。只有用血肉之躯抵挡过枪林弹雨，才能明白，办事要刚刚好地平衡多种因素，达到效能最大化。暗暗叹一声：这并不需要旁人教我，只是我太习惯了依赖。

冯莉的状况摇摇欲坠，又做了一次肺复张，流感病毒侵蚀过的肺，肺泡损伤非常严重，产后，身体里有大量的液体会回到血管中，又加重了她的肺水肿。就像黄梅雨季，河堤溃决。

呼吸机能给她的最后的支撑就是肺复张了，现在，她非常频繁地靠复张来维持勉强及格的氧合。我和方宇看到监护仪，眉头就会忍不住皱起来。

他更长时间地留在呼吸机旁边。早先的时候，我就是在他那个位置，待在呼吸机旁边，在最前沿的位置顶住临床的压力，让叶深整体调度，攻守有度的。

每个人的成长都是这样，扛起一份空缺出来的重任，一边学习，一边成长。几天时间里，御敌的队形就变成了这样，他扛起我承担过的责任，与我组队，相互补位。

看完病房里的几个病人，让方宇修改医嘱，我到围栏边去找家属告知病情。

随着病房的正规化，围栏内已经不允许家属随意溜进来。门口有保安值班。朱慧的父母、杨晓丽的丈夫是围栏外的永久守卫者。眼下又添了冯莉的丈夫和哥哥，冯莉还有一个双胞胎妹妹。几家人从早到晚，守在寒风中等待着。

漫长的等待让他们面上的表情已经没有了焦灼，但是即使我背对着他们，也能感觉得到那种注视的目光，灼烫地印在我的背上。

上午10点钟，朱家和杨家，都知道平时会在这个时间告知病情，早已经等在那里了。

没有可以单独谈话的地方，就在围栏外、荒地上，略微避过西北风的阳光里，因陋就简，有些时候，保护隐私是一种奢望，但是今天，我也不需要单独谈话。

"朱慧好吗？"朱慧的妈妈最急切。前几天的好转已经告诉过她，但是看不见独生女儿的焦急，还是让她忍不住打问。病在儿身，痛在娘心，若是能让她以身相代，即使要下地狱，母亲也是不会推辞的。

"朱慧体温呼吸都已经稳定，等再一次气道分泌物的监测报告，如果是阴性的，我们会安排她离开隔离病房。明天或者后天等消息就可以。"我清楚地告诉朱慧妈妈。

母亲就是母亲，那种血肉连心的感觉，我明白，也深有体会。老妈若是知道，她一贯像心肝宝贝一样捧在手里的我，在此地扛着这么重的担子前行，也会觉得心痛的吧！我有片刻的恍惚。

"哗！"朱慧的爸爸、妈妈、丈夫都叫了起来。朱慧爸爸赶紧制止妻子再问："先让罗医生跟人家谈，人家急得很了。"

杨家、冯家的几个人都在听，似乎是想从别人的情况来推算亲人的安危。几个年轻人满脸紧张焦急。

"我老婆，今天醒着吗？"杨晓丽的丈夫赶紧问。

"有好消息，她刚刚已经停了机器，拔了管子，到下午3点，如果没有问题，她可以吃点粥、面，或者酸奶。你去给她准备点吃的。"我故作轻松地跟他说。

没有脱离呼吸机，就是没有脱离生命危险，这是我每一次谈话都向他强调的问题，早已经深深刻在他的印象里。脱离管子，就是脱离危险，小伙子有点不敢相信自己的耳朵，愣在那里。

安静了片刻，小伙子和边上朱慧的爸爸妈妈一起叫了起来："真的这么好？她可以讲话了吗？"小伙子眼泪夺眶而出，蹲下来抱住头，几乎当场哭出声。"她可以讲话了，不过要到下午稳定才能算过关，她的喉咙插过管子，要过水肿一关。"我尽可能通俗地讲给他听。我的心何尝不高兴呢？在胶着状态支撑了这么久，等待的就是这一刻的喜悦。但是医生治疗的，不是只有一个病人。此刻让我焦心的是更加严重的冯莉。这种焦灼足以冲淡所有喜悦。

"我去买，她可以吃什么？她说要什么？"小伙子欣喜若狂。朱慧的爸爸赶紧拽了拽他，眼光掠过一边心急如焚的冯莉家人。

杨晓丽的丈夫跳着跑开，乐得口齿不清地在不远处打电话，向家人报喜去了。

冯莉的家人围过来。

"她的状态很重，非常重，比那几位在急性期的缺氧都重。而且万里长征，她才刚刚开始第一步。"我清晰地直接说病情，"随时都有可能死亡，昨晚好不容易维持到现在，能不能继续，有没有机会，到几时才可以看见机会，现在无法回答你们。"我把最难接受的死亡直接说出来，家属的心理必须要先有最坏的准备。

"医生，她的体温会不会降下来？"冯莉的妹妹捂着脸在哭，丈夫木着脸说不出话来，只有哥哥略微镇定。

"昨晚用药以后，下来了，但是今天还不一定，每一天对她来说都是生死关口，明白吗？如果有奇迹，有一天我也会告诉你，她好转了。"我指一指欣喜若狂的杨晓丽丈夫。

"休克、气胸、出血，她会有很多很多关口需要过，你知道产妇本来就脆弱。"我尽可能通俗地告知，"我们会尽力。"

冯莉的哥哥也开始流泪。我结束谈话，准备离开。

医生不能向家属粉饰太平，客观交代病情是我们的工作规范。我知道，朱慧的爸爸妈妈会安慰他们，杨晓丽的丈夫会用自己这么多天的经历来鼓舞他们，这是我想要的效果。没有比病人脱离危险更好的安慰了，这也是我目前最能让冯莉家属安心的行为了。

我的职责，是让这个病区稳定地运行下去，让更多的病人痊愈出院。让所有病人对我们更有信心。

"高材生，你得来算算氧气够不够用。"老许在氧气间里犹豫地对我说。对这锈迹斑斑的十个大氧气瓶，已经看得习惯了。老许发现氧气的消耗增加了很多，更换一组氧气瓶的时间，提前了 2 个多小时。

自己动手换了这么多天的瓶子，最近这几天，医院派了保安，白天在病区东头执勤，晚上各处锁好门以后下班，有时会记得帮我们换瓶子。

我撕下一块硬纸板开始做算数。氧流量，氧浓度，换算压力，换算体积，计算几个不同病人的消耗，转换成 24 小时需要的氧气总量。

老许凑过来看一眼复杂的算式，头晕目眩地摇摇头，表示放弃。

"十个瓶子，是有风险的。"我按了一会儿手机上的计算器，给她看答案，"如果只接这几个，杨晓丽已经撤机了，10 个瓶子勉强够用，但如果晚上再收一个，或者两个，用无创呼吸机就不够了，上有创呼吸机更加玩完。"

我把硬纸板一抛，问题留给老板娘。离开的时候，我听到她的大嗓门开始打电话："下午下班前给我加 10 瓶氧气，下班前一定要送到，对，对，就是环城路那个地方……"

6. 医生，让我看看你的脸

整个一天都非常忙乱，救护车从医院又送来了两个病人，一个 20 岁的产妇，一个 40 岁的体重超大的男性病人。病毒青睐孕产妇，也青睐超重病人，这类病人肺水肿特别严重。

这两个病人都需要上无创呼吸机。病区收治的病人越多，物资就越吃紧。一个上呼吸机的病人带来的工作量相当于 10 个普通病人，需要的器材、药品源源不断要添加和备用。老许呱啦呱啦高分贝的声音在过道里、大门外、办公室、治疗室，响个不休。

"丙泊酚还要一箱，对，是一箱。请院长签字……好的！事后再补，先准备下一班车带来。"

"呼吸机管道马上送回来……不能耽搁，明天早上第一班车，黄袋放传达室。"

"真空管两盒，大输液一箱，深静脉穿刺包两个。明天第一班车带来。"

她的大嗓门打电话的声音，几乎成为病房里的背景频率，从东头响到西头。

我用小推车把一个单个氧气瓶从氧气站拖进了隔离区。冯莉的氧需求太高了，短暂脱开呼吸机吸痰，她已经不能耐受，气管插管里血性痰会喷出来。眼下，她的生命就靠呼吸机玩命般在维持着。

备用氧气瓶和人工皮囊都放在床边，这个人工皮囊安装了特制的 PEEP 阀门，这个装置可以模仿呼吸机，平常不常用。我们 ICU 的护士长翻了半天，和我通了 3 次电话才在库房的某个盒子里找了出来。

"PEEP 不允许动，呼吸机的条件不允许动，如果病人出现问题，赶紧把呼吸机加到纯氧。我和方宇不在，不能做肺复张。"我一项一项地关照着夜班护士金妍，她是我们 ICU 的子弟兵，执行起我的指令来一向坚定不移。

"我的电话号码在这里。"我把自己的电话号码用记号笔醒目地写在呼吸机旁边的墙上，写在电话机旁边的墙上，"有问题立刻打电话。"金妍点头："我的电话已经设了一键快拨。"这是个聪明妞。

这里已经成为一个货真价实的 ICU。

连续几天高强度工作，连续几天睡眠不足，回到家里，看见床我就崩溃了。完全没有时间观念，不到 8 点钟就昏睡过去。

"叮……"睡梦中铃声大作，我从床上跳起来，一看时间才凌晨一点。

"震中，你快来。"对面是美红的惊叫，背景声音是呼吸机尖啸的高级别报警声。我立即搁了电话，以最快速度套上衣服出门。

"你开得了车吗？记得戴眼镜，开车小心……"球球迷迷糊糊中不放心地叮嘱了一串。

混沌中的脑细胞忽然受了惊吓，我呆滞了一会儿，把车开到寂静的城南路上，才开始活跃起来。可能又是电路出麻烦了，美红是个聪明妞。但愿准备好的备用电源已经启用。如果没有有效启动……不想了吧，留点精神应急。

车子开得飞快。深夜的道路上没有人，10 分钟，我已经拐入环城路，下坡开进病房门口的小路。看见病房的灯火正常地亮着。心里略微安慰，这时候，该重启的一定已经重启了。

套上隔离装备进病区，美红正在呼吸机旁焦虑地观察，看见我进来，长出一口气。"快，震中。怎么办？"病房里说不出的凌乱。

监护仪上，氧饱和度只有 80%，气管插管里全是粉红色的泡沫样痰。我马上冲到呼吸机前面，氧浓度已经调到 100%，再无可调。美红能做的，她已经做了。

"刚 A 组氧气瓶供氧出问题了，停止送氧。"美红指着氧气瓶，"我只好更换了氧气瓶供氧，然后在氧气站换到 B 组氧气。"

"做得好，不要紧张。"我安抚了一下美红，"呋塞米（速尿）20 毫克，维库溴铵（万可松）4 毫克。快！"我拿起听诊器听冯莉的肺。还好，没有气胸（肺泡破裂），但是痰的声音像涨潮的潮水，呼噜呼噜的。

美红知道我要给冯莉做肺复张，飞一样跑进治疗室去抽药。

值上前半夜班的金妍也在病房里。她应该早已经下班了。估计是在值班室里还没有睡着，就给报警又叫出来帮忙的。

"美红换氧气的时候，呼吸机停了大概有10分钟，是靠手捏皮囊的。根本挡不住，管道里，皮球里全是水。"金妍也给吓着了，指给我看草草扔在一边的人工皮囊。

皮囊的接口处全是淡红色的泡沫痰，呼吸机的管道里也有。

我大致明白经过。短暂的氧气故障，导致了呼吸机不能用，冯莉的肺水肿不是改造过的皮囊可以维持住的。还好时间并不很长，美红和金妍的应急能力已经非常非常厉害。

这个无人的深夜，我们胆战心惊地如同救火。"汤医生呢？"我问金妍。"他看换了氧气，就回去睡觉了。"金妍听我语气不善，如实告诉我。

值班的汤医生是传染科医生，原不能指望他在呼吸机上做有难度的调整。

"45，看好秒钟，我复张了。"

"10，9，8，7，6，复位，4，3，2，1，结束。"我们心惊胆战地看着肺复张的反应；白蛋白，呋塞米（速尿）不计代价地用下去减少一点肺水。

"甲强龙200毫克。"3个人七手八脚在病房里忙碌，紧紧盯着监护仪的变化。"金妍，你帮我把别的病人全部巡视一遍，就去睡觉吧。"我平静了语气对金妍说，"保存实力，有我在这里。"别的病人比冯莉轻得多，也并没有听到别的病房内监护仪的报警声，应该对他们都没有太大影响。

"刚力气大得来，一个人就把氧气瓶抱过来了。"有我在，美红有了主心骨，心有余悸地对我说，"这个什么破管子，简直哪哪都不能相信它。"美红狠狠地数落明显老化的设备带。

"45，开始复张。"再次用 45 的压力去压汹涌的肺水。呼吸机能用的就只有这一招了，压不回去，就完蛋。

"10，9，8，7，6，复位，4，3，2，1，结束。"。1 小时内两次复张，这 45 秒里，我紧张得心脏咚咚狂跳。

看了看效果。复张之后，原来的 PEEP 已经到了 18 这样危险的数值，现在 18 已经不行，20 吧！数字又高了一截。

"20，新高度，新起点。"我学着方宇的腔调，有气无力地说。横竖都是一死，再怎么也要试试。所谓垂死挣扎，无非就是这样。窗外天际乌黑乌黑，冰冷乌黑的夜晚。

我全神贯注地瞪着氧饱和度的改变。之前的打击太大，过了很久很久，数字才缓慢地升到 85%，勉强在维持在这个危险的水平上，不再上升了。就维持在这个随时都会心脏停搏的缺氧状态。

凌晨 5 点钟，4 个小时过去了，她还能坚持下去吗？气道内的粉红色泡沫变成了白色的水性液体，量略微少了一点。但是呼吸机——我看着呼吸机苦笑，这样高的参数，是这台呼吸机生命中的极限，也是我十余年 ICU 医生生涯中的极限。如果呼吸机有生命，它现在一定也是在咬着牙勉力而为了。

"有点糟糕，氧气出状况。已经折腾了 4 个小时，眼看要维持不住了。你可以来一下吗？"完全是一种本能，我还是打了叶深的电话。

我心里完全明白，应该马上报给乔院长，但是多年队友的信任和依赖，还是让我在最危难的时刻找了叶深。不为别的，只为心理的依赖，就是需要那一点点支撑。

"好，我就来。"他和以往无数次一样，淡定的语气让一颗惶惑的心略微安定。以往，他已经支持了我不知道多少次，只要是需要他支援的危急时刻，风雨无阻，他一定会来，一定会把最麻烦的事扛在自己身上。听到他的声音，我心里就感觉一阵安慰。就像刚才美红手足无措，在急得抓狂跳脚的时候看到我。

白色的车驶入小路，停在氧气站门口，我去铁门前开锁。

"可以到天亮吗？"他看得出我紧绷绷毫无睡意的神情。

"到天亮也许还能勉强，能不能再长，我就不知道了。"我们一起到隔离区的呼吸机跟前。

"这么高了，一丁点余地都不留。"他看着呼吸机的面板皱起了眉头，"人力不可为，那也没有办法，再脱脱水。"

"明天，不，今天，朱慧可以出院。杨晓丽已经拔管。"简单扼要地说重点。我们向来用最少的语言来交流。

"你需要把她再拖住，最少一天。"叶深很快地估清了现状。

长期的默契就是这样，面对疑难的局，两个人的判断始终会不谋而合，这也是我的看法，朱慧出院，杨晓丽脱离危险，需要向外公布消息。

冯莉的病情不由我们做主，如果危重病人死亡，消息本身会产生一定的恐慌，会第一时间上报，会第一时间出现在新闻上刺激公众的神经。

这样的消息对团队的信心也会有打击，对守在隔离区外众多病人的家属，更加是重击，这中间，最好有一点时间间隔。

"你尽快让专家组定出院的事，我尽量维持，只能这样。"我向窗外望望蒙蒙亮的天际，青灰色，看上去冰冷凄厉。

"汤医生呢？"叶深语气平和，他任何时候都可以这样淡定，但他察觉了，值班医生没有出现在应该在的地方。

"你轻轻知会冯大主任一下，用其他理由把他调走，换人过来。"我简单平静地说。

"好。"叶深赞许地看我一眼。非常时期，风平浪静地推开不能担责的人，不要声张，可能是维护团队稳定最好的选择。这里是舆论和媒体关注的焦点，很多事，可以押后再计较。团队的责任如果不是压在我的肩膀上，我不会想到要这样隐忍。

"我需要召集一次市级专家组讨论，或者省级专家会诊。"我简单地提要求。对于这个 VIP 病人，在死亡之前，我们需要有足够的姿态。也许并没有用，但是"尽力"的姿态是为病人，为家属，也是为媒体和大众，这也是我第一次主动提这样的要求。

"好，定了时间给你电话。"他说的"好"一语双关，并非是完全在答应我的要求。

我在代替他的位置带领这个团队。一个没有经验，性格冲动火爆，让他不省心、不放心的伙伴在复杂困难的环境下，突然要改变惯常的性情维护周全。他以兄长的态度，在检验我做得是不是合格。

"我回医院准备，尽快给你电话。"他开车在冰冷的晨曦中离开。

我望着渐行渐远的车子，心口一酸。其实我完全知道该怎么做，在没有人能帮我的时候，我会和他一样做得很周全，甚至比他更有韧性。只是这颗依赖惯了的心，要有他出现才感觉安全。

将面孔向冰冷的水里浸下去。越来越重，接近极限的压力。擦干脸，我在门口的小路上跑了几个折返，趁着身体还在散发热量，回来更换氧气瓶。

迎接会诊；送朱慧出院，设计完整的后备方案，应对一定会来的几家媒体。我得好好想清楚每一件事，不容半点纰漏。

"10 点钟，省专家会诊，你准备一下。朱林峰更换汤医生。"叶深的回复来的非常快，实际的办事效率是对前线最大的安慰，他就是这么让人放心，"还有朱慧，上午专家组碰头会以后，大约中午安排救护车转到妇保医院。"时间上来推算，他一定是离开了我这里，回到医院就开始着手联系所有的事情。

"好。"我干脆地答应，心里排了一下一天的工作，密密麻麻，没有空隙。

"老板娘！"我叫老许，从笔记本上撕下一页纸，"这是今天要准备好的东西，奇形怪状的接口打电话问 ICU 护士长，全部要在下午 3 点前送到这里。"

老许接过来看了一下，有点晕："啊，这些东西都有点奇葩。"她在氧气站检查出故障的 A 组氧气瓶。管道和阀门都锈蚀得很厉害，出故障也是意料之中的事。

"今天没有时间和你一起补库存药物，但是需要的抢救药品不少，你和双双一齐补药，不在原来清单上的需要添这些。"我给她另一页纸，这些都是我在折返跑的时候想好的，分出去一部分工作，才有精神对付最大的麻烦。

"你帮我打方宇电话，让他来加班，今天新到的机器需要他来签收，跟工程师交接好。有好几台呼吸机马上到货。"我继续分派任务。

"我来了。"方宇从正好从铁门里进来，他径直到中央监护仪跟前看冯莉的情况。在医院监护室的时候，这是我们一向来的习惯，每天一大早到了，第一个就去看最重的病人，这也是悬在我们心头最重的心事。

"天！已经这样了。"他的眉头立刻拧了起来，呼吸机条件是我们都没有经历过的，我们这两个专职 ICU 医生要承担更多的压力。

"出了点状况，氧气的事。"我轻描淡写地说。

"我们查房，查完庄国栋，办朱慧的出院，和其他几个家属交流一下；你接收新到的机器，还有看着冯莉，我需要接待省专家会诊。"我清晰地分派任务，"冯莉的病情谈话还是我来谈。"病区里的消毒液味道很重，嗓子喑哑，但是关键性的谈话还是得自己来谈。

"今天需要联系妇保医院过来看一下妇科情况，也需要回奶，不然会乳腺炎或者产褥感染，对她来说也危险。"方宇比往常细心得多，"体温一上来，氧合更加维持不住。"

"罗震中，是你在这里负责。"方主任在乔院长的陪同下一起从铁门进来。看见我就爽朗地打招呼，他经常在全省会诊，入行年久的 ICU 医生他都认识。

他打量着门口氧气站里那一排 10 个铁锈斑斑的瓶子。"好艰苦！"

"需要我解决什么问题。"方主任是 ICU 这个专业的元老级的主任，眼光犀利，清晰，毫不含糊。我立刻把昨天 24 小时的监护单放到方主任眼前，上面密密麻麻地记着的呼吸机参数和血气分析。

资深的 ICU 主任一目了然，马上可以知道关键性的问题。

"呼吸机已经维持到极限，肺水肿的状态一直靠一次一次的肺复张在往下压。昨晚维持得非常勉强，请方主任看看还有什么可以加强。"我三言两语说清楚关键点，在方主任锐利的判断力面前，我可以直奔主题。

方主任看了一会儿监护单，看了一下中央监护的屏幕，又拿起新拍的床边胸片看了一下。白茫茫的肺部渗出，半个肺已经淹没。只有两个肺尖还勉强看得清通气的肺组织。"喔！"方主任没有马上发表意见，只是感叹了一下。

我陪同方主任一起进隔离区。"条件很艰苦！就是个缩小版小汤山么！"方主任环顾一下走廊和冯莉所在的三病房。

"这是什么？"他指了指地上固定的备用接线板。

"没有不间断电源，整个电路都不稳定，这是临时的备用电路。"我暗叹了一下，只有最厉害的 ICU 医生，长久浸淫在 ICU 病房管理上的资深主任才会注意到这个。

方主任看看监护仪，到呼吸机跟前看呼吸机设置的参数，拿起听诊器听一下两侧的呼吸音。我忐忑地静静等着方主任发表意见，他是真正的权威，我需要用最优秀的 ICU 医生的眼睛来检验我自己。

"你做得很好，很不容易，我也不知道怎么再在呼吸机上给她加强，因为根本没有余地可以加强了。"方主任直截了当地说，"我不建议在抗生素上这样加，那样加。拿抗生素打病毒没有用，你们用得这样简单，其实是有信心的表现。"

方宇听到，忍不住点了点头，只有底气十足，信心十足的权威才能这样说。

"这一波病人的肺水肿，超出了我们以前认识的程度，全省还有几个特别危重的病人都在这样勉强撑着。医嘱上，我没有什么建议。你要做的就是拼耐力，一天一天坚持下去，若是哪一天拔了管，你告诉我，这是一个奇迹。"方主任的话简单明了。

"罗震中，你做得很好。"方主任当着乔院长这样对我说。很明显，他在给我支持。我低了一下头，在他跟前，大多数 ICU 医生惯常执弟子礼。

"方主任这样说，我们明白了。"乔院长也是 ICU 医生，全省的 ICU 医生都对方主任非常尊敬。他会诊的时候，从不留情面，常常一针见血，让人心惊胆战。这么说我，已经是前辈给出的极高评价了。

我心里暗叹了一声，略松一口气。即使我没有神力扭转生死之间的乾坤，也需要把人力尽到极致。

趁着方主任的车离开，我送到围栏前，趁便叫了一下冯莉的家里人。

他们急切地围了过来，一脸的心急如焚。先是凌晨我从家里赶过来，又是一批一批的人从围栏外开车进来。看着这个严阵以待的架势，家属更是如惊弓之鸟，禁不住风吹草动。

"从凌晨 1 点钟以后，我们就一直在抢救，很辛苦，很勉强。我们已经动用了所有的手段来维持她的生命，包括非常规的手段。"我看了一下，连其他几个病人的家属都在凝神听我说。

"刚才是省里的专家来会诊，技术上、人力物力上，我们已经给了冯莉最大的支持，能不能活下去，我们只能走一天，看一天。"我的声音越来越暗哑。

冯莉的双胞胎妹妹抓住我的袖子流泪，话都说不清楚了。"她不会死的对吗，我感觉得到，我感觉得到。"

还是哥哥比较镇定："罗医生，我知道你们会尽力，我们在这里等着，多久都会等着，你忙吧，请帮我们看着她。"说到后来还是流了眼泪。在这个家庭，一个宝宝刚刚诞生，孩子的妈妈现在却在过生死难关。

"没有坏消息，就是好消息。"我尽量平静稳妥地说。ICU 医生经常必须看着家属痛哭流涕，眼泪看多了，心比常人坚硬得多。

我累得神思昏聩，两眼干涩。

没有胃口吃中饭，倒头躺在床上。"下午医院派 120 接朱慧，你这里准备好。"乔院长给我打了电话。朱慧的第二次呼吸道病毒检查是阴性的，她可以离开隔离区了。好消息！不过现在的我实在笑不出来，忧心注满了整个心房。从凌晨开始折腾，面上风平浪静，心却焦灼不安，已经感觉隐隐作痛。

"好的，我们这里全部准备好，病历、片子。"我强打精神回复。庄国栋已经准备得差不多。

"下午会有记者随后来采访，等朱慧离开以后，院办会带记者过来。"乔院长继续说，"卫生局的领导也会到场，你准备一下。"

"明白。"我简短地回答。

"冯莉怎么样？"他已经听叶深说了昨晚的状况，随时准备我这里发布警报了。

"非常非常不好，勉强维持着，随时可能死亡。已经接近最后关头。"我措辞严重，事实上也的确如此，已经再无招数了，传说中的 ECMO 神器，国内省内没有听到哪家有。

"尽量维持过今天。"乔院长的要求简单扼要。

"好的。"搁下电话，没有空隙伤春悲秋，脑子像电池耗尽的电脑一样快要自动关机了。

进隔离区看了一下冯莉，退无可退的悬崖状态勉强维持。气管插管里的水已经不冒了，但是氧饱和度只有 88%。叹一口气，回身到隔壁去看朱慧。

她已经换掉了病号服，穿了毛衣，套了羽绒衣。红色的绒线帽子上装饰着两根绒线的辫子，圆圆的脸小小的，十分可爱。

救护车停在病区走廊西边的铁门旁，就和她来的那个晚上一样，朱慧的体力恢复得不错，几步就自己跨上了救护车。她在车上坐稳，妈妈紧紧拽着她打量，看也看不够似的。

朱慧需要到妇保医院继续住院，检查产科情况。得了重症甲流之后，迫不得已，给她拍了多次胸片、CT，用了很多药物，腹中的胎儿只有 5个月，是不是健康，能保下来还是放弃，还需要检查和考虑。肺已经好转了，但是心理上的磨难还没有结束，这就是病毒带来的灾难。

病毒检测已经是阴性，但是为了减少旁人的心理负担，她出来的时候还是戴着淡蓝色的外科口罩。一呼一吸间，口罩浮动。

我扶着她的手臂，送她坐好，转身准备下车。她看着我，没有理会旁人的话，一把抓住我的手臂："罗医生，你让我看一看你的脸。我还没有见过你。"

从病区西门出来的时候，我按防控的要求戴着 N95 口罩。不过，此时的救护车已经在病区外，车上没有阳性病人，摘下来不算违反防控规定。我从脸上摘下 N95 口罩和防护眼镜。

在病房里，我们的每一次见面都隔着 N95 口罩，这是第一次真正的会面。她抓着我的手，伸手来摸我的脸，就像我日常查房的时候，戴着手套摸她的脸颊一样："罗医生，你是一个蒙面的天使。"

7. 佳作

西北风呼啸中，救护车这一次是从西门送走病人。每送走一个，就是我们的使命完成了一分。

锁了西门，回隔离区看了一下杨晓丽。拔管之后，她状态不错，她真的是一个漂亮女生，胃管、导尿管、静脉留置针已经全部拔掉了，她穿着家里送来的花布睡衣躺在床上。

她已经清醒了很多，正在轻声细语地和燕子说些什么。刚拔管 24 小时，声带还有水肿，说话的声音低而沙哑，但是听得出是极其温柔的女声。

"医生。"她认得出全副武装的我，"我也很快可以出去吗？"她在窗口可以看到朱慧乘的救护车。

"会很快，我们需要做两次呼吸道病毒检查，只要是阴性的，你也可以和她一样离开这里了。"我直截了当地告诉她。隔离区的日子很难捱，也很寂寞，她已经不再是那个躺在床上、没有意识的躯体了，给她看得到的希望，她会觉得过得快一点。

她抓着我的衣服，近看我防护镜后的眼睛。除了声音，只有眼神可以和她交流。

刚才送朱慧，走到冰冷的病区外面，此刻又在 25 摄氏度的病房里，一冷一热，眼镜上全是雾气，一片模糊。她轻轻地用手抹了一下我的眼镜。

但是防护眼镜上的雾气全是我自己呼出的，在眼镜片的内壁上，她忍俊不禁，"嘻"地笑了出来，天真得像一个孩子。她才 23 岁，的确还是一个大孩子。

"震中，看一下。"隔壁冯莉病房双双大声叫我。

我赶紧冲过去。

"消化道是有出血，昨天的低氧时间太长，应激性溃疡不奇怪。"我看着胃管内咖啡色的液体对双双说。严重的缺氧使病人的其他脏器开始出现恶果，一步一步逼近死亡。

"肠内营养还要继续吗？"双双问我。

"两个小时后再抽一下，没有新的出血就继续。"我尽力平静地对双双说。此刻我若没有信心，她们会更加没有信心。

消化道是病人的生命线，因为奥司他韦只有胶囊，没有针剂。如果病人的消化道出现完全停滞状态，奥司他韦不能用，那肺内的状态就会像高速火车一样继续恶化。

"震中，记者在东门，扛摄影设备的，你来一下。"老许打电话给我。

我嘱咐庄国栋看着冯莉，脱下防护装备，准备去迎接记者。

一边洗手，一边在水龙头上捧着冷水激了一下面孔，让冰冷的温度刺激疲劳的脑细胞，保持清醒和平静。看着水龙头上方的小镜子，我童心突起，张牙舞爪地做了个鬼脸，大喝一声"哈！"

"震中，你在干什么。"老许跑进来，看到我龇牙咧嘴，狰狞的鬼脸表情犹在。

"亲爱的老板娘，我快要精神分裂了，容我准备片刻。"我搓搓头发，揉揉耳朵，对老许说，"我要用轻松愉快的语气去告诉记者，我们治愈了一位孕妇，另一位危重产妇已经脱离危险，请广大市民有信心战胜病毒。"我对着小镜子做了一个非常官方而斯文的笑脸，保持片刻，问老许："这样，可以吗？"

老许注视了我几秒钟，一张微笑平静的圆脸，濡湿的刘海黏在面颊上，口罩留下的红印犹在："很好，很厉害，我的大明星。"

东门口，记者的摄像器材已经各就各位，两家本地电视台的新闻记者各自摆好了架势。

"罗医生，今天有病人痊愈出病房了是吗？"年轻爽利的女记者拿着话筒问。

"是的，今天又一位孕妇痊愈出院了，这是第二位走出隔离病房的治愈病人。她用无创呼吸机维持呼吸，持续了一个星期之久。"冰冷的北风容易振奋精神，我扬起头，用轻快流利的语气说。

"啊！就是说，危重的病人也可能被治愈，是这样吗？"记者问。

"是的！我们另一位气管插管的危重产妇小杨，就是上次报道剖宫产后直接到病区里抢救的那位，昨天已经顺利度过了凶险的肺水肿期，摘掉呼吸机，脱离生命危险，近期有望痊愈。"我把之前充分准备好的话说得充满信心和希望。

"太好了，她现在已经可以和医务人员交流了吗？"记者代表的是没有医疗常识的大众在提问，他们问的也是观众最关心的问题。

"是的……"

接着是对甲流预防和治疗的宣教。

……

记者手头收拢着话筒和摄影器材，轻松地对我说："罗医生，你的镜头感真好，讲得非常清楚。"

而此时的我已经收不住疲倦，镜头一移开，脸上的困倦和疲乏立刻遮掩不住地涌上来。

记者惊讶地看着我片刻之间面容神态的变化，有点了解，有点恍然大悟："罗医生，很累很累吧？"

我揉揉眼睛，勉强对她笑了笑："还有更重、更麻烦的事情在等着我呢，下次，下次我再告诉你。"

随后而来的是卫生局和疾控的领导，院长陪同着团队进来视察定点病区的工作，这样的例行视察一般到办公区的中央监控就可以了，不需要进隔离区。

乔院长指着我向他们介绍："这是我们负责抢救的罗医生，是我们重症监护室的副主任医师。"

"啊！在电视上看到过很多次了，这么年轻！"再次听到这样的评价，我微微笑了笑。年轻的女性在众人的思维定式里，都是难担这样的重任的，但这是一个以成败论英雄的时代，不需要在乎。

送走所有人，我终于可以放松地把一张脸挂下来，连表情肌都已经麻木。

"老板娘，东西送到没有。"我掏出口袋里的笔记本问老许。

"今天你还折腾得动？"老许指指门口场地上堆着的，刚才班车运到的一堆东西。

"病房里，需要备用呼吸机、备用氧气瓶，我们的备用电源需要直接接入三病房，我要的各式各样的接头，你得给我找出来，床边的皮球的PEEP阀要调试到20。"我瘫在凳子上毫无坐相地储备能量，今天体力活还真不少。

"非要今天做好不可吗？"老许担心我的状态。连续没有睡眠，连续的高强度体力劳动，脑子需要以最高转速应对不同的状态。

"冯莉还禁得起下一次意外吗？"我反问老许。现在的我浑身酸痛，如果能闭上眼睛的话，三秒钟内我就可以像关机一样睡着，但是还不行，今天的事情还没有完。

"好吧，那来吧，体力活叫庄国栋来做。"老许看着我像是被抽了骨头一样的坐姿，拨了拨我的脑袋，"脑袋都快竖不起来了。"

经常锻炼，我没有这么不济。我一骨碌跳起来，扩了扩胸，准备继续。"好多活还得我来，没有人会装那几个接口。"我说。

老许叹了口气，"好吧高材生。"

有些事，并没有人可以来代替我完成：抢救，应付媒体，接待领导，装呼吸机的接口，备用电路。动手，动脑，在媒体镜头前侃侃而谈……事无巨细，十项全能。

三病房被我大动干戈地调整了一下，备用呼吸机接好备用电源和备用氧气源，接好全套管路，所有参数都设置到待命状态，两个开关一开，5

秒钟内备用呼吸机就可以接到病人身上正常使用。

那些曲里拐弯的阀门、接头全部靠自己搞定，半点不能假手他人。我看着时钟的秒针确认，这备用呼吸机可以在无须调试的状况下，5秒钟内投入使用。对于危重病人，这是一根救命稻草。

第二路备用氧气接好安装了PEEP阀门的人工皮囊，接口全部接妥，皮囊挂在床头备用——这是第二根救命稻草，万一电路有致命性问题，还可以依靠人力，用这个特殊的皮囊再支撑一阵子。

我环视病房，除了病床外，所有生活物品都被移了出去，左边是工作的呼吸机，右边是备用呼吸机，床头是备用皮囊。床头的接线板已经全部清理整合过，必须马上找到的关键性插头全部做好醒目标识。

我拍拍双双："教会所有护士怎么用最快速度开备用呼吸机，用最快速度操作备用皮囊，每一个都得实际做一遍。"

"好的，每一个都开机做一遍。"双双看着从来没有过的复杂阵仗，点点头，立即动手用胶带把所有的电线、管路都固定妥当。

"如果出状况，这样能保障多久？"老许问我。

"不知道，今天要把后备落实清楚，再断电、断氧、断水、跳闸、呼吸机坏掉，都要有后备。"我背靠着墙，看着自己装备的战场。

这个战场是冯莉的病房，这里日夜需要重兵防守。

与杨晓丽不同，冯莉只要一脱开呼吸机，就血性痰狂涌，氧饱和度掉得飞快，根本不敢吸痰。她每时每刻都处于生死一线的状态。这里的ICU医生只有我和方宇两个，这意味着，可以给冯莉做肺复张的只有我们两个。

我想了一下，现在有5个医生轮替值班，5天一个巡回。每一个白天，我都必须在，其他医生值班，如果没有紧急状况，我可以睡在值班室充当二线，只管最危急的状态。在方宇上白班和夜班的时候，我可以略放松一下，眼下可能只得这样。唉！混到哪里算哪里。

护理部可以抽调的人员略多，又拨了 4 个护士过来，这样双双、美红这些 ICU 护士就可以专门看着冯莉了。

早晨，骑着电瓶车来上班的美红气呼呼地对我说："昨天回医院拿东西，听见人家在议论我们，舒服死了，这么多人看着 6 个病人，天天在电视上出风头。"

开车过来巡视的乔院长和叶深一齐从铁门进来，刚好听到美红愤愤不平的话，两个人眼睛一齐看向我。

"那就把耳朵关起来，不要到医院去。"我不以为意，"怎么做都是话题女王，不如关起耳朵来，把事情做好了，人家议论起来究竟多几分好听的。"

我的两只眼睛瞪着电脑屏幕，还没有和进来的人打招呼。这病房远离医院，也有优点，到这边来帮忙的司机、工人、工程师、行政人员都轻易不敢把闲话说到我面前来，倒也省了很多闲气。

乔院长立刻笑我："话题女王心态很好。"

我扯动嘴角，算是笑了笑，手里没有停下来，手提电脑里全是昨晚搜索的英文文献，英语的语言关这么多年都没过去，用着电子字典，连蒙带猜，勉强看着，速度和理解力都大打折扣，直看得脑筋打结，眼冒凶光。

"怎么样？"他们两个一起习惯性地到办公室的中央监护屏上看显示的氧合数据。89%，始终是这个低于及格线的数据。不用我解释，他们俩就知道，仅仅是勉强维持了一晚，一齐无声地叹了口气。

"也不错了，总算又挨过了一晚上。"叶深看着屏幕，瞄一眼我的手提电脑，眼光掠过我的脸，欲言又止。

"疫情还在上升，没有看见尽头，新院区的传染病房楼已经在加紧内装，如果重病人继续增多的话，有可能会启用那边的新楼。"乔院长说。他们俩在医院本部，卫生局的电视电话会议、妇保医院协调专家会诊、疾控中心的联系纷至沓来，天天琐事缠身，电话不停。

我没接茬，这么些天下来，对于纷纷扰扰的消息，我已经习惯了淡然处之，未来疫情的走向是个未知数，升温还是降温，是否需要继续这样高级别的防控，完全不明朗。启用新楼是个大工程，折腾起来有得麻烦，但是想它做什么呢？想也没有用，混到哪里算哪里！

最实际的就是把今天要做的事先策划出来，以后的事以后再想。

"维持住，血压万一掉了，马上给我电话。"乔院长说。

"几个新闻专访的反响很好，大家都觉得很给医院长志气呢！"

已经很久没有关心过电视，不过每次节目播出后，总有几个同学、朋友给我发短信："昨天又在电视上看到你了，大明星。"

"早上开行政例会的时候，书记说，震中上电视的讲话很有范儿，措辞又官方，又有文艺情怀，很不容易。"乔院长说。

我与叶深对视一眼，什么也没有说，又一齐望向中央监护的屏幕。他担心我，始终多过担心这个病区。

"你们俩好像不需要讲话就可以交流。"老许已经习惯我们的交流方式，"大概是一起待惯了，默契得很。"

"叶深说：'有空休息一下，长命功夫长命做，脾气改得还不错。'震中回答：'去去去，反正你也帮不了我，少假惺惺。'"方宇学着我们惯常的调侃口气模拟对话。

我们三个人向来一起工作，在重症监护室里跑进跑出一起忙活了好多年，对各自的性情能耐都知根知底、心领神会，如今想起来不禁心酸。三个人，不由得各自苦笑一声。

新到货的呼吸机在库房里排得颇为壮观，市政府为了应对这次公共卫生事件，拨专款快速采购了这批呼吸机。

我们在病房忙得四脚朝天的这几天工夫，设备科和公司的工程师已经把呼吸机全部拆箱、组装，一台台放在库房整装待命了。

方宇指给我看昨天签收的几台迈柯唯呼吸机，其中一台已经被我们拖进三病房去当备用了。另外还有一排无创呼吸机，可以给不很重的病人用。机器高高矮矮，像钢铁战士一般在库房里排得颇为壮观。

"你来给我拍张照片，这是我们孤军守前线挣来的战利品。"方宇站在两排呼吸机前，活像一个占领军。

"将来在 ICU 用起这些机器来，我可以告诉兄弟们，机器跟我姓方……好吧，一半姓方。"他夸张地搂着一台呼吸机的主机，好像搂着一个小号变形金刚的头。

"光有战利品是不够的。把能看好的病人全看好，把文章发一个系列，在公众媒体前露个脸，为 ICU 挣下这些救命的宝贝，这是我们这次要达到的完美状态。"我立刻用数码相机给他拍照。

"你在院长面前一声不吭，现在却跟我提这么高的要求。"方宇张嘴做了个惨不忍睹的鬼脸，我立刻按动快门拍进照片里去。

"冯莉要看好，估计是难的，唉！看天意吧！为了留下印记，我们要写一堆文章，一个系列一起发表。"我说。

即使是在很深很深的梦境中，我心底也隐隐知道，这件差事会变成一个永恒的印记。它把我的生命塑成了一个与之相关的形状，现在的我，和以前那个言语无忌、任性骄纵、刚强执拗的罗震中医生不同了。

将来一切会成为过眼云烟，一定要留下有价值的印记。新传染病暴发阶段，最初的学术论文都是最有价值的，我们要抓住这个机会。

"我要写病例的经验总结。"方宇说，"有点难的，写写看吧！"

"要么，我写护理。写完了你要帮我好好看看，我不会啊！"双双自告奋勇。她这么勤谨奋勇，绝对是个成大器的苗子。

"老许写病区管理，最难的冯莉个例，不管死活，都是我来写。"我趁着几个人都在，立马分派任务，也不管老许同意不同意，这个压力，需要由我来给我的团队。我们是一伙的，目标明确才能步调统一。不给压力，到最后不会有结果。

"你们 ICU 的人，估计平时都是很用功的，这么忙乱、满地找牙的阶段，已经在策划文章了。"老许看我们每个人都眼泛血丝，还兴致勃勃地讨论写文章的事，不由感慨了一下。她嗓门有点哑，眼角都是疲倦之色，没有一口答应下文章的事。

"护理太笼统，把院感防护和气道护理分开两篇来写，双双和美红分工。"我仍然不满意，把题目继续拆分，指点双双。"我们几个此刻已经在找的英文文献，一是为临床病例的治疗查阅更多资料，也是为总结经验做准备，功夫不能白花，汗水不能白流。"

"等到结束的时候，我们的经验也可以与业内分享了，磨刀不误砍柴工。"我的语气像在"蛊惑"每个人。

"至少下一轮晋升的文章不用发愁了。"方宇说。医生和护士都得踩着 5 年一个周期的点晋升，每个人都在爬这个天梯。"好吧，听上去还是有点鼓舞的。"老许终于点头。

杨晓丽拔管之后，从镇静药物的维持中醒来，迷迷糊糊了一段时间，恢复得很快，只一两天工夫，她的声音就恢复了柔媚。

现在她已经可以下床活动。"罗医生，宝宝在哪里？"杨晓丽好像此时才想起来肚子里的宝宝已经出世了一段时间，第一次向我问到新生儿。

"宝宝和家里人在一起，她很好。"这个新做母亲的人似乎还没有把家庭新成员放入自己的记忆，我指了指她已经愈合的剖宫产切口。

"我可以见见 TA 吗？TA 是男生还是女生？"杨晓丽望向窗外，现在的她已经大致搞清楚了自己的状况。她丈夫有一次突破重围，穿过围栏，跑到窗下来看她，结果立刻被保安"押"走了。

"等你的呼吸道病原体两次查出来阴性，确认完全没有传染性，就可以见她。等一下，我会让你老公把她的照片先拿来给你看。"可能是因为她还从没有见过自己的宝宝，本性里的母性处于蛰伏状态，对于见孩子的愿望表现得并不是很急切。

提出了要求，几乎是立刻，家人就送来了照片。那是个粉嫩的小毛头，一张皱着的小脸在花布襁褓里。金妍拿着照片给杨晓丽看："哇，她长得像你唉！"

这时，我忽然眼角余光发现有人在窗外拍照，立刻到窗前看个究竟。原来是日报的摄影记者小刘，不知什么时候从围栏那里溜了进来。在窗外的小路上，举着大炮筒在拍照。

这是犯规了，我赶紧跑出去。

"罗医生，我知道规矩。"小刘有礼貌地对我说。即使站在距离病房十多米远的地方，他也戴着口罩。

"你不能进来，也不能暴露病人隐私，如果为了追新闻违反规定，你和你的上司都可能被追责。"我的语气温柔客气，但是一点也不准备放行。记者是这里的常客，每家媒体都出尽招数要来找点独家讯息。

本市的每一张报纸，每天都有甲流的新闻，其中我们这个定点病区的报道占了一半。危重孕妇的安危，非常非常吸引大众的视线。病危的产妇有没有机会见到新生的宝贝呢？

"你看。"小刘指给我看已经拍好的照片。身穿花布睡衣的产妇戴着淡绿色的吸氧面罩躺在床上，微微欠起身，护士穿着全套隔离服站在她身边，弯着腰，拿着照片指给她看。相机的质量好，连照片里的模糊的婴儿形象都约略能看到。

镜头的中间，是护士戴着 N95 口罩的脸，只露出一双狭长蕴含着笑意的眼睛，即使看不到表情，也仿佛能听到"哇，她长得像你哎"。产妇的脸朝里，完全看不到容貌，仔细凝神看着婴儿照片的背影涌动着初为人母的喜悦和久别重逢的温柔。

这是一张佳作。"你看，没有病人的相貌，可以吗？"小刘为了表示诚意，立刻把其他几张照片全部删掉。

我踌躇了片刻，决定放行。"我没有看见你，OK？！"我小声说。仍然有礼貌地陪他一起走到围栏铁门前。"不能违反防控规定随意进来。"
我刻意提高声音对他说。

"OK！我错了，下次我一定遵守规定。"小刘眼里闪过一丝狡猾，立
刻响亮地答应，欢天喜地地去了。

第二天的日报首版的大照片就是这一张——"一院监护团队日夜镇守
定点病房，危重产妇顺利脱离危险"———图胜过千言万语，这的确是一
张佳作。

围墙和围栏遮挡了所有的视线，一天接一天的新闻都是病区门口的采
访，护士的温柔和产妇的温柔，那种牵动人心的力量比官方宣传更能够赢
得民众的理解和支持。此刻，我需要这样的理解和支持，我需要更加友好
和信任的舆论。

"罗医生，日报记者为什么能拍到那张照片？"其他几家报纸的记者
羡慕嫉妒恨了，医院和主管部门都对宣传的效果非常满意，日报的头版吸
引了大量关注友善的目光。

"我不知道，看角度是在窗外偷拍的，现在已经有保安在那里巡逻，
按防控规定，谁也不能到隔离区内拍照。"赶紧撇了个干净。

8. 俯卧

与外界好转的舆论环境不同，病区里面临前所未有的压力。除了即将
康复的杨晓丽外，冯莉时时刻刻在死亡的危险状态边缘徘徊，另外还有 4
个病人上着无创呼吸机，随时有可能气管插管。隔离区的所有朝南的病房
已经全部启用，最后一间都准备好了床铺，处于待命状态。

如果再多收病人，就必须大动干戈，把空置的北病房全部整理出来。
氧气站的角落里，待命的大氧气瓶站了两排。老许每天扯着大嗓门跟医院
本部联系物资的电话一个接一个。药房，仓库，护理部，院感科，食堂，
保卫科，都没能躲过她的"催命铃声"。

双双、美红、金妍、燕子、娟，这些从 ICU 出来的护士担任了主力军。值班的几个医生也都有强烈的危机感。

每过几个小时，就要给冯莉做肺复张，每一班的液体出入量都必须精确平衡。每次吸痰都如临大敌，因为每次短暂脱离呼吸机，气管插管里的水都会很快冒上来，氧饱和度都会掉到危险的 80%。

胸片拍出来，还是白茫茫的肺水肿，看上去像涨满了水的房间，不知道要等到何年何月才能干掉。

"没有体温，入量 2750①，出量 2020。"

每天早晨 6 点，下午 4 点，半夜 12 点，床边的护士会电话向我报告液体的出入量和 8 个小时来的状况。

"氧分压 60，肠道还行。出量略少 200 毫升，已经用过呋塞米（速尿）"

"气管内有水样分泌物，氧饱和度不稳定，需要你过来复张一下，出入量平衡。"

我要求每一个护士都把我的电话设置成一键直拨，到每一个交班的时间点，都要报给我冯莉的状态。

我扛着千斤重担，一步一步，艰难地往前挪。每 8 个小时就是一步。

几个医生都知道这种连绵不休的操劳和压力有多磨人，把其他几个病人的医嘱、谈话、治疗等日常事务全部处理得严丝合缝，尽量不让我再分心旁顾。

他们都是医院各个科室的主力干将，资历与我相仿，尽心尽力处理这些"不太重"的病人，足以让我放心。

但冯莉是不一样的，她太脆弱，太危重，需要的专业性太强，只有靠

---

① 入量 2750ml，出量 2020ml。

ICU 医生和护士组成的专业团队一寸一寸往前捱。人力不足的时候，靠加班，靠毅力，靠胸中忍着的那口气，像苦行僧一样逼出自己的每一分生命力。

每天，我都拿着数码相机拍呼吸机屏幕上的呼吸力学波形，拍当天的监护参数。这是每天的功课，一图胜过千言万语，这个佳能的数码相机已经沦陷在隔离区里了。数码设备不好消毒，我每天把它的数据卡拔出来，倒到手提电脑里去，相机就放在隔离区，不拿出来了。

老许颇为我的数码相机可惜："养尊处优的大小姐！真舍得用。一看你就知道，从小就是不知节省的人。"

"她好吗？"秀气的杨晓丽已经可以下床，自己起身走到冯莉的病房门口，看着上着呼吸机的病人，轻轻问我。她认得出穿着厚厚隔离装备，蒙得纹丝不露的我。"我，是不是也像那个样子睡了很久？"

"她比你当时还要重。"我扶住杨晓丽的手臂，把她扶回自己的病房里去，以免她觉得害怕。她马上就可以出院了，将从病房的西门走出这个病区，回自己的家，见小宝宝。

"罗医生，你会看好她的，对不对。"杨晓丽问我。

似乎朱慧也这么问过我。

还有我家的泡泡小姐："妈妈，你一个都不要看丢了。"清脆柔软的童音犹在耳边。

在这些大大小小的妞眼里，我就是这样一个神奇女侠吗？

僵持状态到现在已经有一个星期，频频的肺复张做了又做，现在再做的时候，我们都不再感觉那么紧张，但是，肺复张在病人身上的效果也越来越差，氧饱和度的改善很不明显。

"你觉不觉得，再复张，气胸的风险就很大了。"我问方宇。这几天，只要有坐下来的时间，我们都在千方百计检索国外的资料，查找肺复张的极限和并发症。国内的万方数据库、维普数据库基本上查不到哪家医院有系统的资料。

拉锯战最是磨人，病房的电路又毫不意外地跳闸过几次，氧气也故障过一次，不过没有发生不可挽回的状况。

我们都绷着精神，维持着摇摇欲坠的状态。

精心准备的备用氧气、备用呼吸机、备用皮囊，一旦出现状况，层层叠叠的应急方案会马上启动，保障冯莉的呼吸机任何情况下都能连续工作。

医院的行政团队，每天都会过来看看我们。他们都在惊叹，以这种危险的状态维持这么久，已经让人大感意外了，甚至，大家又开始对冯莉的前途冒出了新希望。

"震中、朱慧、杨晓丽出院的新闻，日报的头条照片都做得非常好，市长和卫生局对这里的严防死守都很满意，期待再有奇迹出现。"乔院长说。其实他也知道，奇迹出现的可能性并不高。

"产妇的死亡率关系到我们的文明城市荣誉，全看你们了。"院感科主任忙不迭声明，话语里充满不明状况的乐观和希望。

我的耳朵已经自动关闭，疲劳了很久，连续的高强度高压力，让我的心思变得格外简单。做好这8个小时的事情，再做好下一个8小时。其他的，电视新闻、电台、报纸、统统不看。

旁人对我说什么，赞誉也好，冷嘲热讽也好，调侃也好，我全当耳旁风。生活的全部目标，就是下一个8小时稳定度过。心思越简单，心志就越坚定。

老许细细凝视我脸上的过敏性皮炎，鼻子上有点蜕皮。她的话里有感叹也有惋惜："我还记得你十几年前刚工作那会儿，脸颊又白又红，有一层细细的绒毛，像水蜜桃一样。"

"现在呢？"我明知故问。年岁渐长，心事渐深，眉头会始终微微锁着，渐渐成为皱纹。

老许捏一捏我的脸颊："现在像是穿了层盔甲，宠辱不惊，不管什么风吹过来，挡都懒得挡。"

几个镇守在这里的护士，已经全部开工在整理临床资料。方宇下了夜班就驻扎在医院的图书馆里，屏气凝神地用功。大家都放下生活的所有琐事，全部的内容就是这个定点病区。

每个人都有感觉，这将是自己生命中的重要事件，它在重塑着每个人的生命形状。

"你觉得是乳腺炎的问题，我觉得不能这样单轨道思维……"

"CRP 不能太说明问题的是不是？PCT 又不高……"

我和方宇说着说着又会抬起杠来，两个人的嗓门开始比着升高音调。此时，半点没有在外人跟前的忍耐克制。

ICU 的护士们早就见怪不怪，但老许不习惯我们动辄以这种方式解决问题。"怎么又吵架呀？有事好好说。"她又好心过来劝架。

"我们在讨论问题。"被劝架的两个人全然莫名其妙，茫然的一齐看向老许。

"我觉得这肯定不是肺部的细菌感染，如果是，现在已经玩完。其他部位的感染，都不需要用太广谱的抗生素。"我的嗓门没有降，火爆程度也没有降。

"这个我同意，那你说深静脉要不要拔吧？！"方宇别扭起来，也是没完没了的。

空投前线的孤军也会内讧。

双双马上安慰老许："他们在 ICU 天天都这个样子，不是交火。"

老许莫名其妙地看着我俩吵得热火朝天，又突然熄火，开始调呼吸机。

"渗出的水已经慢慢变成蛋白质渗出，很厚了，再用高压力去压没什么意义，毕竟蛋白的分子量在那里，压回去的水比以前少了。"方宇看着复张后的监护参数皱着眉头。"我觉得肺复张再做下去没有什么用了。"

"俯卧位通气可以试试么？"我问。以前，我们从来没有试过俯卧位通气。

产妇起码有140斤，隆起的肚子上有很长的新鲜刀疤，嘴巴里有气管插管，连着呼吸机，有胃管连着肠内营养液，有导尿管。身上还有心电监护的导联线，有深静脉导管连着好几路液体。

这样用天罗地网连着的一个躯体，要在呼吸机不停，导管不脱开，输液不停的条件下翻个身，趴在床上继续所有这些治疗和监护。这是什么样的工程啊！

两个人不由得一起倒吸一口冷气。

"我也在想，没有可以参照的固定模式，你敢不敢。"方宇预估了一下难度，很不确定地看看我。

"我觉得不是很难。"很意外，不是ICU医生的黄奕，却冷不丁说了一句。我们两个都很意外地向她看去。

"你想，做全麻手术的时候，开后脑勺的刀，开腰椎的刀，人都需要趴在手术台上，也不脱开麻醉机，也要输液，不就是俯卧位通气吗？"黄奕在麻醉科轮转过半年时间，对各种手术的麻醉状态比我们两个都熟悉，经她这么一说，倒也觉得十分合理。

对啊，背部手术时间长的病人不就是用麻醉机在做俯卧位通气吗？区别只是，麻醉机用的条件和压力比较低，而冯莉是一种极限状态的压力。

"不如试试看？"我们相互望望。在俯卧的体位下，背部的肺组织通气会好转，可能会出现氧合改善、通气改善的结果，这是我们在资料上查到的，其实谁也没有实际试过。

"我们先准备一下，用个床，自己趴一下呗。"我比他们两个更小心，如果导管在体位改动的时候意外脱出，几分钟内她就会死亡。

　　"到空病房，模拟一下要准备些什么东西。"双双更加实际，于是一伙人兴冲冲赶到铺好的 7 床那里。

　　我躺在床上，模拟身体全部松弛的状态，由平躺翻成脸向下。

　　"这个手，需要放好，拧在那里别脱臼了。"双双指向我的右手。如果完全不用力，靠旁人帮助翻身，旋转的轴线上，手很容易压住翻不过来。实践了一下，我们马上看出第一个难点。

　　"脖子需要小心，额头这个地方需要枕头，不然眼睛会压住，现在的她可不会叫痛，眼睛别压爆了！"黄奕把我的头侧过来，这样气管插管可以从侧方连接呼吸机。"需要有一个人在头那里单独看住气管插管。"

　　她在手术室给病人摆过这样的体位，比我们都有经验。

　　"肚子需要用枕头垫起来，不然这个手术切口崩开了可受不了。"方宇把枕头塞在我腹部的一侧，这样，肩膀和腿变成了受力点，看上去就不是那么别扭了。

　　"心电监护的导联可以贴在外侧，这样不会压住，我看还是朝这一侧翻，这样深静脉导管就不会压住。"双双比划着，假定我的肩膀右侧有正在输液的深静脉导管。

　　"我觉得我们可以。"我有信心地说。"只是一个体位问题，比肺复张简单。"

　　看我没有一点要退却的意思，他们也都点头。肺复张的效果越来越差，风险越来越大，俯卧也许可以尝试呢！

　　俯卧位通气的确是没有用过的方法，但是这么高的呼吸机条件，这样频繁地用肺复张维持病人生命，我们也从来没有做过，这多活下来的一个星期，已经是一个奇迹，那么，我们何妨再试试，争取创造另外一个奇迹呢？

　　"不如做做看。"双双马上就去找枕头，集齐了 6 个大大小小的枕头，搁在一边待命。所有上班的医生护士都来了，今天人多，一共 5 个人，全部准备好待命。

大家站到床前，实地看冯莉的状态，才发觉，这个天罗地网连着的危重产妇要翻身，和我刚才模拟的简直不是一回事。

开高空调的温度到 28 摄氏度，把床上的被子全部撤掉，胃管抽空，尿袋放空，深静脉暂时停止输液，封管，心电监护的导联线暂时取下来，把气管插管重新固定。

床拉出来一截，我挤到病人的头端去，这样，我就可以时刻用手固定着最最关键的气管插管，不让它滑出来。

单这些繁杂的准备工作，我们就做了快半个小时。在 28 摄氏度的空调温度下，每个人都开始冒汗。

"准备好了吗？我们开始。"我站好了位置，扶住冯莉的头，固定住最关键的气管插管。另外四个人分别在床的两侧，我们要开始行动了。

"新姿势，新高度，开始。"方宇仍然干活不忘贫嘴，吆喝着，按刚才试验的方法把人抬起来，先侧卧，摆好手脚，理顺管道，一路人马七手八脚把冯莉翻了过来。

有惊无险，人比我们想象的还要重，她完全没有肢体的控制能力，处于镇静的松弛状态，复杂的管线方向还需要调整，但是终于，我们把她翻了过来，用枕头垫好，变成趴在床上的姿态。

连心电监护，连接输液。双双手脚不停，把管道全部理顺。

我和方宇立刻站到呼吸机跟前去看，换了这个体位之后，呼吸机参数会出现什么变化。

"喂，潮气量莫名其妙大了 80 毫升，你看到吗？"方宇的眼镜里面又开始冒蒸汽了，很兴奋地指着呼出气潮气量监测的数据。

"这肯定是好事情，而且你看，一样的氧浓度，经皮氧饱和度也比前面高了一点。"我看着慢慢升到 95% 的氧饱和度，觉得有点难以置信。所有的呼吸机参数都没有变，只是翻了个身，病人就出现了这么大的变化。

"呃！拍照拍照，我还没有见过这个样子机械通气的病人。"方宇拿起我的数码相机，对着呼吸机、监护仪、气管插管，就是一阵拍。

老许很好笑地看着方宇："这两个人，刚才还在吵架，像小孩子一样。"

"没有吵架，我们只是在讨论问题。"我斩钉截铁地否认，一齐抬杠拌嘴多年，纯粹是一种习惯。

大家都很兴奋。双双顺手在她背上叩了叩背。这个体位震动排痰最合适不过，冯莉胖大的身体已经一动不动地平卧了一个星期，想必下肺坠积的痰液已经不少。

一阵震动后，气管插管里有黏稠的痰液被震出来。

"这样子，可以吸吗？"双双看着这个不同寻常的体位，有点迟疑。

"不知道，试试看。"我确实不知道，这是没有试过的状态，走一步算一步。吸痰也很顺利，没有像前几天一样，一吸痰，氧合就降到难以容忍的 90% 以下。真是难以置信。

"你说，这个状态可以坚持多久？"方宇不确定地问我。其实，我和他一样没有答案，他心里对此清清楚楚，就是忍不住要问。

"我觉得今天不如见好就收，待两个小时，等到 4 点钟的时候就翻过来，明天再来过？"我用征询的语气问他。

"好的，今天至少我们证明了一下，俯卧位通气是有好处的。"方宇心满意足地点头。大家围在床边，都不敢走开。

"你说，在俯卧位下做肺复张会是什么结果？"他问我。

其实我心里也在想这个问题，趴着的状态不妨碍做肺复张，那么，我们是不是也可以试试呢？"不行，这个状态氧合已经好了很多，没有必要折腾，我觉得今天咱们还是先保住这点胜利成果。"我坚决地制止他的好奇心，"心里痒痒就先查资料，不要动手动脚。"

"震中，病人的状况怎么样？"是乔院长的电话。在艰难的等待中维持了一个多星期，他也觉得有点意外。他仍然按照平时的习惯，有空就打个电话过来，问一下冯莉的状况。

"我们在做俯卧位通气，呵呵，好像还不错。"我有点小激动，按捺不住兴奋的心情，坦率地告诉他。

"插着这么多的管子可以做到俯卧？"乔院长有点意外，也有点担心。"当心脱管，也要当心气胸。"

"刚我们已经做了2个小时，效果很意外。"我看着呼吸机的面板说。医生的经验都是从一个一个病人身上获得的，如果没有实际的体验，即使看了很多国外的资料，我对俯卧位通气还是没有这么直接的体验和信心。

这两个小时的俯卧让我看到了效果，看到了数值的提高，还有呼吸机上的变化，这个比什么都能振奋信心。

"真的吗？！明天我要来看一看。"老练如乔院长，也忍耐不住好奇心。

第一次俯卧安全地结束，大家都长出一口气。工程量浩大是毫无疑问的，为这两个小时的俯卧，光是准备工作，我们就做了足足一个小时，人力消耗更加厉害。俯卧状态下，我们都不敢走开，得时时盯着呼吸机和监护仪。

双双额头冒汗，病人不能盖太多的被服，怕影响身上的管道连接，只能把空调温度调高。空调运转着，发出嗡嗡的声音，室内空气热得人发懵。

"明天，可以改进一下。"双双比划着，"这只手的方向如果处理妥当，我们三个人，就可以翻她过来了，而且上午下午可以各做一次。"这小妞半点不怕麻烦，也是个好事之徒。

9. 重击

看到了俯卧位的效果之后，我和方宇放弃了再次肺复张，气管插管的时间已经超过了一个星期。复张的效果比开始的时候差了很多，从病理生理的角度来考虑，并发症的可能也大了很多，既然可以俯卧，看上去也不算太难，那就尝试新方法吧。

当然，这样一来，我们的工作量也大了很多很多。

俯卧是有效果的。每一次趴下来的时候，病人的缺氧状态就可以得到一点改善。监护数据上，呼吸机参数上，都明明白白地显示着同样的结果。

对这个结果，大家都很兴奋。

不放心加好奇心爆棚的乔院长，第二天果然过来看我们做俯卧位通气。这根气管插管已经插了快 10 天了，一旦滑出来，立刻前功尽弃。他不可能不担心。

"可以啊！果然是有效果。"他特地换了整套隔离装备，到隔离区来看呼吸机的条件。医生毕竟是医生，对于新的、有效的治疗方法有发自本心的探究欲望，不管他做了多久的行政。

"潮气量，氧饱和度，都说明有效果，所以再麻烦，也得做下去。"他也能接受这个以往没有先例的非常规状态。

"一天两次，加起来 4 个小时，或者更长。"我翻了一下昨天的监护单。

快 10 天了，血气的改善并不理想，白肺的状态几乎是毫无改善，一点吸收的迹象都没有。目前，这个病人根本没有可能去做 CT 检查。从眼下拿得到的结果来看，她的康复仍然是条漫漫长路，也不知道要何时才能看到希望。

"人力够吗？"乔院长问我，这个工程量，需要至少 4 个人合力来做。他清楚地知道这里的人力状况。

"勉强够用，时间太长的话，连续疲劳会吃不消。"我实话实说。双双、美红这些小姐都绝不叫苦，给病人翻身翻得非常疲劳。

尤其是，这个 N95 口罩，戴上就让人闷得厉害，连续戴 8 个小时在隔离区里，真的要闷死人。美红已经不止一次说："如果我挂了，绝不是累死的，是给这个口罩闷死的。"

但是大家都绷着一股劲。危险的平衡已经维持了 10 天，没有坏消息，就是好消息。也许，心底很深很深的地方，我们感觉，一定有希望在那里等着，而我们要做的，就是坚定地一直维持下去。

"震中，这个月的工资医院按什么数字给呢？"把病人翻过来做俯卧，做的次数多了，大家都习惯了这种状态。双双张着两只戴手套的手问我，这是这么多天来，第一次有人问到报酬的问题。

"好像，是按传染病的特殊补贴。"出来一个月还没有到，心里像已经走过了千山万水，地老天荒。报酬的问题，我也还没有问过。我不是一个合格的老大，对经济问题如此不上心。

"管他呢，只要冯莉好起来，其他的，我什么都不在乎。"双双豪放地说。

旁边黄奕马上点头："只要她能好起来，管他怎么算。这样的病例，一辈子能碰到几次呢！"

"管他怎么算，只要冯莉能好起来，这里的奖金让我出都可以。"我豪放地说。少爷兵们被空调热得满头大汗，全呵呵笑起来。

不远处，一定有什么在等我们，那个不确定的东西，叫命运。我们不知道，它会在什么时刻来临。

"坚持住，这个和 N 市的一个产妇，现在是全省维持得最艰苦的两个人。每天的日报表报上去，省里都知道状况，能撑一天是一天。"乔院长始终不愿意再给我增加压力，但是那压力，透过他，我仍能感觉得到。

ICU 医生是减少死亡率，守在最后一关上的武士。死死地用自己的精力和勇气，抵住这一关，不让病人坠落深渊，是 ICU 医生的宿命，奋力抵抗的我们并不孤独。

"你觉得需要 CRRT^① 吗？"乔院长问我。

"不需要。"我干脆地否决，"病人还年轻，肾功能没有受到影响，单用利尿剂还是可以达到液体平衡的目标，能删繁就简的时候，就不要增加上去。"

"好的。"乔院长说，"上一轮讨论的时候，大家都提到了能不能用 CRRT。我觉得在这个房子里真要运转起来有难度，一切以你的判断为准。"他不由看看房间天花板上那陈旧的水迹。

我马上意识到了他在说什么："并不是支持得多，病人就希望大，你看抗凝一旦上去，就要担心创面，担心测 ACT^②。我们不需要场面大，只需要病人活下去。"在医疗讨论会上，对于 VIP 病人，总会有人提议"加强，再加强"，并不是每个都懂得过犹不及。

道理不难，但是出于各方面的考虑，仍不断有人会用"过度"的治疗建议来表现已竭尽所有办法积极救治病人的姿态。

"你觉得现在这个时间点要不要做气管切开呢？"乔院长问我，通常，长时间用呼吸机的病人需要考虑用气管切开来代替气管插管。冯莉从第一天气管插管到现在，已经超过一个星期。

"现在不能切，只要切的过程略微有一点不顺利，或者切完了感染轻微加重，就能要了她的命。"我坚决地说。这些问题，我已经问过自己很多次了，所以回答得快速而坚定。我相信乔院长也有自己的判断，他只是在我这里印证他自己的判断。

"好，一切以你的判断为准。"乔院长点头，"将在外，要有自主的判断和选择，我很反对遥控指挥。终究，只有你是直接接触病人的。"

---

① 连续血液透析。

② 活化凝血时间。

我点点头，直接上级可以这样理解一线的状况，对我来说是很大的支持。

叶深也好，乔院长也好，始终在为我挡掉一部分压力。他们也是 ICU 医生，有共同的理解。

不见得，每一个在外苦战的大将，都有我这么好的运气。

每过一个 8 个小时，就是往前又挪了一步。

我感觉自己就像唐朝的和尚，在茫茫戈壁中西行，目力所及之处，地平线上没有见得到的地标，目的地在风沙遮蔽中的无限远的地方。我所能凭借的，就是胸腔里的一口气，就是虔诚的信仰，是它们，支持着我一步一步向西行走。

"我只想她活下去，其他的全不重要。"忍到极致，每一个人都这么说。老许，双双，方宇，美红……

"舍利子，是诸法空相，不生不灭，不垢不净，不增不减。是故空中无色，无受想行识，无眼耳鼻舌身意，无色声香味触法，无眼界，乃至无意识界。无无明，亦无无明尽，乃至无老死，亦无老死尽。"

"震中，你念念有词的，在做什么？"老许看见我望着办公室窗外的荒地，嘴里嘟嘟囔囔，好奇地问我。

"我在念心经。"我说，"汉语有独特的功效，虽然我不是很明白它说的是什么，但是每次心乱的时候读一下，都能让我平静下来。"我瞄一眼她，"其实和你偷'菜'的效果差不多。"

"你的心不会乱，罗震中是真正的巾帼英雄，女中豪杰。有你在这里，我只需要看着后防，工作已经比我原来想象的要轻松很多。"老许终于在天黑前忙完，利用吃饭的时间，得空偷一会儿'菜'。

"呵！可不要这样夸我，把男人全算上，我也还是英雄豪杰。"我剥开一根长鼻王，恶狠狠地'咔嚓'咬下一口。

连续 6 天，我们摆开阵势，每半天就为冯莉做一次俯卧位通气。呼吸机的条件一点都降不下来，陷入僵持，病情只要发生一丁点的摇摆，比如体温高了一摄氏度，液体多进了 500 毫升，病人就会出现缺氧。呼吸机在顶峰的参数上死死地拖住病人。

俯卧通气的时候，状态会有两个小时的轻微好转，这轻微的程度，也不过是潮气量大了 50 毫升，氧饱和度升了一丁点而已。

气管插管已经 10 多天了。

这 10 多天里，几个使用无创呼吸机的重症病人逐渐好了起来，一个接一个从西门的通道尽头走出去。

每一个从西门走出去的病人，都欢天喜地，和家人紧紧拥抱。这是真正的劫后重生。

每一次看到病人走出病区，走出隔离区的门外，我们都会很开心地和他说再见。即使他从未见过我们的脸。

我的心，全部在冯莉身上。这种悬心，简直是在和自己怄气，一个 ICU 医生，最大的愿望就是把最重的病人救回来，我只要她好起来。

我强大的好胜心和毅力，在这冰冷的冬天里发挥到极致。

冰冷的星期天的早晨，躲在被窝里让我有严重的犯罪感，即使是打电话也无法释怀。终于，我还是跳出温暖的被窝，起身去那个简易房。

车子拐弯，下坡停在小路尽头。看到锈迹斑斑的铁门和锈迹斑斑的一排氧气瓶，内心踏实下来。冯莉家的那辆旧车还是停在围栏外，似乎车里还睡着人，车窗开了一条缝，玻璃上有雾蒙蒙的水汽。

"早饭来啦！"美红欢呼一声，来欢迎我手里的牛老大生煎包子。油煎、香菜、咖喱汤的味道在饥肠辘辘的冰冷早晨，分外受欢迎。

"昨晚状态还行，出入量平衡，没有发热，氧气也没有出故障，谢天谢地。"经历了那晚的氧气故障后，美红心有余悸。她瞪着两只充血的大眼睛，像警觉的小鹿，不停地看氧气瓶、氧压表、压缩泵，脸上留着口罩抠出的深深的印子。

我戴 N95 口罩，戴手套，换隔离衣，准备进去看冯莉的状况。方宇还在隔离区内翻看监护单。昨晚是他的值班，每逢他的值班，我可以睡得略微安心一些。

"喂，你有没有觉得今天的潮气量有点大。"我看着呼吸机的参数，有点犹豫，面板上显示的潮气量比昨天高了 70 毫升。

我拿起听诊器，听一下肺。仔细凝神听了 5 秒钟，皱起眉头，把听诊器递给方宇。"气胸？"

"乌鸦嘴。"方宇骂我一句，接过听诊器带上。突然，我发现监护仪上显示的氧饱和度从 93% 降到了 90%。方宇听了几秒钟，脸色也开始凝重，脸上快下班的轻松愉悦一扫而空。

"完了，气胸！"我看见呼吸机面板上的潮气量又大了 50 毫升，监护仪上的氧饱和度掉到了令人紧张的 88%。

"快，拍片！"我冲着跑进来的美红喊。"叫放射科吗？"刚吃饱的美红脑子有点隔夜的迟钝，没有反应过来。

"自己拍。"方宇冲出去，他和美红两个合力去推放在走廊上的拍片机。两个人咬牙切齿地把机器笨重地推过门槛，插上插头。

我拨通放射科主任的电话："报一下拍片的参数。"没头没脑的一句话，在星期天的早晨打给瞌睡没有完全醒的医生，像拍加急电报，也像带着水汽的一闷棍。

他居然听懂了，迅速报了一串数字。

"躲开，我要拍了。"美红抓着按钮，侧身躲在门后，第一次自己拍片的生疏和笨拙，被紧张的状况完全冲散。我瞬间把呼吸机的氧浓度调到纯氧，跳出来躲到美红后面。滴滴响过。

他们两个合力抬起冯莉沉重的上半身，我抽出片子就往外跑，回身大声喊："准备好胸腔闭式引流的东西，不要说这个没有，那个没有！"

离开病房时，我紧张的眼睛瞄向监护仪，冯莉的面色已经明显不对了，缺氧的发绀面容，仪器屏幕上，氧饱和度还在继续下降。

我脱掉隔离衣，脱掉片子上的黄袋，向墙外城南卫生院放射科的方向跑去。但愿已经有人在上班，我要马上洗出这张片子来。

这时候，口袋里的电话不合时宜地响起来。来的电话由不得我不接。

"乔院长，病人气胸了，我现在在抢救，等一下报告进展。"我气急呼呼地回话，恨不得脚踩风火轮。

冯莉的家属看着我一路狂奔跑过围墙，紧张地朝病房方向望着。

又一路狂奔回隔离区。片子上显示得很明显，的确是气胸了，承受着重压的右肺破了。右肺压缩 80%，剩下严重病变的左肺在呼吸机的支持下勉强工作。

方宇和美红，还有刚上班的黄奕三个人正围在床边。拍片机已经推开，床单位摇平，准备做胸腔闭式引流。

"报告一个不好的消息。"嗓音干涩，方宇拿过胸片仔细看气胸线，"消毒包到期了，昨天晚上的班车给拿回医院消毒去了。眼下只有胸管和引流瓶。"他和美红相互看了一眼，又小心翼翼地看一下我。

"啊！"我张了张嘴，看着监护仪上已经 80% 的氧饱和度，伸手拿出了口袋里的钥匙串，把赭红色的瑞士袖珍小军刀卸了下来。这是正牌的瑞士军刀，刀刃极其锋利。我从病区开张起就一直带着它，上面的螺丝刀、起子、剪刀之类小工具一直可以随时使用。

一帮人皱着眉头看着我。

黄奕说："我去城南卫生院借，你们先做起来，同时进行。"说罢跑了出去。这也是办法，如果来得及借来的话。不过星期天的早晨，向一个节奏缓慢的卫生院借消毒包，可能没有这么容易。

"消毒。"我看了看瑞士军刀，把刀和螺丝刀的两个头都拔了出来。美红在一次性碗盘里倒了好多碘伏。"真的要这么干？"其实已经没有别的选择，但是受惯了无菌操作正规训练的医生护士要用瑞士军刀做胸腔闭式引流，还是心虚的。

"快！"到要紧关头，方宇停止抬杠和贫嘴，立即动手拆包和协助。

我用最快的速度戴手套，铺一次性无菌单。冯莉扛不住了。20厘米的PEEP啊！缺氧给出的机会，也就只有几分钟了。在前功尽弃前，我们必须做最后的顽抗。

美红把泡了碘伏的瑞士军刀端给我。刀刃划开皮肤，螺丝刀插进胸腔，左右摇晃两下算作钝性分离，我只听到胸膜破口中高速气流"哧哧"喷出，带针胸管顺利地从窦道里捅入胸腔。连上引流瓶，气泡狂涌而出。

三个人不约而同去看监护仪的参数。随着气泡的涌出，氧饱和度停止了继续下降的脚步，在80%的危险地带做了短暂停留，颤颤巍巍地回到了85%，再过片刻，又回到了88%的及格线左右。

这几分钟的工夫，我感觉血液从脚底流走，满脸通红，手脚冰冷。

"我们的老大是野战部队前线的军医。"美红松脆的嗓门充满喜感。几个人七手八脚固定胸管，用听诊器听两侧的呼吸音，调呼吸机参数。

隔离区外的办公室里响起乔院长的声音。

仅用十几分钟时间，他就赶了过来。分管的院长是非常紧张的，新闻焦点的病人如果失救，需要处理很多后续的问题。

"拍片。"我对方宇说。做完引流的病人，需要再次拍片来确定管子的位置和引流的效果。

我带了气胸的胸片，有全身脱力的感觉，出来向院长报告进展。

今早的办公室，没有人顾得上开空调，窗子在大开着通风，冰冷的空气涌进来，在窗口呜呜地发出呼啸声，像呜咽哭泣的怪兽。

两个人在中央监护仪前，两双眼睛都注视着冯莉的那一道监护参数。中央监控屏上也是冯莉的镜头。美红和双双在床边交接班，再加上方宇和黄奕，他们 4 个人在拍引流后的床边片。

气胸已经暂时引流，呼吸机的数据，迫于肺的破损下调了 2 厘米水柱。氧饱和度此时维持在 90% 左右，勉强看得过去。经过刚刚的一番折腾，心率、血压波动都很大，像经过波峰的巨浪，还在动荡中。

"维持得住吗？维持不住要马上向上汇报。"乔院长不确定地问我。

我惊魂未定，全身脱力，忍住不让极度沮丧的心情浮在脸上。"眼下还可以，但是俯卧位就不能再做了，而且这么高的 PEEP，破口不能长好。"

"唉！"忍不住沉重地叹了口气，"晶晶亮，透心凉，我要去向家属告知一下。"即使在这样糟糕的状态下，我还是忍不住贫嘴，这是真的感觉。透心凉。10 多天极限状态下的坚持，快要决堤了。

大冬天，额上的汗很快就收干了。焦灼的心情如同动荡的监护数据，需要好好平静一下。

心里念头在飞速转动，该怎么讲，要讲到怎么样的程度。

冯莉一直在死亡的悬崖边上徘徊，这次气胸，是让她向深渊更滑落了一分，我们到底还有没有能力拖住她？这样的状态会在哪一个时刻面临崩溃呢？

呼吸机参数早就到了极限，勉力维持着走钢丝一样的平衡，众人的信心全看我能否稳住。

乔院长颇有深意地看看我，他也是 ICU 医生，所有技术难度、压力、障碍无须向他详加解释。

"刚才，病人出现了危险的并发症。"我和乔院长一起到围栏边，去和冯莉的丈夫谈话。

"她的肺破了破口，现在靠引流的方法勉强维持着，能维持多久，会不会越破越大，都不好说。我们能够做的，就是尽量维持。"我尽可能平静地对急得在哭的家属说。

这是我经历过的最难过的谈话，一个医生，最难说服的是自己。我听着围栏那边压抑的哭泣声，走回病房去，每一步都重若千斤。

"我要回去向领导汇报进展，做后续的准备，你这里有任何状况，先打我的电话。"乔院长讲得很明白，他觉得希望很渺茫了。

后续的准备，包括尸体料理，家属安抚，向上级汇报，媒体公布病情，没有一件是容易的事，需要预留出时间。从半个月前起，这件事就在准备，也许就是今天了。

我向他笑笑，这个状态下居然还笑得出来，我觉得自己的心理承受能力又见长了。

"你们回去休息吧。"我平静地让下夜班的方宇和美红走，"长命功夫长命做，睡醒了可以过来看看进展。"我对方宇说。他是我唯一可靠的救兵，需要保存体力。

他成为一个游荡的单身汉已经有段时日，回不了家，除了待在宿舍睡觉以外，就是帮我查各类资料。偶尔在医院里荡一圈，还会有各色人等来问八卦消息。隔离区的消息始终是众人瞩目的。

"你，需要我今晚在这里看着吗？"方宇问我。隔离病房只有我们两个真正的 ICU 医生，最麻烦的时刻，只有我们两个可以处理最危重的状况。眼下就是最危急的状态了，他是在问我今晚会不会需要抢救。

"不用。"我平静地回答。我的平静，是给团队压阵的。"我在这里，有需要，会给你打电话。"

这个爱好抬杠的人很体恤地看看我，他也知道，不能在这样的时刻再跟我抬杠，乖乖跟着班车回去休息了。

10. 挚友

整个白天，我都待在冯莉的床边，把其他几个病人的处理交给黄奕。

胸腔引流管里，气泡汹涌，因为呼吸机的压力，这个破口一定不小。

我注意到，在我调低压力后，气管插管里不再有水性的分泌物涌出来了。

这是以前的十多天里从来没有过的状态。看看呼吸机参数，我觉得有点疑惑。我拿出数码相机看昨天的图，又对比着呼吸机屏幕细看。

"你在调低压力？"双双问我。她对 PEEP 的压力值非常敏感。这么多天来，PEEP 的值是我严令不许随意变动的参数。

"觉不觉得和上一轮班的时候不太一样？"我问双双，她是有经验的 ICU 专科护士，可以是有效的讨论对象。

"水不出来了。"双双说。她也发现了，十几天来死命抗拒的气道内的水性分泌物消失了。

"我现在在想，气胸可能未必是坏事。"我看了看表，压力调到 18 厘米水柱是 6 个小时前的事了，我又把 PEEP 坚决地调到了 16 厘米水柱。"有可能，肺干得很快，所以压力不平衡。"

"你确定？"双双看我调低 PEEP，有点紧张，紧紧盯着呼吸机面板上的参数变化。PEEP 键 10 多天来一直是治疗的焦点问题。

"不确定，不过今天 PEEP 好像没有这么重要了。不管怎么样，这么高的 PEEP 对气胸没有好处。我们先试试看。"我站在呼吸机面板前，用数码相机拍今天的照片。

氧饱和度一直在 90% 上下的及格线上，我揪着心，不敢离开，担心引流管不通，又会出状况。调低 PEEP 也是我一厢情愿的尝试，有益还是有害，需要靠自己的眼睛紧盯着。

"喂，听说气胸了？"是鹏鹏的电话，这宝贝徒弟在小心翼翼地听着我的语气和情绪。

我只觉得心里一阵安慰："没事，顶得住。"气胸已经过了 6 个小时，状态的确顶得住，所以我的语气平静坚定，和平时没有两样。

"他们在说可能不行了。"鹏鹏说，"你的气场，向来比谁都大。真的稳得住？"他在医院一直小心翼翼听着各种传闻，怕影响到我，只是偶尔问我一下，这下可见是真不放心了。

"没事。只要还剩一格血就还要继续。"我跟他寻开心。

"明白了，只剩一格血，还剩一格血。需要我的时候，随时叫我。想吃什么下班给你跑腿。"鹏鹏挂了电话。他已经是一个入门级的 ICU 医生了。

这种命悬一线的时刻，对 ICU 医生来说，就是在用自己的生命精华，来换取病人每一寸存活的机会。这时候就像屏气，要撑下去别无他法，只能死死忍着。有一个心意相通、无须解释的同伴问候一下，心情会舒缓很多。

泡泡和鹏鹏的电话，可以抚平我情绪上无数焦烘烘的不适。

天渐渐黑了，12 月的天黑得很快。又 4 个小时过去了，水性痰没有涌出来，氧饱和度也没有往下掉。

双双问："今晚，你住在这里吗？"气胸以后，是否能够稳得住，还在摇摆之中。病人的状况，就像海啸之后的巨浪，还在动荡不已。今天是庄国栋的夜班，他是个呼吸科医生，万一出状况，能顶得住吗？

在高度紧张中奔波了一天，我已经疲惫不堪。肠胃停滞，没有吃过什么东西。两个眼睛一直看监护、看胸管、看呼吸机，又干又痛。

"我要去睡一会儿。"我脱了隔离衣，脱下 N95 口罩，离开隔离区。闷了一天，出了一身臭汗，两条腿酸痛得厉害。时间才傍晚 6 点，我已经困得不行。

"你回去吧，万一不好，我会调纯氧，打你电话。"庄国栋看起来很有信心，对我说。他们都非常体恤我，知道这个持久战已经够我受的。

"我走不动了。"我往窗外看了一眼，我的小红车静静停在暮色中。带着紧张和疲劳，我径直向值班室走去。

躺到值班室的床上，我迅速陷入睡眠。现在，我所有所有的生命的目标，就是让冯莉活下来。即使在梦里，我也知道，这样紧张单调严酷的生活，会成为我生命中最重要的一部分。

闭上眼睛，视网膜上仍然是监护和呼吸机波形一串一串地划过。

"震中，怎么样了？"乔院长的电话在9点多打了过来。他的心只怕也悬在半空中。

"还行。"我从床上爬起来，到办公室的中央监护上看了一眼监护数值。比整个白天都更好一些，氧饱和度看见了久违的95%。

"气胸的状况怎么样？"乔院长熟知我的性格，轻易不会说不行，于是继续详细询问，探听病情的进展。在他的猜测中，觉得冯莉多半是要不行了。

"没有更厉害，冒泡很多，一时半会儿不会闭合。"我没有隐瞒，老老实实地告诉他现状。行政领导的日子不好过，半夜如果出状况了，他要办很多费脑子的事。

"你还在那里？"他问。电话里听得见中央监护滴滴答答的报警声。

"我的车是手动挡的，我又有点夜盲，开不回去了，睡在这里保险一点。"我虚晃一枪回答他，免得让人感觉在邀功。

"好吧，有状况随时联系，等结束后给你放一阵子假。"

"喂，还好吗？"紧接着打电话来问的是叶深。听得出来，他担心我，多过担心这里的状况。

"累死了，这气胸真折腾死我了，差点玩完。我用瑞士军刀做了一个胸腔闭式引流，厉害吧？！"对着朝夕相处多年的伙伴，我说话要随意得多。

"得瑟吧你就。现在还笑得出来。"他听出我并不是紧绷绷的心情，也放松下来，好笑地说。

"透心凉，差点前功尽弃，灰心得胸痛。"我想起刚气胸那会儿的心情，不由得诉苦道。那种无处诉苦的难受，拼了命还要淡定如常地劝大家保持信心的苦闷，也只能跟他诉说。他是我唯一可以毫无顾忌地倒苦水的地方。

"已经是奇迹了，别太委屈了自己。"他安抚说。他太忙了，没有太多时间到这里来。

"我觉得，她很快会好起来的。"我跟叶深讲话向来是有什么说什么。

虽然 PEEP 还在很高的压力水平上，但两次调低没有发生波动，已经给了我很大的信心。只是这信心一直被我平静地压抑着，没有告诉旁人。

"现在还好得起来？这边都准备你说不行了。"叶深苦笑。可以想到，乔院长经过上午的抢救之后，一定是回医院布置过最后的善后工作了。叶深是医院那边的大管家，自然知道原委。

"会好的，你不要告诉他们就是了，相信我，没错的。"一样是 ICU 医生，多年背靠背御敌，我们心意相通。我把看了一下午的感觉直截了当地告诉他。

"稳着点。"他不放心地叮嘱我，"已经放开奥司他韦的门诊使用了，估计接下来病人会少下来，希望这个是最后一个插管的病人。"他把知道的消息告诉我。

两个电话一接，我也没了睡意。索性跑进隔离区，去看冯莉的状况。

胖大的身躯一动不动地在床上侧卧着，护士刚刚给她换过体位。胸腔闭式引流管里有淡黄色的液体流出来，气泡不像白天那样汹涌，只有在呼吸机送气的时候，一串冒出来。

呼吸机和监护仪上显示的数字，都令人惊讶地在好转。

我把 PEEP 调到了 15。"你确定不是你手痒？"继续翻班的美红看见我在调整参数，眨眨眼问向我。

"嗯哼！"我狞笑两声，强忍住不向她解释原因。病情还没有完全明朗，好转只是我一厢情愿的感觉，目前只有连续几个小时参数的改善，还不宜让别人有太乐观的感觉。

站在床边看了一会儿。杨晓丽的 PEEP 也是这样迅速降下去的，也许，这也是一个规律，当肺部通透性好转的时候，她会好得飞快。

这个夜晚，像在看护一个娇嫩的婴儿，睡眠被分隔成一段又一段。

身体十分疲劳，一躺到床上立即陷入睡眠。精神却十分警醒，时不时会醒来，看看时钟，又会跑回隔离区的病房里看看参数。

终究是不放心的，这一夜我起来了好几次。到晨曦初露的时候，连氧浓度都降到了 55%。

"你知道你昨晚梦游了几次吗？"美红用黑白分明的大眼睛给了我老大白眼。前半夜下班的她睡在我旁边的床上，估计是被我吵醒了好多次。

"你知道我把 PEEP 降到多少了吗？"我缩回被窝里，把身体捂捂热。6 点钟，已经可以看见彩霞在冰冷的天际越来越绚烂。

"她的肺已经有点干起来了！"我脱口而出。这一晚上的变化，已经越来越坚定了我的想法，冯莉在飞速走向康复，她的肺好转得很快，出乎所有人意料的快。我必须抓住这个奇迹，不能让各种各样的并发症横生枝节。

"呃耶。"美红伸个懒腰欢呼一声，把两只细长手臂伸出来，却把脑袋缩回被窝里。

我继续待在呼吸机边上调参数。

我将时间分隔成一小段一小段，每一段 6 个小时，这是肺水平衡的时间，如果稳定得下来，就像走楼梯一样，又走下了一小格。

每走下一小格，就离悬崖边远了一分。每一小格的前进都在表明，我的判断是正确无疑的。

老许的大嗓门在门口响了起来："听说出状况了？家属拉住我说了好一会儿，怎么不好了？"她昨天难得休息一天，不知道气胸发生时的危险万状。

我没有力气再解释一遍，所有的脑细胞都全神贯注在呼吸机的参数上面，手上不停，用数码相机不断拍下变化的参数。

双双清脆的声音，和老许的大嗓门在走廊上交班。

"喂，你不去和家属再说一下？"老许伸头进来看看我，"咦！你在干什么？"

"嘿嘿！"我狞笑一声，"我在准备降条件。"

"到底发生了什么事？"老许难以置信地问，她听出我嗓门沙哑低沉，两个眼睛电力不足，知道我体力透支，立刻问："要不要咖啡？出来，吃了早饭再玩。"

我巡视了一遍参数，好得难以置信。PEEP调低到15以后，仅仅2个小时，胸腔引流管就基本不冒泡了。现在只余水柱在上下波动。气胸以后才一天，病人的肺就发生了巨大的变化。

我出了隔离区，到办公室吃早饭。

陆续来接班的几个家伙唧唧呱呱在说昨天用瑞士军刀做胸腔闭式引流的事情。

我赶紧嘱咐："别到医院里去说啊，这里知道就行了，万一有点啥，这可是要给兴师问罪的。"病人出状况的时候消毒包不在，要是深究起来，也是准备得不充分造成的。

"现在知道怕啦？刚从食堂上车的时候，我还听到那班好事之徒在说你的神勇呢！"老板娘笑嘻嘻地把消毒包从班车带来的补给品里翻出来。

"消毒包巧不巧送回医院消毒去了，真是的！"老许看了一眼贴在上面的消毒期限，把它放到治疗室的柜子里。

接下来的计划，需要好好想清楚。我对于拔管的态度向来都比较激进，能拔管的时候，多拖一天都会多一分肺部感染加重的风险。在这见鬼的荒郊野外，我必须一个人把计划想清楚。

我把老板娘泡的咖啡一口干掉，探头向窗外看了一下。冯莉家的车不在，她的家人每天会定时离开一段时间，可能是出去吃饭洗漱。附近2公里内都没有什么店面，长时间守候在这里其实非常艰苦。

我跑出铁门外，在门口的小路上开始折返跑。在冰冷的空气里运动，是放松心情、缓和紧张的有效方式。在清凉的早晨的空气中，呼出白色的水汽，排除脑子里所有的杂念，排除外界给我的所有压力。在奔跑中，想明白所有应对的方案，用坦诚应对病情，用"孙子兵法"应对各方压力。

北风刀锋一样刮在脸上，十个折返以后，身体的柔韧度更好，血液温暖了四肢。听着大鸟哇哇的叫声，我内心澄明，一个箭步跨进铁门，搓搓手，继续工作。

医院的班车又来了，这一车，是医院的行政领导。昨天的状态太危急，星期一的一大早，领导需要到一线来查看一下。

叶深和乔院长打头，几个院长、科长、主任一起进了办公室。老许在门口大声叫我，我赶紧从隔离区换了衣服出来。

"可以稳住吗？"乔院长忧心忡忡地问我，从中央监护仪上看到的参数并不比昨天好看多少，其实那是因为我调低了氧浓度的关系。但是我是绝对不会在现在就说出来的。

"勉强，和昨天差不多。"我瞟一眼叶深。他是最最沉得住气的，绝不会乱说话。他在盯着中央监控屏，看呼吸机模糊的屏幕。只有老到的ICU医生才会这么懂行。

"到会议室，开一个小会，讨论一下后续的问题。"乔院长简短地说。他的压力不轻，尤其是，作为ICU医生，他认定的病情比我认定的略重，所以他比我还要紧张。

我旁听，一言不发，听他们讨论如何应对病情变化，如何向行政部门报告，又怎么样应对媒体的聚焦。N市重症甲流孕妇的消息一直在传来。治疗在进展，状态极其危急，和冯莉比，也不遑多让。

孕妇的死亡，是任何一个市都不愿意看到的不良事件，谁也不愿意在这一项排到全省第一的位置上。即使病人最终会死亡，能坚持多久，就要坚持多久。两个市，也是在遥遥相望，互看结果。如今，情况都已经到了最危险的边缘。冯莉的气胸，估计也是对方定点病区讨论的话题。

省内的甲流孕妇多个发生气胸，大家都知道这是危险而麻烦的并发症，可能直接致死。

"还能坚持多久？"医院的一把手，在这个节骨眼上，需要在我这里听到最直接的回复。

"还有活下来的机会，比起昨天抢救的时候，又稳住一点了。没有马上就衰竭的迹象，当然如果肺栓塞，大出血，也就一下子，不能预料。"

我非常谨慎地选择了一个模棱两可又很实际的措辞。到这个节骨眼的病人，真的不好说。好在院长也是医生，对这种不可预测的状态比较了解。

"外面有晚报的记者要求采访。"老许进来说。一下子，全体的眼睛都看着我。电台、电视台、晚报、日报……轮番出现在围墙外，几乎每天。

"我去应付一下？"我征询的语气问院长。对付记者，我已经得心应手。疾病的采访有很大的技术壁垒，只有当事医生才解释得清楚。对于公共卫生事件，更要措辞谨慎，也只有我去应付。

"这些记者天天来，人家已经够忙了，真是烦。"不知道是谁轻轻嘟囔抱怨了一句。

"态度一定要友善，人家不是狗仔队。"我回答。

"你准备怎么回答现在状况？"院长对媒体颇为重视，舆论对医院、对医生都有千斤重的压力。他知道我三天两头在和记者打交道，而且还打得颇有眉目。

"告诉记者，病人危险的致命性并发症频频出现，因为应对及时，目前基本的生命体征仍然能维持。但是疾病急性过程还在高峰期，每一天都很危险，我们有优秀的团队24小时监护，已经为她坚守了半个月，希望广大市民为她祈福。"我胸有成竹用了另一种谨慎的措辞回答院长。

这是我早上跑步的时候就想好的措辞，不轻不重，适合事态未来发展的任何起承转合，院长立刻点头表示满意，让我去应对记者。

等到送走领导，送走记者，休息的方宇到病房里来看病情变化。

"还有戏吗？"他眯着眼睛问我。坐在窗下的阳光里看着监控仪的屏幕。

"来，来，换了衣服进来。"我叫他进隔离区，"让你大吃一惊。"

他不情不愿地换隔离衣，戴口罩，戴帽子。穿脱衣服太麻烦，大冬天从里换到外。

安静的病房里只有迈柯唯呼吸机单调的声音。"你在降压力。"他马上发现了，"12，降了这么多。"

"你看。"我把手里的血气分析单给他看。

"你是说，她在好起来。"他压抑不住自己震惊的声音。

"不是我说，她是在好起来啊。"我得意扬扬地说，"我和你打赌，再有几天，就可以把呼吸机撤下来。"我把数码相机里，每6个小时调整参数时的波形变化给他看。

方宇一下子兴奋起来了，拿起听筒听听呼吸音，又颓然叹了口气："耳朵已经废了，听来听去都是一样的。"

听筒听到的呼吸音确实没有什么区别，病人产后太胖，胸壁很厚，我们只能依稀听到呼吸机送气的声音和胸腔引流管偶尔冒起泡的咕嘟声。

"现在，你觉不觉得她可以降条件？"我问他。在这个鬼地方，只有我们两个可以心平气和地讨论这个问题，像两个串通作弊的死党。

"降了证明没害处，那就降呗！"他看看引流管，"对气胸的闭合肯定是有好处的。"

"我以为病人快要死了。"他悻悻地看看我的反应，又摸了一下皮下气肿的范围。

"差一点死了，你又不是没看到。但是，天不亡我，马上就看到希望了。"我兴致勃勃地和他密谋，"今天我晚上就稳在10，不再往下去了。明天你整个白天都在，继续降，降到没法再降的程度。后天是你的夜班，我争取机会在后天白天拔管，你晚上可以看住她。"

这是我想好的方案，撤机是一个充满变数的过程，必须要由ICU专业的医生看着，这里只有我们两个相互交接棒，有他镇守，接一下棒，我就可以有缓口气的时间，不至于一直处于高度紧张的疲劳状态。

"OK！"两只戴着手套的手无声地击了一下掌，像串通作弊的同伙。这么危险的病人能进展到撤机，这是几天前不敢想的。即使是今天平稳通关，未来也一定会有莫测的风险在等待着我们。我扛了70%的压力，余下的由他来分担。

"你有没有向上汇报一下？"方宇看见门口的责任护士没在记单子，去了隔壁房间，轻轻问我。

"没有。"我坚决地摇头，"也不能完全说没有，每日日报表都严格按事实汇报上去的，PEEP，血气分析数据都在。只要认真看，自然会发现有好转，而且白字黑字俱在。"我狡猾地说。

日报表上，我是真的将全部真实数据上报了，没有半点马虎，货真价实。但是收的人真的会每天看个仔细，并且懂得我说的意思？呵呵，那可未必。院感科的工作人员如果没有ICU的工作背景的话，根本看不懂，只有专职的ICU医生通过仔细分析才懂得这中间的变化。

叶深和乔院长能看得懂，但是他们两个忙成那个样子，会有功夫和这日报表较真吗？会有时间在打印的整张表格中，拎出两个不起眼的数字的小小变动吗？

方宇自然懂得我的心思："叶深那里也不说？"叶深在ICU兄弟们心里地位不容置疑，不管他在什么位置上，方宇都当他是同伙。

"我说了，他也没有怎么相信。"我叹一口气。他离开临床医生的角色时间并不长，技能和判断力不见得这么快就退化，但是他没有足够的时间去兜兜转转地花在病房里，自然不会有敏锐的发现和客观的判断。

方宇也叹了一口气。一群大雁失去了优秀的领头队长，心情岂是可惜和遗憾两个词可以表达的。

"明天，等到呼吸机条件调整到可以撤机的水平了，我会轻描淡写地正式汇报一下。"我说，"即使是叶深来带队，这一次也未必能比我做得更好。"这是我第一次拿自己跟叶深相比。一向来，我习惯于跟随和辅助。

"他心性没有你凶悍。"方宇点头同意。叶深的协调能力、忍耐力、顾全大局的能力不知道比我强多少，那么多年，我们都在他的羽翼下安心度日。以方宇对叶深的服帖，是绝不会撂一个赞美之词给我的。

"我的中文功底和天赋完全发挥了，用来应付媒体和上级。"我把 PEEP 键调成 10，向门口的护士关照。"改了，今天晚上就这样，不动了。"

老许看见我们两个在病床边改参数，跑进来看看。她一天到晚在忙运东西和排人员，对机器条件所知甚少，并没有看明白我们在降条件。

"又跑来拌嘴？"老许问方宇。

"我们在讨论问题。"我们两个恶狠狠、异口同声地回答她。

11. 印记

星期二，开始下小雪了。

天空阴霾，细小的像灰尘一样的雪花在空中旋转，飘落。小路外、围墙内的荒草地的枯草上很快落了薄薄一层雪花。

我们几辆车为了给医院的班车卸货让开场地，停到了小路的尽头。场地上的猫贪恋发动机的余热，经常悠闲地卧在红车的前盖上，看门口场地上的热闹。

有方宇在里面镇守，这一天，我略微轻松，跟着班车去了一趟医院。

几个昼夜连续待在隔离病房，我心情抑郁，需要散散心。何况马上要脱机，可能会短暂用到无创呼吸机，几个转换接头需要我自己去库房找出来。那种异型武器，跟谁说都没有用，都是我自己藏好的，非自己找不可。

"话题女王，你回来了。"刚在医院门口下车，急诊室的工人就在门口跟我夸张地打招呼。

"哇，大明星。"急诊门口的分诊护士看见我，热情地叫我。

我不予理睬，迤迤然从门口大摇大摆走过，这是从小在此地成长的土著医生的待遇，十几年培养起来的熟悉，没人把你当回事，更没人把你当外人。

径直回到 5 楼 ICU，从过道进来就是叮叮咚咚，两边的监护仪报警声音此起彼伏，空气闷而浊。

我向中央台张望了一下，一眼扫过，一边帘子拉拢正在心肺复苏，另一边在做操作，床位都满着。

冬天是一年中最忙碌的季节，每天都是这个节奏，这次，我们还有一部分人抽去管甲流，大本营人员更加局促，当然也是更加捉襟见肘地忙。

没有人特意欢迎我，护士小莉看见我，开口叫："罗老师，快来帮手，这里深静脉不顺利。"我伸头一望，轮转的胡医生正在做穿刺，看样子已经试了几针，有点麻烦。

"震中，急诊室有个溺水的叫会诊。"主班大肚子丹丹忽然发现了我，就跟看到主心骨一样抓住我。主班的桌子上堆满乱七八糟的病历夹，对医嘱已经对得抓狂了。

"皮皮呢？"我环视了一下，东锋正在心肺复苏，可能只有皮皮在了。"皮皮去做 CT 了。"

"打皮皮电话，叫他做完 CT 撒开四蹄去急诊室。"

我戴好手套，五秒钟内穿到锁骨下静脉，快速置入钢丝，拔除针筒。关键操作结束，手套一脱，示意胡医生把剩下的步骤做完。

"停一停8床的医嘱，自动出院。"心肺复苏的东锋老远看见我就喊。这里个个都忙得在到处抓救命稻草，恨不得多长出几只手来干活。

我一回来，片刻之间，就毫无违和感地嵌入一团乱麻的工作中。

不用说都知道，我离开这些时候，科室里有多么缺人。我一出现，就像脑门贴着"壮劳力"的标志一样，立刻被全速使用起来。

帮了一会儿忙，兵荒马乱的场面略微平复，我起身去医务科找叶深。

"咦！今天会有空出来？"他看见我，很意外。定点病区的状态是最危急的时刻，我总不能分身出来的。我仔细看看他，这阵子，他电话不离手，总是皱着眉头。从来不抽烟的他，居然也有几个烟头留在办公桌上。

"明天，我准备拔管了。"我把门关上，小声说。每次在他面前，我会觉得自己真的累了，而他，是不会在任何人面前叫累的。

"忽然好起来了，运气来喽。"我吐吐舌头，毫无坐相地瘫在他对面的沙发上。

"小心一点的话，可以叫一次讨论。"叶深谨慎地说。拔管可能会有失败，就像比赛就有可能输一样。但是这样的新闻焦点病人容不得失败。家属、医院、整个医疗系统，都未必能够接受功败垂成。我已经顶着偌大的压力负重前行了半个多月，他最明白了。

"我决定不讨论，直接拔管。人多意见多，你都劝我保守。"我揶揄地笑笑，性情刚猛的独行侠越是到了危急关头，越是稳定坚决。

他沉吟片刻："那也好，我轻描淡写地知会一下两个院长，免得他们以为你隐瞒病情。等你评估拔管确实成功了，再报上来。"

对疾病沉着应对，对战友呵护有加，这已经是他的一种习惯，委婉中有着很大的包容和亲密无间的信任。

他想的和我想的完全一样，只是由他来做，一定比我更加天衣无缝，我只需要用很纯粹的心思对付拔管就可以了。

"我走了，等我的消息。"我望着窗台上的绿萝发了一会儿呆，青翠欲滴的叶子欣欣向荣，玻璃樽里发达的根系盘根错节，缠绕纠结，如同此刻理不清的头绪。

片刻也不能多待，这时的我，不宜在医院里多做逗留，如果病情有变化，多逗留一刻，我也会被人说成擅离职守。新闻的焦点，是非一定是多的。

心里知道，自己靠一口气强撑着的刚硬，容易散架。10 年来，跟随的时间久了，只要有他在，我就有惰性，会放弃自己的想法由他来解决最缠人的难题。

现在，我必须做那根最承重的梁。不能喊累，要默默地解决所有麻烦；受的伤，尽数一个人吞下。

"稳着点。"他还是那句话。

我们在各自的岗位上承受重压，都是苦涩难言。

"罗医生，听说那个危险了。"司机小刘随口问我。驾驶班每天都来定点病区好几趟，会帮忙把东西搬下车，但是从来不进铁门。师傅们不是医疗行业出身，对传染病房心里忌讳得厉害。所以，他们并不知道病房里发生了什么。

"还好，和前几天差不多。"我知道怎么打马虎眼。

"快点把他们看好。"小刘说，"这个排场，班车开来开去，一天好多趟，大家都累得要命。"

"好的，我当然希望尽快喽，我也好累。"我尽可能地扯开话题，"我已经三个星期没有见女儿了。"

"怎么会叫你做，你看上去还很小。"小刘从后视镜里看看我。别看我们小刘小刘的叫，他其实已经 40 多了。比我进医院要早，是医院的老牌正式职工。

"这是一个假象，其实我已经 35 了。"我乐呵呵地从后视镜里也看看自己，所谓年轻，无非是娃娃脸的假象而已。

"35 么？我记得你刚来的时候，也得 10 多年了。不过你上镜的那个样子，我老婆都说怎么叫这么年轻的医生扛大梁的。"

以貌取人的大众会认为我不堪重负，这是我没有想到的，平静冷淡地说"好"的时候，我心里没有太多计较过。名利、成绩、失败、舆论，我没有太多去琢磨过，在那个时刻，就是要轮到我去做这件事。

这是以成败论英雄的时刻，如果我大获全胜，那些人会掉过头来说我是少年老成。一丝惶惑很快给我甩到一边，不去想了。

"快来快来。"方宇看我回来，叫我立刻到隔离区。我把从医院里带回来的接口、配件和几样异形兵器交给双双，马上到病房去看这一天的进展。

镇静剂已经减量了，病床上冯莉的身体，开始有了不自主的活动，沉睡了半个月的身体即将醒来。

呼吸机条件从早上开始，一直在降，每 6 个小时降低一点。顺风顺水，PEEP 已经降到 5 厘米水柱，氧浓度也降到了 40%，胸腔引流管不再冒泡，年轻人的愈合能力真是惊人。

"今天不宜再激进了，你看呢？"方宇把刚做好的血气分析递给我看。

"体温有一点升，炎症的指标也有一点抬头，我觉得明天要争取拔掉。夜长梦多，感染加重也就一转眼的事。"方宇在病房里待了一天，看了一天，整体方向已经判断得很清楚，和我完全一致。

资历、经验都积累到一定年份的 ICU 医生，就像发酵成熟且口感正醇的好酒。此刻他做出了独立的判断，而这个判断与我的吻合程度很高，这加强了我的信心。这充满磨难的半个月，全凭一口气支撑，在接近终点的时刻，信心是最重要的，串通作弊的死党之间，体力、信心、技术都在相互支撑。

"明天。就这么定了。"我把镇静剂的剂量继续调低。空调有 25 摄氏度，很热，一颗心在胸腔里咚咚地打鼓，"我们会成功。"

"明天我们要拔管了？"双双戴起了防护眼镜，开始吸痰。防护眼镜很快就会被自己冒出的水汽蒙得什么都看不清，必须速度飞快地干完。

并没有很多痰。"我要准备无创呼吸机，插管箱，气管切开套包，OK？无创呼吸机那个接口已经装好了。"双双已经俨然是个有经验的管家婆。

这么多天，老许的大多数时间在隔离区外管繁杂的物资保障，双双这四川妞的泼辣爽利天性充分发挥，指手画脚地帮我管着隔离区内的后防保障。她雪白的小脸上不停蜕皮，鼻尖和面颊上，都是过敏的红斑。

"我觉得今天需要再拍一张片子，看看气胸愈合的程度。"小管家婆的参与感很好，当家做主的气势让人刮目相看。

"好的，遵命。"方宇嘻嘻呵呵地跳起来，立刻去推拍片机。自从星期天病人发生气胸，我们自己动手拍了第一张片子以后，这个笨重的机器已经被我们当成傻瓜照相机使了。我们不再请放射科过来，自己动手拍 X 片。

一晚的小雪之后，地上非常泥泞，太阳正懒洋洋地把功力不强的积雪一点点晒化，房顶的融雪"滴答滴答"在房檐前单调地响成一排。

从早上起，镇静剂就完全停药了，呼吸机改成脱机前的 PSV 模式，压力继续调低。这三天来，呼吸机的状态像飞机从万米高空一点一点降下来。调整姿态，调整方向，准备最后的着陆。

冯莉的眼睛迷茫地睁开，眨眼，转动。手、脚在没有意识地活动。我和双双都在病房里看着镇静剂撤药后的反应。白天上班的老许、黄奕、美红、娟都有一点兴奋，跑进跑出的时候会探头进病房看一看，若是待在办公室做事，就不停地看监控镜头。

查完房，大家都知道我准备在今天拔管了。床边原先做备用的呼吸机，备用的氧气瓶全部给老许推了出去，床头天罗地网的电线和管道略微清理了一下。

把备用的无创呼吸机从库房推了进来，放在床边，作为拔管后的支持。气管插管箱放在床头柜上，万一拔管失败，可以立即插管。

监护仪上显示的氧饱和度数据让我一直很满意。自主呼吸均匀有力，胸腔引流管里已经完全没有气泡了。昨天下午拍的胸片显示，气胸已经完全张开，白茫茫的肺泡渗出表现和几天前的胸片几乎一模一样，但是肺泡就像渗过水的房子，水渍尤在，但房子已经干了。

三个人在病房里忙忙碌碌做最后的准备。

"这些，我们来就可以了。"双双对老许说。

"不行，今天我一定要待在这里，见证一下历史时刻。"老许的大嗓门明显盖过双双。她是不会调低分贝数的，往常打电话的声音就一直响在走廊尽头。

"准备了。"我向监控镜头里招手。在外面的美红和燕子马上换衣服冲了进来。美红手里拿着相机。

冯莉已经醒了，双眼无神地看着我们。

"拔了。"我向双双示意。两个人拆敷料，解固定，吸痰，抽气囊，配合得非常快速。美红拿着数码傻瓜相机"咔嚓咔嚓"一阵乱拍。

气管插管拔出来，面罩吸氧戴上去，病房里只听见冯莉有力的咳嗽。

"啊！"毛糙的、清脆的、大嗓门的、松脆的声音一齐，高高低低地欢呼起来。

我口袋里的电话忽然响了起来，是方宇。为了今天的值班，他回宿舍养精蓄锐去了。

"喂，怎么样？怎么样？拔了没有？！"他睡得很醒的样子。

"拔了，刚刚拔掉，还不错。你等等再告诉叶深和乔院长。"兴奋的时候，即使沙哑，我的嗓门还是很大。

"呃，已经晚了，他们两个就在我边上。"方宇啼笑皆非地回答。电话背景的声音是840呼吸机的报警声，他应该是在医院监护室的办公室里。

"那就叫他们两个先装不知道。"我老实不客气地说。刚刚拔管的时刻离稳妥还有段距离，就像刚刚着陆，还在跑道快速滑行的飞机，不能算完全安全。

叶深和乔院长都是ICU医生，当然懂得这个道理。医学的不确定特性和行政工作的求稳特征，让我算准他们当然会从中做一个最好的缓冲。

"你过一个小时给我电话。"乔院长忍住笑意的声音从方宇的电话里传过来。

冯莉并没有完全清醒，镇静了半个月的她，似醒非醒。双双把床摇成半卧位，她靠在床上很迷茫很陌生地看着我们，反应非常迟钝。

双双对着她的脸大声说："听到点一下头！"过了几秒钟，冯莉缓慢地点了一下头，反应慢得像一只树懒。

双双学着她的样子，像树懒一样缓慢地点了点头，有一点担心地说。"这神经传导好慢啊！她会不会变笨一点呢？"面罩吸氧的状态下，氧饱和度稳在94%左右。

我拍了一下双双的后脑勺："一点都不专业。她刚回来，正在倒时差。"镇静剂停药后，病人会有顺行性遗忘和谵妄状态，脑子会错乱好长一阵子。双双熟识这样的反应，只是对这个特殊病人更加不放心而已。

"你这说法真太有文学功底了。"老许有点紧张地盯着监护仪，还没有准备出去，"要告知一下家属吗？"

"1个小时以后再说。"我看了一下时钟，中午12点。冬日的太阳已经化掉了屋檐上的所有积雪，融雪的水滴闪烁着炫丽的阳光。

距离那个生死一线的星期天的上午才过去了 4 天。这大起大落，简直是在坐过山车，考验一颗心的承重和稳定能力。

美红在外面叫："震中，能出来一下吗？记者找你，是日报的。"

记者又来了，围栏的铁门可能是班车出去的时候忘了关，记者直接到了生活区的铁门门口。

"罗医生，能不能拍一下病区的照片？"来的记者是日报的小周，摄影记者。

"这是烈性传染病房，不能放你进来拍照。"我很有礼貌地拒绝他。这个问题已经回答过很多次了。

"我可不可以在窗外用长镜头拍呢？不需进到病区里。"他显然看过了地形，早就想好了方案，这个中年的摄影记者气定神闲。

"我们还必须要保护病人隐私。"我再次拒绝。对于这个封闭的区域，已经有很多媒体尝试进来采访，但是最后都以同样的理由告终，或者转为采访我。

小周让我看他大相机的屏幕："就像这样，你看可以吗？"那是一张他拍好的照片，从窗口拍房间里的场景，因为玻璃的反光，有的人面容神态清晰，有的完全在反光里，有的只有模糊的轮廓。

他成竹在胸："用这样的方式来拍，拍完每一张都让你检查过，看得清病人的全部删除。"这小周颇有门道。

"你想想，这个是有历史意义的照片，完全不留下来，不可惜吗？"小周有点蛊惑地努力说服我。而且他给出的方案合情合理，简直无可挑剔。

"好！"他说得没错，这是有历史意义的照片，只要不违反隐私保护和传染病防护，我可以放行。我带他到隔离区窗外的小路西面。那个位置正对着冯莉的病房窗口，距离有 10 米远，完全可以不防护。

房间里，双双和老许正全副武装在做拔管后的翻身叩背，排痰。隔离

衣，N95 口罩，帽子，防护镜，手套，把她们遮得纹丝不露。冯莉侧身面
向里，看不出面容。

小周有点兴奋，调整光圈，调整焦距手持大炮筒一阵拍。

拍完细细端详一下屏幕，给我检视。的确是拍得很好的照片，玻璃的
反光下，冯莉的身体只有模糊的形态，细节一点都看不到。老许和双双当
然不可能看得到神态和表情，但是动作也是专注的。满屋子的仪器管路，
那是我们的战场。正午的阳光在窗玻璃上折射出彩虹，非常有正面效果的
照片，果然是高手。

"谢谢罗医生！"小周满意地离开了隔离区。

"谢谢。"我很有诚意地和他告别，的确是需要专业的高手来做这
件事。

我在办公室的中央监护仪前检视了一遍拔管后的监护数据。"拔管，
成功了。"

电话打给叶深。我第一个通知的，还是叶深。站在窗口，我望向灰蒙
蒙的天际，眼眶中有温热的感觉。

"已经知道了。我知道你会完成的。"叶深的声音十分安慰。

本来，那是需要他完成的职责，如果不是去医务科，不离开重症监护
室，这次一定是由他来带队。像他那样优秀的医生，对此心里一定有难言
的遗憾吧！

让你不省心、不放心的我，终于还是把这件事做成功了。

下午四点钟，方宇和乔院长的车一前一后开了进来。

"我来接班了。"方宇到中央监护前看了看。"哇！昨天要是拔掉可
能也行的吧？"这人简直有点欠揍。"不宜激进"的话犹在耳边，他转眼
又这么说了！

我给他老大白眼："昨天你是这么说的吗？"窗外的乌鸦在此时凑趣

般大声"哇，哇"叫了两声，像个捧哏的相声演员。我们两个都笑了起来。

"呃，这样可以报了，我们拔管成功了。"乔院长看了监护的数据说，脸上露出多日未见的喜悦。

"你告知家属了吗？"乔院长问我。

"还没有，刚犹豫了一下，觉得还是过了今晚更稳妥。"我很坦白地说。告知了家属，等于对外宣布抢救已经完全成功，板上钉钉，后续如果出现痰液窒息，气道出血，气胸加重，病情再有一波三折，就很难解释。

"好的，拔管 24 小时才能算拔管成功，这之前还是低调处理为好。"乔院长对我连他一起瞒的做法不以为忤。病情会有万般变化，经常计划不及变化快。医疗圈以外的人，对这一点不大能理解，行政部门那里更加不能反复。这一点，我们同为 ICU 医生，脑细胞有很大的共通处。

"我先汇报一下。我们这边，大家都还暂时噤声为好。"他到会议室去打电话，我和方宇相互做个鬼脸。

这阵子，我常对着真实的剧本，一边折返跑，一边心里筹划合理应对各方的压力。他需要虚拟各种剧本，在各个场景中面对各方压力。对上级主管部门，对疾控部门，对媒体等等。每一步都需要仔细斟酌过，烦恼不会比我少。

"冯大主任对你刮目相看。"乔院长打完电话出来，对我笑笑，他知道冯大主任一向不待见我。几个月前，我和一个外科医生在 ICU 打了一架，搞得恶名远扬。

"和平时期，打架喝酒，分得出谁是英雄，谁是狗熊？"我和冯大主任有代沟。在他看来，我属于任性骄纵的妖怪，惹是生非的话题女王。我也不想言语之中对长辈无礼，轻描淡写地回答。

"他一直不认为，以你的能力可以带好一个团队。"乔院长好笑地看看我，"不过，你们老大说，你一定可以。"

不用说，我也知道，当时把职责委任给我的时候，一定是有非议的——35岁的年纪，女性，这样张扬的性格，这样骄纵任性的"黑历史"，没有半点稳重服从的态度。我简直可以想象得出冯大主任当时眉头紧锁的嫌弃的表情。

"震中是英雄好汉。"美红是我的死忠粉丝，一有机会就来给我摇旗呐喊。

"旁人说我什么，不听就是了。在乎这么多，怎么做事？"我毫不在乎地回答。

叶深一向把护着我们当作一种习惯。不用说我也知道，当时的任命，他一定在场参与。此刻由乔院长告诉我，回想起来，我仍然觉得心头一热：叶深，让你不省心的队友，终于没有辜负了你。

一桩心事落地，加上知道是方宇在上夜班，几天来的疲乏突然全部涌了上来，回家看到鸭绒被赭色温柔的花纹，散发菊花清香的枕头，一头栽倒，片刻间就睡得人事不知。

梦境之中，很清晰地听到叶深在ICU指挥我们：

"震中，来这里，盯着血压，我去谈话……"

"震中，我去会诊，你看住9床，有事也得等我回来，让外科会诊一下，态度温柔一点。"

"换手，你按，我去谈话……耐着点脾气，又不是小孩子了。"

哪怕是在极深极深的意识中，我也明白这样的场景已经永远过去。

干涩的眼睛，干裂的手指，胀痛的脑袋，连在睡梦里都觉得痛。白雪公主从没吃过那样的苦，从不知道自己可以承受那样的压力，也从未这样委曲求全去完成一桩麻烦的使命。研究电路，装氧气瓶，查资料，培训子弟兵，抵抗飞短流长。他一直在不远处遥遥指点我，为我担心，为我挡住压力，给我鼓励。这样的亦师亦友，原本是老天给我的礼物。

人长大的过程，真是令人遗憾。

狰狞的女王范，已经像鳞甲，慢慢长出，覆盖在惶惑无助的心上。而我们终将渐行渐远。

"震中，再过三天，这个定点病房启用就满一个月了，医院决定在三天后撤回所有人员。"乔院长说，我们已经有一周没有再收入新病人，门诊放开使用奥司他韦的策略，一定是有用的。罗氏公司在专利保护期内允许中国公司仿制奥司他韦，是一项德政。敞开使用奥司他韦可以避免产生危重症病人，效果明显得立竿见影。

随着药品的大量投放，这个令人胆寒的流感季快结束了。

"三天后如果病人没有到出院的程度呢？"我朝隔离区望了一眼。病房里还有三个病人，冯莉的恢复已经没有问题，其他两个，还不一定能达到出院的标准。

"完成呼吸道抗原监测后，如果不能出院，就回到医院的传染科单间病房。"乔院长朝中央监控的屏幕看了看。剩下的两个病人，无创呼吸机可以脱得下来，转运是不会有难度的。

"好。"我轻松地说。平静、冷淡得一如当时接下这个差事。

才一个月时间，感觉上，自己好像走了好长好长的路，千山万水，历经磨难。才一个月时间，却足以改变我未来的人生。

ICU的护士们已经全体开工在写论文了，方宇的已经写了八成，算得上飞速。

"你有什么打算。"乔院长颇有深意地问我。

"写论文，休息一阵，能有什么打算，不过是混到哪里算哪里。"我托住头，望向窗外碧蓝的天。在冬日的艳阳下，我懒得像一只睡不醒的猫，眼睛都睁不开。

"医院会给你嘉奖。"乔院长说，其实不说我也知道。公共卫生事件中大获全胜的功臣，就像攻城拔寨的将军凯旋，会有荣誉和新的任命来迎接我们。

冯莉是我这辈子遇到的最危重的病人之一。我救活了她，而她，用她的生命证明了，我是"最好的"ICU 医生，是"最好的"前线将领。

"泡泡，亲爱的，我一个也没有看丢。"我对着窗外的天际，仿佛在回答那柔软清脆的童音。

冯莉的双胞胎妹妹在西门的走廊尽头哭泣，张开手，迎接一步一步自己从病房里走出来的同胞骨肉。

年轻人的愈合能力真是好得惊人，穿好棉袄，戴着帽子的冯莉，被燕子扶着，走到走廊的尽头。

电视台的摄影镜头在西门架着，等候着她走出来。她还有点迟钝，双胞胎妹妹紧紧抱住她，好像找到失去了很久的瑰宝。

冯莉全家都来了，还有杨晓丽的全家，闻讯一起过来，两家都抱着小小的毛头。简易房子的门前小路上，响起一片欢呼声，引得摄影记者"咔嚓，咔嚓"拍个不住。

我脱掉隔离衣，摘掉 N95 口罩，飞步从氧气站的铁门中跑出来，站到队列中，由院办给我们拍集体照。脸上被口罩扣出的圆圆红印仍然十分明显，随它去吧！每个人脸上都在过敏蜕皮，这是这个事件给我们的印记。

下篇

第二章
百炼成钢

完成重症甲流的抢救任务回来，我代替叶深的位置成为重症监护室的副主任，那一年刚好 35 岁。医生的生涯漫长而艰辛——30 岁前毕业，之后 5～6 年升主治，5～6 年升副高，再 5～6 年升正高，一路顺畅的人，可以在 40 岁之前攀登完这个公认的晋升的天梯。

35 岁前后，是职业生涯前半程的一个关卡：一边成为临床治疗的主力军迎战最难的工作，一边是晋升的压力，一边需要当临床带教老师带新加入的专科医生。

一帮年纪相差不多的弟兄们，好像华山派练剑的师兄弟，不断在抢救重症病人的日常工作里加深自己的功力，在师兄弟的切磋里印证自己的能力。

有时候也好像乱军之中，大孩子拖着小孩子逃难，狼奔豕突，焦头烂额。有一点空闲还要抬杠拌嘴，吵吵闹闹。

1. 医生的新年

冬天是重症监护室一年中最忙碌的季节。医生向来没有过节的感觉，2012 年除夕的上午，没离开本市的弟兄们，依旧统统出现在病房里查房。

急诊室新收的一个外伤病人，推了进来，占了监护室最后剩下的床位。

"什么路数，这么苍白。"我听见接诊的鹏在说。我伸头去看新来的病人，那是一个中年女子，面色异常苍白，但是清醒，眼睛恐惧而灵活，像是怕冷，身体瑟瑟发抖。

"测不到血压。"鹏用最快的速度穿刺深静脉，输血，推升压药。ICU 医生的功夫，是先把人最基本的生命体征维持住。作为一个日渐成熟的 ICU 医生，鹏那一套操作早已熟极而流畅，片刻间已经搞定。病人到底是青壮年，急诊带来的血快速输完，升压药也起效了，看上去面色略好点了，袖带血压也升到 90/60mmHg 的安全范围。

"机器碾压伤。"等鹏把病人的生命体征搞定，我和他两个人一起检视病人左侧大腿根部的伤。那个伤口用了止血绷带，大块纱布紧紧压迫着，盖了不少敷料，显然没有经过确定性的外科处理，肢体远端冰冷，有明显的缺血表现。肢体的伤口不能长时间用止血带压迫，我们俩戴好手套开始拆敷料，准备检查伤口。

"嗖"地，一股血的喷泉飙出来，喷在我的浅蓝色洗手衣上，在胸口上划了一个惊心动魄的鲜红弧线，我本能地立刻用手边的敷料按住伤口。

"哇！股动脉撕裂。"我和鹏一齐叫，我的两只手立刻用最大的力气按压伤口。伤口是血肉模糊的一片，两个手掌承载着身体的重量，重重地压下去，却还是感觉有温热的血液在涌出来。鹏的两只手，又用力压在我的手上，四只手掌紧紧抵住一大片范围，才把出血按住。

现场一片狼藉——血呼呲啦的一堆敷料，鲜血淋漓的衣服和床铺，四只用力按压的手。刚才出血的时间只有 2 秒钟，可能已经有几百毫升，估计在工地现场的失血量已经极大，病人再也经受不起进一步的出血了，一系列症状争先恐后地冒出来，苍白、寒战、心跳快、血压低……

"小胖！皮皮！东锋！"护士口无遮拦地大声叫援兵。

在办公室里打医嘱，在谈话室里告知病情的几个医生一齐跑过来。

"股动脉撕裂，快打血管外科电话，快点开输血单。"我已经不能动弹，蹲着一个弓箭步，用身体的重量用力按住病人大腿根部的伤口。动脉的压力可不是好玩的，血管壁裂成什么样子，完全不能检查。看这股血泉的大小，裂口绝不会小，还不知道股静脉有没有大的裂口。

鹏也动弹不得，手长脚长的小伙子，用他的力气压下来，我似乎能听到我的手指发出"格拉格拉"的声音。

"你按重一点啊！我来找血管上游的位置，有力气吗？"鹏担心我力气不足。

他的手，一点一点变换着位置，寻找着血管撕裂位置以上的动脉搏动点，希望可以压迫到最佳的位置，阻断动脉汹涌的出血。

飞奔而来的几个医生马上输血，补液，紧急呼叫外科。

"血管外科，ICU 有个左侧股动脉撕裂，需要立刻急诊手术修补。"方宇打电话给血管外科。

收到的消息简直是兜头泼下的一盆冷水。血管外科主任已经在浦东机场出关，一个小时后上飞机。心胸外科主任开车在高速公路上，回来至少需要一个半小时。今天是年三十，这个时间，大多数人不是在家里，就是在回家的路上。

"年三十啊！还有谁会修补血管？"方宇扯下口罩重重地扔进垃圾桶，抓着手机抱怨。

我的天！！血管的破裂口只能靠压迫暂时阻断。若是找不到修补血管的外科医生，这个病人要么没命，要么保不住腿。

病人的状态已经像燃尽的蜡烛。鹏已经找准合适位置，帮我的手调整好压迫的位置和方向，靠一个人的力量可以压迫住血管撕裂口，他立刻抽身，和另一个医生忙着维护病人的呼吸循环功能。

"补个血管，还难得倒我？"喉咙毛哈哈的一句话从边上冒出来。骨科主任刚看完一个外伤病人，准备出监护室的大门。路过我们这堆大呼小叫的人旁边，伸头看了看，好整以暇地插了一句。

我从来没有这么两眼放光过，却还是忍不住要刻薄他："你到底会不会啊？！""通知手术室，备血。"他朝我翻个白眼，趾高气昂牛气冲天地去手术室准备了。

我们这边，挤压血袋，微泵，监护仪，氧气瓶，床，紧紧压迫着血管的医生，组成了蔚为奇观的一队人马，簇拥着把病人往手术室送。

无法消毒，无法挪动，也无法松手的我被当作障碍物，用大无菌单覆盖，以一种异常奇怪的姿态被迫"参观"手术。这个姿势可真是够难受的，幸好年轻力壮，还练过瑜伽。

也不知道过了多久，破裂位置上游的血管分离清楚，阻断，我终于听到了主刀医生喊的那声"松手"。

且不管主刀医生做得怎么样，我的两只手已经没了感觉，十个手指头有棱有角，个个奇形怪状，反正都不是圆的。马步坚持了这么久，我就像被揍了一顿一样，浑身都是酸痛的，径自坐在墙边上的踏脚凳上，埋头活动着十个手指头。

骨科主任探查完伤口，修补完血管，得意扬扬地朝我摆个"V"字的手势。"新年快乐！耶！"

从手术室出来，已经下午2点。鞭炮声零零落落从城南路那边传来，提醒着我，除夕到了。

重症监护室没有除夕，送回来的病人继续输液，恢复血容量，纠正凝血功能，预防 AKI[①]……直到我下班，这一切还没有结束，由除夕值班的鹏继续治疗。

"老妈，你昨天9点钟就脑子熄火，睡着了！对不对劲啊！"大年初

---

① 急性肾损伤。

——清早，我的宝贝女儿，泡泡小姐就不悦地对我说。

"敲一敲。"我指指肩膀，泡泡的小拳头乒乒乓乓地落在酸痛的肌肉上，敲得我一阵龇牙咧嘴。

"怎么样？"新年早晨的第一个电话，我打给除夕值班的徒弟鹏。

"肢端血供好的（正常的），晚上尿量好的（正常的）。"鹏简明扼要，像在发电报。

"还有，新年好！"

2. 你是我的眼

2013 年春天，禽流感像幽灵一样，在南方地区出现，传播。H_7N_9 病毒性肺炎因为死亡率高和肺部病情发展迅速，让最先接触到病人的 ICU 医生感到震惊。

第一医院是市传染病定点医院。我在 2009 年负责了 H_1N_1 重症病毒肺炎病人的抢救，战功赫赫，所以 2013 年，继续由我负责治疗重症禽流感。

我常常自称 9 号楼主。9 号楼，是本市新建的烈性传染病楼，孤零零地蹲在医院的一角。2013 年的那个春天，在媒体持续公布疫情的心理压力下，连传染病楼周围的路都没有人愿意走，和医院其他角落人车爆棚的拥挤状态反差甚大。

收住沈女士的那天，她的 CT 刚刚做好。因为她是疑似病人，CT 室、发热门诊按照规定都进行了大消毒。

工作高峰时间的消毒让本就非常繁忙的 CT 室门口颇混乱和吵闹了一阵子。排队等候做 CT 的门诊病人看到护士戴着非常醒目的 N95 口罩进进出出，约略听到有疑似禽流感病人检查，惶恐的情绪像水波一样迅速荡漾开来。

流言蜚语，不耐烦，导致 CT 室疏导了两个小时才恢复正常运行。

CT 显示：肺部的进展十分迅速，左肺大片实变。几个小时后，咽拭

子的病毒化验证实 H_7N_9 阳性。于是，正式启动 9 号楼。沈女士送到 9 号楼的负压病房，由我带领的治疗小组负责治疗。

她有明显的胸闷症状，需要使用无创呼吸机。在最初的 24 小时，需要密切关注病灶的进展。从省医院传染科提供的经验知道，部分病人的肺炎进展迅速异常，仅过几个小时就会有明显变化。所以复查胸片是必不可少的检查。

接触过这类病人的医生都知道，给传染病防控级别这么高的病人拍片并不容易。得穿整套隔离服，给片子套两层黄袋，需要花费不少时间。

2009 年给重症 H_1N_1 病人拍片时的情景仍然历历在目。

放射科医生需要在监督和帮助下全副武装进负压病房，穿戴成那个样子再来操作机器，实在是笨拙麻烦，几个病人轮着拍完，放射科医生通常已经是满头大汗，摘下帽子来，头顶都能冒起蒸汽。

如果重病人突发气急，怀疑气胸，需要拍急诊床边胸片，那就更糟糕了。因为即使你急得跳脚也不能省略传染病防控要求的基本步骤：穿隔离衣，戴口罩……危重病人的低氧血症等不等得及，真的要看造化。

好汉不提当年勇，当时冯莉气胸时候的紧急状态，想起来都会有点后怕。

沈女士的第一张胸片拍出来，我颇不满意，和临床表现的紧张气促不太符合。重症肺炎的胸片表现叫"白肺"。病灶位置白茫茫的一片，参考价值真有限。

按常规需要做CT。病情导致病人已经不可能外出做CT——病人一拿下无创呼吸机就有明显的焦虑和胸闷。这样低氧状态的病人，没有气管插管的保护，不可能再冒险外出检查。

更何况鹏伸头看了一下窗外，提醒我："楼下停着电视台的采访车，兴师动众出去一趟，话题女王今晚铁定又上本地新闻头条了。"

我急需知道病变的进展状况，以预估气管插管的可能性。

于是，鹏从超声科把那台用了好几年的、已经淘汰的床边超声机搞了过来。

它已经老了，服役了 5 年以上，超高的使用率，经常会出现接触不良。鹏拿着探头做肺部超声，屏幕红一阵绿一阵，像耄耋老人的老花眼。伸手拍它一下脑袋，吆喝它："喂喂喂！"像提醒一个不肯集中注意力的捣蛋鬼。图像一阵晃动，会有短暂的正常表现，清晰度还不至于影响判断。

平时的它已经处于半退役状态，借到烈性传染病房来专用，超声科倒也不心疼。

鹏在 1 年多前，进修了肺部超声技术。肺部超声并不挑剔机器，正好用腹部探头做肺部超声评估。

最初评估肺部的超声影像被一一记录。超声的好处，就在于床边可以做，不需要把病人搬出负压病房。

病人在床上可以侧翻，所以背部的影像表现比胸片评估得更加清楚。心影后面，X 线的盲区也可以看清楚。探头就像听诊器，可以移动到各个位置去"看"肺的表现，B 超被称为"看得见的听诊器"，真的是很形象。

无须求助放射科，也不用去 CT 室大动干戈，这个旧超声机为我们省了好多事：每天早上查房，鹏用腹部探头按照定位，做 12 个位置的超声图像，和昨天的 B 超图像做比较。开机之前还要拜托它一下："争气一点，不要脸发绿。"

毫无疑问，比用听诊器好了太多太多，我们可以明显看到肺部影像的连续动态变化。

一旦病人感觉不适，超声机就在负压病房的外走廊上，拿过来再复查对照。即使是气胸也可以快速判断，而且不必担心病人频繁接触 X 线。

沈女士的治疗在一波三折中缓缓向前推进，终于摘掉了无创呼吸机，等到了病毒转阴痊愈的那一天。

那已经是 10 天以后了，复查 CT 定在清晨 5 点，公共卫生事件的谨慎程度，比一般的危重病人更高。晨曦初露，我们悄悄快速地来去，免得又在人声嘈杂的门诊过道上引起不必要的猜测和混乱。

CT 的结果和肺部超声显示的变化非常符合，比床边胸片的参考价值要大得多。1 天后，沈女士在媒体的长枪短炮的关注下，高调出院了。

由于积累了经验，在接下来收治的重症 H_7N_9 病人身上，我们继续用 B 超代替常规 X 片检查。

机器随着投入的增加也鸟枪换炮。

待到 H_7N_9 任务完成，鹏在导师的指导下写了篇个例。

他下载图片的时候，我颇不放心地看看"老眼昏花"加"劳苦功高"的超声机。鹏说："放心，杂志只看图片质量，不在乎屏幕老眼昏花。"

真的，两个月后，*Dynamic assessment of lung injury by ultrasound in a case with H_7N_9 influenza*[1] 发表在 *Critical Care*[2] 上。

现在的 ICU，查房的时候使用超声来评估肺部表现，已经成为每天的常规。

结束任务的时候，真心觉得需要感谢一下我们最初学习时从超声科"顺"来的已经退役的老超声机，它脑袋上挨了鹏这么多的"爆栗"，却为我们这一代重症医学科医生开启了可视化之路，在这些"老前辈"的帮助下，重症医学在不断跨界中寻求突破，充满了探索精神和新生的勃勃生机。

随着技术的发展，超声机也已经更新换代，出现了更加迷你的手提式机型，让医生更加便利地获得诊断信息。相信不久的将来，超声会成为

---

① 《超声在评估人感染 H_7N_9 禽流感肺部病变中的应用》，文章名。
② 《重症监护》，国外期刊名。

ICU 医生的另一只眼睛，取代听诊器，成为随身的、日常的必备工作用品。

更加让我欣喜的收获，是徒弟在慢慢走向成熟，露出青出于蓝之姿，从一个初入 ICU 的住院医生，慢慢成长为我的工作拍档和伙伴。

3. 肺腑

"百草枯"（一种农用除草剂）中毒病人是让所有急诊、ICU 医生倍感挫折的一类病人。

2012 年，我们科接诊了十余个百草枯中毒的病人，从"一口干掉半瓶"的到"喝一口漱漱口，马上吐掉，就为了吓唬一下老公"的，大多数死于呼吸衰竭，只有一人幸存下来。更何况还有一些在急诊室治疗了很短时间就"自动出院"的病人。

为了改善治疗的有效度，我们修订了流程：加快急诊洗胃的速度和量，加快补液速度，千方百计搞到了百草枯的尿液监测试剂，加快血液灌流 ① 的上机时间，加长首次灌流的时间，大剂量激素……还去了传说中治疗最有经验的几家医院学习。

听到急诊有百草枯中毒，会有一个高年资的 ICU 医生带着吸附毒物的活性炭和监测尿中百草枯浓度的试剂，飞奔到急诊去帮助加快初期治疗的效率。

ICU 会立刻准备血液灌流的机器待命，以便病人一到，最快速度可以上机……

但是，我们看到的仍然是一个一个年轻的生命缺氧而死。不管我们怎么努力，病人都会在服药后的几天里，一个个在恐惧和后悔中慢慢迎来缺

---

① 用机器清除血液中毒素的治疗方法。

氧而死的那一刻。

总觉得还要做些什么，还要改进些什么。面对这样清醒而残酷的死亡，医生的内心雷电交加，最后，却还是空白！

ICU 外的亲人肝肠寸断，ICU 内的医生倍感挫折。

一个一个失望累积再累积起来之后，我们还在坚持着最快的流程、最快的速度和最积极的治疗措施，但是内心真的是认输了。人的肺就是草的叶子，草能枯，肺也能。小雨，是那一年唯一活下来的一个，她现在，还活着。

"急诊有百草枯病人。"护士接了电话，报给我。我示意已经是主治医师的鹏马上去急诊会诊。我的徒弟，已经是一个技艺成熟的 ICU 医生。

这个大学时的百米冠军套上跑鞋，身手敏捷地带着活性炭和试剂就跑急诊去了。

20 分钟后，鹏带着急诊的护士，用平车快速把病人送进了 ICU。另有高年资的 ICU 医生立刻迎出去，用准备好的一叠签字单，去完成知情告知的医疗流程，这会是让医生筋疲力尽的治疗谈话。

ICU 内，鹏马上开始穿刺血液透析的血管通路，上机做血液灌流[1]。

"25 岁，半个小时前喝了一大口，送医院途中吐过，洗胃的液体绿色很明显。尿液监测浓度是这个颜色。"鹏快速把和病情严重度直接相关的内容报给我，并给我看比色卡上的尿液颜色。

尿液加入试剂后，如果百草枯浓度很高，试剂颜色就会变成一种浓如墨汁的深蓝绿色。这个病人的尿液颜色发绿，但并没有绿到发黑。

"我没有喝，喝的全吐出来了。"病床上的方雨（化名）大哭大吵。

---

[1] 用机器清除血液中毒素的治疗方法。

被送进 ICU 的她，已经意识到了事态的严重性。病人经常因为害怕，自欺欺人地反复声明"没有喝"，医务人员对此已经习惯，没有人太理会她。医生和护士都很忙，很严肃，大家都在快速地工作，要给她上解毒的机器。

百草枯的致死剂量仅仅为 5 ~ 15 毫升。如果洗胃液中存在大量绿色的话，她肯定吐得不干净，在胃肠的皱褶中肯定还会有一些毒物的吸收。尿液如果显示绿色的话，她的血液中肯定已经吸收了一些百草枯，她的肺也肯定会受到百草枯的攻击。

每个给她上治疗的医生和护士，都已经摇头叹息：这恐怕又是一个重复再重复的悲剧。片刻间，已经上了血液灌流机。胃管里灌入大量导泻的药物。

我们在用尽一切办法，把体内的毒物清洗出来。但是谁都知道，肺的"枯萎"会在接下来的几天到几周内持续加重，这个过程像一列无法减速的火车，直到冲下悬崖。

"我不会死吧？！店里告诉我这是低毒的，我不想死啊！"小雨的后悔来得比谁都快，看她的样子，只是为了吓唬男朋友的。

我在一边已经安慰不出口，能告诉她"你不会死的，你要坚持好好治疗"吗？即使是在 ICU 做了十多年，见惯生死，但把这番谎话说出口，我仍会感觉很内疚。

"没事，你好好把脚放平，让机器顺畅工作，恶心的话，就吐出来。"鹏淡定的话语对小雨有镇静心神的作用，小雨求救似的望望他，摆好腿的位置，很合作地压抑住哭闹。

第二天，鹏带着小雨，去做了一下 CT。肺部病灶并不明显，纹理清晰，血气也正常，但这只是暂时的。

与此状态完全不同的是家属谈话室，几轮让人绝望的冗长的谈话，让小雨的父母亲和姐姐已经接近绝望了。他们不停翻手机，翻各种不靠谱的论坛，求土郎中的偏方，请熟人去求庙里的符水……得到这样的消息无异于五雷轰顶，爱女心切的家里人压抑着所有的悲痛，小心翼翼地看着小雨的种种变化，祈求老天给她一点机会。

烦乱和焦虑中迎来了第五天，小雨的病情却没有给人一点希望，监护仪上显示的氧饱和度，一点一点从 98% 下降到 90%。

小雨从医护人员的表情里知道这个数值很重要，她像保护身上的器官一样保护着这个夹子，如果数字下降，她会夹夹好，期待数字的短暂好转。

"解毒的过程已经基本完成了，接下来，要等身体里剩下的毒物自己完全排出去。"鹏依旧淡定地对小雨解释。小雨很相信鹏对他说的话，可能是因为鹏是最愿意对她解释的人。

"肺受了一点伤，需要时间来慢慢修复。"听了鹏的话，小雨会拼命点头。

但是对家属的告知，鹏也是很严肃而直白的。没有医生敢说，小雨有几成活下来的机会，抑或，一成都没有。

又做了一次 CT，肺上病灶已经开始明显，大片磨玻璃样的渗出，小雨的肺像是给百草枯浇过的叶子，开始萎靡。小雨能明显感觉到缺氧，她发暗的面色，也预示着缺氧在继续。严重的口腔黏膜糜烂，是毒物作用的结果。此时的小雨一定很痛，但是她被强烈的求生欲望支持着，无限配合治疗。

"用无创呼吸机给她支撑一下？"鹏问我。百草枯的缺氧无法用常规吸氧的方式改善，吸氧会加重和加速肺的病变，病情进行到这个地步，在大多数人看来，死亡已经只是个时间问题了。

"吸空气，无创给点支持。我觉得她解毒也算及时，也许现在已经是顶峰状态，再顶一顶可能过关。"鹏征询我的意见，他还欠一点信心。

"你想无创通气，我不反对。"我不置可否。徒弟已经是成熟的 ICU

医生，在治疗方面如果有自己的想法，当然可以实践。即使我认为成功的机会不大，也不会去阻止他。

小雨很听话地戴上的无创面罩，接受无创通气治疗。和以前所有病例不同的是：氧饱和度 90% 左右的"勉强及格"状态持续了整整 10 天，并没有继续下滑。当然，也没有好转。每天查房的时候用超声看她肺部的影像，我们都会不由自主地想：她可能成为一个特例吗？

鹏成了小雨的救命稻草，每天，他温言安慰，对小雨的安心作用明显。在他的鼓励和安慰下，小雨一步一步在无望中往前捱着。鹏的巨大耐性，也让小雨的家人把他当成了救命稻草。

我最知道床位主管医生面对的压力，那是无望中的坚持，但是，他的淡定和坚定是超出预期的。有时候，我知道他会不经意地看我一眼，像是要借一点我的强悍和信心。

小雨也在坚持。新一次的 CT 显示了肺部的进展，本来肺部的纹理清晰得像一片生机蓬勃的叶子，现在丝丝缕缕，只见经络和破裂的大泡，纤维化非常严重，还有少量的气胸和纵隔气肿①。

小雨焦虑、懊恼、抓狂、陷入各种情绪不配合治疗的时候，鹏会给护士叫来，拉长了脸教训她："吵什么吵，面罩戴回去，不知道你爸妈在门口睡了几个晚上了吗？"

小雨很听鹏的话，委委屈屈地控制大小姐脾气，戴好无创呼吸机面罩。

"长得帅真好，劝人的话都会灵光一点。"方宇时不时调侃一下鹏。

唯一值得安慰的是，肺泡的渗出结束了。小雨在无创呼吸机的支撑下，摇摇晃晃，坚持了 1 个月。这已经是奇迹。

---

① 纵隔内积气。

一个半月后，小雨脱离了无创呼吸机，转到病房去了。她仍然在悬崖状态摇摇晃晃，仍然会气急，肺已经千疮百孔，时不时气胸会加重。但活着已经是奇迹。老天总算给了小雨后悔的机会。

鹏时不时会去呼吸科病房看她一眼，直到3个月后，小雨勉强出院回家的那一天。

肺纤维化已经是小雨终生不愈的疾病状态，但是年轻的细胞始终在修复中，千疮百孔的肺比最严重的时候，有了一点点好转。她可以安静地在家生活下去，等待时间给她另一点点机会。

鹏给了小雨的父母亲自己的电话，以便在出现状况的时候紧急求助。ICU医生很少那样做。因为日常的工作繁重，又身不由己。

这是两年间唯一长时间存活的一例百草枯病人。

我对徒弟刮目相看，在医生的技艺上，他还需要提高，但是对于无望的疾病，他在努力实践有时去治愈，常常去帮助，总是去安慰。

教学相长，我们在前行中彼此注视，彼此鼓励：治疗可以无望，但过程中不要放弃帮助和安慰。

4. 煎熬中的成长

某天，徒弟鹏问我：你能不能写一写，是如何做一个合格的ICU主任的。

我低头苦笑一下，不由想到了2009年不动声色接下任务的那一刻，几个"好"字答应下来，立刻成为懵懂中仓促上阵的菜鸟，全无经验可言。我所说的并不具备说服力，不过，我可以讲讲自己的故事，一颗ICU医生的强健心脏是如何长成的。

那是十年前，2006年。我是一个刚过30岁的ICU主治医师，叶深刚刚开始担任ICU主任。

那天早上，和每一个上午一样，正是一天中最混乱忙碌的时刻，我只顾着忙碌高效地处理病人的转科和日常医嘱。

医生没有完整的休息日，忙完早上这个时间段，我需要去考驾照中最难的那关——移库。

15 床病人宋兰（化名）是前几天手术的一个外科病人，病情稳定了两天以后，可以转往外科了。这类术后病人大多数并没有太大难度，急诊手术后，从手术室出来过渡一下，补补液体，稳定循环，就可以了。

宋兰的状态已经不错，坐在床上，自己卸下氧气面罩，用纸巾捂着嘴咳痰，咳嗽声非常有力。

外科术后病人的转科很程式化，整理床铺，液体，管道，整理病历，停医嘱，推床去病房。

我正在整理病历，护士小莉老远问我：深静脉插管，拔不拔？

"拔掉！"我头也不回，回答她。手术室带出来的颈内静脉导管，病区的护士经常忘记拔掉，容易感染，在情况允许下，不如及早拔掉，用外周静脉。

过了一会儿，小莉忽然战栗地大叫一声，吓得我们全体转过头去看。小莉的乳胶手套上全是鲜血，监护仪上一条直线。病人的心跳停了。

"怎么回事？"我的脑袋嗡地一声。4 个医生一哄而上，冲了过去。七手八脚，开放气道的，心肺复苏的，本能地高效配合，像一个战队。

我单膝跪在床沿上，用身体的重量做心脏按压。叶深和小莉开放气道和皮囊辅助呼吸。

一个照面间，我们已经发现问题：是这根拔掉的静脉导管闯祸了。这哪里是颈静脉导管，分明是穿在颈动脉里的。小莉不知情的情况下没有按住，颈动脉出血汹涌，转瞬间颈部的巨大血肿就压迫了气道。血肿在继续增大，气道严重压迫。

麻醉科孙主任以迅雷不及掩耳之势带了可视喉镜冲了过来。宋兰的颈部已经触目惊心地增大了一圈，压迫止血的方宇，蹲了一个马步，二指禅按住出血部位，使尽洪荒之力。

孙麻师用一根小儿的气管插了将近20分钟，才好不容易插进了严重压迫的气道。我在做着胸外按压，两个人交替，按得背脊湿透，身上处处感觉得到汗滴慢慢淌下。

一支一支肾上腺素推进去，算不清楚几个循环的按压，混乱了整整45分钟，心电监护上终于恢复了窦性心律。再过几分钟后，自主循环恢复稳定。

整组人都瘫倒了，不知是吓得还是累得，感觉自己的血都好像从脚底流光了，脑细胞完全处于停滞状态。除了按住动脉出血点，按得手发抖的方宇，几个医生一屁股坐倒在床边的踏脚凳上，木着脸对着监护仪上的数字，有点发呆。

心肺复苏过后，瞳孔并没有回来，肢体没有活动，只有自主循环的恢复。

我们中的"老大"——叶深清了清喉咙，干涩地说：我们要去告知一下。我俩相互呆视了片刻，彼此的脸在对方眼里是一样的发白。我的天！让人崩溃的告知。

科室年资最高的医生，必须去干这件最为难的事情：

告诉家属，这个快转科的病人出状况了，现在生死未卜。这是我们的过错造成的。

叶深谈话前先把办公室桌上的杂物一股脑清掉，免得杯子飞过来砸破脑袋。我坐到他边上，两个人运运气，准备谈话。方宇继续按着出血点，监护病人。皮皮在病房里从玻璃窗里遥遥看着我们谈话，随时准备给保安打电话，免得我们两个血溅五步。

恕我不描述这场"告知"。狗血淋头，义愤填膺，恶毒咒骂，大动肝火的对话，晃在眼皮底下的拳头。但无论如何，我们这方不能辩解，这的确是医疗上的失误，任你伶牙俐齿也得认错。

尽管没有动手，但这场持续近一个小时的"告知"还是累得我们两个人好像挨了一顿痛揍。心中苦涩到极点。

不过，等我们千辛万苦"告知"完，回过头看宋兰的状况，待在床边的方宇说：瞳孔回来了，刚刚手也动过，颈动脉的出血也止住了。

总算4个ICU医生的高效复苏，保住了最难保住的脑灌注。这时候，我的手机闹钟响了起来。

"啊！考试时间到了。"脑袋一片空白，我摆一个瑜伽的姿势，拉一拉酸胀到麻木的肌肉。

方宇像看怪物一样地白我一眼："你还考得动移库？穿双逃命牌跑鞋出门！出大门的时候看着点，小心挨揍！"

考不动也得考，脱下汗湿的工作衣，飞奔往考场。上单边桥，绕窨井盖，上坡，侧后方停车……

胸外心脏按压了45分钟后的体能损失，挨了一个小时骂的灰头土脸，都已经是上一个小时的事情，这个小时我必须把移库考过去。没有驾照，晚上需要抢救，我就没法及时赶到医院。

考完回来再继续看宋兰的状况。事实证明，ICU内的复苏，是高效能的复苏。脑功能在心肺复苏后3个小时内明显好转，病人有醒转的迹象。

叶深已经把事实调查清楚：那天急诊手术，麻醉师就知道导管错放到了动脉里。没有当机立断拔掉，夹闭后送到ICU来。当时是向ICU的值班护士交了班的，但是几个班交着交着交丢了。小莉并不知道管子在动脉里，结果伸手一拔，就拔出了这次惊心动魄的"拔管事件"。

怎么办？认错呗，团体犯的流程上的差错，也是重大差错，必须有人为这件事负责。

好在宋兰的状态，在小心地维护下，一天天好转，5天后颈部血肿消退，顺利拔掉了气管插管。智力、神经功能、手术效果都没有受到损害。那天单膝跪在床沿上，死命地按压被事实证明是高效能的，一点也不因为我是个头不足一米六的女性而打折。

尽管病情在一天天好转，每天的病情告知还是像罪犯在挨批斗，我们几个轮番硬着头皮挨各种各样的骂。

叶深和我，孙麻师和周麻师，ICU 同麻醉科的 4 个高年资医生必须为这件事负责。

扣钱挨骂！年终考评不合格。

宋兰终于痊愈出院了。那天晚上，一顿酒喝得我们酩酊大醉，不知是庆祝还是安慰。4 个"肇事者"抱团取暖。

时间总会过去，我们由衷地庆幸没有给宋兰造成永久的伤害，老天给了我们纠正错误的机会。

叶深说："那天没给揍一顿，真谢天谢地。"

我说："45 分钟心脏按压，一个小时挨骂，还把移库考过去了，呵呵！话题女王真是牛气冲天！"

里里外外的心理折磨无处释放，有两个月，我们都是口腔溃疡，牙龈脓肿，鼻子上长脓包，舌头冒血泡。浑身每个毛孔都好像在释放毒气。

不过个人的委屈，有什么可计较的呢？高年资的医生，有义务承担科室的麻烦和重担，改善流程，纠正差错，这是团队中的年长者，必须要尽的义务和责任。

叶深和我相继成为 ICU 主任，孙麻师和周麻师相继成为麻醉科主任。

我们都是在腥风血雨中吓大的，都曾经历千钧一发，狗血淋头，为了维护团队的周全，维护团队的成长，勇于担责，一颗心还能苦中作乐中充满生命力地跳动，像打不死的小蟑。做到这样，也不容易。

还有还有，即使是在满脸油光、面如土色、两腿发抖的状态下，仍有"天塌下来当被盖"的定力，把移库考过去！这个"梗"成为 ICU 流传多年的一个传奇。

多年以后，各奔东西的我们聚到一起，聊起那惊心动魄的一天。

我对叶深说："当时虽然忍了很多气，受了好大的压力，但是我现在才觉得，我们还是做漏了一件事。"

叶深回我一个征询的表情。

"我们欠宋兰一个正式的道歉，在她出院的时候。那时太年轻，我们都还不懂得。觉得医务科处理完就完事了。"

叶深不语，敬我一杯酒。我明白他的意思：同意。

还有：话题女王终于也长大了。

敬，一同在煎熬中成长的蓝颜知己们！

5. 想放弃的时候

徒弟鹏总是说我：常年看惯生生死死，心志比旁人要强悍许多。心上像包裹着一层坚硬的铠甲。

的确，这许多年来，病情的起起伏伏，人情的乍暖还凉，都不会让我对医生这个职业产生动摇，但是曾经有一刻，曾让我对我的事业、对这个职业的意义产生过怀疑……

2007 年的一个夏夜，我在医院值班。那天监护室忙疯了，每隔一个半小时，就从急诊送一个重病人进来。到 9 点钟，已经收了 3 个重病人。

气管插管，上呼吸机，穿深静脉，做 CT，冗长的谈话，烦琐的告知。我从接班的 5 点钟忙到深夜，片刻不停。收到第四个病人的时候，我实在扛不住了。

有时候，工作量还是要看病人的危重度和操作量的。这第四个病人需要上 CRRT（连续性血液净化），前面三个也还有大幅度波动，像海啸之后的海面，动荡的波浪远没有达到风平浪静的程度，需要花很大的力气去看住。我觉得很难靠我一个人的力气去稳住。

于是就叫来了我的师兄——叶深——过来帮忙。两个高年资的 ICU

医生，忙到后半夜，才把 4 个病人全部搞定，CRRT 机开始稳定运行。其他几个也稳定下来了。

到半夜 1 点钟的时候，叶深准备回去了，我们监护室总共就那几个医生，要正常运行，他明天仍然要上白班。他从大门出去才一会儿，忽然门口一阵惊呼和嘈杂。半夜里，声音特别刺耳，我在监护室里听到，立刻冲了出去。

叶深在窗口探头往下看："有人跳下去了，刚才有个女人，我出来的时候，错身过去，等我进电梯的时候，眼角的余光看见她从窗口跳下去了。"

我伸头出去看了一下，深夜的窗外乌漆墨黑，监护室在 5 楼，下方是 1 楼一个窄窄的斜向的平台，那是住院部的屋檐，看不见人影。

"听到下面有两下声音，可能在那里撞了一下，落到地面了。"叶深对我说。他马上从电梯下去，看这个坠落的人。

我在窗口看了一下，急诊室那边，有工人拉了平车过来，动静很大地到了楼下。应该是有人发现了伤者，急诊室的值班医生和护士开始处理伤者了。

医院里对处理外伤司空见惯，只是这大半夜的，到监护室门口跳楼，实在有点诡异。

我是监护室的值班医生，不能擅离职守，而且急诊室就在几十米以外的地方，急诊室的灯光彻夜通明，我就回监护室去继续值班了。

过了一会儿，警察来了，常规问询笔录，这时我才知道，这个女子，并不是医院的任何一个病人，或者病人的家属。她只是在附近找高楼自杀。

医院的住院部在市中心，是附近最高的楼之一。但是医院对安全的考虑还是很周到的。从 18 楼到底楼的窗，都只能开 10 厘米左右的窄缝，绝对挤不出去一个成年人。只有 5 楼的过道，因为是手术室和监护室的公用区域，等待的人比较多，白天有人打开了窗上的锁扣，多半是为了人多，需要多点新鲜空气。

叶深是目击者，我和他两个人，做了个把小时的笔录。警察的笔录也和医生问病史一样，有时效性，有严谨度的要求。

刚刚做完笔录，急诊室的电话就来了。病人气管插管，快速输着血，暂时还能维持循环，需要到监护室来维持和监护。

这也是我预料中的结果，创伤就是这样，当血肉之躯遭受重击之后，未必会立刻死亡，也未必会有机会手术。

片刻，病人已经推到监护室里。这是我当晚值班收的第五个重病人。这个不知名的女子，从监护室门口的窗跳下去，带着严重的高处坠落伤，现在回到监护室。这一切都太诡异了。医院的行政总值班为她开通了绿色通道，和所有无名的伤者一样，医院的原则一向都是：先抢救再说。

检查了一下病人，我就知道这个人没有存活的希望了。头胸着地，后枕部最重要的位置受了重击，原发性脑干伤。肋骨可能是在那个平台上撞击过，整排断折，胸廓软绵绵的，失去了支撑。X片上的骨盆，像一只碎裂的碗，完全没有了形状。这样的病人，连手术机会都不会有，她只是靠着维生的管道，暂时维持着心跳和血压。

她维持不了多久。我问了一下警察："有家属吗？"警察告诉我，她是买了车票从很远的地方赶过来的，家不在本市。

本来，最好最好的结果是，维持到找到她的家人，让家人见一下。但是，没有机会了，早晨6点钟，距离她跳下去3个小时，无论怎样维持都已经不可能挽回什么。病人心跳停止。

我出于心肺复苏的习惯，按了一下胸廓。软绵绵的，完全塌陷，血从口鼻腔涌出来。巨大的撞击力造成灾难性的破坏，多处的脏器和血管损伤，非人力可以挽回。

在这个诡异的夜晚，我一分钟都没有休息过。如果哪部医疗神剧中出现这样的情节，观众一定会以为编剧的脑子进水了。

高强度的工作持续通宵，到下班的时候，我连回家都快回不动了。

何况，我知道，这个意外死亡的女性，必须要把医疗记录写全。她是一个已经报警的案件，这类有不稳定因素的病例，时效性要求特别高，必须立刻完成。待我写完病历准备走的时候，我知道，自己已经不是下夜班休息，而是需要养病了。

血尿，我给自己初步诊断了一下，如果只是感染还得谢天谢地。希望不会查出肾病，或者肿瘤。

躺了一天一夜，待我略微缓过一口气来，医院传来了比事发当晚更诡异的消息：家属赶到，群情激奋，封堵医院大门，大闹急诊室。

理由呢？理由呢？

理由是：在医院里跳的楼，马上抢救就一定不会死。医院救治不力，所以要索赔 30 万。

我张了张嘴，觉得这狗血的剧情完全超出了我理解力的极限。

这个自杀的无名女子很年轻，父母悲痛本是人之常情，但是恶毒地攻击最后时刻无私帮助过她的医院，是什么意思呢？这已经不是是非不分可以形容的。

无耻的敲诈勒索，在封闭医院大门闹了半天以后，病人的所有治疗费用，理所当然没有人来结账。

不明所以的旁观者感叹："姑娘从医院掉下来，医院没有救活，可怜父母啊！"

疲倦到极点的我，需要去面对自身的疾病；疲倦到极点的叶深需要鼓起勇气去面对一个混乱的局面。

那一阵子，我的情绪到达冰点，身体恢复后，虽然仍然去上班，但什么都懒怠学，做什么都提不起兴趣。我总是有意回避去想这个事件，这个诡异的夜晚。

我尝试着在拗口的哲学书里找寻寄托，找寻坚持下去的支柱：

　　爱你的技艺，不管是否卑微，身心热忱于它，使自己不成为任何人的暴君，也不成为任何人的奴隶。

　　一方面能足够强健地承受，一方面保持清醒的品质，正是一个拥有完整而不可战胜的灵魂的人所具有的标志。

——Marcus Aurelius

公元 2 世纪的那个罗马的皇帝似乎在遥远的时空劝慰着我。

这件事过去很久很久以后，我的身体早已经康复，情绪上的消沉也已经过去。我和叶深两个人聊起那个诡异的夜晚。

叶深说："如果当时就知道，这事最后会是这样的大闹，会是这样结局，会是你的大病一场，当天晚上，我们会不会仍然尽力去救她呢？"

我知道，他已经说服了自己，也是在说服我。

我们两个人迅速互望一眼，悲怆而坚定，达成了不容置疑的共识。

"会，这种行为已经种在我们的基因里，是一种本能。"

这是职业的底线，这是医生的"专业精神（Professionalism）"。这是我们的宿命。

6. 医生不能承受之重

那阵子病假在家，情绪非常低落。把所有专业书籍推得远远的，心底是不自主的抗拒。一本封面泛黄的笔记本，从书架的一角滑下来。好像冥冥中，谁在提醒我看一看一样，掉在我的面前。

翻开书页，密密麻麻的钢笔字，是大学时代我自己粗重的笔迹。

我有码字的习惯，1995 年我实习的时候写了 10 万字的《实习医生手记》，恍惚记得实习的时候，和所有的小妞一样，一颗心并不是那么结实强悍，翻出来看看当时写的文字，有恍若隔世的感觉啊！那个敏感捣蛋的毛丫头去哪里了呢？！

那是 1995 年的实习医生罗震中写的文字：

我们组的"头"是吴老大，他是主治医生中的老大，急诊手术一向特别多。

这天晚上，急诊收了个民工进来，身上盖的毛巾被"胡须"拖出老长，不知是什么年头的古董。吴老大一看就叹气："又收了个没钱治疗的！"果然住院单上只收了 2000 元。

门诊病历上提供的资料是：李贵全（化名），男，27 岁，6 天前钢片穿进腹部，在当地医院手术，术中切除了破损的肠管。术后第 4 天拔腹腔引流管时突然发现有粪样物质漏出来，怀疑有破口遗漏，转往上级医院要求再次手术。

那是个很高大健壮的人，发烧发得满脸通红，但精神还好，腹部的纱布掀开来，可以看见巨大的新鲜刀疤，像蜈蚣一样从剑突到下腹。

吴老大命令："准备手术。"小喽啰马上开始工作，开备血单，写手术通知，签谈话记录……

按原来的刀口打开腹腔，肠子表面一片发炎。延着空肠一路探查，上次手术的吻合口长得很好，翻动了一下，没有什么漏口。就再往下探查。到回盲瓣的时候，发现那个部位的渗出特别多，手套上粘了点绿色的粪样物质，吴老大说："就是这里了！"

把盲肠翻了一下，果然发现很深很隐蔽的位置上有一个破口。吴老大说："盲肠血供那么差，这回只好先造瘘，过几个月再开一刀。"

于是就切盲肠，在腹壁上造了个瘘，暂时解决大便的去路问题。

我知道粪性腹膜炎是很严重的感染，手术后等着看吴老大怎么开术后的医嘱。账单上已经欠了好多钱了，吴老大十分犹豫：怎么办呢？这就叫——巧妇难为无米之炊！他搓手。

犹豫再犹豫。最后开了丁胺卡那、甲硝唑〔灭滴灵〕、青霉素三联抗生素。吴老大说："没办法了，先借病区的药给他用，明天记得催钱。再去问问老板准备怎么解决。"

这三联抗生素——怎么说呢？很便宜的经典老药，一度很有效，在便宜的药里也算考虑周全了，我明白吴老大的苦心，在眼下这个情况想要情理两全，也真的很难开出更好的方案来。

该付钱的老板逃走了，欠病区的药，就这么老挂在账上。吴老大叹气："这个月白忙，大概又要扣钱了！"

病人的欠款当然和医生的收入挂钩，吴老大的收入真算血汗钱！自从来了这个病人，我每天都必须 6 点半上班才来得及在查房前换完所有的药——因为一个人的换药工作量太大，需要半个小时的时间。

肠子的造瘘口平时套了个塑料袋接没有控制的大便，暴露的肠管需要用凡士林纱条保护。腹部切口很长，还有引流管，换起药来非常费事。

他很木，很少说话，浑身散发着多日不洗澡的汗酸味，头发又黏又油，一缕缕耷拉着。枕头被他睡得有很明显的油印。他老母亲已经驼背，也一样怯生生，总是沉默。

我换药的时候戴两层口罩，戴乳胶手套。其他床的陪客好奇，捂着鼻子跟着我，看见人工肛门的粪便，立刻远远逃开。"你怎么吃得消！" 23 床的陪床问我，"小姑娘做这样的工作。"表情是显而易见的嫌恶。

瘘口的腥臭有巨大的穿透力，透过两层口罩，杀伤力仍然巨大。我屏气忍耐，换好肠瘘。用塑料袋封闭了开口，然后换一副工具，开始换手术切口和引流管口。

他精神好的时候，会欠起身来看自己的伤口，然后全身脱力般地倒回去，表情十分麻木。

肠道蠕动开始得特别晚，手术后 5 ~ 6 天才有肠鸣音，这期间就靠输注糖水来维持能量。

如果有钱，需要优先升级抗生素、输血，能量只能是比较其次的东西。当然，那样的话账面上的钱也会哗哗地流走。

每天，我问他："感觉怎么样？"他只"哦""嗯"地回答。

"改抗生素吧，欠的款子我会向医院反映。"主任向吴老大说。

他是一个彪形大汉，手臂的肌肉结实，尽管面色差，但他离死亡应该还很远。

吴老大拿了很多抗生素的说明书来仔细研究，每一种，都标明了价目，最后挑定了头孢哌酮（先锋必）。

病区里真正的大管家——护士长当然也跳出来抗议："这么多的钱倒贴进去，医院如果让病区承担，我们下个月就都不用吃饭了。"

"你说怎么办？"吴老大再好脾气也憋不住地发火。

没有人有更好的办法，不能指望有人充满正义感的振臂一挥，凑起钱来。

谈判正在僵持中，老板认为不应由他来付。交了几千块，从此不接电话。

有一天，我看见患者的母亲正在吃中饭，一个满是凹痕和刮伤的小搪瓷盆子里，几块小小的南瓜拌着硬如谷粒的一两饭，淘一点点热水。

隔壁几床也把多余的方便面、有斑点的水果之类的东西接济给她。她总是全部收下，怯声道谢。穷困到了一定程度，自尊就成了比较次要的东西。

我唯一可以做的，是勤快地给他换药。我心里很明白，就算自己懂得更多，也不能帮到他什么。手术后一个礼拜，开始可以恢复饮食了。每过几个小时，他就勉强吃几调羹米汤。肠瘘的口子上，大便不受控制地流出来，每天要换几次接粪便的塑料袋。每次污染了切口的纱布，他母亲就会来找我。每次都是候在走廊里等我，就像自己犯了错误似的轻轻说："要换一换。"

高热每天都会发生，他裹着几层被子，却无法停止寒战，身体抖得像风中的残叶。寒战过去，体温直升到 39 摄氏度。整个下午，他都昏昏沉沉地躺在床上不动，也很少说话。热退的时候，汗出如浆，整个人弥漫着浓重的汗味。

酒精擦浴，冷毛巾敷，在我的职责范围内，也想尽办法了。我们一组的医生，每天一早常常不约而同，全部先去看他的情况，看前一天的记录和化验。

体温单上，每天都是一个个尖锐的高峰。

吴老大和主任商量了好久，给他用肾上腺皮质激素，抗生素又加了，也输血。钱的问题，好似不再考虑。

高热退了，精神也似乎回来了。有一天换药的时候，他对我说："你最好了，你最好了……"他好像不知道怎么表达，说不下去了。而那时的我却根本没有想到，这是他对我说的最后一句话。

粪便是一种从来没有看到过的黑色。我去报告吴老大。

"应激性溃疡还是出来了！"吴老大摇头。

"那是血便吗？"

"早几天就有一点了，你没有看见他的脸色？"吴老大翻出病历上的血常规来给我看：血色素才 7 克。原来略为好转全部是假象，这是饮鸩止渴。

这时，我才真正注意到他的脸色，蜡黄中带着遮掩不住的惨白，嘴唇也是白里透着青的颜色。活力已经完全没有了，喝口水这样的动作也会让他累得喘好久。

"这样重的感染性休克，也就是这几天了。"吴老大说。

手术后的第 14 天。伤口长不好，张力太大了，线压着的皮肤开始自溶。线结反应很重，粪便袋里，全部都是那种黑色黏稠的液体。

整个上午，他那床的事情特别多，小便解不出来了，插了导尿管。呼吸急促，大汗淋漓，他的胸部快速地起伏着，好像刚跑了很长的路。

下午，我跟吴老大去放射科做PTC。回来的时候，看到3病房里人头济济。我和吴老大赶忙进去。张医生正在一下一下有力地给患者做心肺复苏，麻醉师已经给他插了气管插管。全科的医生都在，我没有插手的余地，被挤得远远的，心情复杂地看着他们抢救。

心电监护上，心跳回来了。呼吸机向肺内送气。郑主任叫我和家敏："你们来加班，做他的特别护理。"

床边上，呼吸机、吸引器、心电监护、输液架环绕林立，地上全是拖过来的电线和插座。手脚上同时开通了好几路静脉，血浆和液体输进去。

他已经处于深昏迷状态，脸青白僵木，眼睛半开半闭，眼球像颗玻璃弹子，毫无焦点地看着无限远方，全身每隔几秒就像触电一样抽动一下。

我忙上忙下，吸痰，测尿量，测血压。忽然觉得不对了，他的脸有了种很奇怪的变化。我立刻去看听心音，测脉搏。

是没有了。我大声叫值班医生，立刻给他做心脏按压。护士推了抢救车过来，推肾上腺素。

心脏按压做得我眼冒金星，事情过去了很久很久，他母亲的尖锐的哭声，还响在我耳朵里。

我对着他的病历久久地发呆，抢救记录写了几个小时，也写不下去。我根本不能够理解，自己怎么会这样难过；根本不能够理解，一个病人的死亡怎么会让我有伤逝的感情。我一直以为，自己能够把工作中的距离感控制得够好。

我听到郑主任在死亡病历讨论中总结教训，分析得失。

我看到吴老大有好多天，都在仔仔细细地来回看李贵全的那本病历，翻手术记录。我也感觉得到他们在痛惜他的死亡。但，那是不同的。

也许我在他的病历上花的精力，对他的穷困投注的同情，换药查房时候的交谈都给了我太多的了解。过多的了解造成了过多的难过。医生是粗糙一点好，还是冷酷一点好？

过去了很多年，他讷讷地说"你最好了"的情景还会在深夜出现在我梦里。

很多年慢慢过去，我也慢慢成长为成熟的 ICU 医生，在每一个阶段，我都会把这个病例放到现实里去印证一下。

印证我的专业水平，印证我的 EQ 是不是真的合格于做一个医生。

问当了 5 年、10 年、20 年医生的自己："此刻，我能不能救他？"

问当了 5 年、10 年、20 年医生的自己："一颗慢慢覆盖了坚硬铠甲的心，有没有对病人失去当年的那样柔软的关怀。"

艰难中跋涉的自己，一次次历练中，似乎还在成长，还不够成熟。人生有了更多的强韧和坚定，更多的纵深和厚度。这百炼成钢的过程，5年、10 年、20 年，或许需要直到完成职业使命的那一天。

7. 天梯

作为一个工作了 17 年的 ICU 医生，2013 年的那个苦夏，是高考结束以来，我经历的最难过的备考季。

晋升的天梯快要爬到尽头了，正高的考试在即，医生的职称要攀上最后一级台阶。

毕业多年的我，重新过起了刷题的日子。不同的是，这次，我不再是拿着练习册，而是对着电脑做多选题。整个夏天，我有空就抱着三寸厚的《重症医学》《5C 教材》《急诊医学高级教程》啃个不停。"有空"的时间很金贵，要从骨头缝里挤出来。

39岁了，重症监护室的副主任，没有高考那么单纯单一的生活轨道。工作和考试并行，其他生活内容全部压缩，坍塌成忽略不计。每日无非就是吃、睡、上班、复习。

大多数白天和往常一样，是陀螺一般不停歇的抢救，急会诊，排床位，谈话。很多晚上，会有急惊风一样的催命电话，叫我加班救急和急诊操作。我的微博记录了那个夏天的日常生活。

2013-7-16 19：50

收5出5，就别指望睡一觉可以满血复活了。昨晚鹏鹏收4，今天方宇收5，今晚皮皮若以6收关，估计第6个就是他本人了。

2013-7-20 20：40

又在IABP① 了，这个才37岁，冠脉已经像厨房的下水道，又堵又油。心肺复苏了一个小时，右冠全堵，左前95%闭塞，血管里放了起搏导管，深静脉插管，IABP，也许还得CRRT② 。

日常的ICU工作就是那个节奏，从医院里回来，累得四脚朝天的时候，就索性真的四脚朝天躺在地板上，像一只泄气翻身的乌龟，手里举着略微轻一点的《5C教程》复习功课。冰凉的地板紧紧贴着背脊，安抚着劳累疼痛的肩背。看一会儿书，脑子会突然陷入混沌，手里的书掉下来，"咚"地砸在胸口。

如果去年，我略多花点时间，就不必再受这份罪。去年……对一个忙

① 主动脉球囊反搏
② 连续性血液净化

碌到满负荷的 ICU 来说，"年年岁岁忙相似，岁岁年年忙不同"。考试前的一晚，我半夜被叫去抢救一个 VIP 病人，折腾了一整晚。天亮了，我睁着千斤重的眼皮奔赴考场，结果，不出所料地考砸了——57 分。这个分数直接给我当年的晋升活动画上了句号，我也不必存一丝侥幸地跟人家一道心惊胆战等评审了。

今年无论如何要过。"高复"的压力在于：失之毫厘后，要再伤筋动骨一年才有资格考。谁知道这一年又会出台什么新规定？晋升的要求并非每年在变，但水涨船高之势很明显：学历，文章，科研。

任何一项要求，都不是今年努力了，明年就能有的。最怕临考又出了新文件，又加了新的条件，所以最后一跳必须玩命。万一在你准备起跳的时刻，杆子又突然升高，那又得重新花几年时间来助跑。

2013 年那个苦夏，是最后冲刺阶段。

从副高到晋升正高的助跑阶段，长达 5 年。一开始，不紧不慢地考英语，考计算机。从小就是学霸级书虫，半生持续应付考试的"职业考试家"，这些公共课程都不难。

考场上，很难不注意到那些头发花白或者谢顶的考生，55 岁和 35 岁的医生同场竞技，考职称英语和计算机。那是两代人！不是埋汰人家，正高职称是道坎，能不能拿到，直接决定医生的退休年龄和退休待遇。他们经过了马拉松一样的助跑，筋疲力尽地快接近职业寿命的极限，还要和年轻力壮、百米冲刺过来的我们跳同样高的栏杆。晋升的天梯，待遇的鸿沟，有几个医生能潇洒到完全无视规则？！

对着父辈年龄的同场竞技者，我们的心理优势太明显了，但年龄优势是相对的，越来越多年轻的硕士、博士开始交出科研、SCI、专利。

2013-7-28 21：23

爬格子填标书，头晕目眩。最后剩下的是写自己的介绍。写完后发现个问题：若不是两次公共卫生事件可以在公众视野下证明我的临床实力，在现有规则下，我这样冷淡科研的医生估计已给踩成烂泥了。同时也是个警告，还想混就得做科研。

日常的临床能力不在晋升标准上。抢救成功率，治疗的合理度，无法用统一标准来衡量，但是文章科研就好衡量得多了。为科研而生的"医生"越来越前途光明。

"锦上添花"是个太形象的词。标准就是"花"，评审的时候，只认花的多少，至于是绣在锦缎上，还是绣在破布上，没有规则。

我们这些侧重临床治疗的医生也不能坐以待毙，反正我们也不是完全没有"添花"的能力，与其过几年人老珠黄还要和这些新锐竞争，不如此刻就发力，抢占先机。作为一个33岁就已经晋升完副高的"老"医生，这样打算也算是未雨绸缪。

在英语、计算机的考场上，每次都可以遇到散布在各个医院的大学同届同学，彼此打量一下黑眼圈、隔夜的值班面孔、稀疏的脑门，彼此嘲笑一下：又考试了哈，考一次少一次。

这些昔日一起毕业的大学同学，被戏称为"少壮派"。经过了15年以上的修行，都在各自专科的重要岗位上，有些已经是顶梁柱、科主任。但是不管在哪个专科，人人有危机感。面对生存竞争的压力，任谁也潇洒不起来，狼奔豕突，焦头烂额。

很有默契的共识是：要想在市级医院混下去，不被淘汰，必须用最快速度爬完天梯。

这些伙伴们，都有类似的短板，文章不是不会，也不是不写，论数量和质量上就大大逊色于大学附属医院的医生。不过都拼着胸中的一口浊气，几年间，每个人都各显其能，把要求的硬指标——文章给搞定了。

唯一在晋升中彰显临床能力的，是填报表格中填写的 5 个"体现个人临床能力的病例"。太容易了，对于负责了两次全市公共卫生事件抢救，一贯参加受媒体瞩目的重要病人抢救的话题女王罗震中医生来说，提供多少都没有问题。不过，厚厚的材料在最后评审时刻会不会起实质性作用，我完全不知道。

学历及格；论文质量数量都颇有富余；科研不及格；临床能力战绩辉煌到耀眼。只要在最后的考试里高分通过，评审中胜算也应颇大——这是我在助跑的最后关键时刻对自己的评估。

临近考试，令人心塞的新规则是：去年我可以考急诊专业，今年，重症医学刚刚设定高级职称的考试专业科目，所以我必须考重症医学。问题是：考试复习用的重症医学系列教程，还没来得及编出来。

2013-8-3 21：25

入行的时候，没有一本中文教材，晋升中级的时候没有这个科目。然后"非典"来了，来完 H_1N_1 来 H_7N_9，从一等兵血战升至将官。每次纠纷都身陷战场背负危险和委屈，承受最繁重的工作量却总是被人指责收费贵。四十岁当完特种兵却发现没有地方收容疲惫不堪的你，没有门诊没有专科，这个行当叫重症医学。

心不心塞都没有时间叫了，把骨头缝里的时间都逼出来复习功课。徒弟鹏趁火打劫地揶揄我：谁叫你这么早入行，跑在前头的人，不是先驱就是先烈。

他自己忙着考重症医学的主治医师，还要同时把在职研究生的课题搞完，也是焦头烂额地在爬天梯。

"好好管着你自己的'小升初'。"我拍拍他的那堆复习书。

身高一米八五的运动健将手长脚长，高我一大截，我想在他脑袋上敲个"爆栗"也得他凑过来让我敲，才够得着。

办公桌上三堆复习书，我升正高，方宇升副高，鹏升主治，很黑色幽默地垒在那里。

"你已经留过级了。"方宇不失时机地抽空损我一下。"那是高复，没考过中考的人不懂的。"我哪里肯示弱。

多选题看得我眼花缭乱，每题 7~8 个选项，个个模棱两可，选错一个，就倒扣分。考完一道，都不能退回来修改。题量很大，时间不宽裕，但是如果做得太快，富余的时间也不让你回来修改。

这场考试简直把"诡秘"用到登峰造极的地步。考完之后，脑子云里雾里，根本估不出成绩来。我在考场门口看了 5 分钟蓝天白云，才定下心神把车开进市区。

39 岁的中年医生，做了一件和 17 岁考完高考时一样的事：三分投篮，把多选题扔进垃圾桶。

公布成绩之日，早有人在等，哗！70 分。在 55~65 分占据绝大多数的考分体系里，上 70 分的成绩估计可以排到全省的最前列去了。一颗悬着的心彻底落了地。

终于有心思管管正在"小升初"的鹏。"分数考得马马虎虎，不过左右开弓把晋升考试和研究生课题一起搞定了。"鹏最怕看我一脸恨铁不成钢的嫌弃表情，马上向我报告成果。

该我自己努力的事情，已经都做了，剩下评审只能交给运气。

最后的结果，皆大欢喜如愿以偿——拿到了正高的证书。在旁人眼里……不，事实上，我的确是幸运儿。还想怎样，40 岁之前有惊无险，登完天梯。

在庆祝晋升的欢宴上，兄弟们喝得很开心，祝贺一同晋升的一拨弟兄有惊无险齐齐过关。不过，没人知道，我已经准备好了辞职申请。

2013-10-9 12：27

向往当一个纯粹的医生，专注于自己的专业，为自己的良心和技术自豪，有付出有回报。去掉沉重的铅块，回归一个职业本来的意义。

跳出习惯已久的体系，已经是我蓄势待发的行动。晋升完成后，我终于可以华丽离开——我可不是成绩欠佳找借口逃课的差生哈。耐心攀登完天梯的最后一阶，是对医生成长体系的承认，也是多年前给自己设定的目标。但是扔掉了金光灿烂又沉甸甸的一堆东西，能不能攀得更高，去看没有见过的风景呢？

我愿意试试看。

第三章
暗夜行者

几年前，我代替叶深的位置成为重症监护室的副主任，我把这份差事叫作"暗夜行者"。这是一个总是需要在半夜里飞车去医院的岗位，不是去"救火"，就是去救命，有时候还得去"背锅"。不论春夏秋冬，我都在床头放一套灰扑扑的运动衣，以便半夜接到电话时能快速套上，三分钟就可以出门。

这类半夜接到的电话很多，几乎每个星期都有。我的手机是真正的"手雷"，既不能关机，也决不敢关静音——谁知道什么时候，它就会毫无征兆地被引爆。虽然ICU的工作量越来越多，但我总结了一下，半夜叫我的事情也就三样：

一是晚上值班的工作量承受不住了，无法完成，需要叫救兵来援手。大医院危重病人收住，经常像决堤的洪水，完全没办法控制。我自己值班的最高纪录是收5个，这已是一个医生一晚上的极限工作量——彻夜无眠，手不停、脑不停、口不停。到清晨来临的时候，我早已累得脑筋打结，两腿无力，连开车回家都有困难。等终于躺在床上，可以安心合上眼睛睡去的时候，最后浮在脑海中的意识往往是：如果从此不必醒来，也是好的。

二是半夜有高难度高风险的操作，值班医生不能够完成，需要叫我去做。医院最危重的病人，有时需要紧急做气管镜，做 IABP（主动脉球囊反搏），做 CRRT（连续性血液净化）等等，这些都是片刻都不能多等的状态，全然不挑白天黑夜。当然，也并不是每次操作都必须由我来，但是需要我的时候，都是技术上最难的。

还有就是医疗纠纷。ICU 是全院最麻烦的麻烦集中地。医疗纠纷中的病人若是出现生命危险，必然需要转到 ICU 来抢救，那些纠纷中的麻烦也就随之转到 ICU 了。这些高难度的沟通，通常不是值班医生可以搞定的，再加上同时还需要进行高难度的抢救，所以每次都需要援兵。这个援兵就是我。

这些就是我这个"暗夜行者"每次穿上"夜行衣"要去做的任务，没有一样是简单的。懵懂中醒来，快速套上运动衣和球鞋，去做最困难的事，等到我的车驶上深夜里空旷的马路时，我已是双目炯炯，精神抖擞。不管白天是否已经累得要死，明天上午是否已经定了飞机票要去开学术会议，在这个夜晚，我必须振作精神，去把这些事情搞定。

通常，在通宵加班之后的一天里，我仍然要继续日常的所有工作：查房、跑急诊、会诊、安排床位……不过是到中午的时候打个盹，恢复一下体力而已。

在高强度、不确定的工作的碾压下，我自己的生活，成了彻彻底底的一团糟。

1. 伤痕

这是发生在禽流感爆发前的一个冬季的一场噩梦。

深夜 1 点钟，我被电话铃叫醒，是鹏打来的。他很迟疑地说：收了一个重症肺炎，状况非常，心里没底，你最好来一下。

鹏在 ICU 工作已有七八年了，是一个成熟的重症医学科的医生，我深知他性格坚毅果决，绝大多数时候，ICU 的抢救和操作已经无需求助于上级医生。

"怎么了?"我问他。

"加重的速度,我从来没有见过,血性痰像喷泉一样。"他说,"氧合无论如何都维持不住。"

我没再问,立刻起身开车去医院。平时在心理耐受达到极限的状态的时候,他会习惯性看我一眼,像要向我借一点信心和勇气。就像我以前,听到叶深走过来的脚步声,一颗焦灼的心会平静很多。

那一年,我是重症监护室的副主任,非常习惯这种黑夜飞车去救急的生活状态。

半夜的重症监护室,机器的声音仍然此起彼伏。

鹏立刻指给我看这个病人:女性,41岁,晚上九点钟入科。平时体质很好,可以干重体力活。晚上7点钟到医院的时候,咳嗽、发热,但是没有明显的胸闷。急诊医生发现她氧饱和度略低,而且呼吸科床位已满,就收到ICU来了。

在入院的最初,她可以对答,神志清楚,血压略低,并不是那种立即需要抢救的病人,她的家属还为住进ICU监护这件事表示不理解。

但是很快她就需要无创呼吸机。又一个小时过去,无创呼吸机也维持不住了,于是凌晨时,做了气管插管,机械通气。

不用详加解释,我就可以看出来,从九点钟到后半夜,鹏已经一刻不停地做了很多努力了。

鹏指给我看气管插管后吸出的痰液,非常鲜红的血性,再看床边拍的胸片,白茫茫的"白肺"。我瞄了一眼呼吸机的条件,已经80%的氧浓度,12厘米水柱的PEEP(呼气末正压)。监护显示的氧饱和度仍然在90%左右。而且,病人的血压,需要比较大剂量的去甲肾上腺素维持。

仅仅6个小时,疾病的进展如此之快,确实令人惊讶。

"我觉得进展太快,已经超出在我的认知范围之外,所以叫你了。"

鹏看着呼吸机的参数，皱着眉头，再看我一眼。

"先容量复苏一下，我们做一次肺复张。"我翻看入院以来的所有化验。

我与鹏商量了一下抗炎方案的调整，与家属沟通了一下病情，就在床边监护容量复苏的过程，同时做了一次肺复张。

这是 ICU 医生最艰苦的工作模式，对于这类快速进展的病人，无论仪器多么先进，药物多么昂贵，最终需要的还是一个成熟的 ICU 医生以"人肉"的方式在床边盯着调整一项一项治疗的进程。

整个后半夜，两个医生两个护士，在床边片刻不停地操作、化验、沟通病情。天空从子夜的乌黑到晨曦初露，一寸一寸光影改变，病人的状况以一种惊人的方式进展着。

对于"重症肺炎"，我们都是久经沙场的医生，我一直负责本市的公共卫生事件抢救，历经 SARS 备战，历经重症甲流最危重肺炎病人的救治，整个医疗团队在本市战功赫赫。

但是对于这个病人，无论我们怎样用尽手段，都无法改善肺内的渗出和血压。2012 年的时候，还没有后来在禽流感中大名鼎鼎的利器 ECMO（体外膜肺氧合），所以我们所做的，已经是一家市级医院所能做的顶点。具体的治疗手段，因为太过专业，不赘述。

在极度紧张和片刻未停的工作中，我们迎来了晨曦。可是病人却永远不能迎来一个新的黎明了，她于早晨 7：00 死亡。

这是一个常人不能理解的死亡。疾病的凶险程度超过了一般人可以接受的程度。

病人家属无法接受这样突如其来的灾难，也无法理解疾风骤雨般的疾病进程，于是，在心肺复苏的过程中，家属躺在地上放声哭闹，与正在抢救的鹏推推搡搡。

拉拉扯扯的肢体冲突中，鹏总是刻意地挡在我前面。

先说这个病例的结果，最终，这个案例在几个月后经过市医学会的鉴定，院方无失职行为。也就是，在整个病情的演变中，医生始终尽职尽责地完成了医生可以做的事情，疾病的转归有人力不可逆转的结果。

不过，当时在病人这一方，并不是这样认为的。他们的推论是：病人进来的时候是醒着的，仅仅 12 小时后即死亡，医院一定有治疗失当的地方。

当晚一直守在 ICU 外的病人丈夫说不出所以然来，在那个惊心动魄的深夜，那一次一次的谈话只有他在场。我相信，即使在告知病情的当时他都听懂了，失去妻子的痛苦和意外也会让他懵懵不知所措。

夜间没有出现过的亲属出场了。人人都称自己是亲属，要知道个"公道"，人越围越多，停尸病房只是开始。三四十个家属围在医务科和病房，又哭又闹，污言秽语，不时推推搡搡。医务科的一个干事脸上被抓伤。

从半夜开始，高强度、高紧张度的长时间工作，我们两个都已非常疲劳。但是我们俩都极力控制情绪，向家属解释病情上的疑问。

一个暴病死亡的青壮年人，作为医生，完全能够理解家属的悲痛心情。

我们还是想得太简单，两个医生客观的描述和真实的解释根本不可能有人听。事态不是解释就可以解决的。

动手是突然开始的。从后面围上来的人不只是推推搡搡，拳头开始向我身上招呼。一边踢打，一边叫骂，抓头发。我个子太小，根本没有可能走掉，也没有办法自保，只感觉脖子几乎被勒住了，喘不上气来，背上肩上好像被抓过，深入肌理。至于到底被踹了多少脚，想不起来。医院的保安冲上来，大个子保安高我一个头，从背后护着我，退到墙角。但是保安也就那区区几个，5 个个子较大的挡在我跟前，形成了一道单薄的人墙。

走是走不掉了。

我靠在墙角，衣服从肩膀到背上撕得稀烂，裤子鞋子上全是脚印。保安脱下自己的外套给我，我将它罩在破烂的衣服外面，可以显得不太狼狈。围在人墙外面的，仍然是三四十个人朝着我叫骂。我急切地环顾周围，没有看见鹏，希望他可以自保，或者行动迅速，已经跑掉。稍微冷静下来，我不禁庆幸刚才没有人带家伙，不然，那几分钟时间里，我可能已经"挂掉"了。

僵持了二十多分钟，派出所的警察出动了，人群才散开。我在保安的护送下回到监护室。

鹏已经先我一步回来，眉弓上挨了拳头的地方有血迹，还好破口不大。

我的状况比他糟糕，背上肩上被抓过的地方深入肌理，有血迹渗出来。脖子被勒过的地方一片青紫。浑身都痛。警察过来验伤。

不久消息传来，医务科的谈判没有下文，家属用 7 辆汽车封堵了医院的北门。这是医院搬迁新址后，第一次被大规模的封堵大门。

接下来，是一帮号称家属的壮汉同保安、警察大打出手，最终以拘留 9 个人的结果结束。真是感谢我们那个区的派出所警察。

乱局结束，我像是刚打了一架的野猫，身心俱疲地回家休息。艰苦工作超过 24 个小时，还如此结果，你问我难不难过？不，我只是疲惫得睁不开眼睛。蒙头大睡，从某种意义来说也是一种逃避。然而，所有伤处的痛，都在睡梦中提醒我，即使是睡醒了，也不能够痊愈。

从头到尾，我自问没有做错。我所做的，远远超过了应该做的，已经尽心尽力，所以伤心，也安心。

鹏的冷静和理性，简直是青出于蓝。在接下来的几天里，我们两个很平静地讨论当天晚上的处理有没有可以改进的地方。彼此心情都沉重，但是工作依然要如常进行。

"你还好吗？"我问他。他的性子很像我，但是毕竟还年轻。

"其他没有什么，就是心里有个伤，一时半会儿还没有缓过来。"他并没有在我面前装硬汉，"你呢？"

我没有说话。表现得再平静和理性，受的伤鲜血淋漓地在那里，他也知道我内心并未平复，对着最亲近的徒弟，根本无需嘴硬。

长期在 ICU 工作，历经磨炼，心性比常人要坚硬。即使是去派出所录口供，提交材料给调解办公室的同时，我们都没有停下高强度的工作。

事情还没有完结，迁延数月，家属在闹事和被拘留后被迫接受医学会鉴定，鉴定的结果，前面我已经说了，医院和医生没有过错。

但是我最想看到的结果，尸检报告，却因为家属不同意尸检而不了了之。病原体随着尸体被火化，永远不能被证实。

几个月之后，H_7N_9 病毒被证实，初期，病毒引起的重症肺炎死亡率几乎是 100%，令民众恐慌。

最初，看到重症 H_7N_9 引起的影像学改变，我和鹏都不约而同想到那个紧张的夜晚及随后的混乱。是这个病毒吗？或许是，或许不是。

未知的自然界杀手层出不穷，医生终究不是神，无法未卜先知。为了对疾病认知的进步，这样异常的死亡太需要尸检报告，太需要样本分离了。新病毒样本的鉴定，有着极高的技术要求，不是一般的医院可以做到的。

用"医闹"来结束纷争，最最对不起的是死者本人。当我查阅 H_7N_9 发现过程的坎坷时，发现我们所经历的一切并不是个例，一出一出"医闹"和被舆论绑架的赔偿伴随整个过程，历经劫难才由中国疾病预防控制中心证实，这让我不时回想到那晦暗混乱疲惫的一天。

每次收到重症肺炎病人的时候，我和鹏都会意味深长地互望一眼，彼此都知道，那个伤还在心上，并没有随着时间淡去。

这样混沌不理智的结束，意味着，剧情将一再重演，随时可以重演。

脖子上的抓痕，不知怎的得了神经性皮炎，动动就会很痒和发红，日久仍然鲜红一块，成为一个永不愈合的伤。

2. 刀尖下的气管插管

整个"医学界"的版面上，今天是医生猝死手术台，明天是医生在急诊室被袭击……

我们 ICU 医生，在统计数据上，并不属于高危科室，但是事实上，我们随时陷入纠纷中。

重症医学科的职责是救治危重患者。当一个重大的医疗纠纷涉及性命的时候，不管开端是在哪个专科，抢救必然会集中在 ICU。重大医疗纠纷的浓聚效应，是属于 ICU 医生的风险所在。那段时间的状况是，前一单麻烦还没有尘埃落定，后一单麻烦又开始给科室带来新的混乱。

这种特殊的抢救时刻，所有病情告知，都是在笼罩着敌意情绪的情况下进行的，每一句话都可能被再三挑剔。尽心尽力的治疗，也不会得到善意的认同。

病人治愈或者死亡后，后续的调解或诉讼会持续很久，有时候，一桩大麻烦过去，还要提交材料进行鉴定，上庭。作为治疗的相关科室，ICU 医生经常需要奉陪到底。

这样的状况，不断发生，终年不息。这种难言的心累，让很多 ICU 医生疲惫不堪，缺乏职业的成就感，让一些优秀的医生从临床流失。

让我来说说那次抢救吧。

那天上午，科室送来一个手术后感染性休克的病人。

"25 岁，肝脏手术后半个月，感染性休克。"我所知道的信息总共就这么一点点。因为跟随病人一起涌进来的，是好几个情绪亢奋的家属。

混乱中，不可能有正常的交接班。我所看到的，是一个休克状态，濒死的抽泣样呼吸的年轻人。我的判断是：他需要立刻气管插管，立刻深静脉置管维持血压。如果不马上动手，他会在短时间内死亡。

吵闹很快升级，家属拉着床，不愿离开 ICU 到外面去等待。在场的医生护士拦不住，也劝不住。

就在我观察生命体征的那一会儿，家属中 40 多岁的女子已经和护士吵了起来。她在距离我两米开外的地方，和护士推搡和吵闹着，这样自然会干扰到我的工作。

医院的保安在走廊里竭力维持秩序，我们科另外一个正在谈话的 ICU 医生被家属重重包围，正在艰难万分地一边了解病情，一边解释现状。

插管吗？护士为难地问我，加压面罩扣上去维持氧合，气管插管箱已经准备好。

我戴上口罩和手套，环视四周：场面如此混乱，已经不可能清场。两个男子在不远处瞪大眼睛盯着我们的操作，其中一个的上衣口袋里很明显地露出刀柄。我看得清楚，那是一把真刀无疑。

由于他们两个都没有吵闹，保安的注意力并没有放在他们身上，而是全身心关注着围着谈话医生大声吵闹的中年女子。那边已经乱成一锅粥。

病房里相邻不远的另一个床位鹏正在进行心肺复苏抢救，病房的忙碌程度，让工作状态的每个人只能注意自己手里的活，无法过来协助我。

没有援兵。

病情已经不容许我再等待了，我和两个护士开始动手气管插管。我瞄了一眼带着刀的男子，一边动手准备气管插管的物品，一边对他们说："要插管了，请到外面去，他不能再等了。"

两个人并不理会，也不走开，只抱着手站着，神情呆滞、失魂落魄地直直地盯着我们。

因为操作本身带来的不适感受会让亲属很难过，气管插管的场景真的不适合家属在场，作为一个成熟的 ICU 医生，我深深明白这一点。

同时，危重病人的气管插管有难度，并不是每一例都可以一帆风顺。如果不顺利，在场的家属的焦虑和操作医生的急迫会交织在一起，让状态更加混乱。

何况，这个家属是对抗情绪很明显的一个壮汉，带着刀。如果我操作不顺利，他会不会冲过来袭击我呢？他就站在离我仅仅几步远的地方，如果朝我冲过来，我大约只能用手里的喉镜抵挡一下。

不过，我已经没有选择的时间，病人的缺氧状态已经非常严重，如果不采取措施，马上就会面临死亡。

在这种状况下进行气管插管真是需要点定力的。用喉镜挑开，暴露清楚声门，插入 7.5 号气管插管。吸痰，打气囊，固定插管。

还好，一切都很顺利。

接下来深静脉穿刺，穿血透管，上 CRRT（连续性血液净化）。治疗一项接着一项。

穿刺准备的时候，我冲他们喊："无菌操作，到外面去等。"两个壮汉并没有发作，拦开了一同进来的几个家属，退到外面去了。

我想，他其实很明白我在做什么，也很清楚干扰我会有什么后果。他们自己深陷在重大的打击里，可能根本没有意识到，张皇失措或麻木冰冷地盯着抢救现场，本身就是一种威胁。

我下班的时候，天已经漆黑，这个年轻的病人在上了呼吸机，上了 CRRT，输了血之后，病情得到了略微缓解，血压已经暂时维持住了。

我花一整个白天来做这些治疗，接下来又是冗长的麻烦无比的病情交流和医院组织的病情讨论，再后来是等候一位教授的会诊。这些工作之间还不间断地穿插着急会诊，收术后病人。

高度紧张后的疲劳，让我的大脑麻木了。三个当班的医生，我、鹏、皮皮都累得不轻，那天晚上回家的时候，我撞车了。

车库停车的时候，脚踩不住刹车，车头灯撞毁。这一切发生之后，我竟然没有觉得害怕，而是把头靠在方向盘上，好半天不想抬起来。脑中一片混沌，白天所经历的一切如走马灯般在我眼前闪过。我如旁观者般看着这一切，竟觉得有些好笑，荒谬得可笑。

就是这么荒唐，家属揣着刀站在我旁边，但是我还是要气管插管；家属对着我跳脚、咒骂，我还是要加班，竭尽全力维持这年轻人的生命。

关键是，我非常非常希望病人能活下去，我愿使用一切方法让他活下去。

如果今天这些事情以另一种方式发生，那么，现在的我会是什么样子呢？

——如果我插管不顺利，给人捅了。一句话新闻后面会跟着很多很多对医疗现状的发泄和咒骂。

——如果我在工作中倒下，"英年早逝"的新闻后面最多就是同行点的蜡烛和双手合十。

——如果我是下班途中脚踩不住刹车而车祸，那么我将死于交通事故，谁也不知道我是在高强度工作后阵亡的。

不需要会算命，我也知道会是这样的后果，那么那一刻，我拿着喉镜，在做什么？

不能为自己建功立业，不能够为病人安心诊治，还要面对无端的污言诽谤和无妄之灾。

本该用在治疗上的精力，被挥霍在了无边无际的告知书和各种解释上，还可能在唾液横飞和面目狰狞的对答中化作一地的热血。

为何会面临如此困局？

无语，半生的骄傲和成就，让我"想说放弃不容易"。但是身体状态不会说假话，不断飙高的血压，频频发作的眩晕症，此起彼伏的口腔溃疡，都在对我说："你真的太累了。"

修好的车，没有大碍。继续前行，只是新补的漆遗留一个淡淡的痕迹，一侧的大灯，在潮湿的空气里会偶尔失灵。

就像受过伤的人，虽然强悍的自愈能力会修复组织和肌理，隐痛仍会时不时提醒你，在遥远的时间里，有一个不忍回望的伤。

3. 医生，请停下片刻

在每年抢救的病人中，都有年轻的、既往没有疾病的青壮年。

他们前一刻还奔走在正常的生活道路上，伏案工作，行色匆匆，肩负重任，下一刻，生命戛然而止，让周围的人猝不及防，这个状态叫作"过劳死"。他们大部分人在突发状况前都有过熬夜、过度疲劳、精神压力重等情况，但是疾病的确切诊断各不相同，有心肌梗死，有蛛网膜下腔出血，有脑干出血，有恶性心律失常。

过劳死，让人感觉死神是一个隐蔽的黑影，始终在人间穿行。他会即兴地带走一些人，不讲任何理由，不给任何预示。

最近两年，"过劳死"开始青睐医生。有一阵子，我关注一个医生的频道，每个月，都会点起蜡烛，标题是《又一位医生倒下了》。

有麻醉师，有 ICU 医生，有外科医生，有骨科医生；

有住院总，有规培生，有年轻的主治医生，有成名的中青年高手，有科主任；

有县医院医生，有门诊医生，有大学附属医院医生。

医生都学过统计学原理，从人群的分布来看，死神的抽样大体是随机的。不管什么职称、什么级别的医院，无论是什么科室，似乎并没有太清晰的偏向。结论是，其实每个医生都是分母，被抽中的概率几乎一样。

一位医生倒下了，只有医疗相关的网站在报道，只有医生在关注。会有悲戚的同行点起一行行蜡烛哀悼，会有同行凄凉地说"天堂没有手术，天堂没有病痛，天堂没有科研项目"，但即使那样，还是会有刺耳的、尖酸的声音发出来，就连惋惜也是带着指责的：医生连自己的身体都照顾不好吗？你不是应该最懂得自己的身体吗？

我没有查过中国的"过劳死"的流行病学分布，恐怕也难以有确切的数字。不过，看着那个医生频道中一次又一次，频繁再频繁地点亮蜡烛，我真的是有点怕了。索性做一回鸵鸟，把它删了。因为我也是分母中的一员。

我自己的状态经常这样糟糕：一夜不睡，十夜不醒。欠的觉太多，疲倦是脸上永远的底色，双眼也总是干涩。完成工作全靠意志力撑着，身体状况每况愈下，频频发出不良的信号：眩晕症频频发作，颈椎肩膀酸痛，口腔溃疡终年发个不停。血压也经常处于临界状态——这是高度紧张和持续高强度工作的结果。

日常的工作状态真实记录了那种疲倦是怎么累积起来的：

2014-1-4 07：33

装一个九死一生的 IABP①，心肺复苏，气管插管，把循环维护住，一点摸不到动脉搏动的状况下安导管，好在反搏效率很高。心源性休克和造影剂导致的 AKI②，再上 CRRT③，没有援手情况下独立做一切，救得活的话，我大概可算半仙。

早晨查房之前已经开始焦虑，持续一天的紧张和焦虑。我一点也不否认工作的重要性，作为一个高年资的、成熟的 ICU 医生，为科室承担最难、最麻烦的问题本就是我的职责。而 ICU 的职责又是为医院承担最重、最麻烦的病人。但承受这些压力的我，也不过是肉身凡胎。

2014-4-14 12：28

一开海泰系统，血压立刻往上蹿升，晚上又收了个满仓，纠纷的，CRRT 的，诊断不清的。还没等交班，急诊室已经约了两个床。手术室有109 个刀。果然，有台上心肺复苏的要硬加塞了。该转出的没人要，收不进的急得跳脚要来。我心态能好得起来吗？下午还有纠纷病历讨论，吃颗

---

① 主动脉球囊反搏
② 急性肾功能损害
③ 连续性血液净化

降压药再想别的。

又一位医生猝死，看看微信上的新闻，这次是南方医科大学第一临床医学院南方医院创伤骨科主任医师，45 岁的金丹教授。即使不认识他，光看他在白色巨塔中攀升的行迹，就知道，这是一位天资优秀、勤奋刻苦的青年俊杰。

医生，你为什么不停下来？

不是身处其中的人，很难理解医生的生活状态。值班、考试、晋升、文章，这些在医生而言，是一种常态，不需要解释，这个职业就必须要那样，无从选择。

当工作无穷无尽，似乎永远都做不完的时候，医生自身就像高速运转的机器中的一个零件：你个人的需求、耐磨性、强度，都必须适应高速运转的庞大机器。机器不停转，你无论如何也不能自行停下来。

一个外科医生，也许已经在昨晚的夜班连台开急诊刀通宵未眠，但是今天的择期手术是不能推掉的，因为病人已经送进手术室，助手在准备，麻醉师在操作了，万事俱备只欠主帅。下午的专科门诊不能随便停，因为预约已经满了，等候的病人已经在那里坐着。疲劳的连轴转，必须靠意志力支撑下来。你若缺席，并没有人能够为你替补。

也可能，在疲劳的值班过后，有过一阵胸闷和头晕，有过一过性的血压过高和低血糖。血肉之躯劳累后，都会有损耗、有衰竭，医生能感觉到，但也仅仅是感觉到而已。

我不想说，从本质上怎么去解决医生的疲劳，这件事太复杂太庞大，说多了都是泪。还是从我自己的感觉来说说自己是怎么尝试摆脱这种"危险的持续疲劳"吧。

2013 年末，正是重症监护室最忙的时候，危重病人每天频繁地进出，抢救一个接着一个。同时江浙一带 H_7N_9 流行，我继续负责本市的危

重 H_7N_9 抢救，又需要开始备战，准备危重病人的接诊和隔离。我实在太忙了，整个人最好劈开两个来用，每天觉得头大如斗。恰在此时，我有一个去菲律宾长滩岛的旅行计划。这是半年前就定好的行程，不打算改了。

于是，我在医院一直忙到送机的车已经在门口等，才恍然发现行李箱还没有理。只好把日用品稀里哗啦往箱子里一灌，砰地关好，一手箱子，一手女儿，飞奔而去。那样子活像"爸爸去那儿了"的片头动画。此时，电话还在催命般不停地响着。

飞机飞离地面后，我就像关闸一样睡着了。待到脑子重启时，我的世界已经从寒冬雾霾的水墨江南，到了颜色浓烈的亚热带阳光下。热带的草木花香，热带的鸟语虫鸣是那样灿烂美好，我怔忪地望着这一切，几乎不敢相信眼前的亚热带风情，那感觉，竟如同转世已经再投胎。

上螃蟹船的时候，手机从口袋里掉出来，咚的一声掉进印度洋里，淹死了。也好，这下，我就和前尘往事彻底失去了联系。

在贝壳湾的雪白海滩上，对着紫蓝色的印度洋，不过 24 小时，脑子里繁乱的一切凭空消失了，和这个世界的共振频率自然就调整到了缓慢的菲律宾模式。

那个假期以后，我忽然理解了假期的意义。我凭空消失 7 天，似乎也没给世界带来什么了不得的变化。但是对于我，不仅放松了躯体的疲劳，甚至连世界观都有改变，"刷新"后的我，可以更加有节奏地处理繁忙、繁乱的工作。从那一年之后，无论忙到什么程度，我也会出国过一个假期。

我青睐热带，青睐在寒冬跑到温暖的赤道，感受温暖的夏天，这也是那个假期带来的美好印象。转世投胎一样的假期是工作的充电站，是人生的必需品，是辛苦工作给自己的犒劳。

即使哪一天，我真的一不小心给累死了，至少，我还能挑挑，投生到哪一个风景优美、有生蚝美酒、节奏缓慢的仙乐都去。

还有，度假时一定要把手机关掉，藏起来。

自从手机变成人体的一个"附属器官"以来，这世界就变得越来越不可爱。医生的手机，根本就是个手雷：不能随便关机，也不能随便关静音。尤其是像我这样从事抢救工作的 ICU 医生，必须随时等候医院的召唤。

通宵夜班以后，补觉的时候，是我最最痛恨手机的时刻。总会有人神清气爽地来跟你通知这个、要求那个，每半个小时、一个小时，或者两个小时就来打扰你一下。休息变得支离破碎，尤其年纪渐长以后，睡眠质量下降，即使疲劳，白天也睡不深。几个电话接下来，从电话里伸过手去掐死对方的心都有。

ICU 医生的夜班，有时会紧紧盯着一个抢救病人，调容量，测血气，做 B 超，调呼吸机，看引流管，谈话，整个夜晚不眠不休，手不停，脑不停，说不定凌晨还要来一场大体力活动的胸外按压。从子夜到黎明，看着天空从漆黑到明亮，是 ICU 医生共有的记忆。优秀的医生从来都是那样训练出来的，都睡过转运床，都像陀螺一样无法停转过。

在能量耗竭的次日，必须睡觉。有一次，我到家的时候，手机早已先我一步气绝身亡了，我又忘了把它捞出来充电。于是那天，我睡得特别沉，特别香。

醒来以后一开机，短信噼里啪啦挤进来，7 个电话来过。用理科生的逻辑分析了一下：3 个不接也没事，3 个是日常事务，没有我自然会有替补。只有 1 个不接略有失礼，但是可以回电说明一下。

和神清气爽的睡一大觉比起来，让 7 个电话见鬼去吧。

不过，我是一个必须参加医院重要抢救的医生，需要保证特殊紧急状态能够通知得到我。于是，当疲劳到了极点，在补觉的时间段，我开始试着排除一些不那么重要的电话。好在现在的手机都聪明得很。调整设置，或者用小范围的工作手机，只让有限的电话打进来，就可以了。

慢慢的，我开始习惯这样做，也并没有就此变成一个不靠谱的医生，但是生活的质量确实改善了一点。最重要的是，让我胸闷的疲乏状态改善了。

后来读到冯唐写的："一条奇楠念珠，108 颗，觉得自己面目狰狞，心肺折腾，就拿出来，数数珠子，闻闻香。"觉得大有道理。俗世繁忙的人，心肺折腾是一种常态，越忙，越需要妥善处理自己的情绪。于是，我真的在抽屉里放了一串念珠，为了继续当一辈子医生，权当一种"修行"。

压力再怎么大，面对坚持了半生的事业和骄傲，我是不会放弃的。不过，不是加速燃烧掉自己。而要争取做一颗宝石，炫目斑斓地闪耀很久很久。医生朋友们，共勉！

4. 最后一个夜班

晋升完毕后不久，我递交了辞职申请，特立独行的做派，再次成为医院的话题女王。

离开的日期已经近在眼前。那天，也是郁医生在 ICU 的最后一个夜班，他被提拔为急诊科的副主任，马上就要离开成长了多年的综合 ICU，去另辟疆土。

两个高年资医生都是在科室里奋斗多年的老队员，即将一起离开，各奔东西，让整个科室心情郁闷。

我是内科总值班，郁带着一个规培医生，是 ICU 的病房值班。这是 ICU 眼下的最强值班阵容，重症医学专业的正高、副高，我们俩的体力、速度，配合的默契，都已经没有升级版本了。

一接班开始，病房的忙乱就没有片刻的消停。两台 CRRT 机交替报警，运转不太顺利。护理夜班的组长小平调整完这个，又调整那个，忙得有点"炸毛"。才接班没多久，就满额头的油光，头发从帽子里"怒发冲冠"地滑出几缕来，黏在脖子里。

两个心脏手术后的病人刚从手术室送出来不久，体外循环撤离时间不长，血管活性药物的调整颇费功夫，床边片刻离不了人。小燕在两个床中间，火眼金睛地盯着引流管和升压药。

急诊室已经有电话打来，马上要收一个从其他医院转来的 5 岁儿童，高处坠落伤。手术室又一通电话，肠坏死手术后的 80 岁老人，半个小时后手术结束，要送过来。

夜色还没有降临，晚饭还没有来得及吃，令人抓狂的节奏就已经开始了。

郁医生带的规培医生小徐接完电话，很滑稽地咧了咧嘴，语气凄惨："好开心，今晚又要大干一场了！"

我口袋里的总值班手机也片刻未消停过，楼上楼下地跑会诊，急诊室的值班医生看见我，一把抓住："姐姐，今晚是我，你要来救我的啊！你走了，以后谁来救我啊？！"

抢救室的拥挤和强度，对于任何一个医生来说，都是一场挑战，急诊室内科值班医生都希望看到是我这样做急救专业的医生值二线班，一旦有难以搞定的抢救，可以马上来援助。

会诊最耗时间的是肾内科的病人心搏骤停，我在指导病房医生心肺复苏，又要跟家属谈话。如果家属坚持要治疗下去，心肺复苏完也只得去ICU。

满脸油光，浑身冒汗。初春的天气，我跑得灰蓝色的刷手服内湿黏黏的都是汗。

"震中，在哪里忙？走得出的话，快回来！"郁医生的电话来了。他是个快枪手，就算同时处理几个重病人，条理都清楚得很，一听这个声音，我就知道状况紧急。正好手头的这个血透病人的家属已经决定放弃治疗，准备出院。

我赶紧往 ICU 跑。ICU 门口浊气冲天，人声鼎沸，乱成一锅粥。

进门，通道的走廊上，一路鲜血滴滴答答，十分醒目。刚才到底发生了什么事？！

"怎么了？"我问一路小跑着拉着床，拖着病人去做急诊 CT 的小徐医生。

"小平和急诊室的医生，不小心，头对头撞了一下，急诊室的医生挂彩了，郁老师在收高处坠落伤，这个脑疝了，我带他做 CT。"小徐指指床上，这是上午收的多发伤病人。

"还有肠坏死的病人，血压不太稳，罗老师你赶紧搞定这两个。"小徐说话快得像连珠炮，拖着床就出去了。这小子能把夜班的状况看得这么齐全，也算年轻医生中功力不俗的一个了。

我看了一下，一个年轻医生坐在办公室里，用纱布捂着额头。检查了一下伤口，眉弓上裂开了一个不小的口子，衣服领口上都是淋淋沥沥的血迹。我顺手抓住来看心脏手术后病人的胸外科医生："兄弟，快帮忙缝几针。交给你了！"

再去看一下小平，她的额头有个包，青了一片，但没有挂彩，一边用一只手拿冰袋敷着伤处，一边在收那个 5 岁的高处坠落的小孩。

"我收这个，你帮我看那个肠坏死的，那个脑疝的已经联系脑外科了，一会儿就去手术，腾不出手干活……"郁医生指给我看肠坏死的术后病人。

没有一个不是火烧眉毛的，都必须马上处理，就差脚踩风火轮了，治疗室的柜子门开得七零八落，每个房间都是热火朝天得忙。我没有余力去看看挂彩的那位医生，由胸外科主任给他清创缝合。

开血单，看住容量复苏，打医嘱，打病情告知，谈话，签字，联系手术室……在信息化的时代，病人到了危重阶段还是需要人力，人力，人力！

3 个医生，又动手，又动脑，全速开动。直到深夜，才把这一波惊涛骇浪的忙乱应付过去。连挂彩的那位医生是什么时候离开的，也没空关心，办公室只余下一件搭在椅背上的带血的工作衣。

心脏术后的病人开始趋于稳定；

两台 CRRT 还在顺利运转；

高处坠落的小孩已经循环维持住，脑功能恢复成什么样要靠点运气；

肠坏死的老头血压慢慢稳定，去甲肾上腺素减量，血浆已经在输；

脑疝的病人还在手术室急诊手术，估计得有一会儿才能出来。

墙上的钟指向零点，夜色已经冰凉地从办公室的窗口沁入。松下一口气来开始吃饭，纯粹只是为了摄入能量，一团冰冷的食物堵在心脏以下的位置，支撑着我度过漫长的时间。

走廊上哭声震天，估计是小孩的家属。此时，我的耳朵对这种声音非常非常茫然。我木然地对着窗台上的仙人球，喝口热茶；无意识地掰着仙人球的刺——我疲劳的时候，有这个坏习惯，仙人球上好几根很长的刺是给我掰断的，有几次搞得手指头挂彩。

两个仙人球同时买来。家里的那个饱满墨绿，放在科室窗台上的这个要憔悴得多，可能，听了太多的监护仪报警，整天生活在哭声和紧张里，植物情绪欠佳，也不容易长得好。有生命力的细胞都会有情绪。

本来还打算抽空把几本病历质控掉，算了！留点力气给下半场吧！

小徐坐在电脑前马不停蹄地打病程记录，输血记录，抢救记录，手术后病程记录……看了看墙上的钟，很滑稽地干笑了一声，语气依旧凄惨："好开心！今天的病程记录终于完成了！新的一天又开始了！"

真的累了，到值班室，工作衣都没有脱，一头栽倒在乱得如同小狗窝一样的床上，几秒钟之内就陷入睡眠。不知道睡了多久，我被值班手机叫醒："内科总值班，到结核科。"

跌跌撞撞爬起来，看看时间，是后半夜 3 点。

后半夜的 ICU 灯火通明，有一个房间特别忙乱，郁医生和小徐好像又在收新病人了，还不止一个。他们两个从接班开始，估计就没有片刻停下来过。

我梦游一样地在前半夜处理过的几个病人床边荡了一圈，心脏的，CRRT 的，高处坠落的，肠坏死的……看一下监护仪，看一下监护单，似乎都还好。搓搓脸，往外跑。

深夜，一个人跑过那条灯火通明的走廊，有点恍惚。

多少次，从漆黑如墨的夜色中，跑进灯火通明的医院。

雪白的墙，方格的天花板，等距离的日光灯，单调得像一个隧道，通往永远的忙碌和紧张。多少个深夜，穿行在这里，不是赶着去救命，就是赶着去"救火"。这是我中年的生命中一个深刻的记忆碎片。可能会被永远保留在某一个角落中。

"震中，你在哪里？快过来。"郁医生的电话又追来了。总值班手机的铃声在后半夜，听上去格外让人心惊胆战，我完成胸腔闭式引流的操作，飞奔回 ICU。

"两个同时送来的车祸，现在这个需要骨科外固定，这个估计是胸腔里大出血，需要外科手术。"

两个紧挨着，血糊了一床。

残存的疲劳感和睡意在高度紧张的时刻，消散得半点不剩。

掏出手机开始叫骨科、胸外科、手术室，约血。郁两手不停地加压包扎，气管插管，深静脉穿刺，胸腔引流。小徐两手不停地开输血单，开 B 超申请，开手术申请，打手术前告知。

三个人无缝配合，流水线操作，效率高得没有半点空隙。后半夜的 3 点钟，用意志力强行保持高速和高效。

天光在什么时候大亮的，我已经失去了基本的判断。

一个病人送手术室，一个床边做外固定牵引。

手术室送回来的多发伤安置好。

开始看早晨的一轮血气分析，调整 24 小时液体出入量，调整电解质，跨膜压过高的 CRRT 机下机，写交班……

一波波早晨来上班的人，精神奕奕从门口进来。

"早饭，早饭。"方宇拎了煎饺和牛肉汤进来给我们。

"收了 4 个，还好！"护士长说，她习惯性地一上班就收拾七零八落的治疗室。

"发生了什么血案？"办公室的椅子上，还搭着带血的工作衣，那是昨晚挂彩的急诊室医生留下的。

小徐到底年轻，整晚跑前跑后，没有睡过半分钟，还用这交班前的空隙，继续在电脑前十指如飞地打病历。显示器的微光照着他疲惫的脸、困顿的眼睛。他又是很滑稽地干笑了一声，语气凄惨得和之前保持了高度一致："好开心！我还有命打病程记录！这真是美好的一天啊！"

我和郁对望一眼，筋疲力尽。

恍惚中意识到，好像，这是我们的最后一次一起上夜班了，上完这个夜班，我们将各奔前程。

我茫然盯着窗台上的仙人球看了很久，进入一种时髦的状态叫"身心耗竭综合征"——脑子停转，没有力气说话，没有力气笑一笑，行尸走肉一般，想都没想过要具有仪式感地告别一下。

下班的时候，我把窗台上这个憔悴的仙人球带走了，我要把它带到新办公室的窗台上，让它继续陪着我，去走未知的路。希望它在未来的日子里，情绪会好一点。

恍惚中，记得多年前，老童离开时说过："若不是下了夜班两脚都肿，一按一个坑，还会坚持几年。"

5. 重生

有一件事，从 2013 年起整整努力了一年。到此刻，一年过去了，我离开的日子已经近在眼前，还没有把它做成，像内心横亘着的一条刺——争取第一例脏器捐献。

我们 ICU 医生的职责是把人救活，但无可避免地，也会目送很多很多的死亡。病人因为衰老、慢性疾病而走向死亡，家属在心理上会比较好接受。这就像树叶慢慢枯了，自然会飘落，人人懂得这个自然规律。尽管感情上伤心难过，但潜意识都会说服自己去接受现实。如果是青年因为意外而抢救，而死亡，家属就会面临很大的心理创痛，难以面对。

这其中，车祸造成的脑死亡病人尤其让家属心理面临煎熬。人的大脑是造物主在这宇宙中最精密也最奥妙的产物。但是大脑非常脆弱，在意外损伤中，很多状况下对脑部的冲击都会造成永久性的损伤，再也无法恢复。以现在医学的发展，可以用呼吸机维持氧合，可以用升压药维持循环，但对于严重损伤的大脑，任何药物都无法帮助恢复。

一部分病人会进行到"脑死亡"状态。从真正意义上来说，这样的病人，他自己的人生已经走完了。但是，医学留住了他身体的其他部分——心脏还在跳动，呼吸机在帮助没有自主功能的肺工作，法律上他仍然存活。

对于这样的病情，ICU 医生向家属的告知，真的是很残酷：

不要再幻想，没有万一，他没有任何希望。

他没有任何醒来的可能，他会在维持一段时间后死去，这是自然规律。

没有药物可以帮助他，失去了大脑的指挥，身体的其他部分无论如何维持，都不可能长时间存活，他甚至不能成为植物人。

我们在医疗上不会放弃任何全力治疗的努力，但是必须告诉您，不会有奇迹发生。

执行这样的告知，是一件让人难过的事，往往在刹那间，我们就必须面对号啕成一片的哭声。

更为残酷的是眼睁睁等待死亡降临的过程，身体还很年轻，没有了脑功能的生命会有几天到几周的生存时间，病人会慢慢出现高钠、无尿等并发症，最终走向永远的沉睡。

年迈的父母每天探视时间进来号啕一阵，晕厥一阵。

多年的 ICU 医生生涯，让我已经习惯于这样的哭声。但是从两年前起，遇到这样的情况，我都会谨慎地问："您是否愿意考虑脏器捐赠，让亲人身体的一部分在别人身上继续活下去？"

把这话问出口并不容易，拒绝倒也罢了，有几次话都没有讲完，来自红十字会的脏器捐献协调员被家属愤怒地痛骂："要不是看你是个姑娘，说这种话，你小心给我们打。"

为什么要这样问？

如果你看到过血透病人的生活状态，就会明白。那是另一种无奈的生存状态：一般血透病人都是因为慢性疾病，肾脏慢慢失去功能，慢慢死去。尿液不能正常地产生，身体里的代谢废物无法排出。血液透析变成维系生命的唯一途径。他们需要每周三次到医院来透析，躺在床上几个小时，让机器把血液中积存了 2～3 天的废水排泄出去。

然后，在透析后，他们需要谨慎地控制喝水，谨慎地维护身上长期安置的透析管道，不能过度活动，不能旅行。机器也不是这么神奇，经过一段时间血透后，病人会有一副大致相似的面容：苍白萎靡的脸上似乎有洗不净的污垢。年轻的病人，看着自己痛苦而无望的人生，会产生很多心理疾病，如性情暴躁、性格怪癖、心态绝望过激等。

这只是打个比方。其实，肝脏功能、心脏功能、肺功能衰竭的病人，生存质量会更加恶劣。这样的病人，想要回到正常的生活轨道上去，就需要做脏器移植。医生能够解决移植的技术问题，但是巧妇难为无米之炊，脏器的来源始终是最大的问题。很多病人，是在等待的过程中死去的。在神志清明中等待死亡，是一个让人恐惧的过程。

脑死亡病人如果能够捐赠脏器，就可以挽救几个这样在恐惧中等待的病人，让他们回到正常的人生轨迹上来。

这是医生的期望，并不为大众所了解。尽管电视新闻、报纸、互联网的宣传在持续推广这个观念，传统的观念深入人心，像撼不动的山。

只好一次又一次接受拒绝，期望用恒心和耐力争取到第一次成功。

您是否愿意考虑脏器捐赠，让亲人身体的一部分在别人身上继续活下去？

——不，我觉得他还有希望，我们要等他醒过来。

——不，他已经吃了很多苦，我们怎么忍心他最后再吃苦。

——不，我们是传统的人，就是要去，也得让他完整地走。

——不，我们没这么高尚，旁人会说闲话的。

一年来，得到的，一直是这样的回答。我对此完全理解，也并不太失望，身体发肤受之父母，不可有毁损。多少年来深入人心，牢不可破。ICU 医生对此习以为常。

2014 年的 6 月，再有 10 天，就是我离开医院的日子。那是一个很年轻的农村小伙子，车祸导致脑死亡。本以为他看上去很传统的母亲和兄长不会接受这样的观念，但是谈话时，家属却同意了，因为在他们村曾经有过捐赠脏器的先例。

省红十字会的脏器捐赠协调员带来了移植团队，经过严谨的评估，认为符合条件。他的母亲和兄长，在病床前无声地向他告别，虽没有号啕大哭，但那种悲痛人人都感觉得到。捐赠的晚上，病人从 ICU 送去手术室之前，我们 ICU 的工作人员自发举行了一个小小的仪式，列队向这位面色黝黑的小伙子鞠躬致谢，在这个分分秒秒都只争朝夕的年代，为即将停止的生命，代不知名的、将要接受脏器的患者，向他致谢。

我和移植团队中的医生一起去手术室确认患者的死亡。这是一个很严谨的过程，和任何一台治疗性的手术一样。按程序，需要两位高级职称的医生同时确认。确认后，一辆车载着脏器飞驶向 100 公里外的大学附属医院，去正在准备中的手术室。

我们医院的手术室里，移植团队中的专业工作人员为患者清洁遗体，穿好衣服，列队向遗体鞠躬。

第二天一早，协调员发了信息给我：接受肾脏、肝脏的 3 位患者术后恢复稳定，42 岁和 38 岁的尿毒症患者、35 岁的肝衰竭患者正在监护室接受术后治疗。

在收到短信之前，我还没有这样强烈的感觉。在晨间交班上读出这条短信听到的医生和护士都情不自禁欢呼了一声——我从来没有这样真切地感受了"重生"的温情和意义。

我没能看到捐赠者亲属得知此消息的反应，但是，我相信"重生"的意念是会感动旁人的，要不然，他们怎么会做出与同村人相同的选择呢？

一株注定要萎谢的花，在别的地方重新开放了。

有人总在质疑我，你这 ICU 医生怎么当的？为什么总在意这些无关工作业绩的东西？

因为这些东西事关生死。我想救活人力所能为的所有病人，不惜精力体力。但是，自然规律决定了必定有人会死亡。

如果能促成捐赠：

对供体来说，尘归尘土归土，身体的一部分仍然活着，遗爱人间。

对受体，那是真正的重获新生，可以摆脱无休止的血透、暗无天日的失明……回到正常人的轨迹上来。

对专攻脏器移植的医生来说，经过努力救活患者，简直能体会到造物主的成功感；我常常会关注陈静瑜医生的微博，感受移植科医生的努力和成就感。

对于我这个 ICU 医生来说，我只是整个过程中的一分子，不是关键，不是重点，但是，我还是感觉到自己维护生命功能的努力没有白做，见证了重生的奇迹。

整整一年的闭门羹啊！几十次的尝试和被拒绝，在临走的最后时刻终于做成，简直就是在考验这颗心是否虔诚。

从收到短信的那一刻起，我就决定要把这件事当作我的一种使命坚定地做下去。我们这样实力的重症监护室，必须最先开始尝试，而我，不管在与不在这里，都会在未来职业生涯中继续坚持。

我会告诉每一个 ICU 医生：问出这句话，并不难。也许病人家属本就有这样的心，你和他们或许能不谋而合，都在争取重生的奇迹。

6. 行者长运

我没有再征询一起征战多年的弟兄们的意见，我提交辞职报告前没有告诉任何人，包括叶深，包括我的宝贝徒弟鹏，还有同甘共苦了多年的弟兄们。

我的离职，犹如科室的一声惊雷，在院方引起一场震动。

"你这个人，这么任性，脑子里都不知道在想什么？我说了反正你也不会听。"内科大主任痛心疾首地骂我。

方宇，鹏，双双……全都心情沉重，无语凝噎。

这些年来，我已经慢慢代替了叶深在科室里的位置，虽然没有他那样办事周全妥帖，不过我的强悍和稳定，经常能够给每个人在极限状态时信心和支持。走进监护室，就会有各式各样的眼睛看向我，听我号令。这是属于我的骄傲。

改变整个人生轨迹的决定，绝非一时冲动。

要结束了。2014 年 6 月 30 日，办完辞职手续，开车驶出熟悉的大门，眼泪奔涌而出。关上车窗，尽情放声大哭，难过便是难过，难道哭了便不算英雄好汉？

生活从此驶出原定的路线，走到一个陌生的路口，像历经沧海桑田的变迁，一眼千年。从此不再回头，看新的风景，和新伙伴同行。

我工作的这个新的 ICU，繁忙的程度要低一些，虽然高难度的病人时不时会有，但是比之前少一些。符合我对"合理工作量"的想法。

"合理的工作量、合理的休息、合理的收入"是维持生活的眼前苟且，但这不是我要的全部。维持"不累死"的基本要求后，我的脸色随之好看起来，接着，脑细胞就开始自动活跃。

在慢慢整合一个新团体的两年中，我渐渐发现原来那些横亘在我内心、向往做成的事情，一件一件的，竟都做成了，比如 ECMO（体外膜肺氧合），比如推动器官捐赠，比如慢性危重病人的心理关怀，等等。原来想要推动一下这些事，在人力物力上束缚重重，让我有心无力，但是现在居然都做成了。

小小的希望，慢慢在心里活跃起来：或许我可以把理想中的小试点做成功。大小本不是问题，ICU 从成立之初，提倡的就是以 12 个病床为单位的治疗单元，或许挣脱束缚的我，可以把一个重症医学科的医生做得很纯粹。

物以类聚，人以群分，我的新伙伴都是非凡人物，愿意在荆棘密布的小路上探险，都是勇士。我对他们的感情是极致的喜欢，更像是一个自己与另一个自己在光阴里的隔世重逢。

当然，要做事，也有阻力，老百姓对民营医院的不信任感，是我们最大的阻力。我以往行医记录中良好的口碑，和与原单位同事们的友好关系帮了大忙。往往是危重病人家属在医生朋友圈内打听了一轮之后，决定留下来。几次新闻事件之后，附近的抢救病人就习惯于往我们医院送了。

行医之路充满挑战，一个医生，要在这样的压力下成就自己、带动团队，是件艰辛的任务。我哭过、痛心过。但是，既然决定做一个"行者"，我就必须鼓起勇气，向着未知的黑暗奔跑探寻。

看过电影《移动的迷宫》吗？诡异的迷宫，丧生的同伴，让多少人心生怯意，但总有人习惯于从暗夜奔向希望，总有人要去做这样的行者，去冒险，走在无人走过的小径上，经历无人知晓的危险和刺激，追寻希望。

或许，我会经历更多伤害和伤痕，更多失败和失望，更多刺激和刺痛，也许，晨曦还在很远的未来。人不能选择自己的时代，但不甘命运的暗夜行者，会走过午夜，也许未必能在有生之年看到黎明，但是可以和壮丽的银河对视，可以和充满活力的勇士一同奔跑。

第四章
险滩中的领航者

跳槽之后，所有的事情，都在探索中前进，没有参照可循。我感觉自己仍旧在做那个"暗夜行者"。体力负荷下降，处处需要好好动脑。第一批主动跳出体制的医生，注定要荆棘中开拓前行。很多人，都在默默注视那个特立独行的话题女王能不能做得更好。

话题女王也在张望，看看跳出体制的先行者们：张强、于莺、宋冬雷……他们都在做什么和怎么做。

重症监护室的常规工作还是一如既往地进行，用理科生的逻辑给 ICU 的常规工作分分类，总共可以分成几种：为病情可逆的急性病人争取好好活下去的机会；为重大手术和高危操作做技术保障和后防；争取脑死亡的病人捐献脏器；送必然走向死亡的病人好好地离开这个世界。

ICU 的大门常闭，病人家属一般都不知道医生在做什么，也很少有人感谢 ICU 医生，但是我们做好每一件事，都会带来强烈的自身价值感，这可能是这个艰苦的专业最吸引人的地方。

1. 我就是想他活下去

身为一个工作了 18 年的 ICU 医生，做成第一例 ECMO[①] 一直在我的短期计划中。

为什么这么向往做 ECMO？因为它就像神奇的兵器——倚天剑，只是静静放在那里，就能发出耀眼的光芒，处于精力体力巅峰状态的武士一定会向往有机会用它来建功立业，印证自己半生的经验和技艺。

在这样繁复的日常操作和管理间隙，要腾出一片真空，在白纸一样的背景下，做成第一次是不容易的。用技术来探险，需要机会，需要能力，也需要勇气。

我所说的机会主要是指合适的病人：ECMO 是人工的心肺替代，它对病人有着严格的"要求"，属于青壮年突发急病、心肺功能崩溃，同时又有充足的经济来源的病人，才适合这样的治疗方案。没有十几二十万人民币的经济保障，根本没法上机。

江浙一带，经济发达，这类中青年突发急症，家庭又有经济能力的病人本来不少。但发生这种状况，病人家属往往会非常焦虑，惶惶中会发动各种社会关系打招呼，请会诊，商量转院。而疾病的胶着状态通常会持续几周，在起起伏伏的病情变化中，心志坚定又与医生配合度高的家属并不太多。

所谓勇气，则是指医生要面对危重疾病的各种不确定因素，面对每一刻都可能死亡的漫长等待，面对家属的焦虑和纠结，面对各方的期待。

在现状下，最明哲保身的做法是劝这样的危重病人转到浙一这样的大

---

① ECMO，extracorporeal membrane oxygenation，是体外膜肺氧合的英文简称，这是一种体外循环技术，其原理是将体内的静脉血引出体外，经过特殊材质人工心肺旁路氧合后注入病人动脉或静脉系统，起到部分心肺替代作用，维持人体脏器组织氧合血供。

医院去。所以，一个市级医院的 ICU 医生想要做成第一例 ECMO，必须有承担各方压力的心理准备。

我等候那样的机会，已经 3 年。从负责 H$_7$N$_9$ 抢救的 2013 年，一直等到我跳槽离开公立医院的那一天，这是横亘在我心里的一件重要的事。时间越久，这桩心事越尖锐，每一次参加大型的学术会议，每一次听别的 ICU 医生做 ECMO 交流，这桩心事都会戳痛我，让我有"意难平"之感。

离开市一医院那一日，我去库房看望还没有拆封的 ECMO 机器，它仍然盖在塑料布下面，静候着不知会不会到来的、自己大展神威的那一日。我心里的遗憾难以言表：这个机器，是市里为了抢救危重的 H$_7$N$_9$ 病人，特意拨款 100 多万买入的，而我身为对抗疾病的主帅，有了这样的"神兵利器"，却没有机会利剑出鞘一次。跳槽出去以后，能做成的希望恐怕更加渺茫，只能寄希望于我的兄弟们继续努力了。

不过，希望就像埋在沙漠里的种子，一有机会立刻会发芽成长。

老张收入的那个早上，我盯着参数已经非常高的呼吸机，心里快速策划着上 ECMO 的可能：病人才五十多岁，体格强壮，没有慢性疾病，然而因为不慎吸入了大量刺激性气体，肺部损伤非常严重，常规呼吸机已经快支持不住。以他的年纪和康复能力，正是最适用 ECMO 的病人。

病人的单位非常关切他的病情，不计代价地支持抢救，有足够经济上的支持。而且病人的家庭结构较为简单，单位领导和病人家属非常理解和信任医生，这是上 ECMO 非常有利的条件。

困难当然也很多：我们医院没有机器，ECMO 机器需要借，全市只有那一台。百多万的机器，是一时三刻就可以拿来的吗？

支援的技术团队需要外请；即使有坚强的后援，ECMO 的运行过程需要全部自行管理，直到病情好转。这就像飞机，虽然起飞的时候有人帮助，但飞翔和降落需要完全自主进行。病情进展的时间跨度是几天还是几周，要看天意。我这个还没试过手的飞行员，能平安着陆吗？

而且，我跳槽后新组建的 ICU 团队，系统训练才一年多。几个医生，金远、赵云晖、鲍春珲都陆续从各个大医院进修回来。我的"管家婆"护士长刚 30 岁，很多护士刚工作 3 年，大部分成员还不具备成熟的专科能力。

对于我这样一个跳槽私立医院的医生，失败会造成名誉上的损失。何况，ECMO 又是那样引人瞩目的事情。

但是病人已经不具备转院的可能性，转运的呼吸机支持不住那样重的病人，两个小时转运过程中的缺氧会要了他的命。而且，病情还在继续快速发展，用常规机械通气顶过肺水肿高峰的机会非常渺茫。

不能等，也不能转，除了做 ECMO 外，似乎没有别的选择。

一切，只在于我的决心，而下决心，只在一瞬间。

放下一切，我立刻开始准备，动用所有的能量去筹备这件事：借机器，请支援，临阵磨枪复习资料，联系管路耗材。医院全力支持我，为了赶时间，医务科长和设备科长让医院派车，两个人立刻出发去市一医院借机器。设备，后勤，护理，很多部门快速响应帮我办这桩事，让我可以把精力全部放在治疗上。

待到万事俱备，磕磕绊绊终于上机运行的时候，已经入夜，8 个小时过去了。万幸，ECMO 开始正常运行。床边拍片显示：在这 8 个小时中，病人的肺部状况继续恶化，没有 8 个小时前下的决心，这个夜晚将以病人的缺氧死亡终结。我的决定是正确的。

但是还没有完，毒气大量吸入导致肾功能同时出现问题，尿量极少。于是我立刻又在 ECMO 上串联了一个 CRRT（连续性血液净化）机。

呼吸机，ECMO，CRRT，B 超机，每个来上班的 ICU 护士妹妹，看着这前所未有的"排场"，都倒吸一口冷气。

兴奋，焦虑，小心翼翼，充满盼望，是团队中每一个人的情绪。这种感觉就和奥运金牌零的突破一样：象征意义太大，令人倍感压力。如果天天有几台 ECMO 在持续运转中，不断有人上机下机，熟极而流，医生习以为常了，就不会有那样的心理压力。

疾病的胶着阶段会持续多少天，是一个未知数。中间会不会有意外的变故，致死性的并发症，会不会有机器运转上的异常，这些，我们都不知道。刚进修回来的赵云晖没日没夜地守着 ECMO。

所有人都紧张地盯着每个细节，每天的查房就像在阅兵。护士长领着当班护士拿着核查表，瞪大双眼，从头查到脚，从早上交班，查到晚上交班。

病人处于深度镇静状态，"天罗地网"般的管道和机器，让每天探视的家属和单位同事不敢走近，就连远远看着，都带着震惊的表情，小心翼翼地问：医生，他能活下来吗？

我也不知道。我只知道，若没有这些"天罗地网"，他已经死了，而现在，他还有可救的机会。床边胸片的结果出来：两肺白茫茫的渗出——正是疾病的极期。

记得前一阵我在晨会上放浙二医院急诊 ICU 的照片，病人上着 ECMO+CRRT，需要不断用超声评估容量。我问科室的护士们：妞们，敢不敢在这样的"天罗地网"里上一个班？有没有能力保证你这个班没有失误？呆萌的大小姑娘们吐吐舌头不说话，有些干脆戴上口罩，不让我看见表情。

现在，依然呆萌的大小姑娘们情绪亢奋，不计精力体力地投入，上班时时刻刻瞪着大眼睛忙活，目标是"我就是想他活下来"。下班忙着临阵磨枪，用她们的话来说：做梦都在训练换耦合剂。

很多同事，在早晨路过 ICU 的时候，也会站在门口看一下，问一句：怎么样了？

我的原单位，迅速借出 ECMO 的市一医院，原先的搭档们：叶深、方宇、鹏、乔院长、老许，也在关注着我的进展。所有的好奇和关切，都汇聚成隐隐的压力。

上机的第三天是一个星期天，状况频发。病人的肺水肿进入高峰期，大量的黄色渗液从气管插管中不停外溢。

此时，ECMO 的引血管道出了点状况，出现异常的抖动。惊得医生们又是拍片，又是 B 超。刚处理停当，紧接着，下午 ECMO 机器突然停转，面板死机。又是一阵兵荒马乱，四脚朝天。

当我赶到床边的时候，机器已经重新启动。用护士小兰惊魂未定的话说："吓得怕都不会了，马上用手动模式转机，过了那阵子才知道脚软。"

在这个状况频出的星期天，一帮人都焦虑地注视着监护仪、呼吸机、ECMO 的种种参数。医生下了班都逗留在病房，不想离去。胶着状态是最难熬的：抗凝开始出现这样那样的问题；机器故障也开始发生。我们每天紧盯着炎症指标，盯着 CRRT 的脱水，盯着膜肺上的小血栓，盯着越来越大的镇静剂剂量。日子一天天过去，病情却没有半分转机，这真是心理上的煎熬。

看着机械通气状态，气管插管和呼吸机管道里全是肺泡渗出的黄水。我面上平静，心里却在飞快地思考着。如今的情况虽然复杂，但并不能难住我，一个成熟的 ICU 医生，对危重病人的病理生理足够熟悉，"解题能力"足以驾驭它。我调整完参数，嘱咐完晚上需要注意的事项，就回去了。

病人的儿子守在病房外寸步不离。在隆冬的夜晚，他裹着棉被，在门外的长凳上已经睡了三天。他看不见病人的状况，也不敢看，虽然帮不上忙，但也不愿离去。焦虑夜以继日地折磨着他，让他日渐憔悴。同样的焦虑也在折磨着我，但是，我不能露出半点慌乱之色，面对瞬息万变的病况，只有沉着，只有冷静，才有获胜的机会。

现在，整个 ICU 团队都是枕戈待旦的战士。18 年的 ICU 医生生涯，早已让我练出了把所有焦虑急切、担忧等负面情绪转化成坚决表情的本领。三军的军心，此时落于我一身，我稳，她们才能稳。

谋事在人，成事在天。我要做的，是平静应对所有麻烦，给团队信心。

在眼睛干涩中，我们迎来了第四天。这一天，病情出现明显好转，病人的肾功能大为改观，尿量增多，我们顺利撤掉了作为肾脏替代的 CRRT 机。气管插管内发大水一样的冒黄水迅速停止。所有医务人员都有了"雨后见彩虹"一样的感觉。

第五天，终于可以撤机。没有血管外科的我们，撤机也撤得磕磕绊绊，十分艰难。但是，我们终于平安结束了 ECMO。只待肺的情况进一步好转，最后拔掉气管插管了。

度过麻烦频出的那个星期天，病情一路顺风顺水，顺利得出奇。病人撤除了镇静药物，醒了过来，拔掉了气管插管。拔管的时刻，偌大的 ICU，护士妹妹的欢呼响成一片。

10 天之后，病人的病情好转，离开重症监护室。离开的时候，这个壮汉茫然地看着我们激动地围着他，完全不知道自己曾在生命的悬崖上走了那么久。

他的床位离开了 ICU，重新平静的 ECMO 机器在病房的角落，等待归还。

用过了它，经历了这一程，我已经彻底明白：机器并非王道，治愈病人的最终还是医生，急难情况考验的是重症医学团队的整体质量。ECMO 就像一件称手的兵器，用得好与不好，在于使用者的功力，还要靠病人自身的病情与运气。面对全新的东西，难的不是技术，而是整合能力，是心理的抗压能力，是综合分析能力。

经历完这一程，我们的新团队就像大树，过完寒冬，又粗大了一轮，底气强健了不少。

这是本市第一例成功的 VV-ECMO。

那天，我的微信被很多同事转发，既有现在医院的，也有原单位的。是，周边的地区都已经成功开展了 ECMO，我们的起步已经晚了些许，越是如此，越是渴望。

对治愈的渴望，是医生这个职业最原始的驱动力；实现零的突破的那种欢欣和喜悦，是因为挑战难度的技术突破，更是因为病人的新生。成功完成了第一例 ECMO，就像成功拔掉了我心头的一根刺。从此，我可以更客观、更稳定、更自信地去评估这项技术，婉转如意地使用倚天剑。

2. 冒险的理由

"ECMO 给你完成了，还是有点牛的。"下班出监护室的大门，正好碰上手术室出来的赵师傅。他是骨科医生，本地人习惯戏称骨科医生为木匠师傅，所以我一向叫他赵师傅。

"收工了？"我问他，他自己的膝关节有点旧伤，连台很长时间的手术下来，显得脚步有点疲惫。

陈林（化名）这时被急诊室的平车推着送进来。医院在六点钟有一个全体参加的院感业务学习。我望了一眼病人没有气管插管，肢体有自主活动，初步估计病情不太重，就让夜班医生金远接诊病人，自己去参加业务学习了。

8 点钟，金远把陈林的片子用微信发给我：头颅 CT 显示创伤性蛛网膜下腔出血，环池内都是血。这也罢了，他的脊柱在腰椎处很醒目地横断成两截，椎体爆裂，移位明显。

手机图片上看不清楚腰椎 CT 的细微结构，我就从报告厅溜了出来，临走回头在人群里找了一下赵师傅。他正坐在前排听课。我把脊柱的 CT 片用微信发给他。

回到 ICU，值班医生向我报了一下大致病情："50 岁，修理工，3 个小时前从 3 米高的梯子上不慎掉落。"

洗手，查体：病人的神志状态看上去和送进来时差不多，昏迷，略烦躁，瞳孔反应还好，手能够乱抓，但是两脚的动作明显要少，无力软塌，平移有困难。

"到急诊的时候，脚有 4 级肌力，现在看看最多 2 级了，刚请了骨科值班医生检查，觉得脊髓压迫加重，需要急诊手术，给脊髓减压。但是脑外伤还不稳定，没法现在手术。"金远是高年资的 ICU 医生，简单地向我报病情。

难怪要把 CT 发给我看了，刀无两面光，对于颅脑外伤合并脊柱横断的外伤，判断手术的指征和时机是让医生颇为踌躇的难题。我看他一眼问："你怎么看？"

对于新的合作伙伴，我需要知道他本身的判断能力和决策能力。

"开有风险，不开截瘫已经不能避免，总应该争取一下手术。"果然金远自己已经判断过了。

我又仔细看了一下 CT，从脑损伤的初期评估来看：不轻，中线已有少量偏移，有继续发展至脑疝的可能，不过眼下并没有手术指征。脑损伤初步判定稳定时间是 6 个小时左右；但是看着他崩溃的脊柱，移位伤得触目惊心，在三维重建的 CT 片上就像一根斜向断裂的柱子，必须尽快处理——脊髓压迫超过 6 个小时的话，就会截瘫，终身无法恢复。

6 个小时，这个坎已经在不远处，必须立刻决策如何过这个坎。

这样的手术评估是困难的，考验的是 ICU 医生的综合权衡能力。保守到底，是治疗上的不功不过，病人可能会醒，但是终身截瘫的痛苦未来将成定局。

急诊做脊髓的减压，是骨科非常有难度的手术，一定得赵师傅来做。

我刚拨通电话，他立刻就问："那个强直性脊柱炎的病人是怎么受伤的？现在人在哪里？"

听了他的话，我忽然明白了：难怪看上去整个脊柱都怪怪的。这个人有严重的强直性脊柱炎，正常的解剖结构都不清晰了，椎体如同鸡蛋壳。百上加斤，质地异常的骨质，脆弱，不易固定，将让手术难度更加无法预估。

"赵师傅，你最好来一下，这个人我觉得需要急诊手术。"赵师傅到ICU的时候，脸色不太好看，忙了一天的门诊和择期大手术，看上去疲劳得很。

床边查了一套下肢的运动，深浅感觉和反射；又在电脑上仔细看了一下腰椎片；又看颅脑CT，赵师傅这个全能的骨科医生，对外伤的判断已经心里有数，问我："头颅还没到时间，能开吗？"

我明白他的意思是有必要手术，让我评估颅脑创伤的风险。

时钟指向9点，离受伤的时间过去了4个小时："可以去复查一下CT，看看脑内出血有没有增加。"

赵师傅答应得干脆："好，那就先和家属谈谈，如果可以开，我们去准备急诊手术。"我知道，腰椎开急诊并不容易，骨科器械和材料最是繁复，需要专业器械技师的配合和协助。而且，强直性脊柱炎病人的骨质非常特别，手术中的难度，无法预测。但赵师傅的神色仍是淡淡的，显然不觉得这个难度是过不了的坎。留下骨科值班医生做术前签字谈话，自己准备去了。

ICU值班医生金远立刻动手复查CT，显示脑内出血稳定，水肿没有继续加重。我向手术室的赵师傅报告，他简单应了一句："OK，那就开。"

术前谈话又遇到了困难——没有家属。病人唯一的女儿在湖南，送他入院的工友、领导，都不敢签字。

试问哪个朋友敢在昏迷、截瘫这样严重字眼下签字呢？

"主任，病人的工友说他不敢签字。"金远为难地对我说。

只能拨通电话向他女儿告知病情了。做这样一个知情告知，实在不是一件容易的事情——这不是一个手术的告知，是在为这个人未来的生存状态，做一个两难的选择，走一趟高难度的冒险之旅。

脑手术 VS 脊柱手术，昏迷加重 VS 截瘫，最坏的可能是：脊髓的压迫没有好转，颅内又出血加重……即使自诩伶牙俐齿，逻辑清楚，我也不知道电话那头的人有没有听明白。

不过，沟通出乎意料地顺畅。

"医生，如果你认为需要现在手术，我同意手术，请你为他选择最好的方案。我同意承受你说的任何风险。"电话那头是个很年轻的声音，但是却简洁和果决得令人感动。

两难的决策，犹如一架天平，医生的心在权衡中摇晃。她的信任，让天平坚决地落向了一边。

手术进行了 4 个多小时，强直性脊柱炎的骨质，让手术如同在鸡蛋壳上打桩，异常困难。即使赵师傅是个脊柱手术高手，手术的时间也已经大大超过了以往择期手术的时间。

手术结束已是凌晨，术后立刻复查头颅 CT，万幸！脑的损伤没有加重。

第二天早上，到病房就直奔陈林的床前，病人手术前已经软瘫的右腿恢复 3 级肌力，左腿活动自如。哇噻！我真有来个空翻的冲动，立刻掏出手机，想打电话给赵师傅，犹豫了一下，不知道后半夜才睡的木匠师傅有没有爬起来。

将好消息用微信发给赵师傅。

你懂得这种感觉吗？

足球场上，前锋接中场妙传，乱军中，进了决赛制胜一球，就是这样的感觉。

音乐厅里，小提琴和钢琴合奏贝多芬的《月光曲》，满地清辉，荡气回肠，就是这样的感觉。

世上很少有工作能够给你这样的愉悦感，也很少有人会让你有冲上去拥抱一下的意气相投感。

当时，我们也不无担心：

如果术中强烈刺激造成颅内出血量增加，腰椎开完，病人中枢神经损伤很可能加重。

病人有强直性脊柱炎，解剖结构异常，手术困难是必然的，解除了压迫，神经功能恢复得怎么样，也有一部分要看天意。

作为一个多年来习惯处理各种创伤的 ICU 医生，我看得清所有的风险和难度，经历过以往类似病例的截瘫和死亡的结局。而赵师傅作为久经风雨的大师傅，看得比我还清楚。但是，他没有过任何退缩。

同声自相应，同心自相知。肩上扛惯压力的人当然懂得压力是怎么回事。经历风雨，经历一次一次的风险、压力、高难度、福祸难测的后果、不被理解的委屈，仍然保持真诚的心，用自己的技艺争取机会。这样的医生，其高超的技艺固然难能可贵，举重若轻的气质更加让人敬佩。

手术后一周，脑水肿逐渐消退，病人神志恢复清醒。也因为及时手术，双脚的运动能力很快恢复。他达到了我们预测中最好最好的治疗结果。手术的第二天，我看到了病人的女儿，那个年轻的、让人感动的声音的主人，有着淳朴平凡的面孔、羞怯的表情。不过，我一直记得她在电话里的话：

医生，如果你认为需要现在手术，我同意手术，请你为他选择最好的方案。我同意承受你说的任何风险。

——这样单纯而坚定的信任，是我们的团队尽全力为他冒险的最好的理由。

举重若轻的赵师傅，是我最快建立强烈信任感的新拍档。一次配合默契，感觉就来了，相互看看："这人还蛮行的。"马上就变成死党。

3. 快来，病人好像是肺栓塞了

相比 ECMO 带来的巨大成功感，外科灾难性术后并发症，是 ICU 医生的劫数。比如说：术后肺栓塞。

每一次遭遇肺栓塞，都会留下惊心动魄的记忆：有连续 1 个多小时的复苏；有横贯 2012 年到 2013 年那个年度深夜的跨年谈判；有旷日持久的官司；有剑拔弩张的对峙医闹。

"你快来，病人好像是肺栓塞了。"每次接到这样的电话，我都觉得脑袋后面嗖嗖冒冷气，混沌中的脑细胞立刻升温。焦虑的感觉，像卡布奇诺上的泡泡，汹涌地浮上来。

下肢的血栓无声无息地生长，在某一刻突然掉下来，栓在肺动脉里，这叫肺栓塞。它的可怕在于，此刻病人可能尚如常活动，下一刻，当血栓塞住肺动脉，他会呼吸衰竭，循环衰竭，猝死。有时候，这个转折只需几分钟。这个过程，在亲历者看来，难以相信，难以接受。后续的麻烦纷争，都来源于不理解和不信任。

那是一个星期天的中午，在昏昏欲睡的困倦中，我接到了科室鲍医生的电话：主任，上午转回外科的那个病人刚插了管，转回来了，氧合很差，好像是肺栓塞。瞌睡虫立刻吓走了，我跳起来，立刻开车去医院。待我到 ICU 的时候，几个医生正焦虑地围着病人。

气管插管，机器用纯氧的情况下，氧饱和度在 85% 左右的低水平徘徊，血压只有 80/40mmHg。放射科医生刚刚推了床边机出去。"病人中午活动了一下，突然氧饱和度就低下来了，只有 60%。插了管过来。"鲍春珲简单地向我陈述病人的情况。

我看着监护仪踌躇了一下，只短短片刻的工夫，外科蒋医生已经急得跳脚。"可以溶栓吗？"12 月的天气，额头上逼出细细的汗滴，鼻子上都是油光。

"主任，插管的时候气道脓性痰很多，刚 B 超已经查过，右房没有增大，下肢没有找到血栓，但是 D2 聚体高了 10 倍。"有经验的鲍医生立刻提醒我诊断还不靠谱。

"肝脏手术后刚过 24 小时，要溶栓必须有确切的证据，如果溶栓成功，创面大出血也是会死人的；如果根本没有栓子，用了溶栓药大出血，那就更惨。"我对外科医生说。溶栓是个压力重重的决策，而这些压力，通常会重重落在 ICU 主任头上，必须逻辑清楚。"眼下所有拿到的间接证据都模棱两可。"

"立刻把转运呼吸机准备好，用纯氧情况下看看病人氧合能不能维持，把血压再升一点，马上去做 CTA（CT 血管造影术，为了看血管内有没有栓子）。"片刻间，我做了第一个决策。

对这种病人的临床决策就像高空走钢丝，切忌原地耽搁，必须往前走一步，但是无论往哪个方向走，都会有人说你是错的——这就是医学的不确定性。

焦灼的病人家属，激动地交谈，急切地问询，都是一种压力。上午好好转出 ICU 的病人，突如其来需要抢救，家属难免会疑问。在这种生命体征不稳定的时刻，做 CTA 当然有风险，比起贸然溶栓的风险，也少不了多少。但两难，我也必须选择。即使选择是错的，也要快。

心有顾忌，但一起工作的队友还是快速统一起来，鲍医生带着几个 ICU 住院医生一起动手，准备机器，准备微泵，准备通路，准备抢救箱。一群人簇拥着，去 CT 室检查。

"马上把阿替普酶从药房借来，现在立刻。"我给主班护士的指令尽可能清楚。

"马上把溶栓风险的告知书打印好，加上术后创面出血的风险。"我指挥住院医生立刻做文字准备工作。在做 CTA 的 20 分钟内，把溶栓的所有需要都备妥。

"堵了左右下肺动脉，还有一根不完全堵。"病人还没有回来，鲍医生的电话就来了。我们在电脑系统上已经可以看到图像，CTA 显示严重的肺动脉栓塞。放射科知道病人特殊，也立刻把报告打好：右肺动脉上支、左肺动脉上下支起始段肺动脉栓塞，右肺动脉下支栓塞可疑。

不过，在肝脏的手术创面附近有一层积液，看上去像创面的出血。

"溶吗？"外科蒋医生焦虑地问我。"一定要溶，不溶会死的。"我看着图像立刻做了第二个决策，把栓塞的动脉指给他看，宁可冒着创面出血的风险，也得溶栓。

"好吧，那和家属告知一下吧。"病人已经送回来，纯氧下氧饱和度始终在 80% 左右徘徊，血压需要大剂量升压药维持。ICU 鲍医生和外科蒋医生一起和家属谈话。

肺栓塞并不好解释，对于这突如其来的抢救，家属感到焦虑和不满。谈话很不顺利，每当触及到治疗的关键内容，总是会有七大姑八大姨冒出质问的声音，把决策溶栓的关键点扯开去，重点不清地质问"为什么"上面。僵持了 20 分钟，却还是没能和家属达成一致。

我索性拿了两瓶溶栓药，出来问："溶吗？快点想好，药在这里，不溶栓，病人缺氧时间长了，心脏可能马上会停跳。"

语气太凶悍太果决，一旦出现并发症就有可能会被当成把柄来指责，在平时，我们是要尽量避免这样跟病人家属说话的。但是顾不得了，时间耽搁不起。终于，家属在犹豫中签了字——知情告知的效果，有很大部分取决于医生的态度，但是病人家属并不知道，做这样的临床决策，医生会有"头发一下子全白了，整个人被掏空"的感觉。

医学的不确定性，决定着即使我们把数据分析得再头头是道，还是要把一部分结果交由看不见摸不着的运气来安排。

阿替普酶泵入血管。所有的眼睛都紧张地看着监护，很快，病人手术切口的敷料被血渗透了，溶栓药物在这里起了作用。那么，肺里是不是也一样呢？

在紧张的等待中，我们度过了一个小时，监护仪上的经皮氧饱和度从80%升到了100%。从表现上看，肺动脉的栓子溶开了。但我的心情未曾有片刻放松下来，因为手术创面更换的纱布又渗透了鲜血，引流管里的引流液变成了浓稠的血性。外科医生焦急地一遍一遍查看着引流管，B超一遍遍检查着局部的积液。

一个下午就在焦虑繁忙中不知不觉倏然而过。到天黑时分，终于第一波危机过去，按氧合情况来看，栓子溶开了，手术创面的出血在可控范围内。需要输血。

家属在将信将疑中接受了病情的转变。即使肺栓塞已被科普多年，但从我们在临床上遇到的病例来看，还是没有几个人会用理解疾病的角度来配合医生。

但是，即使多少次被恶语相向，医生还是最希望病人活下去的那个人。

第二天一早，上班看见呼吸机35%的氧浓度下，病人氧饱和度100%。不过一会儿，晨间护理的时候，给病人一翻身，又降到了80%。心情像过山车一样大起大落，还有栓子脱落，继续形成新的肺栓塞。

我调整了一下抗凝药物的剂量，马上打电话叫B超室主任来帮忙再仔细做一遍下肢血管彩超。反复肺栓塞，必须从源头上处理问题。

血栓还是找到了，双侧都有。进展很快，而且B超下明显看到随时会掉下来的血栓。"他需要安装下腔静脉滤网。"我对紧张得茶饭不思的外科医生说。不用滤网拦住栓子，迟早会有大的掉下来。

"他怎么这么容易长血栓……我会让家属同意的，一定要装。昨天的样子，已经吓死本宝宝了。"大多数外科医生都这个样，只要是开过这个刀，就和这个病人杠上了，一定要看到病人康复出院为止。

病人气管插管，多次抢救，亲属来了一波又一波，将信将疑和无端揣测的小声音不断冒出来，这让我们与家属的谈话进行得越发困难。仅仅是说明病情，就花费了很大的功夫。说明操作的必要性和所需要的费用，又是唇枪舌剑的一番纷争。冗长的谈话持续了1个小时，我们费尽唇舌，病人家属终于同意做下腔静脉滤网。

在带着病人去DSA（血管造影）室放下肢深静脉滤网的短短路途中，出动了好几个医生保驾护航，唯恐搬运途中又出现大块栓子脱落。万幸，一切顺利。

在接下来的几天里，保护手术创口，放胸腔引流管，气管镜下吸痰，调整抗凝药，输血……

终于，在肺栓塞一周后，拔掉了气管插管，顺利转出ICU。

天知道，对于具有多种基础疾病或恶性肿瘤的老年病人，在肝脏大手术后肺栓塞，医生要花多少力气，才能排掉这一个一个地雷，让他回到正常康复的术后生活中去。

转出ICU的时候，病人的亲属仍在小声地质疑，小声地抱怨，没有半分领情。不过这已经是处理得最顺利的肺栓塞病人了，真的。

全体ICU医生和外科医生的心情都很好。一周的紧张治疗，带来了成功的抢救结果，这种愉悦的感觉是旁人很难理解的。医生在乎的，从来都不是感谢。

外文报刊指责中国医生缺乏"专业精神"，这是因为他们没有看到我们做出决策时的如履薄冰，他们没有经受过被无端揣测的委屈。即使这样，每个中国医生都还坚定地奋斗在工作岗位上，还是尽每一分努力让病人活下去。

4. 新闻关注下的 ICU

身为一个 ICU 医生，我很习惯突发事件忽然打乱我的生活节奏。身为一个爱好码字的"文科生"，这是我第一次用文字功夫来化解医生职业生涯中的压力。

8 月 25 日，11 岁女童爱琳从 10 楼坠落，送到我们医院抢救。

那天晚上，创伤筛查，脏器功能维护，急诊手术，大量输血，手术后艰难的家属告知，手术后举步维艰的全身状态维护……从 20：00 到 3：00，一刻不停地操作，判断，和向家属告知病情，把我折腾得很累。

10 楼坠落造成的巨大冲击力，造成肝脾破裂、脊柱断裂、下肢骨折、肋骨骨折、十二指肠破裂，小病人在手术台上心脏停跳，治疗的麻烦和惊险程度不用赘述。

如果把医生比作运动员，外科、骨科医生是跑 100 米的，重症这个专业就像跑马拉松的，不过，跟真正的马拉松运动员不一样，我们是抢救的时候陪着外科、骨科跑百米，下了手术台，病人送进 ICU 监护，我们继续跑马拉松。要等到病人安全离开 ICU，马拉松才结束。累，是不言而喻的。

第二天，我眼皮打架，千头万绪的查房需要花很大精力来理顺治疗的思路，也非常花时间。而压力从另一个方向来了：监护室门口乌泱乌泱的人群在嗡嗡地议论，宽阔的走廊被堵得水泄不通。

爱琳住在紧邻医院的小区，坠楼的消息在业主微信群上的转发引起了附近很多人的关注，亲戚、朋友、邻居都到医院来看。监护室封闭的大门阻断了所有人的视线，但是好奇热议的声音却变成一种无形的压力。

爱琳的大量输血需要家属到血站互助献血，于是家属的同事在微信朋友圈里发了一则募集无偿献血的微信。这引起了更大的连锁反应，随着无数次的转发，很多人到血站排队无偿献血，指定给这位小病人。开始是

"熟人""熟人的熟人"，后来医院附近的公司员工、不认识的市民都加入了进来，中心血站的排队献血更加吸引了媒体的争相报道。

病情的严重是不言而喻的。10楼高处坠落的巨大冲击力，甚至把楼下的地面砸了个坑。当晚急诊手术后病人仍然存活，这已经是个奇迹。将这个奇迹延续下去，是每个人的心愿，一句焦虑的"现在怎么样了？"挂在每个人嘴上。

我想休息片刻，但是电话却持续不断地打进来，询问小病人的状况，医院领导的，熟人的，媒体的……那一刻，我好像站在了飓风的中心：时刻在变化的病情；需要接待的会诊；应该向家属告知的连续病情变化；不同媒体不断打来的电话询问……这一切的一切环绕着我，片刻不停地在我身边打着转儿。我只能小心地应对着，监控着病情的发展，谨慎分辨着方向。

要知道，回答媒体的问题并不比告知家属容易。病情问题解释起来很专业，但每个记者的领会能力不同，往往是我很耐心地说了一堆，到对方嘴里，变成一句不知所以的：目前已经稳定了？另外媒体关注的问题常会涉及病人隐私："医生，她为什么会从楼下掉下来？"作为医生，我就不能回答。

市中心血站，很多人在为她排队献血。对于这种热点新闻，媒体一拥而上，面对三家报纸、两家电视台、一家广播电台的连续采访，我只能在心里惊呼："我的天！"在2009年练出了良好应对媒体的功夫，此刻也难以应付如此汹涌的媒体关注。

就连门口水果摊的老板、医院的门卫都会抓住我问："你就是那个医生，我在电视里看到你了，那个小姑娘怎么样了？"

在疲劳不堪的下午，我有口难辩，只能义务地、自觉自愿地当一次医院的"新闻发言人"。

当我向家属告知完病情，立刻就开始动笔了。

交谈中，我发现一夜之间，沉重的压力就让家属们憔悴不堪。

"爱琳为什么坠楼？"

"爱琳现在到底怎么样了？"

"医生说还要多少血？"

"我们可以看看她吗？"

……

亲属，单位同事，朋友，不认识的献血市民，大家都围在监护室门口，安慰病人的亲属，同时一遍一遍重复着那些问题，这让本就心力交瘁的父母倍感疲劳。人家好心为宝贝献了血，问一句怎么样了，人情上总要回答，但是父母也很无助，医生的话可以理解，但是向旁人解释清楚，却不在他们的能力范围之内。

我们都需要从重重压力中突围，所以，我必须做好"新闻发言人"。

这篇"发言稿"并不好写，我在白纸上写下了大致的要求：

简单通俗客观；

保护患者隐私；

答谢献血市民；

坦诚面对不确定的未来。

没有人可以为我代笔，专业性很强的病情告知若是交给旁人来写，难免走样，好在我自己的文字功夫还算通顺。

写完之后，我给爱琳的父母看了一下——医生有义务保护病人的隐私，在公开病情前，我必须遵守职业操守，得到病人亲属的理解和同意。病人的父母同意在医院的官方微信上公开病情，同时也让我加了"家属对无偿献血的爱心人士表示感谢"的内容。

"发言稿"在医院的官方微信上公开的一小时内，就在朋友圈内刷了屏。

公开客观的信息比什么都有用。随着很多很多次的转发，医院官方微信当天的阅读量创造了一个前所未有的记录。晚报、电视台记者在报道时也会参考这篇"发言稿"。我松了一口气，终于不用一遍一遍重复解释同样的问题了。

接下来，治疗的过程异常艰难，从手术室移出来时用的血迹斑斑的床单，我们花了两天时间才小心翼翼地从病人身体下撤了出来，身体承受了严重的创伤，爱琳命悬一线，此时的她，像玻璃一样脆弱。监护室的大门隔开了所有好奇的视线，却隔不开来自八方的关心。每个人看见我走出监护室，都会很迫切地问我："她现在怎么样了？"

我该怎么说呢？她的情况，离"稳定"还非常非常遥远，但是，和在手术台上心脏停跳的惊涛骇浪之时相比，又缓和了一点。

在又一天向家属告知病情之后，我继续写"公开发言"：解释病情的危重度，病程的进展，预计的后续状况，和对于"暂时稳定"的解释。我不愿意抢救的场景广为流传，即使遮盖面部，也会对病人的亲属造成心理上的压力，所以用了一张握住小手的照片。手，其实是有表情的。

我没有写抢救，没有写压力，没有写任何医疗过程中的事件，只用最能被公众理解的通俗文字描述病情，感觉就像住院医生在病历上写病程记录，不过这病程记录是写给公众看的。

官方微信上公开的病情继续在朋友圈内刷屏，继续被晚报、日报、电视台引用。连续三天发布在医院官方微信上的病情说明，让飓风中心的我感觉到了作用：监护室门口嗡嗡的议论少下去了，不再有人反复托关系要求探视，不再有人在监护室门口散布"为什么不转院……"等怀疑论调；不需要再重复解释病情和预后。

仍然有很多人到监护室门口来，患者的家属会让他们看医院的官方微信，这是最好的解释，我已经尽可能通俗完整地说明了病人的变化和风险。我感觉，家属也松了一口气。

赵师傅查房的时候，会来检查爱琳的下肢肌力和感觉，判断脊髓受伤的恢复程度，判断脊柱手术的时机。

"厉害的，没想到笔力也很强劲！"赵师傅看得出我承受的压力，他平时也很少称赞什么人。

他的压力也不小，高难度的胸椎减压和内固定手术正在设计方案，打印 3D 模型。

"这一趟结束，你帮我刻个图章，慰劳我一下。好累的！"人前淡定如常，背后还是偷偷和赵师傅叹一下辛苦。

接着是第二次、第三次、第四次手术。是手术就有风险，就有福祸难测的预后，医生知道，但是医院以外的人们不见得知道，我的文章坦诚地说明了手术的难度和风险。

其实，这中间的治疗有很多故事，比如 CT，需要多少人才能把这个脆弱的身体维持稳定；比如手术体位，把脊柱断成两截的病人放成俯卧体位花了七八个人半个小时的功夫，因为她全身还有不下 10 根管道。这些都没有写，因为这些都是医疗团队的日常工作，有义务有责任去做好，有没有眼睛看着都一样。并不需要谁为了这辛苦而感恩戴德，这是医生的骄傲。

每一篇文章，我都配上一张手的照片。不需要宣传是谁在治疗，医院是一个团队。手是有表情的，专注的，关怀的，技艺精湛的。

这其中拍得最好的手，是我拍的赵师傅的"木匠手"：骨节粗大，手指细长有力，密布细小的伤痕。外科医生反复洗手后的蜕皮，新的旧的，还有手腕的累累伤痕。手里拿着 3D 打印的脊柱模型正在研究椎弓根螺钉的进钉角度。

这张照片被几家报纸和微信登载。

"罗医生，你们医院好厉害！"待我写到 1 个月的时候，很多人看见我都会这样说。

文章后面的点赞和鼓励越来越多，对新闻的好奇变成了公众温暖的关怀。有人为小病人捐赠图书漫画。

我的朋友圈中，有重症医学的同行和前辈，他们在关注病情的同时还会不时提出专业建议，这真是意外的收获。

经历了 40 余天的治疗，在 4 次手术后，重症监护的治疗完工了，病程进入收官阶段。在送她出监护室的时候，我写了最后一篇连续报道。这个新闻事件从命悬一线开始，到收获信任和赞美结束。脚踏实地和坦诚公开是我最大的经验。

爱琳在三个月后出院，走路又呆又猛，笑声又呆又萌，留级都不必留，重回学校。

你可能会问：这样重要的病人，会不会永远留在你的记忆里？

不会。

ICU 医生的心，经常需要承受压力。爱恨名利都是负累，只有容易清空的简单的心，才能够一直目标明确，放下羁绊，承受重压。

我会放下一切，保持一颗简单、勇敢、坦诚的心，这是一个 ICU 医生面对压力的一贯方式。

5. 苦行

刚刚跳槽的那一阵子，我很不适应生活里少了方宇。每天查房时候的抬杠和争执，忙中偷闲的调侃和揶揄，过敏性鼻炎的频繁喷嚏，这许多年来已经成为我生活中的背景频率。

少了这个背景频率，总觉得缺了点什么，空落落的。

时间久了，新的拍档渐渐熟悉，工作中彼此需要，彼此依赖。

稳定，是我性格中的一个突出的优势。我发现，我的拍档在挑战医生的极限状态的时候，经常需要向我借一把力。

心烦意乱，需要勉力而为的时候，我会听《心经》。千年后的今天，我们知道唐朝僧人最后走到了印度，在佛教发源地研习佛法，在中国传播大乘佛教。但是那个时候，烈日艳阳下的戈壁和沙漠中，玄奘却并不知道。眼前是无穷无尽的单调沙漠，炙烤下的行走看似无望。考验体力极限，考验意志极限，唯有虔诚的信仰可以支撑着他，在如此艰苦的生命历程中坚定前行。

那种无望、无尽，需要勉力支撑、突破极限的感觉，ICU 医生真的太熟悉了，感同身受。

这是专属于 ICU 医生的"苦行"。

一天早上上班的时候，医疗组长金远满脸疲劳地坐在电脑面前。他看到我就说："主任快来看这个病人。"他嗓门沙哑："家属嫌急诊医生跟他说得重，要签病危，不想在我们医院看，我跟他已经从后半夜谈到现在了，意见很大，不想做任何操作。"

这是个体格强壮的青年人，体温 39 摄氏度，对答非常含糊，口角有明显的疱疹水疱。查体后，我很肯定地说："病毒性脑炎。很可能是疱疹性的，和家属谈一下，需要腰穿。"

监护室隔三岔五就会有这样沟通困难的情况。不管怎么样，也得先明确诊断，必须腰穿。

于是两个医生一起又去谈，谈了一个多小时才把腰椎穿刺的字签下来。谈话耽搁太久，我们用最快的速度做腰椎穿刺；紧赶慢赶盯着脑脊液的化验结果。所有临床证据完全符合病毒性脑炎的诊断。

病情进展的速度令人惊讶：入院几个小时后，病人陷入深昏迷，并且开始剧烈抽搐。

气管插管，机械通气，大剂量镇静，联合止痫药物。治疗对 ICU 医生来说一点都不疑难。但是突发急病的青壮年始终是一类高危病人。病情高危，沟通艰难。焦灼的家属深陷于一种泄气、抓狂、伤心、激愤的情绪中。这个两天前还能正常活动的年轻人，如今却躺在监护室里，上着呼吸机，父母在心理上无论如何不能接受。巨大的心理落差让他们焦躁又担心，于是出现了：家属不断按门铃问病情，不断要求探视，不断认为治疗上有这样或那样的问题，用不满、不忿的语气诘问医生。

一堆人在监护室门口的地上坐着，乱糟糟地讨论筹钱、转院，相互询问着有无特别好的疗法、谁家的亲戚可以帮忙等等，所有人的思维，都混乱地在"为什么会这样"上兜兜转转。

金远带着几个轮转医生，排除万难做了一个头颅 MRI（磁共振）。病变的广泛程度让人触目惊心，颞叶、岛叶、大脑皮层广泛分布着病灶。资深的 ICU 医生和神经内科医生，都极少见到这样被广泛波及的病毒性脑炎的片子。病人的诊断已经无须任何质疑，治疗也有明确的方案。但是凶险的程度，连有经验的医生都会觉得紧张，自然完全在常人的经验之外了。

病人开始持续剧烈地抽搐，像电流通过身体一样，手、脚、面肌，轮番交替，有时是全身一起抽，整日整夜地抽。

治疗过程是艰苦的。癫痫大发作旷日持久。我们采取经典的抗癫痫药物联用，持续加大用量，维持剂量再加上负荷剂量，仍然没有稳定严重的抽搐。病人抽了又抽，抽了又抽。

同样艰苦的是旷日持久的病情沟通，金远和我，还有科室的几个高年资医生轮番上阵，谈了又谈，希望让家属懂得：疾病已经确诊，急性期很难有改善，很长的时间、巨额的费用、不能避免的后遗症是大家都必须面对的问题。

脑细胞在病毒的作用下持续剧烈异常放电，从四肢痉挛强直的大发作到挤眉弄眼的面部肌肉小抽动，24 小时没有间断。静脉用药，口服药鼻饲，加用灌肠剂，我们尽力处置着，症状却没有半点可以缓解的迹象。

随着病人的抽搐，整个床在持续的颠动，震动，波动，监护仪上全是乱七八糟的干扰波。

药剂科频频告急：ICU 在干什么？安定针剂 400 支，已经两次给你们用断货了，你们到底有多少病人在用安定？！为什么这几天的镇静药物需要这么多？！

"你来看看就知道了。"金远和家属谈话谈得头昏脑涨，懒得和药剂科解释。

吸痰以后抽，翻身以后抽，口腔护理后抽，任何一点点动静都会让病人从挤眉弄眼的小发作变成四肢强直痉挛的大发作。我们对此简直是毫无办法。护士做任何操作都小心翼翼。

安定，咪达唑仑，丙泊酚，丙戊酸钠，一支又一支，维持下继续加负荷量，咪达唑仑针抽好，随时准备着剧烈抽搐的时候给他推注。

"是药三分毒"，何况是这样多药超量使用。药物的副作用开始明显，写在药品说明书上的各种不良反应相继出现：病人开始出现大片皮疹；出现肝功能持续恶化；血小板异常下降，已经到了危险的程度；出现凝血功能显著异常表现；肌酶升高。化验指标频频出现危机值。而这些药物的主要疗效：抗癫痫作用，却只能把不持续强烈发作作为目标。

每天探视的时候，家属只能茫然地看着不停抽搐的病人变得面目全非，面色发黄，出满红疹，脱屑，瘀青，出血点，舌头咬破，面目浮肿。

三次请上海华山医院神经内科的专家会诊。随着长时间焦虑的等待，看着这样药石无灵的状态，家属已经渐渐感到绝望。手机检索引擎已经翻烂，乡间求来的符水，耳闻的民间灵医都已经求到，然而，这一切都没有丝毫用处。每天任何时候，只要门一开，往监护室里看一眼，就可以看到这张床在不停颠动，波动，震动。

病人的几个血气方刚的堂兄弟，从最初几天气势汹汹地质问这个质问那个，到此时都已经不敢来看。围在病床前的，只剩下病人的老父老母，只有他们，还怀抱着仅存的一点点希望，请求医生救救他。"30 岁的独子啊！即使是傻了，我们也认了。"可怜天下父母心！有时候，两位老人无助地拉着金远的袖子，就坐到地上。

然而，治疗毫无进展。耳边传来的全都是坏消息，持续高热，持续抽搐，复查 MRI 进一步扩大的病变范围，大剂量药物使用后危险的化验指标。已经半个月过去，不仅是家属面如土色，医生也快面如土色了：主任，怎么办？这要抽到什么时候是尽头？

不知道。这样危重的病例，以前根本不可能活下来，没有多少先例可循。不过，我在这个专业中浸淫更久，更知道重症医学专业的定律：时间治疗一切。只要脑子没死掉，就有继续下去的希望。撑住，艰难地撑住，或许就有机会。

时间过去了三个星期。这三个星期对我们而言，就像徒步穿越沙漠一样的严酷，是这样的难挨。抗癫痫药物逐渐轮替，只要没有四肢强直剧烈抽搐连续 5 分钟以上，就不加负荷量。

做了三次腰椎穿刺，做了三次 MRI。谈了无数的话，谈到后来，连病人的父亲也说：随便到哪里，再也没有人像医生这样的耐性对待他们了。

终于有一天，风暴慢慢过去，抽搐停了下来，在药物减量的过程中，大发作不再出现，挤眉弄眼的面肌小抽搐也停止了。虽然病人还在昏迷状态，但是瞳孔有反应，肢体有痛觉，自主呼吸还在。连续 3 个星期的剧烈消耗后，他的体重已经明显减轻，肌肉萎缩，皮肤上尽是斑斑点点的色素沉着和蜕皮。

父亲和叔叔小心翼翼地叫他，唯恐又引来一阵剧烈的抽动。但是没有，病人的眼睛睁了一睁，似乎是睡醒了，又似乎听到了什么。仅仅是极小的一个动作，却引来了亲属们的狂喜：啊，谢天谢地，他能醒。

到第四个星期，病人真的从混沌中醒了过来。

我在电脑系统上统计了一下这个病人几周内抗癫痫药物的使用剂量。

金远没好气地问我："主任，你干吗呢？"

呃……我就看看，看看这个几次把药库用断货的记录。这个药量，足够我睡上 5 年。

又过了半个月，他封掉了气管切开套管，开始讲话，混沌中居然还记得昏迷前的时间。智力和肢体能力的恢复也令人刮目相看。如果继续很好的康复疗程，倒也有可能恢复生活自理。

这真是个皆大欢喜的结果。如果知道结果会是这样，对医生对家属，整个过程都还要好忍耐得多。

但是谁又敢确定，我们一定能迎来这样的结果呢？在高强度的工作和沉重的心理压力的"夹攻"下，每个人回忆起这段历程，都会感叹，这见鬼的三个星期啊！

其实，我想说的，并不是这个皆大欢喜的结果。

艰难、漫长、充满挫折感的过程才是 ICU 医生的日常生活。三个星期的拼耐力，就像在无尽的旷野戈壁中行走，同严酷的压力、无望的前景较劲。

每一个 ICU 医生都会最终练出强悍的耐力，但是身为一个 ICU 主任，坚持达到极限状态下的伙伴们，会始终把视线投注过来，希望在你身上借一点勇气，借一点耐力，借一点信心。

唯有信仰可以支撑我们扛过这样考验极限意志力的艰苦过程。

医生都是信徒，信仰生命无价。

6. 医生的盟友

ICU 医生解释治疗，是一件烦琐的日常工作。家属也不好过，听得半懂不懂，通常是听完医生的解释，坐在 ICU 门口的长椅上，开始翻看手机搜索引擎。

有时候，这"十万个为什么"真是难回答。她在这个手机搜索横行的时代，选择了另外一种做法。

范玮收住 ICU 那天，我仔仔细细地看了好多遍胸部 CT。他的 24 根肋骨中 17 根断裂错位。胸廓像被压断了支撑的灯笼，严重变形。折断的肋骨像锋利的刀子，在肺上戳了不知多少洞，这是我看到的肋骨骨折最多的病人。

病人在急诊室气管插管，上了呼吸机。气管内泡沫样的血痰不停溢出。呼吸机送入肺内的气体倒有多半从胸腔漏出，两侧胸腔引流管里汹涌地泛着气泡。部分气体漏入皮下，头颈部严重气肿，面目肿得没了形状。同时他还有胸腔出血，骨盆多处骨折，锁骨骨折，右侧上肢的骨折，脑外伤，尿道出血，做 CT 检查时险些心跳停止。

失去支撑的胸廓，使他在高浓度的供氧情况下，仍然严重缺氧。对于这样一个车祸病人，由于外观上的明显变形和出血，无须医生多做解释，家属就都知道病情的致命程度。

病人送到 ICU 后就已经无法再挪动，肺部的损伤让他处于极度缺氧状态。我们用大量药物让他处于深度镇静的状态，以免骨折的剧痛和骨折片的移动造成进一步损害。

这种深度镇静的状态持续了一个星期。

这是非常难捱的一个星期，我在向家属告知病情的时候，注意到范玮的妻子：那是个非常沉默少言的女子，并没有惊惶哭泣。

她问我："他的脑子有没有昏迷？"

我就直截了当地告诉她："我不知道，只有等他过了肺部挫伤这个致命的难关，我们才能把他送去做 CT 检查。"

她又问："他能不能活下来？"

我告诉她："治疗好像高空走钢丝，才刚刚走了几步，能不能走到彼岸，真的要靠很大的造化。"

她再问："需要多少钱？需要多少次手术？"

我告诉她："我不知道，没有翻过眼前的大山，我不能预言还有多少座山，还有多少路才能走到尽头。"

我不知道，她是不是真正理解了我所说的。网上形容说，靠谱的医生说的话都模棱两可。我应该还算靠谱！

像这样复杂的多发伤，在治疗中存在着很多很多不确定的因素，再有经验的医生也无法一一预言。想要康复，需要大家一同努力和等待。

她点头表示明白。

我经常看到她一个人坐在等候区的椅子上，低着头，或者在走廊的窗前望着远处，很少说话。

可以帮助她的人并不多。我看得出，她在自己消解焦虑和担忧，见我走过，她会点头致意，而不是上来一次一次地询问病情。

一个星期后，范玮的肺部有好转的迹象，呼吸机已经勉强可以维持他的氧合。但是漏气的肺、塌陷的胸壁仍然非常致命，而肋骨骨折必须靠手术修复。

骨折的自然修复需要 3 个月时间，但严重受伤的肺却等不了 100 天，极有可能感染而死。如果最终靠畸形愈合，他的胸廓会塌陷，会丧失很大一部分呼吸功能。所以，医院的多学科医生聚在一起，开始商讨手术方案。

他需要动刀的地方不少：骨盆、两侧肋骨、胸锁关节、右手都需要固定。但是这个"七零八落"的人，身上几乎没有可以支撑体重的点，除了仰卧以外，放成任何一个手术体位都有困难。而且，深度镇静，机械通气，严重缺氧了 10 天，肝功能严重受损，全身黄疸，手术时间略长就有可能支持不住。

ICU 医生、赵师傅的骨科团队、胸外科、普外科一起商讨的结果是分步手术。

手术的风险和巨额费用姑且不论，由于牵涉多个学科，向家属的告知是一件非常复杂的事。对于一个没有医疗知识的女子，丈夫处于危险之中，她需要做太多的选择题：

你选择进口材料还是国产材料？请签字。

我们需要在局麻下先做骨盆手术。同意请签字。

他的胸腔手术需要侧卧，过程中可能出现对侧的肺气胸加重。我们会小心维护他的肺，但是不能完全保证，你同意手术吗？请签字。

他的手有神经损伤，但是我们必须放到以后去手术，他需要先做肋骨。手的功能可能会留有后遗症。你明白吗？请签字。

他可能出现手术后肺部感染，可能手术中大出血，可能术后无法脱离呼吸机，你同意手术吗……

当然，具体的告知过程还要繁复和详细得多，对于一个不谙医疗的女子，她真的能理解吗？我不知道，但我认为不。隔行如隔山，这些内容，我即使解释给一个护士听，她也未必能完全明白。

但是她很平静，签字，再签字，再签字，末了轻声说了一句："我也不懂，但是我相信医生。"我很震惊于她化繁为简的处理方式。在这个搜索引擎横行的时代。

对于使用的植入性材料，她要求："医生，你帮我建议一下。"骨科医生说："国产的质量也可以。"她就坚决地签字。

于是第9天联系赵师傅的骨科团队，给他在床边做了骨盆外固定支架。

第10天，因为新做好的骨盆钢支架可以受力，终于可以放成侧卧位，做了左侧5根肋骨的固定手术。就这样一个不难也不长的手术，却动用了很大的人力，ICU医生手术中持续监护，以免侧卧时压迫的右侧肺部出现张力性气胸。很幸运，经过两个小时，手术安全地结束了。

ICU医生不会做手术，我们的功能就是在复杂的困局中，判断刚刚好的那个手术时间点。

第 18 天，做了右侧肱骨和左侧胸锁关节的内固定手术，修复了损伤的桡神经。

第 20 天，做了右侧肋骨的内固定手术。

治疗过程磕磕绊绊，并不能说顺利。中间的并发症，像一个一个暗礁，多得让人抓狂。他的肺右侧先破，左侧再破，右侧支气管被血块堵塞，左侧又堵。状况不断地交替出现着，肺部的并发症简直让人应接不暇，放了 N 次胸管，做了 N 次气管镜，做了 N 次皮下气肿的引流。

治疗的复杂程度，让任何医生都不会有绝对的信心，只能是见招拆招。

每次操作都必须有告知，每天都在告知、签字、操作中度过。

她很镇定，没有问：“可不可以转院？可不可以请知名专家来开这个刀？可不可以主任来做气管镜？”

签字，再签字，做完操作后告诉她效果的时候，她会简单地说：“谢谢医生。”

见惯了将信将疑、手机看病、曲解和质疑、用手机录音等让医生感到不舒服的行为，习惯了问了又问、到处托人打招呼的现状，她的沉默和笃定透出了单纯坚定的信任，让人感动。

30 多岁的健壮体格让范玮渡过了众多难关，受损的脑部状况也在好转，神志清醒过来。破损严重的肺部居然也在运转良好的营养支持下慢慢愈合，在不懈地胸腔低负压吸引下，受创最严重的右肺逐渐愈合。

4 次手术之后，身上众多维持生命的管道被一根根拔了下来，呼吸机条件逐步下调。到第 25 天的时候，停了呼吸机，两天后封闭气管切开套管。这时的他，终于可以开始自己吃东西，并且能说话了。

尽管骨盆的外固定支架还要等 2 个月才可以拆除，肋骨的骨折处还在隐隐作痛，右手的抬手腕能力还没有恢复。但是他已经可以清楚地和家属交谈，可以在床上做有限度的活动。

听到他絮絮地向妻子描述车祸时的状况，挑剔地要求吃这吃那，开始嫌弃导尿管、嫌弃面罩吸氧，我觉得很开心。病重状态的人是没有力气没有能力要求这要求那的。现在，他重获新生，变回了原来那个人。他的妻子，每天送汤、送煲过来，温柔和喜悦尽在不言中。

在车祸过去一个月后，范玮可以离开重症监护室了。我们同他再见，并祝贺了他——今天，是他新生满月的日子。他龇牙咧嘴，想笑又怕肋骨痛，样子很囧。他的妻子微笑着代他说："谢谢医生。"

你问我开不开心？是，我很开心，这个世界上有很多健全生存下来的美好生命，来证明医生的价值，我喜欢。

与范玮妻子这一个月的交流，也让我很开心：没有苦苦哀求，没有感激涕零。大智若愚，大勇若怯，她在繁复的医疗决策中，走了一条最笔直的路，用最简单、最坚定的信任，成为医生最好的盟友。在每一个决策、每一次操作中，坚信无疑地支持着我们。

他的重生，她的信任，是对医生这个职业最好的赞美。

第五章
不确定的艺术

在逐渐适应了新医院之后，新团队也度过磨合期，彼此配合默契，成效逐渐显现：全市第一例 ECMO、新闻焦点人物爱琳，以及其他一些成功救治的病例，在短时间内很快为整个新团队建立了信心和声誉。但是 ICU 医生的工作，需要一如既往地承受医学的不确定带来的压力。

"医学是不确定的学问和可能性的艺术"这是医学泰斗奥斯勒的话。当时读到的时候觉得太拗口，不知道在说什么。年深日久浸淫在这个行当里，才会发现，大师的话，是多么令人颤抖的睿智见解。

1. 让子弹飞

心内科的周主任乐呵呵地问我：罗主任，那个左主干堵塞的病人要出院了，一起来拍个合影好吗？！

我和金远对视一眼："啊！才 7 天，他就可以走回家去了吗？！"真的是冰火两重天！

那天我接到电话，跑到导管室的时候，手术台上已经开始在操作。病人是个体格魁梧的中年壮汉，腰围肥大，躺在那里，肚子看上去很醒目，像小山一样。

我瞄了一眼控制室桌上的一卷心电图，又瞄了一眼急诊病历本。50

岁的男性病人，1 小时前开始典型的广泛前壁心肌梗死表现。

先我一步到达的金远看我正注视显示屏上的图像，立刻对我说："主任，刚已经造了一下影，左主干堵塞。心内科觉得可能会用到 IABP（主动脉球囊反搏），叫我通知你过来评估。"

"嗯！"我习惯性地看向监护仪。

血压没有掉：110/80 毫米汞柱，指脉氧饱和度有 95%，只是心电监护上室性早搏很多。心脏的三支血管中有两支出了状况，循环还能维持，估计右冠优势的可能性大。

我仔细看着屏幕。心内科的周主任正在尝试往左前降支进导丝，并不顺利。细弱柔软的导丝从对角支慢慢进入。

应该是快要球囊扩张恢复血流的时候了；应该是需要抢救人员准备的时候了。我到的时间刚刚好。换好工作衣，坐在控制台前看着屏幕，瞄着监护仪。

我们 ICU 医生是医院里的保障部队，从导管室到手术室，到内镜室，用时髦的名词这种功能叫"RRT"（快速反应小组），是医院里的"救火"队员。

为了执行高效的保障功能，我在导管室看五花八门的介入手术看过好一阵子，在手术室里看从头到脚的高难度手术也看过好一阵子。手术医生大致要做什么，危险点在哪里，可以估计得八九不离十，所以成为内科医生中的一个奇怪品种。

心内科周主任的台风不错，他正在用硝酸甘油注入扩张冠状动脉。这个点，是介入手术最危险的时候。有经验的医生都知道，在堵塞的动脉重新恢复血流的过程中，会出现缺血再灌注伤。用通俗的话来形容，受过伤重新恢复血流的心脏会失去秩序，心律失常，持续乱跳。他在争取让血流缓慢有序地恢复。

病人的堵塞在主干通路上，再灌注后，可能会出现严重的表现，这是心梗病人的鬼门关，主干堵塞的很多病人就死在这个点上。

现在马上要用球囊去扩了，这个危险的时间点马上要到了。

我和周主任搭档时间并不长，他的操作很熟练，也懂得在适当的关键点慢下来，张弛有度。

球囊在那个位置扩了一下。

我立刻看向心电监护。室速。一长串的正弦波。病人的身体濒死一般地凹起来，发出惨烈的叫声。

三个做急救的医生立刻冲到操作台前，心脏按压，准备除颤仪，面罩给氧。

长期做急救的医生，对危重状态的处理，比专科医生要习惯得多，这是医院内需要"RRT"（快速反应小组）的理由。

电复律，无效，继续室速。

再次复律，无效，继续室颤。

推药物，再次电除颤，无效，继续室速。

……

如果心律失常发作得无穷无尽，病人的性命就不能保住——抢救时的心理压力不轻。急救医生的心早已练得比旁人强悍很多。

心电监护上是无穷无尽的正弦波加细碎紊乱的曲线。

"金远，和家属再谈一下！"

"再充电。"

我一边保障病人的气道氧合，手里不停地准备气管插管的器械，一边简短地调度赵、金两位医生。抢救的时候，再多的手也会不够用，重要的是分工要明确。

推药，再次电除颤。

六次电击以后，心电监护上，紊乱的曲线终于消失，恢复了规则的QRS波群。

病人从濒死的挣扎中缓了过来，并没有清醒，但是面色恢复平静，动脉搏动有力。

我抬头看一眼心内科的周主任，他很紧张，额头冒汗。他也在看我。按照常规步骤，应该在堵塞的位置放入支架撑开。让血管稳定恢复血流。不能再通的左主干堵塞病人，死亡率极高，后续仍有很多很多鬼门关。

但是，心肺复苏长达 20 分钟病人，此刻要继续操作，对术者而言，心理压力不小。

他在征询我的意见。

金远和赵云晖一起抬头看我。

"你做，我们保障。"我控制情绪平静，淡定地说。保障意味着气道管理，和随时准备装 IABP（主动脉球囊反搏）。

我的平静淡定，可以让他借力，去做关键的操作。心理支撑对正在做操作的合伙人非常重要。很多时候，借给他一点点勇气，就可以过关。如果我情绪态度毛毛糙糙，他会心乱。

安静片刻，他更换手套，回到操作的位置上准备继续。血流在缓慢恢复，心电情况在慢慢稳定，但仍然像海啸之后的波涛汹涌。

"要不要先插了气管插管，镇静了再做？"一旁协助的赵云晖征询我的意见。

我看一眼监护屏幕，现在的心率、血压、氧合都恢复到了安全范围。

行保护性气管插管，镇静了继续做，操作固然可以更加从容，但是病人体格这么壮，用了镇静剂后插管，可能会出现血压骤降，影响到刚刚恢复的冠脉血液供应。如果低血压时间长，就免不了被迫做 IABP（主动脉球囊反搏）。现在有三个抢救技能过关的急救专业医生，保障氧合，开通气道，任何时候都可以。

我的大脑好像《生化危机》中的艾丽丝，紧急备战，高速计算着各种可能，评估治疗计划。

经过近 20 年的 ICU 医生生涯，我的理解是：操作都不难，难的是找准那个刚刚好的时间点，不轻不重，不前不后，四两拨千斤——这是我追求的临床医生的一种境界。

周、赵、金，台上台下的几位医生一齐望向我，征询意见。

再望了一眼监护仪，看一下动脉搏动。"暂时不插，东西就准备在边上，周主任继续操作，我们随时保障。"我把插管的操作车推在一边，向台上示意继续。

接下来的操作，速度很快，支架在合适的位置上撑开，造影剂推入，通畅的血流完全恢复。

全体松一口气。过关了！透视下，心脏搏动开始有力。

周主任愉快地开始脱手套，长吁一口气。

"右冠，右冠。"我们几个台下的吃瓜群众立刻提醒他，太紧张了，他把右冠还没有造影都搁在了脑后。周主任呵呵笑了，换了手套继续操作，通畅粗大的 C 形，和我最初评估的一致，病人是右冠优势型的。

呃！开通冠脉的时间，距离发病 75 分钟。这已经足够迅速，他会恢复得很好。病人被安全送进 ICU 做手术后的监护。只是监护，就可以了！

几个医生都很高兴。

"在恢复血流的地方等了一等，在气管插管的地方等了一等，让子弹飞了一会儿，今天才能代价这么小就可以完成。"我向周主任笑笑。

"对对，不然病人的创伤、费用、住院时间都会高很多很多，多谢你们。其实我当时也犹豫得很……"周主任翻看着手术影像开心地对我说："你说得太对了，让子弹飞一会儿，这个病例我要做好了拿出去交流一下。"

病人恢复得很快，一周出院。

"你们心内科和他一起拍吧，吃瓜群众就不凑热闹了。"金远干脆利落地回绝周主任。

我们急救团队是做防守的：防守，保障，判断，维护。ICU 是医院强大的后台程序，保证高质量高危的操作能够顺利进行。

病人的样子，我们早已经不记得，他也不认识我们，但是不要紧，只要知道美好的生命可以用最小的代价维护得那样好，他继续健康地在这个世界上生活，我们已经够高兴。

2. 伙伴

中午从 ICU 出来，正好遇到门诊回来的赵师傅。

"急性心肌梗死，做完支架的病人，能不能做股骨头置换手术？"赵师傅迎头就问我。我抓抓头——他又给我出很难的"应用题"！

一次一次地合作处理危重的外伤病人，我对他举重若轻的能耐颇为佩服，所以这个"师傅"叫的，也不尽是尊称木匠师傅。

"刚从其他医院过来的病人，两个星期前心梗胸痛的时候，摔了一跤，粗隆间骨折。现在心脏支架已经做好了，转过来想做手术，你帮我看一下。"

"心梗骨折一起来？！"我做个鬼脸。

美国医疗剧 *Monday morning* 的第一集，急诊室虎爷遇到的就是这样的病人，脑动脉瘤破裂出血时正在开车，发生车祸，脑动脉瘤破裂脑外伤一起来，难度绝不是 1+1。

赵师傅做换髋手术，在本地很有些名气，我去手术室看过他动刀：从"噗"的第一刀下去，到换完人工关节，"咔擦"拍一张片子（确定假体的位置良好），爽气地一脱手套下台，让助手缝皮，总共只有 20 几分钟。

操作过程如行云流水，一点不赶，各种奇门兵器用起来，流畅到极点，我这样的内科医生看了除了不明觉厉之外，多少有点羡慕。

"门诊已经收进去了，检查完，你帮我评估一下，你说能做，我就做。"赵师傅"狡狯"地说。

他的手术技术，已足以让他举重若轻，他需要我来做"防守"。

号称"人生最后一次骨折"的髋部骨折的病人都是七老八十的高龄老人。身体机能自然老化，高血压、糖尿病等多种基础病缠身，能不能耐受手术这件事，他向来交给我去评估。手术成功不等于整个治疗成功，所以手术的维护团队，就像法拉利车队的维修队，也需要是同一水准的。

这一次，不光是高龄和基础病，还有两周前的急性心肌梗死。

两年来，我帮骨科评估了几百个髋关节骨折的老人，从 75 ～ 95 岁不等。一开始，合作还不算很熟悉的时候，临界状态的病人，我会和赵师傅探讨一下。一个优秀的外科医生，把他的金字招牌交在你手里，可真不是好玩的！无论如何也不敢辜负了这样的托付。

医生之间的信任感一开始，是用玻璃做的，需要彼此用技术小心维护，一次搞砸，很难修复。时间久了，从不辜负，玻璃就渐渐变成了金子。恒久的默契会凝成轻描淡写的一句："你说能做，我就做。"

我给他一个老大白眼，算是接了这个"应用题"。

见到陆婆婆的时候，她的精神还不错，在床上平躺了几个星期了，左脚做着皮牵引，一定很难受。除了心脏的问题，高血压，糖尿病，还有不太严重的干燥综合征。

身形有点瘦弱，一头雪白的短发。不能活动，她已经开始连续发热，出现肺部感染。气色不佳。骨折处附近的瘀青和血肿，比大多数类似的病人要严重得多。心肌梗死后需要用抗凝剂和抗血小板药来维持血管的通畅，刀无两面光，这当然也会让受伤的左髋关节处出更多的血。

我很教条地评估了既往的体能，营养，肝功能，肌酐清除率，肺功能，服药情况，肌肉力量……看了一堆化验和检查结果。我把不稳定的心脏情况和新出现的发热状态放在最后。

"我还是开刀吧，这样在床上再直挺挺躺上两个半月，我要痛死了。"陆婆婆的脾气算得爽朗。

"过完年，我的左脚扭伤了膝盖，在床上已经躺了 1 个月，一下地就摔跤，心脏又出问题，这要在床上躺到什么时候！"陆婆婆对着我抱怨。病人的主观意愿非常重要，如果陆婆婆本人坚拒，我大概不会劝说她做手术。

电话联系心内科，确认这个支架的用药要求；电话联系风湿科，确认这个"不太严重的干燥综合征"的用药要求，免疫性疾病会有全身性的影响，我需要咨询风湿科的意见；剩下抗感染的问题，所有脏器功能的判定，和呼吸锻炼宣教靠我自己的内科能力搞定。

我这个 ICU 医生，这时需要充当一个"什么都会一点"的全能选手来整合所有信息。专科的意见很重要，但是整合更重要。人是个整体，不能按器官分到各个专科来评估。

整个方案定下来：陆婆婆先抗感染治疗已经发生的肺部感染；体温正常后做冠脉造影，确定支架的通畅度和另外两支冠脉的情况；减少抗血小板药物；手术前 24 小时复查心电图，肌钙蛋白；手术需要全麻，尽可能快；手术后进 ICU 监护；术后 24 小时恢复冠心病的用药；术后 1 周内，视心功能情况康复锻炼。随时复查肌钙蛋白。

骨科的住院总听得有点晕。按照我的要求，稀里哗啦记录了一堆，免得搞错。赵师傅对住院医生的要求高得很，他若随口问起："准备得怎么样？"住院总必须丝丝缕缕的细节都答清楚。

"好啦，剩下的准备工作你搞定，手术前 24 小时，我再评估一遍。"我对他说。

"可以做。"我给赵师傅发个微信。九连环一样的"应用题"答案就是这么简单。

"OK"他回个表情。不必多话，我也知道，他会用最快的速度做好手术。笃定，淡定。

手术后一个星期，陆婆婆龇牙咧嘴地拄着助步器开始下床锻炼了。一开始，走不了几步。刀口痛，膝盖痛，肌肉没力气。

然而，关键是：她可以离开床，可以走路了。心脏稳定，不需要继续再躺几个月。人的要求是永无止境的，陆婆婆又在唉声叹气了："我的脚啊！膝盖痛，刀口吊牢得不舒服，脚好没力气啊！""胃口差，走不动啊！"让一个77岁的老太太不唠叨两句，简直是"不可能完成的任务"。

我喜欢听这样的抱怨，所有的牢骚都是属于凡尘俗世的鸡毛蒜皮。

脱离了难以取舍的难关，脱离了谨慎绕行的一个个生命的险滩，陆婆婆马上就可以出院了，还可以跟儿女们继续唠叨下去。

"心梗那个出院了哈！你去帮我评估脊柱侧弯的那个老太太能不能开。"赵师傅最不喜欢废话，每次见面必给我出"应用题"。

他把CT的三维重建片子给我看。我张了张嘴，简直不敢相信自己的眼睛。"开这个？"拿了片子恶狠狠地问。

"呃！这个么……下周开，你先帮我评估脏器功能……"

3. 你不理解的"保守治疗"

精湛的手术固然过瘾，病人的治疗却经常需要"等"在那里，不断评估手术的必要性和时间点，直到刚刚好的那一刻，或者"等"到保守成功的那一刻。"操作都不难，难的是找准那个刚刚好的时间点，不轻不重，不前不后，四两拨千斤。"有时候，"等"才是最好的治疗。

高辉（化名）收进ICU的时候，头面部糊得全是血，在急诊室已经气管插管。浓重的"熊猫眼"和突出肿胀的眼睛昭示着严重的颅脑损伤。

这样的车祸后重病人每年都有很多，承受巨大的外力撞击后，翻滚，摩擦，再撞击。血肉之躯，经过灾难性的打击后，脆弱不堪，命悬一线。

这个30多岁的壮汉是家庭的顶梁柱，突然出现意外，是家庭的灭顶之灾。压抑的哭泣和控制不住的号啕声一直从 ICU 的门口传进来。

头颅 CT 的表现很糟糕。头部经过翻滚，左右上下，脑挫裂伤弥散而广泛。脑干周围的空隙已经快给压闭合，说明脑组织的肿胀接近危险的边缘。

还有一处很危险的状态——脾脏有包膜下的出血。脾脏是一个最会出血的器官，一旦破裂，出血量都是上千毫升。但是在包膜的包裹下，此时的脾脏处在一个危险的平衡状态，出血不很多，随时会破出来。

脑外科医生和 ICU 医生一起站在看片灯前踌躇。开不开刀呢？什么时刻开呢？从哪里下手呢？

危险的多发伤，经常就是疑难的棋局，需要决策。

这是让脑外科医生最尴尬的一类外伤。如果你处理了出血略多的右侧硬膜下出血，左面破损的血管会马上出来新的血肿。脑组织的特征就是那个样子，和右侧的刀开得好不好完全没有关系。通常迫不得已，需要继续开左面的血肿，去左面的颅骨。

手术结束，通过很长很长时间的治疗，病人可以活下来，但是会成为 ICU 的长期住客，气管切开，智能低下，成为植物人状态。

韩剧把植物人状态的病人表现得太优美了，事实上，去掉两侧大块颅骨的病人，脑子膨出或者塌陷，头发剃成板寸，气管切开不能讲话，肢体因为不能活动而肿胀或者萎缩。

即使外伤前是一个美女，这样折腾后，也早已面目全非，不忍卒睹了。脑外科医生也好，ICU 医生也好，长期接触这样的病人，最不希望的就是这种结果。彻底废了，但是活着。借助机器，借助管道，低质量地活着。

"积极"地手术，切掉脾脏，打开颅骨减压，病人估计能活下来，以这种质量活下来。

保守，又谈何容易，这中间会有很大的运气成分。

下棋时，高手都会在内心推导这样那样的结果：你在这里进攻，对手会这样变阵；你在那里进攻，对手会那样变化。

越是高手，越看得清楚，推导得越远。

我会假设：到 5 天的时候，脾脏破了，急诊手术，大量输血输液又加重了好不容易控制下来的脑水肿，病人还是需要接受脑部的减压手术。结果还是一样，可能更加糟糕。

脑外科医生会假设：第 3 天的时候，脑水肿加重，突然脑疝，迫于无奈去急诊手术，术后血压波动，脾脏又破了，病人可能死去。

每一条路都可以推导出恶劣的结果来。

只有脾脏保住，脑子也保住，病人才最有可能以一种特别好的预后生存方式活下来，有可能恢复意识，恢复比较好的生存质量。

医生是很想很想在死神这里搏到一线生机的。往往在经过反复推敲斟酌后以经验来推导：选择暂时不手术，保守下去，保到迫不得已需要急诊手术的那一刻，或者等待病人度过脑水肿高峰期，度过出血的风险时期，再进行手术。

家属又是怎么想的呢？"医生，请你积极治疗，用什么办法都可以，请什么专家都可以，我们只要他能活下来。你这里不能手术，我们去上海，去华山医院。"

这样的话太熟悉了，意外的灾难突然降临，青壮年家人的生命在危急状态，家属要的是积极。

医疗圈以外的人，为了良好的临床结果，会用"积极"来表明一种态度。家属哭着，求着，说："手术，求求你快点给他手术，让他活下来。"

你很难向一个不懂棋的人说明白下棋的门道，这其间的技术壁垒，就像医生与患者家属之间的技术壁垒一样。贸然进攻会以杀敌一千自损八百的状态迎来惨烈的胜利，而技术壁垒却阻止了你的队友——焦急中的病人家属很难彻底理解你的用意。只要中间有一点点纰漏，他就会怪你，怪你不积极，不努力，选择不正确。

选择保守，有时候比积极治疗更难实施。

我和脑外科医生，一眼间，已经看明白棋局。问题的关键，是"知情告知"，是如何建立信任。你得把棋局的千般变化，无数变局，都向不懂棋的人说明白。

而且你要说服的不是一个人，青壮年的治疗，牵动全家老小的心，人人都会竭尽所能去东问西问，问别的医生，问网络，问中医，让所有够得着的社会关系来打招呼。

于是，医生和家属间就开始了提心吊胆的拉锯战。天晓得，ICU 医生最怕这样的"保守"。病人的反应差一点，就要去复查 CT，大动干戈，上着呼吸机、监护仪、抢救药物去 CT 室。一天可能不止一次。

病人的血压、心跳略有改变，就需要 B 超来看脾脏的出血。一次又一次，脾肾之间，包膜下，反复测量比对。

那不是一天，也不是一个班，也不是一周能搞定的。

每天的 24 小时，每一个班，每个接棒的医生和护士，都以一种提心吊胆的心态看着瞳孔，看着血压，看着每一个轻微变化的症状体征。

每天都会有冗长重复、不被信任的谈话，耗费了我们大量精力，不是几分钟，几次，而是每一天，每次 CT 后，每个查房后，每个探视的时间。

医生，现在还不能开刀吗？

医生，如果早点开刀是不是已经醒了？

医生，我听亲戚说，脾脏出血除了开刀没有其他的治疗方法？

医生，做了那么多次 CT，你们都还不能确定手术时间吗？

医生，脑子的水肿到现在还没有过危险期吗？我在网上看到……

不是哪一家医院、哪一个名医，用级别、用名望、用技术水准就可以堵住这样的怀疑的。

医疗不是做数学题，没有唯一的结果。当家属在惶急、失措、焦虑的状态下等待的时候，想的特别多，问的特别多，怀疑的也特别多。

病情的客观变化，紧张的医疗现状，家属的不放心，每一天都会汇聚成一股压力，拷问着医生的初心：要不要，以一种积极的姿态去选择手术，放弃抵住万般压力的"保守"？

筋疲力尽的时候，都会泄气地想：开了刀就不是这么麻烦了，还不如爽爽气气来一刀。

千辛万苦，忍了 3 个星期，做了近 10 次头颅 CT，无数次 B 超。病人终于安然度过了脑水肿高峰期，脾脏的包膜下出血慢慢增大，最终停留在那个水准，稳定住，慢慢吸收。

高辉偏瘫的肢体开始活动，听见声音会迷茫地转过头来看着你，眼睛越来越灵活，活动越来越多。

啊，他"保守"成功了。

虽然此刻，我仍然不能保证他一定会醒来，一定会恢复到多么理想。但是一定比起另一种虚拟的积极的结局要好。

心好累，好累！

"保守"成功的病人，往往也会损失一部分神经功能，这是严重脑外伤后必然会损失的东西。因此，即使你已经取得了最好的结果，家属未见得就领你的情，因为他们在生活经验上完全不知道那种虚拟的结局意味着什么。

你千辛万苦所做的一切，不能体现在业务指标上，成活率上，甚至体现不了你的专业水准。"保守"是什么高精尖技术呢？！人世间的一切规则、指标、度量、人情都对你不利。

职业使然，医生的价值观使然。做到最后，你只是觉得无愧于天，无愧于己，无愧于病人。如此而已。

4. 渐冻

我在 ICU 病房见到老叶的时候，他已经醒了。插上管子，用上呼吸机后，老叶的缺氧和二氧化碳潴留立刻被纠正，他很快就醒了。刚醒来的他恼怒地瞪着前来探视的儿子，像是在做无声的抗议。

儿子惴惴地叫他："爸爸，你看到我吗？"他紧紧地闭上眼睛，像是永久的放弃和拒绝。他已经无力转头和挥手，唯一能够由他自由控制的，只有眼睑。现在，在无限懊恼中，他紧紧地闭上双眼，像是关闭自己和这个世界交流的通道。

老叶是一个"渐冻人"，他患肌萎缩侧索硬化症已经 5 年多。这一次，疾病影响到了他的呼吸肌群，他插了管子，上了呼吸机，被收到我们ICU。

世界上最著名的渐冻人叫史蒂芬·霍金。通过这位伟大的科学家，大众也对这个疾病的特征有了大致的认识：肌肉渐渐萎缩，力量越来越小，不能行走，不能支撑身体，直到不能呼吸和进食。这个过程从几年到几十年不等，慢慢进行，但是，绝不影响大脑的功能。"渐冻"是一个很确切的形容词，形象地概括了一个人被禁锢到一具逐渐冻成冰的躯体里的状态。这是一种没有办法治疗的渐进性的疾病。

"他在恨我。"老叶的儿子不知是后悔还是难过，失魂落魄地离开病房，"他说过，不要呼吸机，他要死在家里……"

我叹息一声，接触过太多这类病人，我太知道了。中国的家庭很少会为了讨论死亡而坐下来开个家庭会议。老叶卧床不能料理自己的生活已经数年之久，自己在害怕中遥遥等待这一天，早已经有心理准备，他想和小辈诉说对死亡的要求。但是，或是回避，或是劝慰，通常子女不肯接这个莲："老爸，多想什么呢，现在好好的，说不吉利的话干什么？"

"想想以后，你是打算让他气管切开，带着呼吸机长期生活在重症监护室里。还是到某一个时刻，拔掉气管插管……"我问小叶。他是一个药厂的技术员，有一定的医学知识。而且为了老爸的病，他已经在网络上检索了好几年，也在各大医院的神经内科咨询了好几年。

"你做任何的选择，我都能够理解，但是，请你一定要把他自己的要求考虑在内。"我语气肯定地要求小叶。这个很文弱的年轻人看上去优柔寡断，并不像能干脆利落作决定的样子。

"我知道，我回去再商量商量……"小叶哭着走了。我对此刻的家庭会议并不抱太大希望，通常，对于这样的病人的命运，最残酷的决定因素，是钱。有高比例医保支持，家庭经济条件不错的，大部分都会支持下去；而没有足够财力的家庭，会选择放弃。

活下来的病人，在 ICU 用着呼吸机，继续着"渐冻"的过程，生活状态每况愈下。终于，连脸上飞了个苍蝇都无力驱赶，直至因并发症死亡。

被放弃的病人，他的家庭成员，要面对一个清醒着"被放弃"的死亡过程，简直像是亲手对亲人处以极刑，其中的自责和恐惧，恐怕会是终生的一个伤。

我在 ICU 病房已经工作了 18 年，一直感觉渐冻症患者是很难面对的一类病人。对于这类无法医治的不可逆疾病，我们根本不知道可以做什么，也不知道该给家属什么建议——做任何一个决定，家属都会后悔，医生简直无法谈到一个预期的结果。

"我们没有这么高的报销比例来支付 ICU 的住院费，我妈妈要求带他回去。"小叶第二天来的时候，远远避开老叶在办公室对我说，惶惑不安的神情，不敢正视我的眼睛。

"拔掉管子吗？"我问小叶。气管插管从插进去的那一天起，就是老叶的生命线了。拔管后几分钟，他的呼吸肌群就会无力工作，他会无法呼吸窒息而死。而最残忍的是：老叶完全知道，拔掉管子意味着什么。

小叶心惊肉跳地捂住眼睛，停了好一会儿，说："我给他买了一个无创呼吸机，我从病友微信群上看到的，这东西能支持他在家里生活一段时间。"

无创呼吸机不能用在这样的病人身上。这样的"创新"做法，估计来自于经济不充裕的某个病人家庭。

"你没有办法把医院的 ICU 病房搬到家里，吸痰怎么办，万一停电呢？而且他还需要鼻饲和导尿。"我对小叶的孝心并不看好，摊开来，把现实的困难亮给他看。

"我先休息一阵子在家里照顾他。"小叶说。张皇失措的他，声音低不可闻，很恐惧地问："他最后会很痛苦吗？"

我不知道怎么告诉他。破例，这次我让小叶在老叶的床边待了很久。他们有自己的交流方式，老叶用勉强能动的手指在儿子的掌心里写字，再由儿子一个字一个字猜出来。说一句话，要用起码半个小时。

重症监护室不允许家属陪护，但是他们需要交流，老叶需要向儿子清楚地表达他的意愿。这是一个神志清楚的人，在决定他生命的最后一段历程。我觉得破这个例理所应当。

"他说，他同意气管切开，切开之后，带着我买的机器，回家去。"几个小时后，小叶满面油光，神情疑惑，到办公室来找我。

"气管切开？"我很诧异。老叶完全懂得什么叫气管切开，他有类似的病友，他们的病友会微信群里，什么样的交流都有。他的想法一向非常坚定——不做气管切开。我问老叶："你同意气管切开？"他的眼睛表达了坚定的同意。

"气管切开之后，不能再讲话，戴着这个小呼吸机也不会很舒适。你是希望以这样的方式回家住着吗？"我问，我对病人说话，比对小叶要委婉很多。他表示同意。

老叶希望回家，我明白了，他的决定里有害怕，有期望，在心理的曲折和纠结后，他选择了中间路线。这在医疗上，并不是一个明智的决定，无创呼吸机无论怎么使用都很难支持气管切开的病人，资深的 ICU 医生，太明白这中间的技术问题了。

但是，对于这个疾病，无论做什么样的选择，都只是用何种方式通向死亡的问题。既然他自己彻底明白，我们就需要帮助他达成自己的愿望。

"医生，可以这样做吗？"小叶迟疑地问。

"可以气管切开，但是不知道能不能用无创呼吸机来做这件事，以及能维持多久。"我在办公室里向小叶解释了很久这中间的技术问题。他的医疗常识并不足以理解其中的难处，我得让他知道，想实现这个超出常规的方案，有很多麻烦和困难。

接下来的几天里，我们为老叶做了气管切开手术，用小叶买来的 2 万元的无创小呼吸机，接上气管切开套管。这是没有办法的办法。家里没有办法用 ICU 的 20 多万的 840 呼吸机，而 2 万元的设备，也不可能达到 20 多万的机器能达成的效果。

小叶每天在探视时间，向 ICU 护士学习吸痰和鼻饲、学习护理导尿管和气管切开套管，那个执着劲让人觉得难过。隐隐可以感到，那是在向老爸谢罪：上一次，他没有按照病人的意思，拒绝插管，死在家里；这一次，他要让老爸在家里待久一点，和家人再相处一段时间，再一个字、一个字地交流一下。

每次早上查房，老叶都会露出很开心的笑容。看得出，他很盼望回家。气管切开套管，连接上那台小呼吸机，气道干燥，他最体会得出这其中的区别。但是，他在笑。这是两周以来，他最舒心的表情。

医生都知道，只要脱离两分钟呼吸机，老叶就会因为缺氧而消化道出血，再久一点点，他就会窒息死亡。其实，这种状态，是用一根临时的绳子，把他的生命维持在悬崖上。绳子随时会断。

备好了氧气瓶、吸痰机，那天，老叶被接回家去了。在那期间，他始终维持着一个很开心的表情。

随后的日子里，小叶给 ICU 打过几次电话，问吸痰的问题，问导尿的问题。央求金远去他家为老叶更换过一次导尿管。

40 多天后，老叶死于肺部感染。小叶给金远医生发了一个短信：谢谢，给了我机会，让我最后和他相处了那么长一段时间，让他终于按照自己的意愿，在自己家走完最后一段生命。

金远把短信给我看的时候，看着我的表情，两个人都沉默。没有确定的对与错，老叶在他自己选择的那条道路上，到达了彼岸。

这是这么多年来，让我明白最多的一位病人。

对于很多疾病，医生做不了什么，那是在基因层面属于病人自己的"命运"。

在那个关键的点上，医生能做的，只是告诉病人，每一个选择意味着什么，然后尊重他自己的选择，尽可能帮助他按照自己的意愿走下去。

是，那是一条不归路，帮助他，目送他，一步步走向最终的终点。

终究，我们达成的，不是生命的长度，甚至不是生命的质量，而是病人在最后时刻的盼望和满足。

5. 医生的赌局

多年谈话练出的伶牙俐齿，是 ICU 医生的一项重要功能，我可以把复杂多发伤的术前谈话谈得清清楚楚，但是找老刘一家谈话，我踌躇了很久。病情中的种种不确定，需要我好好理清语言的逻辑性。

老刘一家决定放弃治疗，按照风俗把老刘接回家。

老老少少在重症监护室门口徘徊，犹豫，家庭会议持续了 5 天。老刘的大女儿来签字，做回家的准备。看得出，全家都对老刘很好很好。家属的焦虑和伤感弥漫在空气里，不需要仔细辨别就可以感觉得到。陪夜之后通红的眼睛，缺乏洗漱的"隔夜"气味，监护室大门外愁眉不展、来回踱步，ICU 医生都再熟悉不过了。

通常，这种自动出院的谈话，金远医生他们都能够处理得很稳妥，不需要由我来谈。花额外的精力来召集老刘全家，慎重地再次谈话，是因为我希望他的子女下定决心再坚持一下，哪怕是再坚持 3 天。

老刘已经 85 岁了，虽然插着气管插管，上着呼吸机，但他能够清醒地表述自己的意愿，他写下来的意愿是：回家。虽然笔迹歪歪扭扭，但意思表达得清楚：他对自己的病已经失望了，他要把自己人生的最后一段路走在自己家里。子女做出这样的决定，很大程度上，也是在答应他自己的要求。

5 天来，他就躺在 ICU 的床上，治疗强度很大。5 天前，他转入 ICU 的时候，咳血性痰，氧合降得很快，无尿。我们用最快的速度气管插管上了呼吸机；深静脉穿刺上血管活性药；接着是用 CRRT（连续性血液净化）机解决持续的无尿。ICU 的常规治疗就是这样，用尽手段，先把生命维持住，维持在悬崖状态，用很多的管子、很多的机器，伴随而来的是很多的痛。病情要在悬崖状态维持多久，能不能最终离开危险的悬崖回到安全的地带，谁也不知道。命悬一线，是个很形象的词，为了维持这细若游丝的"一线"，医生把所有的武器都用上了。

老刘患的是感染性休克，死亡率非常高的疾病，何况，他又是耄耋之年的老人。

治疗中的样子，让子女、孙辈每一双眼睛看着都觉得揪心。那些管子，穿透肌肉放置到股静脉里，通过咽喉插到声门下的气管里，真是想想都让人觉得痛，觉得难受。不能面对这个事实，是为人子女再正常不过的感情。

探视完之后，是对未来的担忧，病能不能够看得好？能不能够不留后遗症地看好？

　　还有拿在手里的治疗清单，数字每天都在递增，一天能够承受，两天能够承受，但是它好像是在用固定的速度不急不缓地持续增高，究竟会增到一个什么高度呢？

　　希望不大，痛苦很大，费用很高——这是对疾病最客观的判断，每一天，这个判断通过不同的医生，通过探视，传递给家属。

　　病情和治疗，像是在进行一场拉锯战，屏气凝神地在悬崖状态维持微妙的平衡。现在，病人和家属先决定放弃了。

　　我不是一个"人定胜天"型的医生，在重症监护室里当了20年医生，见惯生生死死，对于DNR（拒绝心肺复苏），对于高龄老人的有限度治疗，对于有创治疗的适应证控制，这些情况都已经相当的熟悉。换句通俗的话来说：病人放弃治疗自动出院这个事实，是我工作日常的一部分。尤其是对高龄病人，我一向主张要尊重病人的主观意愿。

　　那么也许你会问，这次我为什么要阻止老刘的家人放弃治疗呢？如果我说这是出于"直觉"，你相信吗？

　　5天来，老刘的状态并没有什么太大的改善，化验指标的升升降降不能一概而论。关键性的指标：仍然无尿，呼吸机参数仍然很高，升压药稳中略降。待我做完超声评估，看完化验变化后，我觉得：

　　他的肾功能在恢复，会恢复，可能在接下来的几天中恢复。

　　这只是感觉，没有确切依据，人们往往会把这样的感觉叫医生的经验。

　　直觉在悄悄对我说，老刘和他的子女对时间的把握太操之过急了。那么，到底是不是我的直觉错误呢？我不知道。我决定赌一把。

　　如果我判断错误，赌输的结果是：花更多的钱，吃更久的苦，最后还是要送走老刘。

　　而赌赢的结果是：花更多更多的钱，吃更久更久的苦，但是老刘有一线机会活下来。中国人都知道这句古语：病来如山倒，病去如抽丝。

其实医生没有赢面，只有压力。对医生最好的结果，反而是病人和家属都已经接受了死亡的结局，长痛不如短痛，一了百了，成全了老刘自己的心愿。

我为什么不愿意顺水推舟，接受这个最容易的结果呢？

因为我的内心深处有一道坎，这就像一道鸿沟，不做这个努力，我就绕不过自己的这道关。

85 岁的生命需要我们尽多大努力去抢救，这样的哲学命题不需要医生去想，我已经把它转化为医学的命题了，就像这次：病情有没有可逆因素，病人的基础脏器状态好不好。

在 30 分钟冗长的谈话里，我费尽唇舌，劝家属再等一等，劝老刘再耐心一点；之后，家属再次召开家庭会议……最后，我终于等到了想要的答复——家属选择相信我的直觉。

回家的计划推迟了，躺在病床上的老刘显出很厌烦的样子，他没有办法讲话，只能恼怒地敲敲床，来表达他的愤怒。

但是第二天，他的导尿管里开始出现了少量尿液，深受打击的肾脏在慢慢复苏了。第三天，尿量开始增加……就像我的直觉告诉我的：病情的转折点可能就在那几天之间。

直觉是对的，如果不坚持那一下子，这一丁点的机会不会出现；不过，我的压力并没有减少，老刘只是在悬崖上后退了一小步而已，离脱离 CRRT（连续性血液净化），拔除气管插管还有不小的距离，想要跨越这段距离，我们得克服千难万险，面对无数个未知。在那个节点上，家属选择了相信我的直觉，那么在接下去的治疗中，我的压力一定是只增不减。

每多走一天，离痊愈就多一分希望，但并不保证下一步一定是前进。

每多走一天，也是在赌注中多下了一分，对病人和家属来说，就更加不愿意输，更加输不起，无形中对我寄的希望也就多一分。那住院清单上不断累积的数字，就是最直观的体现。

这就是我当时踌躇的原因，这样的赌局，在ICU医生的日常医疗中，是一个常态。我得经常做这个艰难的医疗决策，扛起所有已知未知的压力，面对一局几乎没有赢面的赌局。导师的那句经典评价犹在耳边："你的脑洞大得有异于常人，注定要受很多很多的非议。好在，你的神经结实得也有异于常人。"

半个月后，老刘拔掉了所有管子，离开重症监护室，转到普通病房，又过了两个月，他出院回家过年了。我松了一口气，在那个节点上，我没有押错。对着蓝天轻轻一笑，做个鬼脸。这件事，我就此可以笃定地放下。

老刘本人不会记得我，在ICU期间他使用了很多镇静、镇痛药物，这些药物会让他产生"顺性遗忘"，他会把脑中不愉快的记忆抹去，ICU和我都被包括在那些记忆中。

我也会很快把老刘的面孔忘记，因为每天都有很多类似的面孔出现在我面前。类似的危重病人，插着管，上着机器，他们康复后的样子和那时大相径庭，我根本记不清楚这个和那个。

这是ICU医生的日常生活，信任或者不被信任；选择继续或者选择放弃；唯有压力，是永恒的。人的适应性非常强大，当承担压力成为一种习惯，压力放在肩膀上也就安之若素。

我的高中同学很不服气地问我：你这个当医生的"熟女"，值了那么多通宵夜班，考了那么多试，也不见你比我们老。

可能，我相信，每一次我赌赢了一局，老天爷都会在衰老的蓄水池中为我扣掉一点，同时在我经验的蓄水池中为我增加一点。

6. 医生所说的"尽力"

每天的谈话，是ICU医生工作的重要部分。金远常说，那是舌战群儒时间。为了得到家属的支持，你必须先说服他们。但是对于疾病来说，经常计划没有变化快……

发生在重症监护室门口频度最高的对话是："医生，请你们尽力。"

"我们会尽力。"

陈诚（化名）是我们ICU-9床的多发伤病人。

这个壮硕的中年人，遭遇了车祸。在急诊室的样子很吓人：严重撞击和翻滚后昏迷，肋骨骨折，肺挫伤，脑挫伤，头皮大块撕脱。他的左腿，上中下3处断裂，软塌塌没了形状。转运的平车上，急诊室的地面上，淋淋沥沥全是鲜血。

进手术室急诊做了头皮清创手术和下肢牵引以后，病人转到了监护室。

科室里的赵云晖医生指着CT片问我："主任，这个病人撞击力这么重，你为什么还怀疑诊断？"

直觉吧！有时候，所谓经验，其实是直觉。我认为头颅CT的表现并不太重，但是他的昏迷评分却只有7分，不太符合。而且，肋骨、锁骨折断的位置在上肺，CT显示肺部渗出却非常弥漫均匀，怎么看都不符合外伤直接受力造成的样子。

我说："我怀疑合并有脂肪栓塞，你看他股骨干断的这个样子，是脂肪栓塞的高危病人，肺和脑，用外伤来解释也模棱两可，用脂肪栓塞来解释也似乎模棱两可。"

外伤后的第二天、第三天，即使上着呼吸机，陈诚的氧分压还是越来越低。腋下、颈部开始出现大片鲜红的出血点。气管插管里不断涌出血性痰。血小板和血红蛋白的下降对于多发伤病人来说虽然没有特异性，但是一项项没有"特异性"的特征叠加起来，脂肪栓塞的诊断还是越来越清晰地浮现出来。

这是一个不常见的骨折后并发症，在严重的长骨骨折里，发生的比例也只有百分之几。通常的解释是骨髓中的脂肪滴进入血液循环，堵塞在肺内和脑内的小血管内，造成低氧血症和神经功能损伤。

作为医生，做出这样的诊断，需要经验和学习。作为家属，这样的诊断是超出常识之外的，接受起来很困难。眼下，即使医生费尽口舌，也只能让家属模棱两可地听懂其中风险，将信将疑。要对不懂医的家属科普成功，实在任务艰巨。

病人需要不断增高氧浓度，呼吸机条件不断增高，鲜血样的痰液量很多，这是一个警示：他的脂肪栓塞还在不断进展。神经系统的损伤程度比肺部更加不易判断，已经没有可能把氧合这么差的病人移去做头颅磁共振。

昏迷中的病人在疼痛和烦躁刺激下不受控制地躁动，骨髓内的脂肪一次一次入血，会造成新的栓塞。要阻止病情继续恶化，需要靠手术来稳定这条断成几截的腿。

ICU 医生，骨科医生，麻醉师，一起商量手术的时机问题：下肢固定并不是很难的手术，不过，这个病人不同，他不能做通常的髓内钉固定，因为骨髓腔内的操作如同捅马蜂窝，会导致新的脂肪栓塞发生。而且，手术的时机也很微妙：氧合不好，手术有风险，不做手术，氧合可能会继续下降。避开髓内的固定，出血量会略多，输液量一增加，氧合会继续下降。**你看，这像不像一个复杂的九连环？环环相扣。**

ICU 医生犹豫手术时机，骨科医生犹豫手术方式，麻醉师犹豫手术安全。一台手术，只要以失败告终，每个环节都会被质疑。但是，在这个环环相扣的难题里，并不存在绝对的"对"与"错"。

终于到了万事俱备的星期五。预定手术的这一天早上，血性痰更多了，颈部腋下有成片的出血点，呼吸机到了危险的高度。床边胸片是很显著的"暴风雪"症，白茫茫一片汹涌的渗出病灶。

商量了半天，我们最终决定暂时放弃手术，先保住氧合。计划没有变化快，这不是手术的时机！

　　但是对于不能从骨子里了解病情的家属来说，手术是大多数人心理上可以抓住的"救命稻草"：手术完，问题解决，病情就可以稳定。常人的理解基本就是这个样子。于是家属开始对不能手术不满：疑惑，埋怨，戒备。医生需要看着病人的氧合，解释今天的不能手术，告知明天手术的风险。把时间花在说明再说明上，真让人筋疲力尽。

　　"医生，你们要尽力，我们可以转院到上海去开刀的。"通常，家属怕医生认为他们没有能力，没有钱，会不自觉地给医生压力，要求尽快做手术。他们不知道，此时转院，会带来多少风险。那是冒着生命危险的赌气。

　　"我们会尽力。"我很平静地回答他质问的十万个为什么，"不过今天他的肺部条件不适合手术，强行上会代价惨重。"天不从人愿的时候，必须把生命安全放在最要紧的地方。医生要做的，不是迁就那些不明就里的要求，迁就那些问卷上的满意度。

　　"我们会尽力的。"长时间的病情沟通，让我把话说得颇有敌意和警告意味。如果家属连病情变化造成的手术推迟都无法顺利接受，那么如果明天的手术不顺利，术中脂肪栓塞加重，氧合不能维持，医生将会面对什么样的压力！医疗环境就是这样如履薄冰。

　　星期六上午，早查房，我们紧张地看病人的氧合情况，用了激素后，呼吸机氧浓度的设置停留在 55% 上，并没有继续上调，氧分压停留在勉强及格的 65mmHg 上。于是，护士们尽可能平稳地把病人往手术室里送。ICU 的主治医生鲍春珲比病人先一步进手术室去，和麻醉师沟通呼吸机的设置条件，以免搬动后氧合的不稳定。

　　避免髓内操作，股骨干、胫骨做钢板内固定，股骨颈做外固定支架；控制输液量，尽量减少出血，整个手术顺利完成。谨慎维持的氧饱和度，在监护仪上颤颤巍巍地保持在 90% 的及格线以上。骨科医生把不很重要的锁骨内固定暂时搁置，留待下次手术。

上午进的手术室，而等到将病人送出手术室的时候，已是傍晚。

下肢内固定手术完成后，果然，肺部的状态一天比一天好。手术后 5 天，血性痰完全消失。脱离呼吸机，可以移出 ICU 做 MRI（磁共振）了。磁共振片清晰显示了半卵圆中心和皮层的多发小栓塞灶。

到此时，治疗已经基本完成，临床诊断才基本确定。这不是外伤的直接结果，在暴力作用在股骨干的时候，的确是发生了肺和脑的脂肪栓塞。它像一个幽灵，躲在车祸撞击的直接损伤后面，在众多干扰因素的情况下，需要医生的经验和敏锐。

临床医生太难了。医学有它的局限性，有它的不确定性，有它的无奈。很多时候，医生需要在迷雾中顶着压力前行。

陈诚的病情在一天天好转。神志开始清醒，肌力从 Ⅱ 级慢慢进步。脱离了呼吸机，封闭了气管切开管。开始康复治疗。

外伤后 1 个月，他恢复得不错，损伤的神经症状正在康复中，断腿还不能完全支撑体重，讲话有时会跑题，有时略有错乱，但可以转出 ICU 了。转出 ICU 的那天，陈诚的老爸、姐姐、姐夫、儿子护送他离开监护室。在我关照过到病房后陪护和康复需要注意的事项后，家属说："谢谢医生。"

这个时候，我似乎应该说"不客气"或者"不用谢"，可不知怎么的，我说："我们会尽力。"一句牛头不对马嘴的话被我说得轻松调侃，他马上听出我在揶揄他，不自然地笑了一笑。

我没有告诉他：我所说的尽力，和你等了几个小时后就焦虑、懊恼，不耐烦地警告："医生请你尽力。"完全不是一回事。

那一天是星期六，骨科医生、麻醉师、ICU 医生、洗手护士……为了选择一个合适的时间为陈诚手术，多少人在加班。面对家属的不信任，我们准备承担手术不成功后的指责、攻击，承担医学的不确定性带来的失败率的压力。我们放弃休息日，在手术室内执行无边界的监护任务，以免细小的差错改变疾病的进程；我们从两天前就紧锣密鼓地请求输血科，让他们在血源紧张的条件下务必保证这个病人供血……

这就是我许诺的"尽力"。这些内容，我都没告诉他，因为这是医生的日常工作。把麻烦、争议、休息、个人利益，全部搁置在一边，为疾病的稳定而尽力。

不管你知不知道，相不相信，领不领情，医生从来都是这样做的。

这是我许诺的尽力。

7. 无处安放的伤心

冒险成功也好，在"保守治疗"中拼耐力也好，只要治疗的结局良好，成就感和成功感总是繁重工作后的慰藉和奖励。但是危重病的结果不会总是那么好。疾病会带走一些人，让拼尽全力的医生深感无力。

那个星期天，接到金远的电话，我从些微的信息中就能隐隐感觉到麻烦的严重性。

"50岁，干体力活的，在急诊室就气管插管了，大量血性痰，感染性休克，白肺。"金远在电话里描述。从简单几句话里，就能够感觉得到隐忧，潜台词分明是：主任，你马上过来，需要你来做最艰难的治疗决策。

"我马上过来。"青壮年的重症肺炎没有一个是容易治的。从医多年，久经风雨，久经考验，我太知道其中的风险了。

开车到医院，走进ICU，金远把化验单指给我看："甲流通引物阴性，但是你看这生化指标，多脏器功能衰竭得太快了！"肝肾功能、凝血功能指标上是一串醒目的红色小箭头。

"到现在为止进行了什么治疗？"我看了一眼糟糕到极点的化验指标问。

"抽了血培养，上了泰能和利奈唑胺，现在正液体复苏，这是急诊室的 CT，肺水很多，氧合糟糕。"金远早已经把病人移入了隔离的单间，高年资的 ICU 医生经历过 SARS、甲流、H_7N_9 的洗礼，对这类来势汹汹的重症肺炎，有深刻的理解，这么厉害的不明病原体，还是先隔离比较保险。

我看看 840 呼吸机的参数，已经没有多少余地改善了。住院医生在一边呱啦呱啦把病史报给我听。前后只有三天的发热和腰痛病史，昨晚咳嗽剧烈。

CT 片上，整个肺从上到下白茫茫的渗出，全是水。若是没有呼吸机的 PEEP 支撑，他已经溺死在这些水里，即使是现在，氧合也已经下到 90% 的及格线以下。

片刻间，了解病情，做出判断。病人已经命悬一线，而且存在强烈的治疗矛盾。补液，严重致命性肺水肿；不补液，严重的感染性休克不能纠正。

"好像，不考虑 ECMO 的话，他已经必死无疑。"我看一眼难掩焦灼神色的金远。高年资的重症专业医生，在治疗的判断上，接近一致，而维持血压的去甲肾上腺素已经用到很大剂量。

又看了一眼呼吸机和监护仪，盘算 ECMO 的可能性：前几天一个心肺复苏病人，已经把本市最后一套 ECMO 管道用掉，如果这个病人再需要上机，必须请省内大医院 ICU 支持管道连同上机的技术团队。病人这样的危重度，根本没有转院的可能，上机顺利的话，他必须在这里坚持到底。

我们有成功的先例，但是无论生死，这个过程，都不是易事。心念闪转，其实只是一瞬。

一个壮年人的生命，有逆转的可能，有挽回的机会，这个事实本身就值得克服所有困难，去费尽口舌地谈话，去走麻烦的流程联系机器，去坚持最困难的治疗。

我看一眼金远，看一眼赵云晖，长久合作的团队，对于这样的医疗决策无须商榷——"再难也要去争取"。

几个医生立刻分头开工，迎战所有的麻烦。

金远去向家属告知。这是高难度的谈话，不确定因素太多了，你不知道能不能联系到 ECMO 的机器和耗材，不知道上机能不能来得及，不知道上了机器能不能挽住病情像雪崩一样的颓势，所有做的努力，全都像探险。走一步，看一看。没有回头路，也不能停在原地。

被突发的重病搞懵的家属，是否能够理解所有的问题？他们要面对的现实太过严峻：巨额的医疗费用，极小的生存可能！

我负责发动所有的关系网，联系 ECMO。耗材供应紧张是全省的现状，价值 5 万多的管道和耗材，连同 ECMO 团队出诊，能够在当晚就及时赶到吗？主动权完全不在自己手中，还需要一点运气。

赵云晖负责调整病人的状态，做 ECMO 检查前的种种准备，超声测量，备血，维护血压……常人很难理解，一个这样的危重病人，需要的人力物力，超过几十个普通病人。

从下午到深夜，调动所有科室内的精兵强将，调动全部关系网络，使出洪荒之力，去做这件事。

待到 ECMO 顺利上机，已是半夜时分。病人的氧合已经极其糟糕，面色泛出灰暗的紫色。在人肉盯防和人工心肺机的辅助下，症状终于停止恶化，病人的脚步暂时停在了死亡的悬崖边上。

家属一直焦急地等在监护室门口，看到络绎不绝的医生进进出出，抱着大堆耗材的 ECMO 团队匆匆赶来，护士护工往返奔忙，忙碌的场景持续到深夜。

病人的血压仍然很低，靠快速输液体和大量升压药物维持。奔忙了一天的赵云晖说：今晚我在这里看着——ECMO 有复杂繁复的监测和调整过程，的确需要成熟的 ICU 医生重点盯防，也只能由科室里最高年资的医生时刻看着了。

"辛苦了。"监护室门口，病人的妻子对病情已经有了深刻的恐惧感，她看着好多从白天一直工作到深夜的医护人员，疲惫地准备回家，轻声对我们道谢。

上天，不会每一次都被医生的努力感动。这个病人的病情像是疾风骤雨，不给人半点喘息的机会。

比清晨更早的清晨，我看着密密麻麻的监护记录，查看机器的参数，查看夜间复查的检验结果。所有上班的医生来得都比平时早，愁眉深锁。

"主任，细菌室报危急值，昨天下午的血培养4瓶，全部长了革兰阳性球菌。痰涂片里也是阳性球菌。"整夜盯防后双眼泛红的赵云晖对我说。

啊！金黄色葡萄球菌导致的重症肺炎，很可能是金黄色葡萄球菌入血的感染性休克。抗菌药物和生命支持的手段，已经用到极致，还是不能把生命拉回到仅仅是勉强维持的平衡状态。

乳酸值越来越高，CRRT机的持续工作也已经无能为力。所有的指标都在指向治疗的最后崩溃。病人在深度镇静镇痛中，并无太多痛苦。

到了这个地步，我们所能做的，所要做的，只能是一点一点让家属接受"即将死亡"这个事实了。

号啕，不相信……

"他昨天看病离开家的时候，还能自己走啊！"妻子软瘫到监护室门口的地上痛哭。

"他前天还能上班的啊！怎么可能啊？！！"儿子顿足捶胸。

"是的，你说的对，家属和我们医生都已经尽力了，病来得太凶险了……"我也知道，此时的解释根本抵不过一个生命逝去导致的震惊。

"为什么看不了呢？是不是医院耽误了？"

"早点转院是不是就有机会，你们为什么不说呢？"

熟悉的场景又开始了，没有参与过整个告知过程的亲属和朋友一到场，疑问和惊讶，就不自觉地变成了对医生声势浩大又理直气壮的声讨。24 个小时内，一轮一轮的谈话告知全部归零，因为后来的亲属和朋友什么都不知道，什么都不相信。

我运了运气，让病房里继续做好病人的最后的护理和清理止血。而我自己，和金远一起，去家属谈话室，向情绪激动的家属再做从头开始的告知和解释。

经历过那种场景的医生都知道，那绝不是好受的事情。你的好心，你的努力，随着病人的死亡，付出的一切都已经归零。所有病情的不确定，病情本身的快速进展，都成为家属质问和攻击的理由。

不仅仅是质问病情，被情绪冲昏的人，经常会曲解所有不理解的问题，言语攻击往往只是开始。以往我还经历过汽车封堵医院大门，家属对我拳脚相加。是，我都经历过，但是再难过，也必须去正面面对，用理解和宽慰的心，对着质问的人群解释所有过程。

我心里的那个伤痕，始终都在。做医疗决策的时刻，都会极力抑制着不去想它，免得影响我做决定的稳定度。

几年前那封堵医院大门的混乱场面；身上都是深入肌理的抓痕；歪曲事实和人身攻击的辱骂，都清晰地印在记忆里，没有淡去。

必须放下所有自身的情绪，去抵受一切后果，哪怕一切再来一遍。

漫长的，处于胶着状态的谈话……又是地狱般的一天。

每个ICU主任都经历过那种无奈……我不想详加解释和描述，总之，这个结局不算最坏的。

黄昏的细雨中，我立在窗口，看家属在议论纷纷中离开医院。终于结束了。

难过和愤懑不光是属于我一个人的。

ICU 的几个医生还想对我说什么，我无力地摆摆手，谈话谈得下巴都快掉下来了，实在没体力再跟他们谈："回去休息吧，还有一个刚刚撤机的病人需要用心管好，明天打起精神来，知道吗？！"

赵、金几个医生看我神情平静，慢慢松弛了精神，一个一个换下了工作衣，回去了。持续的高强度工作，让每个人的眼睛里布满红丝，极度疲倦。

冷风冷雨中，在冰冰的天台上开一罐啤酒，戴起耳机，听一首百转千折的法语歌。无人处，对天呼出胸中浊气。

治疗失败的难过涌上来。明明已经累得睁不开眼睛，脑子却又像无法停转的机器，灼痛疲乏。

一颗心，需要稳定的情绪去应对疑难的治疗；

稳定应对家属的不解和误解；

稳定辛苦工作的团队成员的情绪；

继续稳定应对还在治疗中的其他棘手的病人。

血肉之躯向外抵挡四面八方的压力，向内抵挡涌动的不良情绪。伤心和疲惫，只能在无人处，像无法喷发的熔岩一样，煎熬着自己。心，就是这样被练得越来越坚硬的，独自消解所有酸痛，磨炼出的血泡，最终会变成越来越坚硬的铠甲。

这艰难的修行，是所有 ICU 医生在成熟的过程中必须要接受的。

8. 逆风而行

开车去那家医院的 ICU 会诊的时候，是深夜。赵医生十万火急地催我快点到："罗主任，去甲肾上腺素已经每小时 15 毫克，PEEP（呼气末正压）用到 18 厘米水柱。你今晚就来，拜托了！"

仅是寥寥数语，我就知道病人已经在死亡的悬崖上坠落，当地医院的 ICU 医生用尽所有超常规的手段在维持他，却依然拉不住他奔向死亡的脚步，马上就要是崩溃的一刹那了。

我能不能在那一刹那之前赶到，会诊能不能力挽狂澜，止住坠落的颓势，要看天意。

夜晚在高速路上飞驰，我没有再细问。大致知道是一个肠破裂手术后的病人，出现了进展极其迅速的休克。

在重症医学的江湖中，混迹 10 年以上的医生会知道：在很小的概率下，病情会不按常理出牌，一旦遇到这样的特殊病人，既往的经验会完全不灵，病情飞速进入崩溃，让接手的医生处理得信心尽失，勇气像雪崩一样坍塌。

医生不是神人，现代医学也没有奇门解药，独家秘方。有时候，会诊真的解决不了太多问题，唉！略尽人事，安慰一下急迫的心情也是好的，看看我能帮到什么吧！

半夜的重症监护病房灯火通明，仍然有 3 个医生守在那里。CRRT（持续性血液净化）机，一道一道摆起来的微泵，蛛网一样密布的延长管一刻不停地运行着，进门看到这个阵仗，就明白，所有手段都已经用上去了。

"现在刚刚 24 小时，难以想象，已经这个样子了。"赵医生疲倦而紧张，把病人林先生的胸片递到我的眼前：两肺白茫茫一片。大量的肺泡内渗出，难怪呼吸机已经用到纯氧，PEEP（呼气末正压）的压力高到不能再高。

值班医生流利地把病情报给我听。确诊感染性休克的病人，经过了积极的抗休克治疗，病情没有任何好转，像高速火车一样进入多脏器功能衰竭的阶段。

50 余岁，既往非常健康的壮年人，出现这么迅捷的变化，治疗的压力可想而知。

我是当天从外地赶来会诊的第三个 ICU 医生，在同一个专业浸淫甚久的合作伙伴之间无需多话，一句心领神会的言语，甚至一个心有灵犀的眼神就足够。我知道，大家的判断接近一致，这个病人诊断明确，该用的，能用的，在我到来之前已经全都用了，恐怕是注定要"崩盘"了。

在床边检查完病人的状态，检查完呼吸机、CRRT（持续性血液净化）机、升压药物，进行完所有纷繁的处理。我在办公室坐下来，开始看一大堆检验数据和记录得密密麻麻的监护单。夜晚的重症监护室里回荡着监护仪、呼吸机此起彼伏的低级别报警声。浓墨一般的夜色，凉意从窗外沁入。

脑子陷入一大堆数据的分析。从数据慢慢还原出疾病过程的病理生理面目，是我做出分析前的常规流程。不走寻常路的病情，尽管看上去无望，还是必须循着常规流程仔细分析一遍。

"罗主任，要不要抓紧和家属谈一谈？"赵医生不动声色地催促我。病人随时可能死亡。即使下一秒钟心脏就停跳，也不奇怪。

我注意到血气分析中的两项结果，正皱起眉头凝神细看。"哦！"半夜的思维略微钝滞。"这么低的钙和这么'正常'的乳酸，有点奇怪啊。"我征询地望望赵医生。

"一直在补，上不来。"赵医生指给我看微泵内正在注射的葡萄糖酸钙。

和赵医生交流让我脑中"灵光一现"，想到的另一个极小的可能，我不由分说，要求床边护士按照我的方式做出治疗上的调整："把余下的钙剂全部推进去。"非常低的钙，会导致心脏收缩功能障碍和血管的张力低下——我也只是在试最后的可能。我看到赵医生脸上露出"你想法也未免太奇葩"的表情，若不是我半夜大老远跑来帮他，也许就和我争执起来了。

我们一起站在病床边关注血流动力学的细微改变，看了个把小时。

这是 ICU 医生最艰苦、最日常的工作状态，严重的病人，向来要靠"人肉"的方式看着一丝一毫的治疗改变，再先进的仪器也替代不了。

　　监护仪上，血压的数值不甚明显地从 95 上到 100。这样的变化，是只是波动呢，还是结果？谁也无法判断。

　　子夜时分，我们和自己的生物钟较着劲，顶住麻痹和疲惫，关注血压的细小而连续的变化。这些连续的小变化，让我一点一点坚定了我的"奇葩"判断——他还有机会。

　　我在赵医生的陪同下，去和病人的家属谈话。

　　"罗医生，你说他还有一线希望，你试好了，随便什么方法。"家属急切地、捞救命稻草一样地抓住我。通红的、满盈着焦急和悲伤的眼睛死死盯着我，毕竟，他们的信心已经被一轮一轮的谈话打击过，接近崩溃。

　　"如果明天早晨，出现我预计的血压的改变，那机会可能又多了一点点……这也不表示，病情能够从根本上挽回。"我极其谨慎地说。对于这样脆弱的生命，这已经是最大限度的"信心"了。

　　天光大亮的清晨，我在 ICU 开始例行的交班和查房，当地医院赵医生的微信传来：病人的去甲肾上腺素已经减到每小时 12 毫克，瞳孔似乎有对光反应！接着是监护仪屏幕上的数据，和呼吸机的参数设置的图片。

　　几个小时过去，所有的数值都并没有下滑，而是略微好看了一点点。几个医生想必是奋战通宵，这也是我"灵光一现"调整后的结果。我揉揉酸痛的眼睛，仔细看所有新传过来的化验单和数据，欠缺睡眠的眼睛，看起东西来居然有点模糊。

　　即使当时，他们几位都不同意我的观点，状况出现奇迹般的改善还是让大家最激动的结果。

　　三天以后，当我再去那边医院会诊的时候，情况已经有了小幅度的好转。能够扛过这三天，已经是个出人意料结果。

　　CRRT（持续性血液净化）机的持续脱水下，白肺在变淡，去甲肾上腺素已经减到很小的剂量。病人还是处于很重很重的多脏器功能衰竭状态中，但是乌黑的天空像是看见了一线明确的曙光。

"那天晚上，只有你说还有一线希望，所以家属说，一定要让罗主任再来看看。"赵医生悻悻地拍我的肩膀对我说。

艰苦地又度过了 72 小时，他灰头土脸，额头油光发亮，极其疲惫和艰难。我只是提供了一个"奇葩"的想法，而他却是真的在病床边用尽浑身解数折腾，把我的想法变成了现实。数据时时刻刻从微信上传来。有天半夜还在微信上争执，要不要继续用 CRRT 机脱水。

林先生的家属，就像见到亲人一样，紧紧拉住我："只有你说，还可以试试看，罗医生，你把他从死人堆里捞了出来，你一定还有办法……"这样的信任，是巨大的压力。插满引流管的肚子，连续不能下机的 CRRT 机，飚高的炎症指标，无尿……病人的情况依然复杂得让人心悸。

继续和病情较劲。腾挪的空间增加了，在液体复苏，升压药物，CRRT 的设置等等等等上费尽心思。我们几个医生建了一个微信群，以便能够在第一时间连续得知病人的变化。我知道自己陷入一种很亢奋的状态，最重的病人，最挑战我的蛮劲，让我使尽洪荒之力在所不惜。

我也没有料到，这场漫长的治疗比想象中的更加迂回曲折。

3 个月中，我去那家医院会诊了 6 次。林先生，真是医学上一个特殊的个体。

感染性休克纠正，白肺改善，整整 10 天以后，刚刚迎来呼吸机撤机的喜讯，肠瘘了。

不知道是对什么药物过敏，全身发生剥脱性皮炎，肝功能严重受损。皮肤极度黄染，满床单都是脱落的皮屑。

对血液透析导管和过滤器过敏，一周必须更换一次透析导管。每次都会细菌入血，局部水泡，到最后，穿到没有地方可以再穿透析导管。

长达 105 天的无尿，严重的腹腔感染，多次败血症。体温出现一个一个锯齿样的高峰。

这 3 个月，我就像是在漫无边际的沙尘暴中逆风而行，坚持得灰头土脸，满嘴沙子。刚刚走出这个沙坑，又倒栽葱地翻倒在那个坑里。

赵医生那边的 ICU 医生团队，其辛苦和顽强可想而知，每当信心饱受挫折的时候，家属会要求我再来一趟。

"罗医生，请你再来一次。"到后来，我知道，会诊已经给不了什么实质性的技术支持，所能给的，只是鼓励和坚持，信心和勇气。病人、家属、ICU 医生都希望我可以在看不到尽头的路上再推一把。

第 145 天，林先生出院了。

喔！壮实粗憨的脸，油油的鼻子，咧着嘴，看上去和躺在病床上的样子截然不同。照片从微信上传过来，我立刻把他设做我的手机背景。

我的天！看着一个壮汉的脸，居然会有幸福感从我内心慢慢绽放出来，会不自主地想笑出来。

"切！当时只有你这样的怪胎会那样说。"赵医生的欣喜比我更甚，半是嗔怪，半是佩服地对我说。"多谢你，罗。"

导师曾经笑话过我："你的脑洞大得有异于常人，注定要受很多很多的非议。好在，你的神经结实得也有异于常人。"

我凝视着林先生的照片，那张让我"灵光一现"的血气化验单，三个月来一直存在手机里。这条从悬崖下捞回来的生命，重新绽放，是我们重症医学这个专业最奇特的礼物。

我是一个 ICU 医生，非议又如何呢？！如果逆风而行是我的命运，我认命了。

第六章
不言谢

1. 谢师

自从离开原来的医院之后，弟兄们都忙，联系不如以前那样密切。鹏是最记挂我的人，每过一段时间，他都会告诉我自己的最新状态：

我在读博士了，最近的课题在给猪做 CRRT。

我们家二宝宝出世了，好吵，是个小妞，真会哭！

我晋升副高的考试考过了，又升了一级。

我们写 H_7N_9 那篇文章得了市级自然科学学术奖的一等奖，哦，有点小嘚瑟，我把证书给你寄来。

我下个月去美国外科年会交流论文，正在恶补英语口语！

真心感觉，和一个优秀的年轻医生相伴一程，有机会看他青出于蓝，又高又远，是老天给我的福报，是临床带教老师的成就感。

20 年来，还有一些曾经叫过我老师的小朋友，每个人的模样和姓名，我有点记不清了，有一个护士的影子，多年来一直还在我的心里。

那件事发生在多年前的一个值班之夜。

那个夜班，跟别的夜班并没有什么不同。马不停蹄，鸡不停爪。我们不停地收病人，谈话，写病历，做操作，像一颗停不下来的陀螺。

每个上夜班的人都一溜小跑着去往各处，额头上冒着油光，表情僵硬紧绷。

在这样的夜班，从工作刚满一年的护士到工作二十余年的组长，都满负荷地运转着，实习生当然也不能例外。

不到 10 点钟，已经收进第三个抢救病人了。其中，多发伤的 9 床的状态尤其糟糕，输液，血管活性药，输血，纠正内环境，补电解质……治疗室里，抽药抽得像在批发中心。

旁边那一床的 CRRT（连续性血液净化）机，整个前半夜都没有饶了我们，不停地气泡报警，压力过高报警，全然一副讨厌的"大爷要人伺候"的德行，一会儿都离不开人。

5 个护士，连同实习生小兰在内，都跑前跑后，除了自己分管的床位外，还要不停地补位。

"啊呀！老师，我犯错误了。"忽然，小兰惶急地叫了一声，手里拿着一个从 12 床的输液微泵上卸下来的空针筒，不知所措地看着她的带教老师戴燕。

戴燕赶紧凑上去看——微泵上贴的标签写着胰岛素 50u。"哎哟！"高年资的护士反应速度极快，马上去拿快速血糖监测仪。

原来，忙乱中，实习的小兰错把维持 10 个小时以上的胰岛素当成其他药物，半个小时就推进了病人的血管，而 50 单位的胰岛素可能会导致致命的低血糖。

"3.0！"快速血糖仪显示。"罗医生，快过来。"戴燕叫我。

我冲过去检查那个病人，那是个重度昏迷的脑外伤病人，生命体征并没有异常，格拉斯哥评分也没有下降。

"推 50% 的糖水，推完用 10% 的糖水 500 毫升维持，半个小时测一次血糖"。我看看血糖仪的数值，估测病人还没有因为低血糖而发生损害。立刻下医嘱。药物推注时间还不久——补救应该来得及。

多发伤的 9 床病人，马上要送手术室探查。虽然 12 床病人出了这么个意外的岔子，我也腾不出功夫来多想，急急忙忙把重病人送了手术室再说。这是眼下工作中争分夺秒的痛点。

隔一会儿，过去望望，两次去看测得的血糖，都徘徊在 7～9，我知道这个漏洞已经补回来了，于是继续坐到电脑前，十指如飞地补那山一样的一堆记录。

忽然，我眼角的余光扫到实习生小兰惶恐地坐在中央监护台边的椅子上，木木地瞪着前方，两只手十分僵硬地交握着，长头发无助地从帽子里溜出几缕。只看背影，就知道她又疲倦又焦虑。

三查七对，是护士的日常功课，用错药是护士的大忌，何况是差点导致病人莫名其妙低血糖的大差错。

戴燕正在全副心思对付不听话的 CRRT（连续性血液净化）机，并没有时间责备小兰。整个夜班的战队，持续以极高的转速在工作，关注最危急的点，进行最有效的治疗。久经训练的护士都是那个样子。

"没事，不会再出问题了。"我走过去对小兰说，语气平淡如常。

以她的知识和经验，并不能判断在我们调整治疗后，刚刚的差错有没有留下恶果。看她那紧张的样子，我就知道，小丫头内疚死了。

我握了一下她的手，左手被她的右手掐出了几道红痕。她的手指冰凉冰凉的。

"还好你发现了，也说了出来。"我说。

并不是安慰她，这是事实。昏迷的病人很难发现低血糖，如果小兰自己没有及时发现出错，或者发现了也没敢说，后果不堪设想。

"坐一会儿好了。"我拍拍她的肩膀。她现在的状态，不适合继续繁忙的工作。

我继续眼观六路、耳听八方地高转速地忙碌。

小兰以非常紧张的局促姿势一直僵坐在那里，惶惑无助，默默坐到半夜 12：00。前半夜结束了，戴燕那一班的护士交接班结束，该下班了。

连续进行了 6 次快速血糖的监测，9 床病人的血糖没有继续下降的趋势，稳定得还不错，病人的昏迷评分、生命体征都没有出现问题，这个麻烦算是过了。

"回去吧"！戴燕对小兰说。我和戴燕搭档多年，都是有点年纪的带教老师了，并不打算在这个半夜里，再给小兰增加更多的心理压力。但凡是由人做的事情，都不可能不出现错误。就像开车，有谁希望故意撞人？她已经非常非常自责，需要时间来缓解不良情绪。

后来怎么样，我就不知道了。ICU 医生，要管的啰嗦事情实在是多，既然病人没有大碍，既然是护理的实习生，出了这个疲劳的夜班，一天大睡以后，我就忘记得一干二净。小兰这个孩子，和很多叽叽喳喳的实习护士一道，被我统统忘得一干二净。

日子过得忙忙碌碌，倏然如雪泥鸿爪。

几年后，有一次，我去一家大医院参加一个会议。在前往报告厅的路上，有一个护士正推着病人去检查，忽然老远向我致意。隔着穿梭来去的许多人，她灿烂地笑着，清脆地叫了我一声："老师。"

英气勃勃的面孔，矫健的身姿，她的身上，带着医院里干练麻利的护士的那种气息。

被那样熟悉亲热地打招呼，我赶紧微笑致意，却实在想不起她是谁，只好有点尴尬地点头。

她深深鞠了个 90 度的躬，非常正式地又叫了一声"老师"，然后就继续推着病人做事去了。显然，她正在忙碌的工作中。

我朝着她的背影看了一会儿，那天晚上，小兰僵硬惶惑的坐姿从心底很深很深的地方冒了出来，啊！她就是当年那个犯了错的实习护士小兰。

看她今天的样子，灿烂的笑脸，光洁的额头，显然已经很胜任工作了。一个人只有在对生活充满信心的时候，才会有那样晴朗坚定的表情。

"老师！"隔着遥远的时间，她瞬间就在人群中就把我认了出来。

那一晚的差错，一定一直记在她的心上。

年轻的她，也会害怕责罚，但是害怕的情绪很快就会过去。深深的自责和内疚，尖锐的警醒和刺痛变成长久的印记，烙在她心上。或许辗转反侧，也许彻夜难眠。

我帮她弥补了那个破洞，那本是我工作中最理所应当的职责，这件事于我而言就像一个气泡冒过般倏然无形。

惊涛骇浪的情绪终会平息，而成长的痕迹却永远留在她心上。她是个明理的好孩子，在教训中教会了自己，相信将来也会好好教会其他明理的好孩子。

那个 90 度的鞠躬，是从差错中完全的释放和新生。

多年的医生生涯，我理解：老师，并非满口"为你好"的清规戒律，而是言传身教。更多的时候，需要绕指柔，需要润物细无声。

宽容她的不完美表现，指正她的错误，等候她的成熟，目送她青出于蓝，成为坚强的工作拍档，成为未来成熟严谨的带教老师。

2. 重新捡回的心

早上交班的时候，鲍春珲医生拿出手机来，说："兄弟们，来听一个从来没有听见过的声音。"

手机微信里，一个沙哑的陌生的男声说："再过几天，我就回来了。我觉得从来没有这样高兴过。"

啊！杨易。这是杨易，他封管成功了！

杨易（化名）转进我们监护室是 4 个月前。这个体型超大的病人满身大汗，呼吸急促地从呼吸科转来。他的情况太特别了，当班的鲍医生立刻叫我来看："主任，你来看这个人。"

　　杨易体重超过 200 斤，换床的时候，得 6 个人抬他。他在外院做了气管切开手术，但是用的却不是一般的气管切开套管，而是一根不同寻常的长达 28 厘米的加强型经口气管插管。管道的固定也很特别，半根管子拖在外面，有 10 厘米以上，这种方式造成了很大的呼吸阻力，咳不出痰来，所以我们立刻给他吸了痰，接上了呼吸机。

　　看了一下病历资料，又仔细看了一下他的套管，我们才明白，为什么要给他用这样的一根管子：他太胖了，脖子很粗，而且头颈部位有特殊形态，为正常体型设计的气管切开套管对他来说短了一大截，为他做气管切开的医生只好用一根非常规使用的管子代替，这根管子的构造决定了不能随便截短，所以多余部分就挂在那里，造成了他咳痰异常困难。

　　上了呼吸机以后，他的呼吸慢慢平静下来，满身大汗，如同刚从水里捞出来。讲不出话来，但是可以写字，他写：我要死了，让我老婆来陪陪我。

　　他就像一个被吓坏的小孩子，不停地提要求，无论如何不听劝，以至于踢人。无奈，我们只好把他妻子和老妈从门外叫进来陪一会儿，缓和他的紧张。

　　杨易进了监护室，成了护士中最不受欢迎的病人，轮到谁上班护理他，都会唉声叹气。一则因为他体重太大了，翻身、移动，对于柔弱的护士们来说不是易事。再则，他不像昏迷的、镇静的其他重病人，他清醒得很，要求很多，吸痰、翻身、漱口、热、换床单，等等等等，还有种种不耐烦和焦虑。他如同一个坏脾气的大孩子，被困在小小的病床上，不高兴了会踢人和扔东西。

　　他的妻子好不容易替他说明白了这两个月来的病史：身体的超重让杨易有严重的"睡眠呼吸暂停综合征"，1 个多月前，发生严重的肺炎。因为呼吸道异常塌陷和体型特殊，在 A 医院集结了麻醉科、呼吸科、ICU

最厉害的医生，用了喉罩、无创呼吸机、支气管镜、可视喉镜，出尽招数，插进了气管插管，上了呼吸机。

肺炎略微好转后，实在没有医生敢为他做气管切开手术，于是就转到上海一家顶级三甲医院 B 医院，做了一个非常规的气管切开手术，手术过程中差点心跳停止，好不容易才放进了这根导管。

气管切开后，他的肺炎好转，但是这根救命的气管插管太长了，他咳不出痰，不能长时间脱离呼吸机，在那个繁忙的 ICU 里成了一个解不开的难题。各方束手无策，他只好转院。

我们是他转的第三家医院。杨易被困在不见天日的 ICU 床上，已经 1 个多月，在转回来的救护车上，他觉得自己的生命已经到了尽头，只是"叶落归根"，要死在家里。但是，他并非耄耋老人，他才 30 岁出头。

我仔细看了一下这根管子，成也萧何，败也萧何。杨易能够活下来，全亏这个非常规的管道。但是管子太长，28 厘米长的管子会形成很大的呼吸阻力。所以，带着这根管子，他无论如何离不开医院。可行的办法，是用 12 厘米长的加长型气管切开套管来代替它。

不过，杨易本人和他的妻子母亲都不同意更换管道，因为做气管切开的医生千叮咛万嘱咐，告诉他不能随意动这个装置，要更换也必须到上海 B 医院的 ICU 去。

上着呼吸机，他还是"正常人"，可以活动。说到底，减肥这个亘古难题，可能才是解决他生命困境的根本办法。他的睡眠呼吸暂停综合征，就是因为体重太大，并且不断增重，才会到如此地步。

于是，我就让他下床。用小推车，装上氧气瓶，装上便携式呼吸机，让他推着在病房里走动。所有药物都停掉，拔掉从上海带回的 PICC（经外周静脉穿刺的中心静脉置管）导管，去掉连接监护仪的导联线，把影响他活动的，ICU 病人身上的所有障碍都尽可能去除。

这个场景在医院的 ICU 病房，还是蛮奇特的：护士陪着一个身形巨大的病人，推着小车，在病房里一圈一圈地绕圈锻炼，锻炼一会儿，出了一头大汗，连头顶都冒着蒸汽了，就坐到沙发椅上，接上 840 呼吸机，自己戴上监测经皮氧饱和度的夹子，休息一会儿。

魁梧的鲍医生在最初，常常陪在他身后，怕他万一倒下来，巨大的体重护士扶不住。两个大汉在病房里绕圈的奇景，惹得护士妹妹在身后偷笑。

杨易很乐意起床锻炼，开始下床锻炼以后，明显少发脾气，整个人阴霾尽除，坐在沙发椅上休息的时候，他也在手里拿个小哑铃，继续锻炼上肢的肌肉。每天，我上班的时候，他会招手叫我，气管切开的状态不能说话发声，他就写字来和我交流。

"94 公斤。"他写，很高兴的样子。护士们也愿意陪着他走："宁可多走路，也好过看他在床上发脾气。"

杨易的体重每天都有下降趋势，严格控制饮食和推着小推车锻炼，是他生活的全部。不得不说，被生存压力逼出来的毅力，是很惊人的。他的体重下降得很快。

一个多星期后，体重下降到 91 公斤。杨易开始频繁地咳嗽。我和鲍医生仔细检查了一下，他的体重降下来之后，颈部明显细了一圈，原本在体内 14 厘米的导管过长了，刺激气管分叉处。一活动，就不停地刺激性咳嗽。

我们决定给他做气管镜检查，如果有必要，把管子的深度调整到 12 厘米。

这次，杨易同意了，因为频繁的咳嗽已经影响了锻炼。气管镜的准备工作，我们做得格外"铺张"。上海五官科医院那位医生的关照，还是很让人担心的，杨易的气道异常塌陷，一旦失去支撑，很可能窒息缺氧而死。

气管镜下得很顺利，管道已经留置了近 2 个月，气管隆嵴和主气管黏膜上已经有明显增生。我们将导管顺利地退出 2 厘米。可以看到，他的气管随着呼吸有明显的塌陷，可以说，全赖这根"救命管"的支撑。

由于气管镜的刺激，杨易咳嗽得很明显。退出镜子后，他习惯性地用棉签去够管道末端无法咳出的痰栓。日常，他也经常这样做，管子在体外的那一截太长了，痰不能顺畅地咳出，经常要用棉签伸进去把痰挑出来。

也许是因为气管镜检查后的呼吸太深大，忽然，棉签从他手中脱出，被吸了进去。从透明的管子里可以看到棉签的位置，但是够不着，无法取出。

这根管子是杨易主气道的一部分，被这么大一个异物堵塞可不是好玩的。气道受阻，杨易的脸一下子就紫了。他惊恐地拍、抓、跺脚——那是濒死状态的死命挣扎。

我连试两下，用镊子也夹不出来，眼看着棉签缓缓向更深处滑，再深一点，就要吸到体内去了。此时的杨易已经脸色紫胀，氧饱和度降到70%。没办法了，我立刻把气囊的气抽掉，把这根管子，连着里面的棉签一起拔了出来。

杨易惊恐万状地挣扎着。每次吸气都听到可怕的咝咝声，完全吸不进气。我们七手八脚地按住他，把准备好的 12 厘米的加长型气管切开套管塞进已经形成的窦道里。

导管塞得并不顺利，他的气管异常狭窄，仅仅进入 7 厘米，就有很大阻力，我只好暂时停下来。但是有了这个 7 厘米的支撑，他的窒息缓解下来，氧饱和度回到 90%。

杨易惊恐地抓住我的手臂。鲍医生把气管镜再从导管内送了一点，指引着我："再下，再下。"随着深吸气时气道的扩张，管子 1 厘米、1 厘米送到了尽头。这 12 厘米的管子一送到位，窒息的感觉立刻解除。杨易惊魂未定，脸却恢复了充满生机的红色。

一阵混乱过去，杨易、我、鲍医生，还有一圈七手八脚的医生护士，都吓得不轻。我感觉心脏狂跳，冷汗从背脊中间一溜淌下来，此时事过境迁，竟有脱力的感觉。左手臂有隐隐的痛，低头一看，臂上被杨易死命抓出了 5 个清晰的手印，一时半会儿退不去。他自己则像刚从水里捞出来的一样，满身大汗淋漓。

鲍医生放下气管镜，乳胶手套脱下来的时候，汗水淋漓。我们给他固定导管。比起之前的"特形"，这根"正常"的导管好固定得多了，留在体外只有短短一截。此时，杨易还在惊魂未定地抚胸不已。

意外更换了 12 厘米长的气管切开导管以后，杨易的生活出现了转机。原先多余的管子，造成了 3 倍的呼吸阻力。改了管子之后。他完全不用再上呼吸机，也不再需要吸痰，可以自己直接用力把痰咳到外面来了。

杨易大喜过望，他兴奋地用手机照着镜子，看着这个不熟悉的新装置。现在，他不再需要氧气瓶和呼吸机，可以轻松地下地走路了。他继续锻炼的生涯，我们的 ICU 里，每天都可以看到这样的奇观：一个穿着病号服的巨大身影，在病房里这里逛逛，那里逛逛，逛到别的床边去看看护士做晨间护理，逛到办公室去找鲍医生。现在的他，已经不需要护士陪在身边了。

这个状态太不像话，经过慎重考虑，我让他转到呼吸科去。没想到杨易摇头不止："不行，我不放心。"他写道。在 3 个医院的 ICU 一共待了两个月，他对 ICU 既厌倦又依赖，对回归正常生活有恐惧心理。

活动多了之后，减肥更加有效，杨易的体重继续下降。在他"习惯"了一周之后，终于同意转到呼吸科去了。

转病房时也是一项奇观：一个穿着病号服的病人，不用平车，不用轮椅，自己健步如飞走出 ICU，还不住地和我们挥手再见。这个重获新生的家伙，就差点儿没对我们来个飞吻了。

再过一周，杨易和老妈一起来 ICU 按门铃，他要出院了。尽管发不出声音来，但是他已经慢慢习惯和气管切开套管"和平共处"。带着满脸的喜悦，他写道：我没有想到还能活着走出医院。

他的体型小了一号，穿着 XL 的红衣服绿裤子。衣服都是新买的，一点也不在意脖子上醒目的气管切开套管，像花儿一样尽情鲜艳。

两个半月后，杨易减肥到 81 公斤。听从我们的推荐，去了上海中山医院呼吸科，在那里治疗了气道内的黏膜息肉和增生，并且成功封管。封管成功后一能讲话，他就立刻给鲍医生发微信：

"再过几天，我就回来了。"低沉沙哑的男声，语气好像在向兄弟炫耀战绩一般的喜悦和嘚瑟。

现在，杨易还在继续减肥，他决心减到 65 公斤。我们为他选了无创呼吸机，他的重度"睡眠呼吸暂停综合征"得到了有效治疗，生活完全恢复正常。

这个吃了半年苦的家伙特喜欢鲜艳的颜色，紫红的汗衫，鲜绿的裤子，走在街上，能多招摇就有多招摇。空闲的时候，他还经常来我们 ICU 看看，和鲍医生嘻嘻哈哈，称兄道弟，调侃鲍医生的腰围。

脖子上巨大的疤痕有点醒目，但他一点也不想把他遮起来。

用他的话来说：谁身上没有疤？这是用来纪念这鬼门关边上晃荡了半年的经历的。

我告诉他："你应该感谢那几家医院的 ICU，对于你这样疑难复杂的病人，每个医生、每个 ICU 都是不容易的。"

他说："从技术上来说，每个医生都是了不起的。不过，被上海的救护车运回来的时候，我的心已经快放弃了。我是当在这里下床，推着车重新走路的时候，才开始觉得自己还能活下来的。"

"我的心，是从这里重新捡回来的。"

3. 史上最"麻烦"

有一天，鲍春珲医生跟家属谈完话回来，筋疲力尽地摸摸下巴，好像它快要掉下来了一样，对我长叹一声："主任，这 6 床，真是史上最麻烦的病人！又来了一堆子女！谈完了不算，一定又要进来看看。"

正在电脑前打医嘱的赵云晖和正在质控病历的金远马上一起点头："前天值班就是这个样子，一遍一遍有亲戚按门铃来问病情，他家的人真是多！"

接着就看见，董家的老大，带着男男女女，老老小小，一批一批进来在老董床前站立片刻。

6床老董，是个85岁的老爷子，两天前搓麻将的时候，一头栽倒。脑溢血。脑内的出血量非常大，根本没有机会手术，很快进入深昏迷状态，靠呼吸机和升压药维持生命。

他的病情在ICU医生看来，简单到极点，也确定到极点：瞳孔已经散大，自主呼吸消失，死亡只是时间问题。

通常，对这样的病人，家属的接受程度会很好：病人已享高寿，治疗过程没有感知痛苦，病情又已经既成事实。此时，一般家庭都会很快接受现实，结束治疗，准备老人的后事。

董家子女却好像面临很多压力。一得知病情，就立刻提出来要求上海的教授会诊，看看还有没有一线存活的可能。我的困惑不是空穴来风，因为董家的老大和老二都知书达理，完全已经了解病情的来龙去脉，态度也温文客气，并没有给我不信任医生的感觉。

既然董家强烈要求，我们就请了国内顶级脑外科专家来会诊。专家会诊给出的结论简单而肯定：病人没有存活的可能。明智的家属，应该尽早停止维生的机器，让老人好好离开人世。

董家的老大和老二频频点头，接受专家的建议。但是旋即，又带了一堆子侄来看老董。

董家的子侄都是扶老携幼来一大家子。一会儿是来自北京的夫妻俩，一会儿是来自广州的一家三口，明天又是从加拿大特意回国的全家带着小孙子。

这些亲属都远道而来，风尘仆仆得很明显，面容疲倦，估计飞机下来连梳洗都没有来得及。还有从南半球回来的，冬衣都未来得及准备好。病人的状态的确时日不久，ICU 的医生和护士，不断地通融，放远道而来的亲属进来探视一下。

老董家的老大，总是点头哈腰，谦逊万分地请护士通融一下，以免工作时间不断地打扰护士和执勤的阿姨，引起工作人员的不满。老董那些远道而来的亲属，在探视完之后，会再三再四地问床位的主管医生，问病情，问预后，问到自己失望叹息为止，谈得我们几个医生，都觉得口干舌燥，耐性耗尽。

一个星期没到，家属再次提出会诊，并且，一位"学医的女儿"借了CT 片，电邮到广州自己的导师处寻求帮助。

这真是一种让管床医生抓狂的状态。每天的探视时间，不同的家属谈话重复几乎一模一样的问询。而且每天"远道而来"的亲属，不断要求"破例"探视一下，也让人烦不胜烦。

监护室门口的秩序，维护起来不是容易的事，这一家要求了探视，其他家属也常会效仿，会质疑这个病人是不是特殊人物，特殊待遇。频频的问询病情，会打断医生的工作，这在繁忙的 ICU，真是让人头大的状态。

鲍医生说老董是"史上最麻烦"病人，大家都非常认同。

一个星期，监护室门口人来人往，嘤嘤嗡嗡，其中最多的就是董家的"亲戚"。这是个什么样的家庭啊？！在医患关系紧张的现状下，对于这种家庭人员众多、家属又反常地不接受病情的状况，监护室的医生早就很谨慎地把老董认定为"需要谨慎对待的特殊病人"。

几个高年资医生轮番上阵，一轮一轮很谨慎地谈话、告知、签字。老董的儿子都礼貌地接受。我终于忍不住好奇心问出了口："这么多人，真的都是老董的子女吗？"

老董家的大儿子和二儿子不说话，沉默地表示认可。那个"学医的女儿"开了口："老爷子年轻的时候家境富裕，一生行善积德，收养了很多穷孩子，供他们上学读书。所有的这些男男女女，都是幼年时受他恩惠的苦孩子。"

老董的大儿子无可奈何地说："由他养大的孩子，都对他很亲，都像他亲生的子女。所以，弟兄两个根本不敢擅自作主张，放弃治疗。要等他'所有的孩子'都来了，见见他，再做主张。"

年纪比董家老大更年长一些的高大壮年人说："我是老大，老爸既然已经这样了，我们就不能让他再吃苦下去，我来做主，我们兄弟姐妹明天一起给他过 85 岁的寿辰，过完，就一起送他去天国享福吧。"

这个"老大"是从加拿大回来的，抱着自己小孙子，带着自己的全家，天天在监护室门口逗留很久，似乎只是为了离老董的病床更近一点。

男男女女或沉默，或点头。

这真是一个让人震惊的真相！

立刻，所有的医生护士都原谅了这一个星期来烦不胜烦的谈话和探视，立刻，不再有人视这一家子为"需要谨慎对待的特殊病人"。令人敬仰的善行，让人无法割舍的养育之恩，是一切的解释和理由。明白了这一切，也就理解了"史上最麻烦"的一家人。

我们的 ICU 在角落里有一个单独的房间。用类似家里的那种杏色的墙纸，用碎花的被褥和皮沙发。用接近日光的照明。装修看上去略似家里的一个房间。家庭式的布置，单独的通道，允许家属陪伴。不，这并不是一个 VIP 房间，也不是为了收住隔离病人。这是一个功能化的区域。

如果家属放弃了有创的抢救，又不能回家，可以让已经接近衰竭状态的病人死在那里。在那个房间里，允许家属陪伴死亡，允许在病房内用一种比较接近生活的方式等待病人的死亡。

老董的 85 岁生日，就是在那里过的，他的十几个儿女，拿着香槟色的玫瑰，围着他，祝他生日快乐。然后，停止所有治疗，陪伴到他离开的最后一刻。

心电监护转为直线的时候，并没有人号啕大哭，那种悲戚和感念，感恩和铭记，浓重地弥漫在花香中。

第二天，老董的"学医的女儿"来为他办理死亡证明，再三再四感谢医生。

一个多星期来谈得差点崩溃的几个医生坐在一起长叹，鲍医生说："还好，我们一直很耐心很耐心，一直适度地在通融，而且创造了条件，让老董走得圆满，不然，再好的医疗措施，都会让家属感觉有缺憾，也都会让我们在真相大白时鄙视自己一下！"

他是一个善良的人，我们有幸目送他最后一程，过程温馨而圆满。

医疗，不应该只是：机器，药物，护理，治疗，流程，规定……

缺了理解和关怀，缺了温暖的人情味，医生无法达到接近"完美"的那个目标。

很幸运，我的工作伙伴们，整个团队都未曾忘记过柔软的"初心"。

4. 医生的职责

我的师姐经常对我说：医生职业的后半程，临床带教会占据你大部分的时间。不带出类拔萃的后辈来，就不能算一个合格的"大医生"。

师姐的话，我深以为然，而且，我觉得医学教育中最难传授的一部分"态度"，不只是带教老师的言传身教，还可以用文字来表达和流传。

老曹收进 ICU 的时候，不习惯接触烧伤病人的护士小燕帮他过床，吓得倒退一步，发出惊呼——这是一个严重烧伤的病人。双手完全烧毁，头部、颈部、前胸部都是深度的烧伤，皮肉烧得处处焦痂，水泡，肿胀，看上去十分可怖。

不仅如此，老曹在火灾的时候，吸入了大量烟雾，发生窒息昏迷，脑部缺氧。当他在手术室做完初步的清创手术，进入 ICU 的时候，送他进医院的村干部就说："老曹怕是没救了。"

一个 88 岁的老人，伤成这个样子，即便是完全不懂医学的人，也能判断要重新恢复是不太可能了。人的自身修复能力是随着年龄减弱的，细胞会老化。

用医生最客观的技术路线来判断，他的治疗是一个"死局"。严重的创面感染，植皮手术，无法医治的脑部缺氧，加上多种慢性基础疾病……像不可能走出的地雷阵，不管怎么做，都会以死亡为结局。

老曹是一个"孤老"，没有妻子，没有子女，没有在世的亲人。在这个世上，已经没有人在等他，期待他的康复。

他在这个世间仅剩的资源是医疗保险，国家政策也会为他补上不能报销的部分医疗费用。不过他自己已经不知道了，从火灾现场被救下来的那一刻起，他再也没有醒过。

生命支持，补液，肠道营养，预防感染，创面换药……ICU 医生把医嘱开出来，和治疗大多数病人一样，心里却生出疑惑。

"我们要把他治疗成什么状态？我们的治疗目标是什么？"住院医生问我。临床培训了一年多，他们已经知道，对于这样的脑部缺氧状态，没有太多治疗手段。

死亡有时候是个非常折磨人的过程，即使知道它必然在不远处等着，但这个过程还是漫长而痛苦。老曹的生命体征还算稳定，但是创面已经开始感染、腥臭。连续的一个多星期里，他都在那个状态下僵持着。

每天的换药是个大工程，即使是在昏迷状态，病人也会痛得抽动。明明知道他没有意识，不能发声，脸上烧得一团模糊，五官都已经不再清晰，更不用说看到表情，我却无端感觉到他在惨呼。

"你觉得呢？我们的治疗目标是什么？"我反问。

我心里有现成的答案在，是很久前的一位带教老师教授给我的，但住院医生未必知道。目标在哪里？我们的教科书从来没有教过这样一章。医生的历程中，却迟早要经历类似的状态。

医生，你到底要做什么？你在为什么而治疗？你的治疗会去向何方？

"我觉得，他不可能手术植皮，植了也活不了；他的手，除了截肢，已经没有办法了；他醒过来的可能微乎其微……退一万步，即使他好起来，他怎么生活？所以，眼下做的所有治疗，看上去都没有什么必要……"住院医生很没有信心地回答我，尽管嘴上说的话里听不出一丝希望，但我也看到了，他每天换药的时候，面对那些可怖的伤口，表现得尽心尽力，绝无厌烦。

"没有一项必要的治疗吗？"我问他。

"镇痛是必要的，还有，换药……"住院医生看了看医嘱。

"说的没错，我们要做的，就是接受死亡。但是在这之前，需要镇痛，换药。医生经常扭转不了病人的命运，但是减少死亡之前的痛苦，不分贫富贵贱地表达对人的尊重，也是医疗的目标之一。"我把我的答案告诉他。

这是多年前，我的带教老师教给我的。

当时的情景我记忆犹新：那个流浪汉，消化道大出血，一个人蜷卧在病床上，快要死了。我的老师说：夜班，我们的职责就是多去看看他，让他知道，他不是被世界遗弃的人。

记得那一天，我和我的带教老师站在床边，陪他最后一程。从那一刻起，我开始明白，在开具医嘱以外，医生所担负的职责。

一个医生，也永远是一个学生，当我自己成为带教老师，当我的徒弟鹏青出于蓝，也在开始带教学生，我越发感觉到，讲述医生的"专业精神"是一个"大医生"最重要的职责和使命。

5. 幸福像花一样开放

骨科的赵师傅是我最重要的新伙伴，因为手艺上佳，他开的刀不是高龄，就是极难。守护那些重大手术后的病人，是 ICU 医生的重要使命。

看那张 CT 片的时候，我惊讶了好半天。病人的脊柱在胸椎的部分有一个很大的折角，几节脊椎黏在一起向右侧旋转、扭曲。胸廓因为脊柱的异常，左边正常，右边极小。膈肌、心脏的位置都和正常人大相径庭。

这是骨科请我做手术前全身状态评估的一个病人，她只有 18 岁。骨科的住院总带我去理疗室看她。我问："这个手术需要多长时间？""不知道。"住院总小陆理直气壮地回答我。"不要问我怎么开，开多长时间，出多少血，我不知道，赵师傅正在定方案，3D 打印机正在打模型。"

他滑稽地做个鬼脸，摊了摊手："我翻了好久的文献，还是狗咬刺猬，没地方下嘴！"

看 CT 图像，目测是高难度、高风险、非常规的手术，看来，我只有自己去问大木匠赵师傅才行了。本地人习惯戏称骨科医生为木匠师傅，所以我一向叫他赵师傅。

病人小鱼（化名）正在做牵引，她需要做长达两个星期的术前准备工作，目的是把右边粘连的软组织拉松一点，以便手术中给脊柱矫正角度。躺在牵引床上的她看不出身高，目测很瘦小，手臂细细的，还没有 12 岁的小女孩粗。治疗才开始，小鱼龇牙咧嘴地躺在牵引床上，我没法做必要的查体，就去了 3D 打印室，看赵师傅的小徒弟朱医生打印 3D 模型。

模型刚从机器里取出来，朱医生在工作室在做后期的技术处理，把"毛刺"剔除。我不止一次看过 CT 片，但看见模型还是有点震撼。脊柱的弯角达 90 度，有旋转，腰椎后方的结构发育畸形，看上去像个怪异的火山口，正常的棘突横突都分不出来。往"火山口"下方的结构中看，脊髓中间还有一条骨性的脊，脊柱并没有合拢成一个密闭的环形。也就是说，后方的脊髓没有骨质的保护。

小朱把模型竖起来给我看，那条怪异的骨性的脊，使得脊髓受到的压迫更明显。手术后，骨头的畸形将被纠正，但中间穿过的脊髓有可能反而因为受不了这么大角度的纠正而损伤，导致截瘫。"这个减压，预计很难做，手术中，需要监测神经电生理反应。"小朱说。

"小鱼是福利院的孤儿，几家企业捐助善款让她做这个手术。福利院已经犹豫了半年多，带着片子看了好几家医院。福利院等到她成年，让她自己决定要不要做手术。上个月，她满 18 岁了。"小朱说。

啊！原来，小鱼是一个不同寻常的女孩子。

我去看做完理疗的小鱼。她有一张清秀而羞涩的脸，身体歪斜得厉害，身高刚刚到我的肩膀。"来，我需要知道你的体力状态，我们一起爬一下 6 楼。"我在她手指头上套了一个氧饱和度监测夹，和她一起爬住院楼的楼梯。

"怕吗？"我问她。

"怕，但是，还是很想开。"她说。

"手术时间会很长，结果不一定完美，心理上准备好了吗？"我很坦白地问她。

"嗯！"她点头，走楼梯走得有点气促。"准备了很久了。"她看起来很平静，运动中，不容易落泪。特异的脊柱结构，让她的心肺功能受到很大的影响。尽管运动的强度并不大，但她的心率还是升到 135 次 / 分，氧饱和度下降到 92%。

"瘫痪的可能性，有没有真正考虑过？"我直截了当地告诉她最差的结果。这样一个 18 岁的"小孩子"，要为自己的手术签字，就必须了解可能会出现的残酷结局。她没有家人的心理支持，必须做出成年人的决定。

万一等来的是终生瘫痪的并发症，她的一生将更加难熬，何况，这个比例并不是"万一"。文献报道，死亡＋瘫痪的可能性超过 50%！而对于病人而言，死亡不是最折磨人的结果，残酷的瘫痪，需要他们用一生来承受。

"嗯！我知道。"她走到了6楼，停下来，喘一会儿。不接受手术，就终生会是人群中的异类，一次肺炎就可能要了她的性命，恐怕很难有正常的婚姻，也无法考虑生育。

"好吧，我会陪你去手术室。"我说。

小鱼还需要做很多检查，体表标志的精密的测量，磁共振的水成像……

福利院的院长、保育员、赞助企业的领导，一次一次到病区来了解病情，了解手术……纷纷扰扰，这世界给予残酷和无情，也给出了爱与关怀。看得出，他们关心她、爱护她，也期待着奇迹——这注定是一个引人注目的手术。

不过，我是一个医生，我要做的，是摒弃任何杂念，无喜无嗔，用最客观的尺度评估小鱼的手术风险和手术后并发症。我没看到赵师傅，不用问也知道，他正在屏气凝神地设计手术方案。即将上场，情绪和感情都是负累。心思越简单，越纯粹，就越能够承受压力。

我本来无须上手术台，术中监护生命体征是麻醉师的职责，但是小鱼的手术太特殊，我跟进到手术室里"保驾"。

她的体重刚过35公斤。手术要修正身体最主要支撑作用的脊柱，这样的风险，有必要去分担。联系血站，备了4000毫升血。

另外，小鱼的胸廓歪得非常厉害，在做进胸手术的第一个步骤的时候，如果手术野暴露不清，可能会需要单肺通气，她那一侧发育不健全的肺，能不能稳定地接受单肺通气，是我非常担心的问题。

自己好奇心爆棚也是我非进手术室去看看的原因，像小鱼这样脊柱严重侧弯的人，生活中，我也碰到过不止一个。我要亲眼看看，这样严重的先天畸形，怎么修复。

"担心吗？"手术的前一天，我问她。

"担心，不过还是很盼望。"她胆怯而羞涩。

待我换好深蓝色的洗手衣，到9号手术间的时候，赵师傅的小徒弟们，已经把一切都准备妥当，小鱼接受了麻醉，进入完全无知无觉的状态，垫子支撑着她的身体，摆放成非常"精确"的侧卧状态，每一个角度，骨性标志都对好。

旁边的看片灯上，像接受检阅似的插了一排片子。赵师傅对手术的辅助工作要求极高，而且，他上手术台的时候最凶，骂人骂得丝毫不留情面，徒弟没有人敢稍有疏忽，讨那个没趣。胸片上，记号笔标注的解剖位置密密麻麻，也不知道看了多少回。

小朱修理完毕的那个脊柱的3D模型，已经放在手术台边，上面记号笔满满地标注着位置、数字。可能是我的错觉，这模型好似被赵师傅的烟熏黄了好些。

"你来了。"尽管口罩帽子戴得严实，跟平时的形象大不一样，赵师傅还是一眼就认出了我。他很习惯我这多管闲事的 ICU 医生到手术台上来关注高难度的外科手术。我侵占了麻醉师的位置，站在病人头端的垫脚凳上看手术，这样不会影响到手术医生。

随着手术野的逐层深入，从我这个角度看手术视野已经不太清楚，不过，我的注意力也并不全在手术上面，ICU 医生更加关注气道、失血量、麻醉机的通气状态等等，各个专业都有自己的"职业病"。

进胸部分的手术，需要在脊柱最异常凸出的部分，切掉一个楔形，然后把过长的肋骨修短几根。

手术室里音响放着"秘密花园"，绕指柔般的音乐。麻醉师、器械护士、神经监测技师，加手术医生，总有10来个人，各守其位，极其安静。

几个骨科医生和我都在参观手术，偶尔轻轻耳语一下，大多数时候，他们都瞪大眼睛，静默地看赵师傅用各种各样骨科的奇门武器切、挖、咬、剔……

他对距离的目测评估极其准确，对立体构架的空间想象力着实厉害。用了两个多小时，第一部分的手术完成，C臂机推过来，拍片，X片下手术切下的椎体的形状、角度，和事先在3D模型上设计的一模一样。

趁着他的徒弟关胸操作的空档，他下手术台来休息片刻。

我瞄一眼自体血回输装置先显示的失血量，胸椎椎体有丰富的血窦，再迅速的操作，也免不了出血。失血量，输血量，自体血回输量，入液量，尿量……我一阵计算，觉得对于小鱼这样的小身板来说，也不算少了，毕竟她只有35公斤多一点的体重。

再瞄一眼脱下手套从手术室出去的赵师傅的背影，他近期身体状态欠佳，胃口尤其小，自己的膝关节情况也大大不妙，这两个多小时又动手，又动脑，又要用力，一定是累了，需要找个地方休息片刻，吃点东西。

关胸完毕后，小鱼被小心翼翼地放成脸朝下方的俯卧位。这个步骤，我颇为熟悉，是脊柱手术最常见的"后路"，是骨科医生常用的手法。我把它叫成"架立交桥"：在椎弓根骨质最坚实的地方打入椎弓根钉，就像高架桥打桩，然后用钢筋连起来固定，校一校形状，把原来弯曲的脊柱扳成尽可能直的形状。

小鱼的脊柱发育得奇形怪状，椎管未闭，硬脑膜膨出，椎管内纵脊。一排椎弓根都发育异常。对于一个骨科医生来说，或许把弯的脊柱扳成直的并不难，但是在用力过程中，不损伤脊柱内娇嫩的脊髓，才是需要好好思考的力学原理的难题。如果损伤神经，手术后病人会截瘫。

在手术前，我也把这个奇形怪状模型也看了好几次，劝自己："算了，不想了，这也不是我这样的内科医生查阅文献就可以想得出来的！"这么难的专科难题还是看大师傅怎么搞定，有弄不明白的，他自然会解释给我听。

第二部分手术在一个多小时后继续进行，更换体位，重新消毒铺巾。

打椎弓根钉，是赵师傅最擅长的本事，平时在"正常人"身上打一排钉子，就仿佛敲在椅子上，下手神速，片子一拍，个个钉子的位置都像被精准导航过，落点无比精准。小鱼的脊柱没有正常的骨性标志，在正常人身上像一排鱼鳞般整齐排列的棘突部分，在她身上是一个奇形怪状的"火山口"。所有需要打桩的位置，都发育得东倒西歪，难以辨认。

在这样的椎弓根上打桩，需要完全靠手感打进发育异常的骨质里去，不能有分毫的偏差，这在我看来，简直是"不可能的任务"。

手术进行得并不顺利，打到第四颗钉的时候，出血很多，正常的桩，打不进异常的桩脚里，钉子无法在它该立足的地方站稳脚跟。

输血的速度明显加快，随着累积失血量的增加，病人的身体内环境、凝血功能都在恶化。我计算着手术中的液体量，评估着手术的耐受，但是并不敢发出声音来吵赵师傅。遇到挫折时，最看得出一个外科医生的心智和心志。我们相处已经有些时日，每次不顺利时，他都能稳定心神、寻找出路。强悍稳定的性子，与我大有惺惺相惜的感觉。

趁他站在 CT 片前再次仔细看片的时候，我轻轻说："输血量已经3000 毫升，还需要申请血吗？""不需要。"他思索片刻，"这个地方没有椎弓根，打进椎体里就可以了。接下来没有快速失血的步骤了。"片刻的思索已让他恍然，回到手术台前继续。

他的小徒弟继续把 3D 模型放到他一边的台子上，换一个角度，让他可以顺利地参考手术野。

钉子一颗一颗以各个不同寻常的角度打进去，粗大的钢筋拧成合适的形状，把弯曲的脊柱一点一点扳过来，对空间距离和角度的估计能力，是天赋和后天努力同时极高的结果。手术做到这个程度，是一个外科医生一生中，技艺的巅峰状态。

接近结束，拍片的时候，已经晚上 8 点，手术进行了 10 个小时。看着这个架起来的"奇形怪状"的天桥，和角度正过来好多的脊柱，在场的人都长嘘了一口气。

"没有问题,左腿的神经传导比较弱,但是手术前本来也不算太好。"术中神经肌电图监测的技师在一边随时汇报结果。

"4000 毫升。"我和麻醉师同时松了一口气。充分的自体血回输,出血的总量对于这么小体重的人来说,已经是巨量了。备用的血全部输完,还继续在输注血浆和冷沉淀,要尽快把损失的凝血物质补回来。

"好!"赵师傅看了一下拍完的 X 片,唰地脱了手套。收尾缝合阶段,由徒弟们完成。这下他可真的累了,走起路来都有点蹒跚。难为他,靠膝关节不灵光的腿支撑着,又站了 7 个小时。

预计是难题,果然是难题,但是百转千回,使尽洪荒之力,我们终于实现了预期的结果。

在手术室的休息区略歇了一会儿,我看见赵师傅瘫坐在电脑前下围棋——他喜欢用那种方法休息。我站在他背后,很不识相地打断了他工作后的闲暇时光,问:"刚刚要是后路手术一直有困难,钉子下不去,该怎么办呢?"

这个问题,我在手术最最艰难的时候,不止一次地想过。该怎么办呢?我不敢在当时问,怕干扰到他的稳定,影响到他的决策。比起他的角色,我是容易的,ICU 医生能做的无非是在任何时候,都陪着其他专科医生、陪着病人,一直去到尽头。

我心底隐隐知道,他一定已经想好备用方案,以备在实在不能够的时候,不出性命之忧。在他深夜里一边抽烟,一边摆弄那个 3D 模型的时候,一定花了很多很多心思。手术方案的拟定看似波澜不惊,但这只是高手的举重若轻,工夫都在无形处。

"这个么,用石膏固定躯干,等几个星期再开……就是病人比较吃苦。"果然,他有现成的方案,但是说得有气无力。

"你干嘛还不回去休息?"我看他气色欠佳,显然是疲倦得很了。

"我等麻醉过一过，看一下左腿的神经传导。"他又在摸烟。骨节粗大的手，有累累的蜕皮和伤痕，像个木匠。"让她在你的 ICU 里待到完全稳定。OK？"

"OK。"我也极其疲劳，担着沉重的心思，只是和他相比，这种程度实在是小巫见大巫而已。

我是一个 ICU 医生，体力上属于那种耐得住高强度高压力，不耐长时间的选手。整整一天的手术，仅仅是参观，都把我累得要死，待到有精神再来看小鱼，已经是第二天早晨。

夜间在 ICU 病房，小鱼一直在输注血制品，她需要尽快把手术中丢失的血液成分补回来。经过一晚上的调整，从监护仪上看上去，指标已经很不错了。

"嗨，小妞，醒了没有？"我轻轻弹她的脸颊。小鱼勉强掀开沉重的眼皮，瞬间又合上。"动一下右腿。"右腿沉重，但是看得出，脚趾的活动非常灵活。"再动一下左腿。"小鱼的左腿却没有活动。

我的心，沉了半截——脊髓非常娇嫩，当脊柱的角度忽然扳回这么大的幅度，身处其中的脊髓会不会"受不了"？如果脊柱的畸形纠正过来，小鱼却因此丧失了左腿的功能，手术的积极意义就失去了大半。我又弹弹她的面颊："醒一醒，小妞，左腿有感觉吗？"一边说着，一边用棉签在左腿上划一下。

没有，小鱼的眼皮、面颊、表情、眼睛，都没有动。她还不能说话，但是没有半点表示的状态，可以看得出，她的左腿，没有感觉。我的心凉到谷底。在医生的经验中，可以接受各种各样的不良结局，接受的程度也比普通人大很多很多，但是接受，不代表不在乎。

立刻打神经肌电监测技师的电话。"她的左腿术前传导就比右侧差，手术后没有变化，根据客观监测的结果是：问题不大。"他严谨地回答我。

不确定赵师傅他有没有缓过昨天的疲劳，我考虑片刻，谨慎地给他发了个微信。"今天多检查几次感觉平面，用点甘露醇。"他马上回我。

小鱼的气管插管很顺利地拔掉了，但是左脚还是不能动，也没有感觉。整整一天，每隔两个小时，我就到床边去划一下左腿的感觉。就像退潮一样，左侧的麻痹一点一点往下退。到第二天清晨，虽然左腿仍然不能动，但是感觉平面已经明显往下去了，小腿部位的感觉也在一点一点明显。

我这才略略有一点信心。神经的恢复，有着自己的规律，特别缓慢，但只要在恢复，就有可能是手术造成的暂时水肿，而不是永久性的损伤。"没事，会好的。"见多识广的赵师傅检查完感觉平面，胸有成竹地说。两天过去，小鱼的左脚大脚趾微微恢复了一点点运动功能。

这场手术对于一个体重介于成人和小孩之间的小个子来说，创伤实在是太大了，整整 3 天，小鱼都处于有气无力的状态，咳痰无力，切口痛，胸腔引流管渗血……

福利院的院长和老师都来看过小鱼。"活着就是过了第一关。"院长提心吊胆了多日，担的心思一点也不比家人要少。手术的当天，院长在手术室门口坐到天黑。

小鱼的身形正过来了很多，但是，手术后问题一个接一个冒出来，谁都没有顾得上关心躺在床上、身上插着好多引流管的小妞有没有变直。

开过胸的左肺气胸，接着大量痰液堵塞左侧支气管，整个左肺黏成一团。她左侧的支气管发育得又细又长，普通成人的气管镜下不去，儿童气管镜又吸不动……

手术过后的小妞，并发症发生得此起彼伏，简直没有让我们 ICU 医生安生过。她需要在床上躺至少 3 个星期，等待骨质的初步愈合。

"你的忍者神龟壳正在给你定做。"为了分散她的不适，我逗她。"忍者神龟？"她疑惑地看我。"三个星期后，你需要穿那种硬邦邦的矫正背心，就是前后两个壳，像乌龟。"我调侃她。小鱼用特有的沉默羞涩地笑了笑，回应我。

"我不能保证你的左脚能够恢复到正常走路，但是如果你好好进行康复训练，肌肉的功能就能够恢复到最好。明白吗？"和手术前一样，我非常坦白地告诉她脚的问题。

她是一个18岁的成年人，没有父母兄弟在情感上支持。我需要让她知道，命运给予她的结局未必完美。以我多年和病人交流的经验来看，知道了最坏的结局，在努力锻炼中感受一点一点的好转，要远远好过接受美好的欺骗，然后在训练中一点一点丧失信心。

小鱼惶恐担忧地用手捏了捏自己的左腿，点了点头。"我会每隔一段时间到病房来看你一次，但是没有时间天天来看，明白吗？"手术后一个星期，已经解决了麻烦密集的术后并发症，生命体征趋向平稳，小鱼可以回骨科病房了。两个星期的熟悉，足够让我们彼此产生信任，产生依赖感。

手术，并非魔术，她的整个左腿还是不能移动，感觉虽然在缓慢恢复，但是麻木、沉重。从恢复的速度看，离正常行走还遥遥无期。"你要来看我。"她纤细的手臂像个小孩子，一把抓住我的白大褂。

"好的，我会来看你，还会写一个你的故事，可以吗？"我整理一下胸腔引流管。

隔几天，我就去看一下在骨科康复训练的小鱼。康复技师在为她做各种肌肉锻炼，抬腿、屈膝、脚趾的活动、电针……

发脾气、发嗲、发牢骚、抓狂、不好好吃饭……到底，她还是一个18岁的孩子，准备得再充分，在现实的挫折和艰苦面前，还是原形毕露。

蓊郁的黄梅天里，她锻炼得汗流浃背。18岁的身体，切口愈合得非常好，左肺的恢复也很理想，只剩下以极其缓慢速度进步的左脚。到手术后第六个星期，勉强可以抬离床面。

"乌龟壳"的制作也超级不顺利，小鱼的个头太小，做来做去不符合要求。这已经是第五个"乌龟壳"了，却迟迟不能合赵师傅的意，重重不顺利惹得小鱼躺在床上大哭了好几回。

"我给你买条裙子，你要什么颜色的？"我问她。"白色的，可以吗？"小鱼龇牙咧嘴地做着左脚的康复锻炼，汗流浃背。小妞毕竟是小妞，任何时候都爱漂亮。

当白色的裙子送到小鱼手里的时候，她"哇"地惊叹了一声，却没多说话。

等我下一次去看她的时候，她没有穿白裙子，陪护她的阿姨说："小鱼还舍不得穿呢，怕'乌龟壳'穿在外面不好看。"小鱼穿好了"乌龟壳"，扶着助步器，一步一步在病房里练习走路。"好长时间啊！手术前做梦也没想到要这么久！"小妞抱怨着。

我远远地拍了一张她的全身照。她身形仍然比常人都瘦小很多，但是，身体已经不是歪斜的了。当我把手机送到她眼前，让她看看自己的时候，小鱼露出一个动人的表情。

在她脸上，幸福像花一样开放！

6. 真心

通常，技术高超的抢救在成功后，医院会写宣传报道。从我一个 ICU 医生的视角来看，这类报道常常写不出真正技术的难度。因为重症医学有很高的技术壁垒。

在坠落女童的事件里，我以一个"前线指挥官"加"战地记者"的双重身份中，大获全胜。我写的报道，至今保持医院公众微信号的最高点击记录。

后来我也会把其他艰难的抢救写成故事，让那种紧张和精湛转变成最真实的温度。

　　沈洪（化名）从急诊室被收入 ICU 的时候，已经做了初步的处理：气管插管，胸腔闭式引流。送进来的时候，转运呼吸机管道里都是血水，看得出肺伤得不轻。

　　他不像大多数车祸病人，头破血流，面部浮肿。盖着被子的他，即使上着呼吸机，看上去仍然洁净清秀。掀开被子检查胸廓，我开始皱眉头。

　　小货车从他的胸部碾压过，胸口依稀还能看得出轮胎印，血肉之躯，经受这样巨大的创伤，肋骨斜向劈裂了一排，胸骨、肩胛骨全部折断，随着呼吸，胸廓软塌，出现反常呼吸。

　　碾压后，脆弱的肺部挫伤得非常严重。两侧已经置入的胸腔引流管里持续出血，汹涌地翻着气泡，说明肺的破裂口很大。皮下软软的，都是积气。

　　呼吸机已经在用纯氧，监护仪上的数字，显示氧饱和度踩在 90% 的及格线。千疮百孔加严重水肿的肺，勉强维持着他的性命。

　　"这个肺，想要活下来是需要点运气的。"正在检查病人的金远看着汹涌冒泡的胸腔引流管对我说，"CT 上左侧支气管好像是压塌了，希望心脏没有裂口。"

　　"深镇静，求老天给他时间修复这个挫伤的肺，才能做下一步检查，眼下，一动都不能动。"我调整了一下呼吸机参数，仔细看看 CT 片。

　　轮胎碾过的左胸、心脏、支气管、主动脉、肺、肋骨、肩胛骨、胸骨……没有一样是牢靠的。化验单上，心肌的损伤指标飙高到危险的程度。

　　治疗没有选择余地，只能是尽可能稳住：输血，纠正休克，保持一个危险的平衡。求老天保佑！

　　小心翼翼的监护和治疗从那一刻开始，由一班传给另一班；从一个 8 小时，交给另一个 8 小时。危险的平衡保持到了第三天，急性损伤像潮水一样一点一点褪去。肺水肿稍稍消退。心脏的损伤也有平缓下来的迹象，心包内的出血没有增加，血压开始逐步稳定。

　　第 3 天，我们用最快的速度给他做了一个气管镜检查，结果令人沮丧：左侧主支气管狭窄，上叶支气管断裂，就像一个濒临坍塌的隧道，支撑千疮百孔的左肺继续工作。又挨了一天，我们小心翼翼地把他送出去，做一个 CTA，检查轮胎暴力碾过的心脏和大血管。

　　"主任，CT 室打电话来，叫我们仔细看一下主动脉。"日班的金远在电脑系统上翻看胸部 CT 的图像。

　　ICU 医生、胸外科医生、介入科主任一堆人在电脑前看不同寻常的CTA 图像，仔细盯着主动脉的图像。人体最粗大的血管，在暴力作用下，挤出一个损而未破的薄弱点，而且，这个点的位置在结构复杂的升主动脉和锁骨下动脉交界处。

　　"这个有点讨厌唉！"金远指着升主动脉的位置对我说，"这就是个不定时的炸弹，随时会破。"

　　主动脉这么粗大的血管一旦破裂，病人瞬间就会失血死亡，没有救活的可能。坐在我旁边的胸外科医生悄无声息地叹口气。这么高难度的修复手术，在国内的大多数医院都不可能实现。

　　"左侧主支气管可能需要手术修复。"胸外科医生把另一处严重隐患指给我看。狭窄得很厉害的左主支气管如果塌陷，受伤的右肺不足以支撑他活下去。

　　"到现在为止，他能活着已经是奇迹，我们没有条件处理主动脉夹层，左主支气管可以暂时观察，以目前肺的条件，转院还不可能。"我快速做出临床决策。

　　"够淡定，到底是老江湖。"介入科主任竖起了大拇指。

　　不淡定能行吗？面对再复杂疑难的外伤，也得先把基本的状态保住，才有可能争取到手术时机，ICU 医生最大的本事，就是……稳住！

　　"好吧，我要去谈话了，准备回答十万个为什么，主任你随时准备来

帮手啊！"赵云晖一边说着一边站起身。他是很高年资的 ICU 医生，这5
天来，对于进展扑朔迷离的复杂外伤，治疗艰难，告知也是高难度。

通常，只要病人没有当场死亡，家属都会迫切希望医生有通天彻地的
神力，可以挽回一切意外造成的损伤。尤其是，病人才四十多岁，正处于
上有老下有小的阶段，是一个家庭的顶梁柱。老老少少一堆人焦急地等在
ICU 门外。

我让伶牙俐齿的赵云晖医生先去做每天都要进行的、检查后冗长困难
的病情告知，自己向省内几家最顶尖医院的 ICU 主任咨询。

赵医生谈得满脸油光地进来，累得下巴都快掉了，示意我继续。

"主任，等病人好一点，能不能请专家过来手术呢？"

"能不能现在就请专家过来，马上手术呢？"

"这样重的伤，能不能让领导帮忙联系一下，马上转到能手术的医院
去抢救呢？"

"主任，钱不是问题……"

"这样先保守治疗，会不会耽误病情，没有机会手术了呢？"

焦虑的情绪，像一波波巨浪，家属的每一个问题都不好回答。病人已
经在生死一线中挨过了5天，时间越久，家属对生存寄的希望就越高。

我能做什么呢？我只能苦笑着，尽可能详细地告诉完全没有医疗常
识、被焦虑和迫切的情绪包围的家属：

哪家医院能做这样的手术？什么时候可以手术？现在都回答不了，但
是我们会尽力去找，同时，争取病人可以转运的条件……

再详细的告知，也解除不了生死一线之际，凡人对未来的不放心。

人，最怕各种各样的未知和不肯定。严重多发伤的治疗，就像高空走
钢丝一般，每走出一步，都不知道下一步会不会倾覆。

艰难的治疗在继续，我们和病人一起努力，扛过了最初的一个星期。
这些艰险工作是 ICU 的常态，迷雾一般的未来，看不到哪怕一丁点的

希望……

彻底镇静和呼吸机支持，小心翼翼地监测所有的生理指标。气管插管里的血性痰慢慢消失，氧合在一天一天稳定，胸腔里的出血慢慢减少，升压药物慢慢减量。

治疗的压力，来自随时可以发生的突然死亡——病人的胸腔有两个随时会爆炸的致命隐患。

告知的压力，来自那么多的不确定因素和不能由自己医院做的手术。两边的压力，所有不确定和不放心，都重重压在 ICU 医生的心上，需要不动声色地默默承受。

有一天查房的时候，可能是由于镇静剂的逐渐耐受，他突然睁开眼睛。那种大梦忽醒、迷惑，却又灵活的眼神，属于一个脑部没有受损的病人。我与他，在那一秒钟对视。

转瞬间，他又回到镇静药物造成的迷茫和混沌中去了。他需要大剂量的止痛和镇静药来抵抗周身的剧痛，但是那一刻，作为一个经历风雨的ICU 医生，我知道，如果幸运地跨越千山万水，他有可能回到正常的人生中去。

我和外科主任、胸外科医生、介入科医生，千方百计，发动所有的同行关系网，查找哪家医院、哪位医生可以帮他完成主动脉的手术。

万般无奈中，我还发了万能的朋友圈：ICU 的兄弟们，请提供推荐!拜托了!

让人激动的回复，来自于省人民医院的同行：可以做。

家属喜出望外，开始转院的种种准备。已经维持着度过的至为关键的一个星期，给未来的手术带来的可能实现的条件。

ICU 医生，在逐项评估转运的条件：

便携式呼吸机能不能支持住呼吸?

升压药能不能完全撤离?

还在泛着泡的胸腔引流管，能不能短暂夹闭？

途中的时间能不能避免吸痰？

……

联系最高配置的救护车，联系省人民医院重症监护室，整理最初一个星期的诊断和治疗经过……

"主任，我去送吧！"赵云晖自告奋勇。危重病人的转运是个艰苦的差事。

"我们一起。"我一边整理胸腔引流管，一边看监护仪上颤颤巍巍不甚牢靠的数字。这次转运注定不会容易。

在救护车转运的颠簸中，危险的主动脉夹层会不会在途中破裂，主支气管会不会因为颠簸而塌陷加剧，只能听凭天意！即使我在，也不会有有效的抢救措施，能挽回致命一击。我完全清楚，我跟去，能做的，只是尽我所能。

搬动转运床的时候，沈洪睁开眼睛，迷茫地盯着天花板看了一秒钟。我推了一下镇静剂，免得途中的清醒影响血压平稳。

该走了。祝你好运！如果你能回到这个温暖的世间，你不会记得这里，不会认识我，不会知道我们为你承担的种种压力，和做出的种种努力。

高难度的手术和维护会由另外一批同行高手来执行。面对迷雾中的未来，我只知道，要尽我所能，把你安全地转到他们手中。

命运的洪流中，ICU医生似乎有很多武器，又似乎非常脆弱无力。"尽人事知天命"，我此刻所做的一切，不为别的，只为天地间，属于医生的那一点磊落的真心。

经过一周的艰苦治疗，千疮百孔的肺开始有好转的迹象，但是，左侧主支气管的挫伤、胸主动脉夹层，就像两颗雷，任何时刻都会毫无预兆地爆炸。

"主任，你觉得我们能搞定吗？"接病人的刘医生在仔细看主动脉的CT片，一边问省人民医院外科监护室主任瞿朗。

"不知道。"脑袋里像计算棋局一样，瞿朗盘算着整个后续的方案：整体评估后，高技术难度的操作，得联系胸外科团队一起讨论手术方案。现在的状态，未必能好整以暇地接受择期手术。

从救护车一路颠簸转运着过来，需要稳定一下。但是计划没有变化快，白天还没有过，方案还没有筹划妥当，病人就出状况了。

"主任，快来，左侧白肺了。"刘医生的电话说得快，挂得快。瞿朗接到电话，一路跑回 ICU。监护仪的报警声连续在响，氧饱和度掉到了70% 的极度危险状态，继续缺氧的话心脏会停跳。拿起听诊器听两侧的呼吸音，看到超声机就在一边，拿起探头，看呼吸音消失的左侧胸部。

"片子来了，左肺不张。"刘医生把刚拍的床边胸片送到瞿朗眼前，超声机上的图像也显示左肺肝样变，检查结果一核对，让人担心的状态发生了：受伤的左主支气管坍塌，气流送不进整个左肺。

左肺彻底罢工，重伤未复的右肺，维持不住最基本的氧合。措手不及间，一颗致命的雷爆了。没有有效的措施，病人很快会缺氧而死。

"急诊安置这样的气道支架，我们没有把握，这不是常规操作，现在也没有备用的这个型号的气管支架。"来自呼吸科的回复，简直是寒冬里的当头一盆冷水。瞿朗立刻再向胸外科求助。

"你评估病人状态能不能承受手术，我们急诊开胸修补气管，没有问题。"胸外科医生的话让几个 ICU 医生略微定心。

呼吸机的参数，已经到达顶峰，没有一点点腾挪的空间了。看一眼监护仪上不断报警闪烁的红色数字，在片刻间下了决心："准备 ECMO（体外膜肺氧合），快谈话签字。"缺氧的时间在一分一秒过去，离死亡越来越近，开胸需要更长的时间，生死已在毫厘之间。

跑进 ICU 急会诊的胸外科医生刚好听到瞿朗的话，看看监护仪，沉吟片刻，点一点头。长久合作的默契，无需言语，片刻间已经达成一致：同意！先用 ECMO 维持住性命，比冒险上台开胸搏命的胜算要大。

把命维持住。有命在，才有继续想办法的时间。

指挥整个小组立刻动手：申请输血，超声测量血管，预充 ECMO（体外膜肺氧合）机器，准备器械，五六个人同时分头准备，一路小跑用最快的速度准备上 ECMO（体外膜肺氧合）。不停闪烁的红色数字"70%"像在不停地催促：快点，快点。

"为什么呀！要上这个机器吊命啊！"……"医生你们再想想办法，怎么会没有支架的啊！"焦急的哭泣断断续续从谈话室那边传来。好不容易千辛万苦刚刚转到省医院，寄予厚望地等待手术，却立刻就要面对生死一线的抢救，家属的情绪几乎崩溃。

没法顾及那么多了，氧饱和度还在继续下滑，值班医生会把话谈好。瞿朗和刘医生开始穿无菌衣，戴手套。

训练有素的团队，消毒，铺巾，用最快的速度在颈内静脉和股静脉同时开始穿刺血管。

"主动脉，经得起这下折腾吗？"穿刺颈内静脉的刘医生一边戴手套，拆无菌器械，一边问。缺氧后，血压很不稳定，主动脉夹层的状态让人悬心。

"操作的时候，拜托少乌鸦嘴，我又不是算命的，妥妥做你的。"瞿朗这里股静脉已经穿刺成功，手指头粗的插管顺畅地送进静脉里。

"他血小板消耗得很厉害，经得起全身抗凝吗？"护理组长小燕问。创伤才经过一个星期，胸腔还在出血，生命脆弱如纸，每个环节都需要担心。哎！火烧眉毛，且顾眼前了。

"主任不是算命的。快，肝素，肝素。"刘医生穿刺也成功了，置入另一侧的导管。百忙之中还不忘调侃老大。

连接成功，氧饱和度已经降到不能容忍的极限，病人的心率在一次一次变慢。千钧一发，嗡嗡的转机声中，ECMO（体外膜肺氧合）开始正常运转，静脉血经过人工肺，变成氧合良好的血，回到体内，病人的缺氧状态立刻改善。监护仪上，氧饱和度回到安全的95%。

"喔！"还在收尾工作的刘医生欢呼一声，权当释放压力。一直在一边关注的胸外科医生长嘘一口气。ECMO（体外膜肺氧合）在悬崖边，阻挡了死亡的脚步。

瞿朗背上的冷汗涔涔而下，湿透了刷手服。脱下手套、帽子，松口气，镇定片刻，去找门外哭成一片的病人家属谈话……医生不会说空洞的安慰，眼下只是暂时的手段，接下来几天里，必须拆除致命的两颗雷，这技术难度，非ICU一个科室可以达到，需要汇集医院最强的技术支持。这件事，重重压在ICU主任的心头……

重创后的病人，脆弱得像破碎的玻璃人，靠天罗地网的人工管道维持着生命的延续，再也经不起任何打击。

呼吸科团队经过充分准备，准备在两天后安装左主支气管支架。做气管镜治疗的是行内的顶尖高手，但是为这样一个病人安装支架，也是第一次。病人上着天罗地网维生管道和机器，还有状态不明的主动脉夹层。

机器和器械全部搬进ICU病房。床头，在呼吸机边腾出小小空间，给操作的医生。景象颇为壮观，大大小小的机器，蛛网般的管道。

呼吸科医生操作气管镜，ICU医生看住生命体征，一攻一守，像分工明确的仗阵。

气管镜下到左右分叉处，可以看到左侧坍塌的管口。"看，这里！"

有了人工肺的支持，病人自己的肺可以完全罢工，气管镜操作的过程意外地稳当。主气道内的长时间操作，病人依靠着人工肺，没有一点缺氧。

瞿朗和刘医生在屏幕上看着呼吸科医生的操作，想：两天来有点后怕，还有点自责，反思 ECMO（体外膜肺氧合）上得该不该，是不是时机，现在看来，倒是 ECMO（体外膜肺氧合）为气管支架创造了安全的条件，真是失之东隅，收之桑榆。

每次处理危机过后，高年资的 ICU 医生，脑海里经常这样电闪雷鸣地交战，点点滴滴的得失，都会长时间折磨自己的脑细胞。

网状的支架从主支气管内稳稳地送入，在左主支气管内张开，把坍塌的气道重新支撑起来。

"哇噻，赏心悦目啊！一招定胜负。"一起看着气管镜屏幕的刘医生感慨了一声。

"这么羡慕人家？"瞿朗站在 ECMO（体外膜肺氧合）旁边，时刻关注着变化。

"人家速战速决，我们拖泥带水。"他毫不含糊，以调侃 ICU 医生为己任。

一招定胜负技术的结果让人激动，ICU 医生的工作，则是常常在迷局中选择何时出手，危局中想办法如何不输。

复查胸片，非常漂亮的结果：左肺已经张开。再过一天，病人的左肺，工作状态良好，接下来就帮他撤除立了汗马功劳的 ECMO（体外膜肺氧合）。

需要尽快处理雌伏的主动脉夹层，刚刚经过的巨大动荡中，它没有进展，不能再等它出状况。已经历经千难万险，还只在半程中。

手术前的一天，可能是镇静剂的逐渐耐受，他突然睁开眼睛。那种大梦忽醒，迷惑，却又灵活的眼神，属于一个脑部没有受损的病人。医生和病人，对视那一秒钟。转瞬沈洪又回到镇静药物造成的迷茫和混沌中去了。

如果幸运地历经千山万水，他有可能回到正常的人生中去。医生已经做的，和将要做的，都是在指引他重回温暖的人间。

"主任，按照你预测的结果，他过不过的了这个手术。"刘医生不肯放过瞿朗。

胸外科，麻醉科，体外循环，介入科，几个科室的术前讨论刚刚结束，开胸加血管内介入的手术方案确定下来。

病情像驶入激流和险滩的船，任何一个礁石上触礁都会沉没，绷着所有的精神，瞪着疲倦的眼睛。在复杂不确定的航道中，评估每一个"刚刚好"的刹那。到此刻，未来还在迷雾中……

放下 B 超探头，病人的左肺复张得很好，瞿朗脱下口罩，天高云淡地笑了笑："没问题！"

驶入险滩中的生命之船，面前有无数暗流和险滩，ICU 医生是整体判断的领航者。

早晨一上班，套好衣服，几个高年资的医生会不约而同先到沈洪的病床前去看一眼，望望监护仪的数据，瞄一眼呼吸机参数，一眼扫过密密麻麻的大监护单。

ICU 医生都有这样的习惯，哪个病人最疑难最危重，心思就担得越重。亲眼确认病人又安然度过了一个夜晚，才放心开始一天的交班。

重症病房没有"夜晚"。同样高强度的监护工作量，靠夜班的医务人员，无间隙地执行守护工作，一个小时，一个小时往前进。像跑马拉松的，日日夜夜没有松口气的时候，突发的抢救，就像马拉松途中，不定时地来个百米冲刺。体力精力消耗殆尽的时刻，还需要时时镇定心神，面对或崩溃、或怀疑、或祈求，各种各样极端情绪的家属。这种累，别说常人难以体会，医生中，也是数一数二的艰苦。

用了所有的手段，见招拆招，还靠了点运气，坚持到现在。马上他就要上手术台，去处理最危险的主动脉夹层。轮胎在胸口皮肤上碾出的清晰印痕已经慢慢消失，每天吸出的痰液中，有铁锈色的陈旧血块。微观世界里，细胞在逐渐新生和自愈。水肿的肺泡，破损的心包，随着时间一分一秒地过去，慢慢修复愈合，那是生命本身具备的新生力量。心肌损伤的指标慢慢下降到接近正常。

医生要解决他回到正常生活的最后一处致命危机：巨大的暴力下，主动脉出现了一个损而未破的薄弱点，如果意外破裂，瞬间就会死亡。病人经过 10 天的调整，身体已经有了承受手术的能力——胸外科医生就像拆弹专家，去拆一颗暂时没有爆炸的地雷，高难度而且危险。

镇静剂在慢慢调整和耐受，有时候，他会睁开眼睛，迷茫地看着天花板。将来，如果他能重回温暖的人世间，他不会知道所有经历的一切，镇静剂，会把所有"坏记忆"都抹去。他只是做了一个漫长的梦。

天花板上有一个不太明显的水迹。曾经有个回访的痊愈后的病人告诉瞿朗，他的记忆里一直有一个奇怪的形状，直到有一次碰巧来 ICU 咨询，才发现，那个奇怪的形状是他躺过的病床上方，天花板的一个斑点。

呵呵，奇怪的，顽强的生命，有很多人类还不了解的内容。辽远的未来，回看眼前的医学一定十分粗浅，就像现代人看古埃及的医术；但是眼下，医生要齐聚现代医学的力量去改变他的命运。

要上手术台了，这将是一个"杂交"手术：开胸，在体外循环下，用人造血管接通损伤的血管。然后到导管室，在血管腔内置入支架。病人血管破损的位置，在几根重要血管交界的"三叉路口"上，而且主干道路破损的位置，正在转一个 180 度的弯，操作的难度不言而喻。手术结束的时候，胸外科医生还会"顺便"用钢板固定他骨折多处的肋骨。

ICU 医生不需要参与手术，生命体征的监护职责交接给麻醉医生。血管外科团队和体外循环，麻醉科团队接手几个小时的手术。

四个小时后，瞿朗和几个 ICU 医生在导管室的操作台前，看最后一个步骤的支架植入和造影。

主动脉的薄弱点被支架加固完毕，又是"天桥"又是"隧道"，把结构复杂的"三叉路口"再造完成。造影剂通畅地显示出再造完毕的血管结构。

"喔！"轮到瞿朗嘘一口气，感叹一声。厉害，厉害！没有汗湿脊背的惊心动魄的紧张，看胸外科高手只有衷心的佩服和感慨。

医生都不觉得自己那个行当有什么了不起，哪怕是把 ECMO（体外膜肺氧合）这样起死回生的"神器"操作得非常娴熟，看看别的专业，会觉得，唉！医学有这么多庞大复杂的学科，每一个都很"好玩"。一招一式玩到巅峰状态，已经需要耗尽毕生的精力，个人始终是渺小的。

此生，当好一个 ICU 医生，已经是冷艳的目标。

病人安全地送回 ICU。继续连上呼吸机，继续在那个病床上。但是，此刻，接到他的心情，不再是小心翼翼，不再是焦灼而揪心。所有关键性的操作都已经完成，治疗还在继续，他还在麻醉剂的镇静中。呼吸机的撤除要等待时间，评估条件。但是，已经就在眼前了，破茧而出的一刻。

早晨上班，瞿朗直奔沈洪的床前。

他醒来了。外伤 2 个星期来，他从镇静剂造成的混沌和无痛的茧中，挣脱出来。大梦忽醒，迷惑的状态。

刘医生把手术后的胸片递到主任眼前："看，金刚狼哈！"

两侧的肺膨胀正常，胸水已经引流干净，和正常人的胸片不同，他的气管内有支架，肋骨靠钢板支撑，主动脉弓内有网状支架的影子，胸口一排结，那是胸外科手术中缝合胸骨的钢丝。

两个星期来的治疗，在他身体里支撑了这许多金属，把货车碾过的巨大暴力造成的损伤——修复。这张胸片看上去十分"黑色幽默"——人类医学造成的奇观，看到胸片的几个医生都笑了。

仔细查看一大堆化验报告，评估拔管的条件。沈洪在慢慢醒来，40多岁壮年状态的身体，恢复能力良好。一天后，呼吸机停用，拔除气管插管。停止了所有生命支持的手段，他的生命已经无需借助机器就可以延续下去了。

两个星期来，就像高空走钢丝一样，在危险的平衡中摇摇晃晃地行走，眼下真正踩到了彼岸坚实的地面。

大功告成的酣畅淋漓。

"拔管了！"前来查看胸腔引流的胸外科医生非常高兴，做一个 OK 的手势，那是他的杰作之一。长久合作的默契，无需言语，就可以从彼此的眼睛，看到最深处的欢悦和自豪。

"拔管了！"微信发给敢于挑战难点的呼吸科团队。回过来一连串的笑脸。那是他的杰作之一。"一事精致足以动人"，在巅峰状态挑战极限，是顶尖高手的向往和追求。

"拔管了！"微信发给当地医院抢救的 ICU 团队，回过来一连串的欢呼。小心维护的开头，寄托无限信任的转运，才有现在的破茧而出的恢复。

"拔管了！"在 ECMO（体外膜肺氧合）小组的群里，发个喜讯，让夜休，考试，下乡，各种状态各种忙的弟兄们第一时间分享大功告成的酣畅淋漓。群里一阵活蹦乱跳，东倒西歪的卡通表情。

瞿朗没有第一时间去告诉家属。危重病人有种种不确定因素，按照严谨的临床评估，拔管后至少 24 个小时能够平平稳稳，才能告诉他们拔管成功，治疗接近成功。尽管已经很有把握，但是医生所需要的严谨判断，在任何时候，都不能被情绪左右，必须坚持到底。

一天后，他可以起床了，距离那个可怕的车祸两周，距离艰难地转运到省人民医院 ICU7 天，距离 ECMO（体外膜肺氧合）和气道支架手术 5 天，距离开胸手术两天。

ICU 医生的职责已经结束，病人即将转出 ICU 病房，移交给胸外科医生继续，未来的康复会很乐观，沈洪会重回这个温暖的人世间，也许不久便可以回到以往的工作中去。

ICU 医生会不会和他成为朋友？不会！繁忙的抢救和日常工作，大家会很快忘记沈洪这个名字。

但是不会忘记这个病例，整个过程需要好好总结，专业交流。经验越丰富，越能准确判断。

同时 ICU 医生需要不断地放下以往，心越简单，越能承受重压。生命总是展示给我们很多奇迹，那是上天给医生的礼物。

余生，整个 ICU 团队都会践行重症医学的专科精神：

生命是一个奇迹，治疗要不断往前。

人是一个整体，团队是一个整体。

7. 夫妻

我是一个 ICU 医生。我老公球球曾经是一个急诊科医生。有十多年时间，我们在同一家医院工作。

那是本市最大、历史最悠久的三甲医院，抢救病人从他那里心肺复苏完毕，住到我那里继续脑复苏。危重的心梗病人，他在介入导管室为介入手术保驾除颤，完了送到我这里 IABP（主动脉球囊反搏）。

就像在传接球。

旁人会问：你们夫妻，讨论病历倒是方便！

不，我们不讨论，下班离开医院，通常两个人要么是火星乱冒的懊糟状态，要么是满嘴溃疡、牙龈肿胀的虚火上升阶段，躺倒在床上，呼噜声此起彼伏。而我们的家庭规则就是：不讨论病人。

家里不烧饭，在店里解决晚饭，今天五芳斋，明天四方缘，后天拉面馆……医院周围方圆 5 公里的餐馆被我们吃了个遍。买菜和洗碗这种闲情逸致，不如呼呼大睡来得实惠。

除了两个活人之外，家里养不活任何宠物和盆栽……仙人球，小乌龟，绿萝……养什么死什么，救都救不活。有一阵子，家里的灯泡一个个出状况，没空打理，差点回到原始人状态。

女儿泡泡出生之后，我们一致认为这个宠物责任比较重大，送到老妈家里养比较安全，于是索性送给孩子的外婆当成小女儿来养。

小朋友天生就会适应任何环境，在泡泡的认知中，"妈妈"这个角色是定时来陪她玩的，对于生活上的任何要求，她会习惯性呼叫外婆，同时对我说：妈妈拜拜，下次再到我家来玩！

盛情邀请她回娘家小住一个晚上，遭到严辞拒绝："你们晚上给医院电话叫去了，我怎么办？"

医生家的女儿，天赋禀异，小腿肚子叫腓肠肌；"痒痒肉"叫作"腋窝"。

吵架也是好手："外公，你怎么这样和外婆说话，你不是外婆的老公吗？太没礼貌了！外婆有知情同意权！"

有一次，我们遇到一对上海的"急诊夫妻"，一起聊起宝宝 1 岁到 3 岁那段最艰苦的时间。30 岁之后，是医生生涯中最重要、最艰苦的能力攀升阶段。在职教育，职称晋升，无穷无尽的考试……大医院的医生本就忙，急救专业更加可以拔个头筹。

他们两个没有老人帮忙，为了能照顾孩子，只能刻意把两个人的班全部错开，交错着倒班，有一年多时间，夫妻几乎不见面。

冰箱上的磁贴贴条子，是日常交流的方式：

"冰箱里有中饭，下午 3 点叮嘱阿姨喂宝宝吃药，鸭绒被已经晒过，今天我加个夜班，明天上午研究生班英语考试……"

就像医院交班本。冰箱里蔬菜出霉点，沙发上换季的衣物没空收拾，这种失控状态是家常便饭。

相比之下，我们家算轻松的，小朋友全权托给外公外婆。把夜班调整成同时，下了夜班还可以一起去看泡泡，两个人一起出现在小朋友的面前。只不过，经常是处于眼皮打架，随时会睡着的状态。

"哇！真比我们好多了。"那对医生夫妻感慨。

"至少宝宝不会以为老爸老妈已经散伙。"那位上海的急诊科老爸说。孩子渐渐长大，他们也从逃难般的生活节奏中慢慢脱身出来，心有余悸。

结婚纪念日，太太在冰箱磁贴上贴一条庆祝曰：

"忙一点好，天天上气不接下气，头昏脑涨。如果喜新厌旧，那就换房子，换车子，换电脑，换手机，换衣服，老公没机会换新款，吵架都只能找冰箱磁贴，再有个顽皮的小朋友，和她捣蛋，怄气，送补习班，忙得不亦乐乎，连闹个别扭都没时间，转眼就已经白头偕老。"

这个经典字条，可以送给所有在兵荒马乱的生活中，左手奶瓶，右手复习书，夜晚冲锋陷阵在第一线的急诊夫妻、医生夫妻、医护夫妻……

我家最兵荒马乱的时间段，出现在 2009 年冬天，那年，我负责本市的重症甲流定点隔离病区的抢救。

公共卫生事件，危重症产妇，烈性传染病，这些关键字段，足以表明工作的压力。

危重产妇随时可能死亡，呼吸机在顶峰状态，需要几个小时一次肺复张才能勉强维持生命。体力和工作时间的付出，到了个人可以压榨的极限：千头万绪的工作，频繁接受各个部门的检查，频繁和各种媒体打交道。

通常在家的时间，必定是在睡觉；醒着的时候，必定不在家；半夜也频繁被电话召去。这些其实殊不足道，更严酷的，是对意志力的考验。我不仅得管好自己，还需要稳定军心，一颗心，像是特殊材质打造的。

顾虑到密切接触新发的呼吸道传染病毒，一起去的医生和护士，都把自家的宝宝和自己"隔离"开。有条件的，送往爷爷奶奶、外公外婆家；

实在没有条件的，就自己不回家，住到医院宿舍。

通常是天色乌黑时，球球开车来隔离病区接我，带着保温罐里婆婆做好的鸡汤。我的近视眼有点夜盲，天一黑，开车能力就差得匪夷所思。

"给女儿打个电话。" 8 点钟之前，趁着还没到泡泡的睡觉时间，球球负责督促和提醒我打这个电话。不然的话，这个时间如果没有抢救和采访，我会在休息室"散架"，护士长会忙里偷闲偷一会儿"菜"。

"妈妈，我在电视里看到你。你在看 H_1N_1 重症流感。"柔软清脆的童音，最能平息焦灼和疲劳，小姑娘呱啦松脆地把拗口的学名读得十分有喜感。

"你要把他们全部都看住了，一个也不要看丢！"在 5 岁的小朋友眼里，妈妈是一个神奇女侠。"这个星期不能回来，我也准假了。"大公无私的、豪放的泡泡，慷慨地同意出让老妈。

检查完病区的氧气压力、呼吸机的备用状态、病人的液体出入量……通常已经八九点钟了。

为我清理吃剩的餐具，左手拎着空罐罐，右手背起我的包，拎着我的手提电脑。球球出门去开车，我空着两只手，跟着出门。

护士长老许啼笑皆非地看着运筹帷幄、负重前行的病区负责人，像个被老师留堂的小学生一样被家长接走。

老公和女儿，四个老人，像一个后勤保障部队，无声地全力支持一个前线作战的"大医生"。以便让我挑战个人的巅峰状态，迎战最重和最难的困局。生活上的无力和无能，被无限制地纵容和宠溺。

在极限状态跋涉了一个月，所有病人顺利拔管，痊愈出院，顺利结束全部任务。

那天晚上，倒一杯红酒，看看时间，已经 9 点多，泡泡按理已经睡着。对着凛冽的冬日星空，举一举酒杯："泡泡，我把她们都看住了，一个也没有看丢。"

半杯红酒一饮而尽。球球问："你在和谁说话？"转头看见我已经一头栽倒。

迷蒙中，我还能感觉到球球用急诊医生专业熟练的手势把我扔上床，盖上被子。几秒钟内，脑子像熄火关闸一样陷入深睡眠。

即使在最深最深的梦境中，我也知道，已经安全抵达彼岸。

有人在一直守卫着我，我可以放心地躲在赭色的鸭绒被里，睡到地老天荒。

后记

　　我的青年时代结束，有一道清晰的时间分界线，2009 年冬天，性格不甚成熟的我为形势所携裹，担负起重症甲流病人抢救工作。本书上篇《蒙面天使》的故事取材于那个冬天的工作，有部分虚构的素材，也有艺术加工。但是深深的足印，的确是一步一步艰苦负重走来的痕迹。

　　一个基本完成了职业技能修炼的医生，接受了一个整体工程，在特殊环境中一边治疗最危重的病人，一边理顺关系，处理医疗以外的危机；一边鼓励同伴，集结团队所有的力量；一边抚慰家属，借助媒体给公众以信心。

　　疾病的变化风云莫测，复杂的工程背后还有命运的巨大变数。一份属于医生的执念，让这个坎坷的过程，成为理解医学、理解生命、理解人生的重要事件。仿佛是一个年轻医生的"成年礼"，完成了医生成熟的塑形。我们曾经在重症医学的课堂中接受洗礼。

　　叶深后来，成为医院的院长，这是属于他的命运。重症医学给他的，是顾全大局，通观全局，协调互助的整体统帅能力。很多 ICU 医生走在这条路上，包括著名的邱海波教授，著名的于凯江教授。似乎偏离了医生职业，却能给医学带来更多、更深的影响力。

　　方宇在我离开团队跳槽之后，担负起我的责任，至今继续在跋涉的途中，每次我看到他，觉得他的头发又白了一分，眼角的皱纹又多了一分沧桑。我放下的责任，他承担得很好，只是这艰苦的职业修行之路，都必须靠自己的修炼，慢慢塑形，慢慢完美。

　　宝贝徒弟鹏即将修完重症医学的博士学位，已经晋升副主任医师。完美的他，是我的骄傲，是重症医学未来的希望。这个月他将在美国外科医师年会上演讲交流他的研究成果。和这样优秀的年轻人携手相伴一程，目送他青出于蓝，更高更远，原是老天给我的福报。

有一天我在必胜客吃比萨，有一对年轻的夫妻很热情地和我打招呼，边上有他们的可爱的小宝宝。健忘的我好半天终于想起来，那是朱慧，那个甲流孕妇——一定要见见我的脸，把我叫做"蒙面天使"的可爱的女生。数年之后，所有的伤痛都已经弥合，看见幸福的他们，会觉得，2009年的所有磨难都是值得的。

我去帮赵师傅会诊骨科病人的时候，有一个大汉和我很亲热地打招呼：你不认识我啦！我来拆钢板了。那是断了17根肋骨的范玮。他健壮了很多很多。温柔的妻子，逢年过节会给我发来问候。

赵师傅用他精湛的木匠手艺，继续做股骨头置换手术、复杂的颈椎胸椎腰椎手术、关节镜……逢年过节，在手术间隙，给我刻个图章。

"我叫她如果有病一定要到这里来看。"杨易是我们医院的"骨灰级粉丝"，减肥大业基本成功。只要经过医院，他会来ICU门前按门铃，和鲍医生、王医生几个嘻嘻哈哈一番，展示一下他最近的减肥成果。开着教练车的他，穿行在这个城市的大街小巷，开朗地和车上的学员聊他险象环生的ICU历险记。

10楼坠落的女童，和我的女儿泡泡读同一个中学，很开朗，很活泼。因为几年前的大难不死，她是学校里的明星学生。长高了，很聪明。

文中的部分病例来自于浙一医院，117医院，浙江省人民医院。陈俭，洪军，骆建军，刘景全……这些和我一样在重症医学中征战半生的ICU医生，如今成为重症医学领域的中坚力量，会继续在疑难危重病人的抢救中创造新的奇迹。

豁达热情的王筝扬医生，指点我把过往的经历和经验，用悉心科学的临床带教，教会更多的年轻医生，培养重症医学的未来一代，同时把温暖传递下去。他说：这是一个医生职业后半程的使命。

我，数年间成为 ICU 中的一株奇葩。一边继续重症医学的职业修行，一边用"文科生"的使命感为重症医学，书写传奇和故事。双双，老许，美红，娟，她们聊起我的时候，会说：震中，你是我们心目中的传奇。

2018 年 3 月 6 日

两生花

刘坤（武汉大学人民医院神经内 1 科 ICU 护士）

我是一朵开放在彼岸的两生花，
一个生命迎接着朝阳的初露，
一个生命缔结着终结的年华。
轮回在我的花期流淌，
欢笑或与悲伤是我生存的岸涯。

我是一朵生长在人心的两生花，
一个生命收集着善性的璀璨，
一个生命承载着失望的可怕。
无法回天的现实令人性沦沉，
刹时的怀疑也许会摧毁职业的芳华。

我是一朵游走在生死的两生花，
一个生命托起呱呱而啼的初阳，
一个生命送走寂寞郁郁的残花。
贫困富裕在这一刻公平，
并不因我的挽留而延迟幸福的崩塌。

我是一朵扎根在手心的两生花，

一个生命抵住死神的切切召唤，

一个生命抚平逝者安息的鬓发。

无休止的守护是寻求奇迹，

竭尽所能的抢救步步逼退死神的挣扎。

我是一朵善记而又善忘的两生花，

一个生命铭记着感激紧握的双手，

一个生命在忘却心痛的那一刹那。

大爱是值得终生烙记的印记，

哪怕有那数刻在心灵蒙上疑惑的尘纱。

我只是朵两生花，

在向阳的光芒中隐匿着沉重的锁枷，

任白衣如雪，

整日行走生死悬崖。

你可知在背阳的一面，

我也曾因无能为力的那刻，

而顷间泪如流沙。

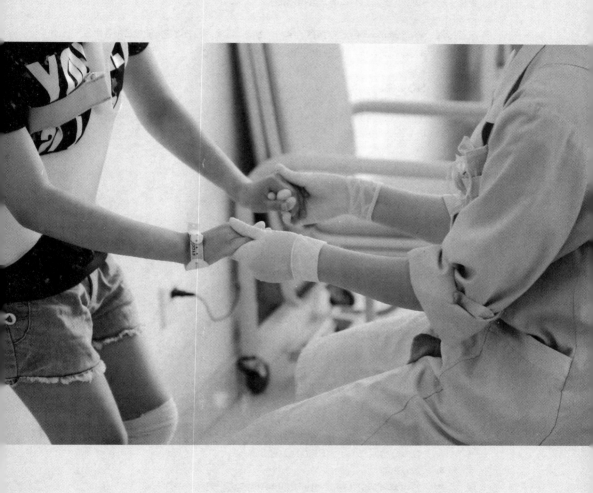

图书在版编目（CIP）数据

医述：重症监护室里的故事 / 殳儆著 . —北京：人民卫生出版社，2018

ISBN 978-7-117-26132-6

I. ①医…　II. ①殳…　III. ①纪实文学 – 作品集 – 中国 – 当代　IV. ①I25

中国版本图书馆 CIP 数据核字（2018）第 049987 号

人卫智网　www.ipmph.com　医学教育、学术、考试、健康，购书智慧智能综合服务平台

人卫官网　www.pmph.com　人卫官方资讯发布平台

医述：重症监护室里的故事

著　　者　殳　儆

出版发行　人民卫生出版社（中继线 010-59780011）

地　　址　北京市朝阳区潘家园南里 19 号

邮　　编　100021

E - mail　pmph @ pmph.com

购书热线　010-59787592　010-59787584　010-65264830

印　　刷　北京汇林印务有限公司

经　　销　新华书店

开　　本　710×1000　1/16　　印张：22

字　　数　293 千字

版　　次　2018 年 4 月第 1 版　2019 年12月第 1 版第 4 次印刷

标准书号　ISBN 978-7-117-26132-6/R·26133

定　　价　39.00 元

打击盗版举报电话：010-59787491　E-mail：WQ @ pmph.com

（凡属印装质量问题请与本社市场营销中心联系退换）